고스트 헌트 2

인형의 집

The Ghosthunt 2
©2011 by Fuyumi Ono/MEDIA FACTORY, INC. "Da Vinci" Div.
First published in Japan in 2011 by MEDIA FACTORY, INC.
Korean translation rights reserved by BOOKSMANIA, Seoul.
Under the license from MEDIA FACTORY, INC., Tokyo
Through PLS Agency, Seoul.

이 책의 한국어판 출판권은 PLS 에이전시를 통한 저작권자와의 독점 계약으로 북스마니아에 있습니다.
이 책은 저작권법에 따라 한국 내에서 보호받는 저작물이므로 무단 전재와 무단 복제를 금합니다.
이 책의 전부, 혹은 일부를 인용하려면 반드시 저작권자와 북스마니아의 서면 동의를 받아야 합니다.

※ The Ghosthunt ※

고스트 헌트 2

인형의 집

오노 후유미 글 | 박시현 옮김

BOOK's
마니아

prologue

자, 어느 날 갑자기 당신 집에서 유령이 나오기 시작했다고 해 보자.

그러면 그 집에서 한시도 머물고 싶지 않을 것이다. 일단 생각만 해도 오싹하다. 유령 때문에 이런저런 문제도 생길 것이고, 다른 사람들에게 알려지면 안 좋은 소문도 돌 것이고……. 당연한 일이지만 당신은 어떻게든 유령을 내쫓고 싶을 것이다.

하지만 어떻게 해야 쫓아낼 수 있지?

구체적인 방법을 떠올릴 수 있는 사람은 그리 많지 않을 것이다. 굿을 하거나 고사 같은 걸 지내면 되지 않을까……? 막연하게나마 그런 생각이 들었다 해도, 평범한 일반인이 굿을 하거나 고사를 지내는 법을 알 리가 없다. 절이나 신사에 찾아가 봐야 하나 싶지만, 집 근처에 있는 절이나 신사를 떠올려 보면……, 아무리 생각해 봐도 이건 좀 아닌 것 같다. 느닷없이 찾아가서 '저희 집에 나오는 유령을 좀 쫓아내 주세요.' 라고 말했다간 정신이상자 취급을 받을지도 모를 일이다.

그렇다면 결국 영능력자에게 부탁해야 하는 건가? 여기까지 생각이 미쳤다고 하자. 하지만 도대체 어디로 가야 그 영능력자를 만날 수 있을까?

유령을 어떻게든 하고 싶지만 어떻게 해야 할지 알 수 없다면, 일단 야마노테선(도쿄의 순환 지하철 노선—옮긴이 주)을 타라. 당신이 도쿄 근처에 사는 사람이 아니라면 일단 도쿄역이나 우에노역으로 와야겠지.

어디서부터라도 상관없다. 일단 야마노테선을 타고 시부야에서 내린다. 물론 다른 노선을 타고와도 무방하다. 어쨌든 시부야 역에만 도착하면 되니까. 시부야 역에 도착하면, 그 유명한 하치 동상(한 자리에서 오래도록 주인을 기다리다 죽은 하치라는 개를 기리는 동상-옮긴이 주) 앞으로 가라. 그리고 지나가는 행인들 가운데 친절해 보이는 사람에게 물어보라. '도겐자카로 가려면 어떻게 가야 하죠?'

친절한 행인이 가르쳐 준대로 도겐자카 언덕을 올라라. 한참 걷다 보면 붉은 벽돌 빛깔의 건물이 나올 것이다. 일 층이 광장처럼 꾸며져 있는, 고풍스러운 분위기가 풍기는 건물이다.

일 층 광장에 도착하면, 분수 쪽에 있는 에스컬레이터를 타고 이 층으로 올라가라. 여기서 잠깐. 일 층 광장을 둘러싸고 있는 카페나 옷가게에 눈을 돌리면 안 된다. 세련된 가게들이 많아서 한 번쯤 들어가 보고픈 기분이 들겠지만, 참아야 하느니.

에스컬레이터에서 내리면 주위를 빙 둘러보자. 작은 홀 안쪽을 들여다보면 복도가 보일 것이다. 그 복도를 약간만 걸어 들어가면 막다른 벽이 나온다. 그 벽에는 블루그레이 색 페인트로 칠해진 나무문이 있다. 문 윗부분에는 고급스러운 문양이 새겨진 유리가 끼워져 있고, 유리 위에는 'SPR'이라는 로고가 금색으로 새겨져 있다. 공을 많이 들인 섬세한 글자체로 말이다. 그 밑에도 같은 금색으로 'Shibuya Psychic Research'라고 쓰여 있을 것이다.

그리고 문을 향해 직진하자.

−카페 아니냐고?

그럴 리가. 만약 여기가 카페라면, 유령 때문에 곤란을 겪는 당신을 도와줄 수가 없잖아.

말해 두겠는데, 만약 당신이 여기를 카페로 착각하고 들어온다면 몹시 잔인하고 혹독한 대접을 받게 될 거다. 경우에 따라서는 '영어 독해 능력이 전혀 없는가 보군?' 같은 지독한 말을 듣게 될 수도 있다.

'Shibuya Psychic Research' − 즉, '시부야 사이킥 리서치'. '사이킥 리서치'는 '심령 현상 조사'를 뜻한다. 그러므로 '시부야 사이킥 리서치'라 함은, 시부야에 있는 심령 현상 조사 사무소라는 뜻이다. 아니, 이 사무소 소장님 성이 시부야니까, '시부야 씨의 심령 현상 조사 사무소'라는 뜻일지도 모르겠다. 뭐 어느 쪽이든 별로 상관은 없다. 어쨌거나 '그렇고 그런 일'을 하는 곳이니까. 길을 걷다 보면 전신주에 종이가 붙어 있곤 하잖아. 이런 종이 본 적 없나?

〈귀신 들림, 유령, 모든 상담해 드립니다〉

유령을 퇴치하거나, 사람에게 들린 귀신을 쫓아내거나 하는 것. 그게 우리가 하는 일이다.

자, 이제 용기를 내서 문을 열어 보자.

안으로 들어오면 넓고 고급스러운 사무실이 보일 것이다. 평소에는 내가 손님을 맞이하지만, 아닐 때도 있다. 내가 아르바이트생이라 사무실을 항상 지키지는 않기 때문이다. 내가 없을 때는 키 크고 마르고 무뚝뚝한 남자가 당신을 맞아줄 거다. 가끔은 그 남자조차 자리를 비울 때도 있다. 그때는 정면에 있는 응접실 소파를 보도록 해라. 식겁할 만큼 잘 생긴 소년이 몸을 거만하게 뒤로 젖힌 채 소파에 푹 눌러 앉아 있을 테니까.

소년의 나이는 열여섯 일곱 정도다. 하지만 어려 보인다는 이유로 그를 아르바이트생 취급하면 안 된다. 그 짓만은 절대로 하면 안 된다. 왜냐고? 그 소년의 프라이드는 무섭도록 드높아서, 그런 실수를 저지른 인간을 절대로 용서하지 않기 때문이다.

그가 바로 천상천하유아독존적 나르시스트-줄여서 나르-이기 때문이지.

나르의 기분이 상하지 않도록 조심만 해준다면, 당신은 안심하고 그에게 고민 상담을 할 수 있을 것이다. 그리고 나르는 당신의 문제를 해결해 줄 것이다. 기분이 내킨다면.

"시부야 사이킥 어쩌구 라는 데기 여기 맞지?"

오십 대 전후로 추정되는 부인이 문을 벌컥 열고 사무실로 들어왔다. 전신에서 부자 냄새가 풀풀 풍기는 아주머니였다. 도시의 시끌벅적함, 장마가 끝난 후의 열기가 향수 냄새와 섞여 따라

들어왔다.

그 날은 내가 아르바이트하는 날이었다. 쉬는 시간도 아니었는지라 나는 사무실을 지키고 있었고, 부인은 내게 접대를 받을 수 있었다.

"네. 상담이신가요?"

나는 영업용 웃음을 지으며 자리에서 일어났다. 그러나 부인의 시선은 일어선 나를 그대로 스쳐 지나가, 마침 소파에서 책을 읽고 있던 나르에게로 향했다.

"잠깐, 아가."

아아, 무지란 얼마나 위험한 것인가? 아줌마, 나르를 '아가'라고 부르다니요, 당장 그만두세요. 위험하다구요. 호랑이한테 '야옹아'라고 부르는 거나 마찬가지거든요?

나는 아주머니 앞을 가로막고, "실례지만 무슨 일로 오셨는지요." 하고 물었다.

상쾌한 미소를 곁들여 정중하게 여쭈었건만, 아줌마는 나를 흘깃 쳐다보더니 무시하고 말았다.

나를 완전히 무시한 아주머니는 나르에게로 한 발짝 더 다가갔다.

"잠깐, 아가야. 너 이 사무소에서 일하는 애니?"

나르는 책에 시선을 고정한 채로 고개조차 들지 않는다. '아가' 따위로 불렀는데 대답을 할 리가 없지.

나는 순진하게도, 아줌마에게 상냥한 목소리로 다시금 말을 걸었다.

"저, 죄송합니다만."

아줌마는 또 나를 무시했다.

작작 좀 하지 그래! 나이는 먹을대로 먹은 주제에 최소한의 예의도 모르는 건가, 이 사람은!

"용건이 있다면 제가 듣도록 하겠습니다."

고래고래 소리를 질러주고 싶지만 여기선 참아야 한다. 일이라는 게 다 그런 거고, 이게 서비스업 종사자의 숙명이니까. 나는 마음속에 참을 인 자를 세 번 새겨가며 정중히 되물었다. 아줌마는 그제야 겨우 뒤를 돌아보더니, 무례한 눈초리로 나를 빤히 쳐다보았다. 그러더니 흥, 하고 코웃음을 쳤다.

이 인간이……!

아줌마는 끈질기게 나르에게 말을 걸었다.

"저기 아가, 나 손님이거든?"

아줌마의 거만한 말투에, 나르가 한순간 고개를 들었다.

"손님……?"

될 대로 되라는 식의 차가운 목소리가 나지막히 흘러나왔다.

"그래. 대답 정도는 하지 그래? 기분 나쁘게."

기분 나쁜 건 우리거든요.

나르는 다시금 시선을 책으로 돌리며, 무뚝뚝한 목소리로 한마디 툭 내뱉었다.

"돌아가시죠."

"너 지금 그게 무슨 소리야? 난 손님이라고!"

"저희 사무소가 한가롭긴 하지만, 최소한의 예의조차 모르는 저급한 손님의 의뢰를 받아야 할 정도는 아닙니다."

잘했다! 말 한 번 잘했어!

아줌마의 얼굴이 새빨갛게 달아올랐다. 하지만 결코 부끄러워서 그러는 건 아닌 듯했다.

"이런 무례한! 책임자는 어디에 있어? 책임자를 불러와!"

아아 어리석도다, 어리석기 그지없도다.

나르가 자리에서 조용히 일어섰다. 천천히, 아줌마를 향해 돌아선 나르의 냉랭한 눈길······. 나르의 시선에는 엄청난 위압감이 있다. 누구든 입을 다물고 말지. '특상' 마크가 붙어도 좋을 만큼 단정하고 아름다운 얼굴, 칠흑 같은 빛깔의 머리카락, 심연처럼 깊고 어두운 눈동자. 머리부터 발끝까지 새까맣게 차려입은 나르는 마치 다른 세계에서 온 사람 같다.

"제가 책임자입니다. 이 사무소의 소장인 시부야입니다만."

놀란 아줌마의 입이 쩍억 벌어졌다.

"돌아가 주십시오." 나르는 자료실을 향해 목소리를 높였다. "린! 손님을 배웅해 드리도록."

무뚝뚝함의 끝을 보여 주는 린 씨가 바로 자료실에서 나왔고, 무례한 아줌마는 커다란 린 씨에게 붙들려 거의 반강제로 끌려 나갔다.

"나르, 그래도 괜찮은 거야?"
나르 님께서는 태연히 독서에 열중하고 계신다.
"뭐가."
"지금 그 아줌마, 부자 같아 보이던데……."
이런 아줌마를 두고 비즈니스 찬스라고 하는 거 아닌가?
"상관없어."
나르의 말투는 여전히 무뚝뚝하다.
"그보다도 마이. 차."
가끔은 직접 끓여 드시는 게 어떠하신지요?
 그렇게 생각했지만, 생각을 입 밖으로 내서는 안 될 일이다. 오늘 나르는 기분이 최악이다. 손님이 끊임없이 찾아 온데다가, 그마저도 전부 '안 좋은' 손님뿐이었다. 평상시 나르는 소장실에 틀어박혀서 좀처럼 나오지 않는다. 그런데 오늘은 손님이 올 때마다 밖으로 불려 나와서는 영양가 없는 이야기만 줄곧 듣고 있다. 지독한 참상이었다. 천하의 나르도 결국 소장실에서 나와 응접실 소파에 털썩 앉아버렸다. 소장실에서 나오는 번거로움이라도 생략하려고 밖으로 나와 버린 것이다.
 정말 다양한 손님들이 다녀가셨다. 방금 아줌마처럼 밑도 끝도 없이 무례한 손님. 흥신소인줄 알았는지 '바람을 피우는 것 같으니 조사해 달라.' 던 손님. 요통을 고쳐 달라던 손님까지. 심지어는 '아들이 결혼할 사람의 운세를 봐 달라.' 던 손님. 신흥종교인 줄 착각하고 인생 상담을 하려 드는 사람도 있었다. 그나마 유일하게 그럴 듯했던 의뢰가 '딸이 최근 반항이 심하다. 귀신이 들린 게 틀림없으니 쫓아내 달라.' 는 거였지.

그때마다 나는 입 아프게 똑같은 말을 되풀이했다. 나르의 불편한 심기가 내 등짝에 날카롭게 내리꽂히는 걸 느끼면서 말이다. 여기는 심령 현상을 조사하는 사무소고요. 초현실적인 힘이 개입된 기현상을 과학적으로 조사하는 게 저희가 하는 일입니다.

예예, 탐정 사무소가 아닙니다.

아이고, 무슨 말씀이세요. 심령 치료 같은 건 안 합니다.

죄송합니다. 여긴 점집이 아니에요.

아뇨아뇨, 종교 단체 아닙니다.

정말이지 작작 좀 해라. 나도 화가 날 지경이라고.

"드시지요."

나는 나르 앞에 홍차를 내려놓는다. 이 사무실에서 '차' 라 함은 홍차를 이르는 말이다. 나르는 녹차를 거의 마시지 않는다.

나르는 작게 고개만 끄덕일 뿐, 한 번 올려다보지도 않는다. 어이 이봐 자네, 고맙다 한마디 정도는 해줘도 되는 거 아닌가. 상사의 불편한 심기를 감지하고, 이 아르바이트생이 진심을 담아 정성스럽게 끓인 차란 말이다.

물론, 이게 내가 하는 일이니까 별 수 없는 노릇이다.

나는 잡무 담당이다. 서류를 복사하거나 차를 끓인다. 그런 거 말고는 딱히 할 줄 아는 게 없다. 그렇기에 항상 차 한 잔이라도 소홀히 여기지 않고 정성스럽게 끓이지. 매번 찻잎도 바꿔가면서 말이다. 나의 이런 상냥한 마음 씀씀이에 대해 한 번 정도 예의를 표할 생각은 없는 건가, 자네.

내가 나르를 만난 건 올해 봄이다. 만남의 무대는 내가 다니는 학교였고. 하지만 나르가 내가 다니는 학교에 전학을 와서 뭐 이렇게 저렇게 되었다는 식의 핑크빛 이야기와는 거리가 멀다. 그는 – '시부야 사이킥 리서치'의 소장님은, 불길한 소문이 돌던 학교 구교사를 조사하러 왔었던 것이다.

그때 나는 기묘한 인연으로 나르의 조수로 일하게 되었다. 그 인연이 이어져 나르의 사무소에서 아르바이트를 하게 된 것이다.

처음에는 정말이지 재수 없는 자식이라고 생각했다. 얼굴이야 두말할 나위 없이 잘 생겼지만, 성격이 더럽다. 입은 험하지, 자존감은 드높지, 오만불손한데다가 방약무인하기까지 하고, 결정적으로 천상천하유아독존……. 정말 어처구니없는 놈이라고 생각했었는데…….

인생 알다가도 모를 일이다. 아무래도 난 이 소장님을 ……하는 것 같단 말이지. 아이고, 어쩌다가 그렇게 되어버렸는지 나도 당최 내 속을 알 수 없다.

당연한 얘기지만 나르는 내 감정에 대해 전혀 눈치채지 못하고 있다. 나에 대해서도 뭐……, 난순한 아르바이트생이라고밖에 생각하지 않을 거다(아마도).

원래부터 나르는 여자에 관심이 없는 게 아닐까 싶은 생각도 든다.

이분, 보통 남자아이들과는 많이 다르니까 말이지.

일단, 열여섯 살 어린 나이에 심령 현상 조사 사무소 소장을 하고 있다는 것. 나보다 한 살 많으니 굳이 따지자면 고등학교 이학년이겠지만, 어느 모로 보나 학생처럼 보이지는 않는다. 이미 제대로(?) 된 직업이 있는 셈이니 학력 따위 아무 상관이 없겠지만.

게다가 워커홀릭이다. 텔레비전도 안 볼 뿐만 아니라, 영화도 안 보고, 소설도 안 읽고, 물론 만화도 안 읽는다. 무슨 장르의 음악이건 절대 듣지 않는다. 친구가 있는 것 같지도 않고, 사람들과 어울려 노는 일도 없다. 따로 운동 같은 취미 활동을 하는 것 같지도 않다.

그럼 사무소에 일이 없을 때 나르가 뭘 하느냐고? 그냥 소장실에 틀어박혀 있다. 볼일이 있어 소장실에 들어가 보면 컴퓨터 앞에 앉아 있거나, 책을 읽거나, 두꺼운 복사용지 한 무더기를 읽고 있다. 가로쓰기(일본 서적들은 대체로 세로쓰기로 되어 있다.―옮긴이 주)로 된 심령 관련 전문서적들이 대부분이다.

사실 그중에서도 제일 이상한 건, 여행 안내 책자와 지도를 산더미처럼 가지고 있다는 점이다. 한 번 의뢰를 수락하면 그게 어디든 장소를 가리지 않고 나서기는 하지만……, 그걸 감안한다 해도 너무 많아. 나르는 가끔 지도를 펼쳐 놓고 깊은 생각에 잠기곤 한다. 그때마다 나르의 손 끝은 지도의 길을 따라 그리고 있다. 그러다 갑작스레 짧은 여행을 떠나곤 하는데, 아무리 봐도 관광하러 가는 것 같지는 않다. 교토에 갔으면서 시미즈사도 금각사도 아라시야마(교토의 유명한 관광지-옮긴이 주)도 안 보고 왔다 하니 말이다.

아, 마술은 가끔 하는 것 같다. 트럼프를 가지고 노는 걸 본 적이 있고, '매직샵'이라는 가게에서 하루가 멀다 하고 택배가 오고 있다. 하지만 다른 사람 앞에서 마술을 하는 건 본 적이 없다. 누군가에게 보여 주기 위해서 하는 게 아닌 것 같아.

정말 알 수 없는 사람이야. 수수께끼의 베일에 휩싸여 있어. 내가 좋아하는 건, 나르의 그런 미스터리한 부분일지도 몰라.

이런 생각을 하고 있자니 내가 너무 소녀 감성에 젖은 것 같아서 부끄러워지는 걸……. 천생 덜렁이인 내게 흔치 않은 일이 일어난 거다. 요즘 나 스스로에게 놀라고 또 놀라게 된다.

1

 무례한 아줌마가 나간 뒤 잠시 손님의 발길이 끊겼다. 귀찮은 손님만 없다면 사무실은 정말 좋은 곳이다. 천국이 따로 없어. 에어컨 빵빵하지, 조용하지, 차는 비품이니까 마음껏 마실 수 있지.
 지금 손님용 소파에는 나르가 누워 있다. '나는 지금 기분이 몹시 좋지 않다'는 투로 어두컴컴한 기운을 잔뜩 뿜어내며 말이다. 나르 때문에 사무실 안은 중압감이 흐르고 있지만, 무시해 버리면 그만이다. 나르 기분이 상한 건 내 탓이 아니니까 말이지. 나는 시치미를 떼기로 작정하고 묵묵히 책 목록을 만들었다.
 사무실에는 날마다 대량의 책이 배달되는데, 모두 심령 관련 서적이다. 새 책이 있는가 하면 헌 책도 있다. 그 책들을 정리하는 일도 내 몫이다.
 도착한 짐들의 포장을 풀어 책을 꺼내고, 카드에 도서명과 저자명을 옮겨 적은 뒤, 목차와 판권장(책 끝에 편저자명, 발행자명, 출판일 등을 기록한 페이지-옮긴이 주)을 열고 각각 옮겨 적는다. 다 적으면 카드를 책에 끼우고, 처리가 끝난 책 더미 위에 책을 올려놓는다. 그리고 다시 새 책을 집어들어 똑같은 작업을 반복하려던, 바로 그 순간이었다.
 딩동, 하고 초인종이 울렸다. 한 젊은 여성이 문을 열고 쭈뼛거리며 고개를 들이밀었다.
 "저기……."

스물을 갓 넘긴 정도의 정장을 입은 여성이었다. 깔끔한 마 소재의 정장은 어른스러운 분위기를 물씬 풍겼다. 하지만 어쩐지 사람이 옷을 입었다기보다 옷이 사람을 입고 있는 듯한 느낌이 들었다. 옷에 눌린다고 해야 하나.

여자는 묘한 표정을 지으며 곤혹스러워 하고 있었다. 카페라고 착각하고 잘못 들어온 손님이겠거니 했다.

"네?"

내가 일어나서 맞이하자, 그녀는 불안한 표정으로 나를 힐끗 본 뒤 허둥지둥 발걸음을 돌리……지 않았다. 그저 사무실 안과, 지금 자신이 막 들어온 문을 번갈아 가며 살피고 있을 뿐이었다.

"저, 여기가……, 시부야 사이킥 리서치 맞죠?"

어머나, 손님 맞네.

"네. 그렇습니다."

"여기서 기묘한 사건을 조사해 주신다고 들었는데……."

네네, 조사합니다. 조사하고말고요.

나는 비장의 미소를 지으며 소파에 앉기를 권했다. 나르가 자리에서 일어나 손님을 맞이한다. 그 태도가 평소보다도 한층 더 퉁명스럽다. 하기야 오늘은 지독한 손님들만 찾아왔으니……, 이번엔 제대로 된 의뢰였으면 좋겠는데.

나는 마음속으로 중얼거리며 차 두 잔을 끓이러 갔다.

"어떠한 용건이신지 말씀해 주시겠습니까?"

나르는 말을 툭툭 내뱉고 있었다. 이미 질릴 대로 질렸다는 식의 말투다. 손님-모리시타 노리코 씨라고 했다-은 소파에 앉아 고개를 푹 숙이고, 어쩔 줄 모르는 표정으로 힐끔힐끔 나르를 쳐다보았다.

"저, 집이 좀 이상……한데요."

"이상하다니, 어떻게 이상하다는 겁니까?"

집을 산 날 가족이 사고를 당했다거나, 이사한 뒤로 몸 상태가 좋지 않다거나, 가족의 거동이 수상하다거나 뭐 그런 거 아니겠지. 나르의 말투에서 퉁명스러움이 풀풀 묻어나고 있다. 이런 종류의 의뢰는 워낙 많기도 하고, 결국에는 제령을 해줬으면 좋겠다는 말이 나온다. 당연히 나르는 단칼에 거절해 버린다.

노리코 씨는 쭈뼛거리며 말을 꺼냈다.

"그게, 이상한 소리가 나요."

"구체적으로?"

나르의 무자비한 말투에 노리코 씨가 움츠러 들었다.

"벽을 두드리는 소리인데요. 바닥을 발로 쿵쿵 구르는 것 같은 소리가 날 때도 있어요. 아무도 없는 방에서 그런 소리가 나요."

어?

"방문을 두드리는 소리가 나서 문을 열어보면 아무도 없거나……, 아무도 간 적이 없는데 계단을 오르는 발소리가 난다거나……."

노리코 씨는 몇 번이고 나르를 올려다보며 반응을 살피고, 말끝을 흐려가며 이야기를 이어갔다.
"어쩌다 몇 번 그런 소리가 들렸을 뿐이긴 한데, 기분 탓일 거라고 하신다면 그뿐이겠지만, 지난해 이사 오고 나서부터 그랬어요. 그러니까, 저기……,"
나르의 눈빛이 한층 깊어졌다. 이 사건에 흥미를 느낀 것이다.
"이사 가신 집은 아파트입니까?"
"아뇨, 단독주택이에요."
"신축인가요?"
나르의 자세가 적극적으로 바뀌었다. 그게 노리코 씨에게도 전해졌는지, 잔뜩 움츠리고 있던 그녀의 어깨에서 힘이 싹 빠졌다.
"아뇨, 꽤 오래된 집입니다."
"오래된 집이라면 당연히 집울림도 나겠지요? 목조건물입니까?"
"그렇긴 한데……, 집울림은 아니라고 생각해요."
노리코 씨는 가볍게 고개를 저었다.
"누군가가 주먹으로 벽을 치고 있다고밖에 생각할 수 없는 소리예요. 하지만 가족들은 모두 한 자리에 모여 있으니, 벽을 치는 사람이 있을 리가 없는데 그런 일이 몇 번이고 일어나서……."
흠, 그렇구나. 그건 정말 이상하네.
나르도 납득했다는 듯 작게 고개를 끄덕였다.
"그 집에서 전에 사건 사고가 일어난 적은 없습니까?"
"들은 적 없어요."

"수상한 소리 말고 다른 이상한 점은?"

"연 적도 없는 문이 열려 있다거나……, 물건의 위치가 바뀌어 있다거나. 그런 일들은 자주 있습니다. 방이 흔들린 것 같아서 지진인가 했더니, 지진은 일어나지 않았다고 하고요."

"물건의 위치가 바뀌다니요?"

"장롱이 움직였거나, 분명히 그 자리에 두었던 것이 사라진다거나 합니다. 그와 반대로 절대 거기 있을 수 없는 물건이 그 자리에 있다거나……, 물건을 찾는다는 게 원래 그렇긴 하지만 그래도 기분이 이상해요. 분명히 서랍에 둔 걸 꺼내려 보니 없어서 다른 데를 찾아보다가 다시 서랍을 열어 보면 안에 들어 있고, 잠깐 눈을 뗀 사이에 자명종 방향이 돌아가 있다거나……."

"지진이라 함은?"

"마치 지진이 난 것처럼 가구가 덜컹거려요. 흔들림을 몸으로 확실하게 느낄 때도 있습니다. 하지만 텔레비전에서는 지진 정보가 없었어요. 그뿐만 아니라 다른 방은 흔들리지도 않고요."

와우!

나르는 잠시 생각에 잠겼다.

"그 현상으로 인해 다친 분이 계십니까?"

"아뇨, 딱히 실질적인 피해를 입지는 않았어요. 그리고 죽을 만큼 불편한 것도 아니고요. 어찌 생각해 보면 정말 기분 탓인 건지도 모르고……. 사실은 별 일 아닐 수도 있어요. 그런 애매한 일이라도 조사를 해주실 수 있나요?"

"물론, 의뢰해 주신다면 조사하겠습니다. 사실은 아무것도 아니었다, 라는 결론이 나도 받아들이시겠습니까?"

노리코 씨는 단호히 고개를 끄덕였다.

"제대로 조사만 해주신다면야, 어떤 결론이 나와도 불만을 제기하지 않겠습니다. 일단 집에 오셔서 철저하게 조사해 주셨으면 해요. 기분 탓인 거라면 기분 탓이라고 확실하게 납득하고 싶습니다. 그렇게라도 하지 않으면 너무 오싹해서……."

나르는 끄덕이고, 내게 대기실에 있는 린 씨를 불러오라고 시켰다. 그러고는 노리코 씨를 향해 몸을 수그렸다.

"의뢰서를 작성하기 위해 지금 하시는 말씀을 녹음하겠습니다. 괜찮으시겠습니까?"

노리코 씨는 허를 찔린 듯 눈을 크게 깜박거렸다.

"네, 네. 물론이죠."

"그럼 먼저 가족 구성부터 여쭙겠습니다."

모리시타 노리코 씨가 돌아간 뒤, 나르는 곧바로 린 씨와 조사 일정을 짜기 시작했다. 노리코 씨의 의뢰를 받아들일 생각인가 보다.

이 도련님, 아무리 봐도 입맛이 까다로우시다. 일에 대해서 말이지. 호불호의 기준이 뭔지는 알 수 없지만, 내키지 않으면 절대로 의뢰를 수락하지 않는다.

내가 이 사무소에서 아르바이트를 시작한지 벌써 세 달째. 놀랍게도, 이 사건이 내가 아르바이트를 시작한 이후 처음으로 맡은 본격적인 조사였다.

∽ 2 ∾

노리코 씨가 사무소를 방문한 사흘 뒤, 우리는 모리시타 일가의 저택으로 향했다. 마침 나도 그 날부터 여름방학이었다.

도쿄에서 차로 두 시간을 달려, 오래된 집들이 즐비하게 늘어선 마을에 도착했다. 한적하다는 말이 딱 어울리는 곳이었다. 교외에는 새 집과 새 건물만 가득했지만, 시가지 중심으로 접어들수록 오래된 집들이 많아졌다. 시가지를 빠져나와 산기슭으로 향했다. 고요한 풍경이 나오고, 우리는 한적한 오르막길을 올랐다. 길 양 쪽으로 고색창연한 높은 벽과 돌담이 이어졌다. 큰 나무들이 담 너머로 가지를 삐죽 내밀고 있었다. 주택가 느낌은 나지만, 벽과 나무들에 가려서 건물 자체는 거의 보이지 않는다. 정원에 심어진 나무 꼭대기로 지붕이 살짝 드러나거나, 대문 틈으로 건물의 일부가 약간 보이는 정도다. 평수가 넓은 집이 대다수였다. 유서 깊고 격식 넘치는 저택가라는 느낌이 들었다. 저택가라는 게 바로 이런 거로군. 길에 차도 별로 안 다니고, 행인은 거의 없다. 고요해진 오르막길에 매미 울음소리만이 울리고 있었다. 언덕을 다 오르자 마침내 평지가 나타났다. 그곳에, 모리시타 저택이 있었다.

벽돌로 된 높은 문을 지나, 정원 나무들이 이루고 있는 아치형 터널을 통과하고, 현관으로 향하는 짧은 길을 빠져 나간다. 그러자 우리 눈앞에 오래된 양옥집이 나타났다. 몹시 크지만 단순하게 지은 이층집이다. 뾰족한 지붕이 높게 서 있어 마치 삼층집 같기도 하다. 외벽 판자는 적갈색 페인트로 칠해져 있었다. 하얀 창틀과 새하얀 쇠창살이 규칙적으로 늘어서 있다.

오래된 집이라고 들었었는데…….

내가 아주 착각을 해도 단단히 하고 있었구나. '오래된 집'이라고 하면 보통 낡아빠진 폐가를 상상하게 마련 아니겠어. 하지만 이 집은 전혀 낡지 않았다. 오래된 건 맞지. 낡은 게 아니라, 시간의 세례를 받았다는 느낌이 든다. 구석구석 손질이 잘 되어 있고, 찌그러지거나 기울어진 곳도 없으며, 페인트도 최근에 칠한 것 같다. 유서 있어 보인다는 게 이런 걸까. 침착한 분위기와 존재감이 느껴지는 집이다. 그야말로 판에 박은 듯한 '저택'.

그런데 무슨 일일까. 그 멋진 집의 첫인상은 어둡기 그지 없었다. 어쩌면 날이 흐렸기 때문일지도 모르지. 막 끝난 장마를 아쉬워하듯 하늘에는 구름이 잔뜩 끼어 있었다. 아니면 정원수 때문이려나. 정원수는 저택을 완전히 뒤덮어 버릴만큼 울창하게 자라 있었다. 나무 그림자가 저택과 저택 앞마당에 짙게 드리워졌다.

마치 오래된 무덤 같아.

그런 생각이 어렴풋이 들어서, 현관 앞에 우두커니 선 채 집을 올려다보던 참이었다.

"무슨 일이야?"

나르가 돌아보며 물었다.

"아, 아니야."

마중을 나와 준 노리코 씨 면전에 대고 '참 분위기 침침한 집이네요.' 라고 말하기도 그래서 대답을 얼버무렸는데, 정작 당사자인 노리코 씨가 부드럽게 웃으며 말을 꺼냈다.

"낡은 집이라 깜짝 놀라셨죠? 전쟁 전에 세워진 집이래요. 로맨틱하지 않아요?"

"그렇네요."

바람이 불고 정원수가 사각사각 소리를 내며 파도처럼 흔들렸다.

"자, 들어오세요."

노리코 씨의 뒤를 따라, 우리는 하얀 현관문으로 들어섰다.

집 안으로 한 걸음 들어서자 분위기가 사뭇 달라졌다. 집 바깥보다도 오히려 안이 밝아 보였다. 넓고 시원하게 트인 현관. 새하얀 벽과 천장이 반짝반짝 빛나고 있었다. 현관 정면에는 이 층으로 올라가는 계단이 있었는데, 계단 손잡이도 새하얗고 깨끗했다. 저택 천장의 유리창을 통해서 햇빛이 마루 위로 눈부시게 쏟아져 내렸다. 넓은 거실에는 멋진 가구들이 놓여 있는데, 진한 고동색 빛깔의 가구들이 하얀 벽과 대비되어 고풍스러운 분위기를 연출하고 있었다.

"신발 신고 들어오셔도 돼요."

노리코 씨가 말했다.

"우아, 영화 같다, 멋있다!"

나도 어쩔 수 없는 소녀인지라, 예쁜 집을 보면 절로 탄성이 터져 나오게 마련이다. 노리코 씨가 웃으며 답했다.

"고마워요."

벽에 기품 있게 배치된 그림, 책장 위에 예쁘게 꽂혀 있는 꽃. 푹신푹신한 카펫. 카펫의 무늬는 굉장히 독특하고, 차분한 배색이 인상적이다. 이런 카펫을 정말 신발 신고 밟아도 되는 걸까.

"이런 집에 와 본 거 처음이에요. 정말 멋져요!"

"그런가요?" 하며 미소 짓던 노리코 씨의 눈가에 갑작스레 그늘이 졌다.

"이상한 일만 일어나지 않으면 훨씬 더 좋을 텐데……."

아아, 그렇지. 아무리 멋진 집이어도 그런 기분 나쁜 일이 일어나서야 어쩔 수 없지. 오래된 양옥집인 만큼 으스스한 분위기가 한층 더 할 테니……. 여러모로 성가시겠네.

"지금 오빠가 집을 비우고 있는지라, 더 불안해서요."

노리코 씨의 오빠, 즉 이 집의 주인인 모리시타 히토시 씨는 현재 일 때문에 해외에 나가 있다. 노리코 씨의 부모님은 일찍 세상을 뜨셨기 때문에, 지금 이 집에 사는 가족은 여자 셋뿐이다. 노리코 씨, 노리코 씨 오빠의 아내와 그 딸. 집의 유일한 남자가 집을 비운 동안 불가사의한 사건들이 연이어 일어났으니, 불안해하는 것도 당연한 일이다.

노리코 씨는 기분을 전환하려는 듯 한 번 웃어 보였다. 그리고,

"이쪽으로 오시죠."

하며 우리들을 현관 홀 안쪽에 있는 방으로 안내했다.

"어머!"

"으엑."

"어어?"

응접실(이겠지)에 들어가자마자 나는 무심코 소리를 질러 버렸다. 뜻밖의 인물과 맞닥뜨렸기 때문이었다.

"오랜만이네."

"이것 참 기가 막힌 우연이구만."

이십 대의 남자와 여자.

왜 당신들이 이런 데 있는 겁니까?

"서로 아시는 사이신가요?"

노리코 씨는 곤혹스러운 표정을 지으며 응접실에 앉아 있는 남녀와 우리를 번갈아 봤다. 노리코 씨의 질문에 나르가 대답했다. 나르, 목소리가 약간 저기압이다.

"예전에 같이 일한 적이 있습니다."

"아, 그러세요. 그렇다면……, 따로 소개해 드릴 필요는 없는 건가요?"

"네. 됐습니다."

소개할 필요 따위 있을 리가. 멍청한 얼굴로 헤헤거리고 있는 남자는 타키가와 호쇼, 전직 고야산 스님. 화려한 차림의 여자는 마츠자키 아야코, 무녀님.

우리 학교 구교사에는 건물에 저주가 내렸다는 소문이 돌고 있었다. 그 사건을 조사하기 위해 왔던 영능력자들이 바로 이 사람들이다. 성격도 더러운데다가 무능력하기까지 했었지.

그런 당신들이 도대체 왜 여기 있는 겁니까?

이 질문에 대한 대답을 들을 수 있을까 해서 노리코 씨를 돌아보았지만, 그녀는 곤혹스러운 웃음만 남긴 채 방을 나서고 있었다.

"앉으세요. 마실 것을 가져다 드릴게요."

철컥, 하고 작은 소리를 내며 닫힌 문을 힐끗 바라 본 뒤, 나르는 문제의 남녀를 돌아보았다.

"왜 두 분이 여기 계시는지 여쭤 보아도 되겠습니까?"

나르의 차가운 목소리에 무녀님은 기분이 상한 듯했다.

"오랜만에 만났는데, 좀 반가운 척이라도 할 수 없어?"

"죄송하지만 그렇게는 안 되겠군요."

나르의 표정은 끝없이 냉랭하다.

"예쁜 얼굴하고선, 애교 없는 건 여전하구만."

스님이 한숨을 쉬었다. 나르는 차갑게 얼어붙은 시선을 던질 뿐이다. 험한 눈초리가 아무 말 없이 두 남녀의 대답을 재촉하고 있다.
"그러니까,"
무녀님과 스님은 잠시 서로를 쳐다보았다.
"나는," 하며 무녀님이 스스로를 가리키며 말했다. "이 집 남편의 비서인지 뭔지 하는 사람한테 상담이 들어와서."
"나는 여기서 일하는 가정부 아줌마한테."
"그래서 사모님을 만났더니."
"이런 일은 사람이 많은 편이 해결하기 좋을지도 모르겠다 뭐 그런 식으로 얘기하길래. 마침 다른 영능력자도 오늘 온다고 그러더라고."
"그래서 그 일정에 맞춰서 여기 오게 된 거야."
"그랬더니 놀랍게도, 이 머리 텅텅 비고 색기 풀풀 풍기는 무녀가."
"이 경박한 파계승이."
사이좋게 합창한 두 사람은 서로를 노려보기 시작했다.
"……여기에 있었다는 얘기죠?"
나는 두 사람의 말을 받아 끝마쳤다.
아이고. 노리코 씨도 한마디 귀띔이라도 해줬으면 좀 좋아. 그럼 이 사람들은 그냥 말만 많지 하등 도움이 안 되는 사람들이라고 확실하게 말해 줬을 텐데.
"뭐 상관없잖아. 요금은 제대로 각자에게 지불하겠다고 하니까."

무녀, 아야코가 촐랑거리며 목소리를 높였다. 스님도 고개를 끄덕인다.

"영능력자란 원래 팀플레이 같은 거 안 하는 법이지만, 전에 한 번 해 봤었고."

호오! 그걸 팀플레이라고 말하시겠다. 당신들 지난번에 완전 나르한테 업혀 간 주제에.

"심하게 발목 잡는 놈이 함께 있으면, 도리어 해결하는데 시간이 더 걸릴지도 모른다고 일단 주의는 줬거든."

"만약 자기가 데려온 사람이 너무 심하게 발목을 잡으면, 내 사례에 좀 더 얹어주겠다고 그러더라."

아야코는 득의양양하게 말했다. 하지만 확실하게 발목 잡는 사람이 있다면 그건 아마 아야코, 너일걸…….

"그러니까 별 문제 없잖아? 그러니 잘 부탁한다."

스님은 얼빠진 표정으로 빙긋 웃었다. 나르는 자연스럽게 그를 무시했다. 이건……, 화내고 있는 거다. 우리 소장님, 자존심 하나만큼은 에베레스트급이니까. 자기 일에 다른 사람이 끼어드는 건 달갑지 않을 터이다. 게다가 스님과 무녀님을 처음 만났을 때 상황이 좀 그렇고 그랬다. 그때 의뢰인은, 나르가 너무 어리기 때문에 믿을 수가 없다는 이유로 두 사람을 불렀었지. 이번 사건이야 사정이 다르지만, 신경이 쓰이는 건 어쩔 수 없는 노릇이다. 심지어 나조차도 이 두 사람의 얼굴을 보면, 어쩐지 의뢰자가 우리를 못 믿고 있다는 느낌이 드니까 말야.

일이 어떻게 돌아가려고 이러나. 한숨을 푹 내쉬었을 때, 가벼운 노크 소리가 났다. 그리고 노리코 씨가 어린 여자아이를 데리고 들어왔다.

우아, 귀여워!

작고 보송보송한 여자아이였다. 천사 같기도 하고, 인형 같기도 하고. 새하얀 원피스 차림의 여자아이는 가느다란 한 팔로 앤티크 인형을 꼬옥 안고 있었다. 마치 서양 회화에 나오는 소녀 같았다.

"제 조카인 아야미예요."

노리코 씨가 소개해 주었다. 아야미가 꾸벅 하고 고개를 숙였다. 긴장한 기색이 역력한 표정으로 열심히 인사를 하는 모습이 정말로 귀엽다.

내가 아야미에게서 눈을 떼지 못하자, 노리코 씨는 살짝 웃은 뒤 등 뒤를 돌아보았다. 노리코 씨 뒤에는 성격이 세 보이는 젊은 여성이 서 있었다.

"제 올케 언니인 카나 씨예요. 그 뒤는 시바타 씨고요. 시바타 씨는 이런저런 집안일을 도와주시는 분이에요."

카나 씨 뒤에서 한 아주머니가 이동용 트레이를 밀며 들어왔다. 트레이 위에는 아이스티가 담긴 유리잔들이 얹혀 있다. 시바타 씨가 말없이 아이스티를 나누어 주는 동안 젊은 남성 한 명이 들어왔다. 장마가 끝나 날씨가 한창 더울 무렵임에도, 수트를 제대로 갖춰 입었다.

"제 오빠의 비서, 오노우에 씨입니다."

노리코 씨의 오빠인 모리시타 히토시 씨는 상당히 큰 회사를 경영하는 사장이다. 히토시 씨의 부인이 카나 씨이고, 딸이 아야미이다. 하지만 아야미는 카나 씨의 친딸이 아니라, 전처와의 사이에서 낳은 자식이라고 한다. 히토시 씨는 아야미의 친어머니와는 상당히 오래 전에 이혼했고, 이 년 전 카나 씨와 재혼했다.

노리코 씨가 아야미의 팔을 끌어당기며 소파에 앉았다. 카나 씨는 팔걸이가 붙은 의자에 자리를 잡았다. 오노우에 씨가 그 곁에 서고, 유리잔을 다 나누어 준 시바타 씨가 그 곁에 자리했다. 노리코 씨가 우리를 집안 사람들에게 소개해 주고, 각자 작게 고개를 끄덕이며 인사를 나누었다.

∽ 3 ∾

"그럼 이제 모두 모인게 맞습니까?"

맨 처음 입을 연 것은 나르였다.

네, 하고 노리코 씨가 고개를 끄덕였다.

"시바타 씨와 오노우에 씨는 이 집에 사시지는 않습니다. 시바타 씨는 전에는 입주로 일해 주셨지만, 지금은 출퇴근하고 계십니다. 이 밖에도 정원을 손질해 주시는 소네 씨라는 할아버지가 계세요. 오늘은 일이 있다 하셔서 오시지 못했지만요. 소네 씨도 부정기적으로 출퇴근하십니다."

"부정기적?"

"네. 어, 저, 소네 씨는 저희가 이곳에 이사 오기 전부터 이 건물을 관리하던 분이세요. 원래는 목수셨지만, 목수 일을 그만 두신 지는 한참 되셨죠. 최근에는 정원 손질도 하고 계십니다. 보시다시피 이 집이 많이 낡은 편이라 보일러나 배관 같은 설비도 일반 가정의 그것과는 많이 달라요. 이 근처 업자에게 부탁드려도 잘 모르시는 경우가 다반사라서요. 그래서 이 집을 살 때부터 집수리나 관리는 소네 씨에게 부탁드리고 있습니다. 기본적으로는 소네 씨 편하실 때 자유롭게 오시는 걸로 되어 있고, 특별히 문제가 생겼을 경우에는 와 주시라고 저희가 부탁을 드려요."

"자유롭게 말입니까?"

네, 하고 노리코 씨는 곤란하다는 듯이 웃었다.

"정원수를 가지치기해야 한다거나, 어디를 점검해야 한다거나 하는 것들을 소네 씨가 직접 판단하시고, 그분 편하실 때 오시거든요. 그렇게 하기로 약속이 되어 있는지라……."

음? 고용인을 대하는 말투치고는 너무 공손한 거 아닌가? 아니면 원래부터 흉허물 없이 지내는 사이인가?

"가족 분들이 집을 비웠을 때는요?"

"소네 씨는 이 집 열쇠를 한 벌 가지고 계십니다."

당황한 기색으로 대화에 끼어든 것은 비서인 오노우에 씨였다.

"그 전에 이 집에 사시던 분께 소개 받은 겁니다. 믿을 수 있는 사람이라고……. 소네 씨는 몹시 예의바른 분입니다. 집안일에 끼어드시거나, 필요 이상으로 흥미를 가지거나 할 분이 아니니 여러분에게 폐를 끼치는 일은 없을 겁니다."

오노우에 씨가 말하자, 카나 씨가 가볍게 웃었다.

"애교 없는 사람이야. 배배 꼬였고."

그렇게 말한 카나 씨는 야무져 보이는 눈으로 우리들을 훑어보았다.

"어쨌거나 쓸데없는 말을 하는 사람은 아니죠. 말을 걸어도 대답도 잘 안 하고. 인사 한 번 없이 쓱 들어와서 한마디 말도 없이 쓱 돌아가는 사람이에요. 사실 없는 거나 마찬가지입니다. 하지만 일 하나는 제대로 하는 사람이죠. 집안일에 끼어들지도 않고, 자기 일과 관계없는 것에 손을 대지도 않고, 일할 필요 없는 방에 맘대로 들어가지도 않고. 우리가 너무 조심성 없어 보이는 것 같겠지만, 그 사람에 대해선 안심하셔도 좋아요. 뭐, 꼭 본인을 봐야 직성이 풀리시겠다면야 불러드리겠지만."

나르는 무뚝뚝하게 고개를 끄덕였다.

"조심성의 문제는 제쳐 놓고라도, 그분의 이야기를 들을 필요가 생긴다면 부탁을 드리겠습니다."

나르는 그렇게 말하며 파일에 메모를 하고 있다. 완전히 경찰이 사정 청취하는 분위기다. 나르는 여지껏 스님과 아야코를 한 번도 쳐다보지 않았다. 자기 맘대로 이 자리를 좌지우지할 셈인 듯하다.

"노리코 씨 말씀에 따르면, 집에서 이상한 소리가 나고 물건이 마음대로 자리를 옮긴다고 하셨는데, 이 사건을 실제로 경험하셨습니까?"

나르가 묻자, 모든 어른이 조심스럽게 고개를 끄덕이며 긍정의 표시를 했다. 아야미는 멍한 표정으로 노리코 씨와 나르를 번갈아 보고 있었다.

"오노우에 씨도 그 사건을 겪으셨습니까?"

네, 하고 오노우에 씨가 고개를 끄덕였다.

"있어야 할 것이 사라져 있거나, 생각지도 못한 곳에서 발견되는 일이 종종 있습니다. 물론 저는 이 집에 매일 있는 것이 아닙니다만……."

"얼마나 자주 오십니까?"

"사장님께 가족 분들을 돌봐드리라고 지시받은 바가 있기 때문에, 적어도 한 주에 한 번 정도는 찾아뵙습니다. 그 외에도 특별한 용무나 알려드릴 사항이 있으면 오니까, 보통 한 주에 두 번 정도 옵니다. 하지만 최근에는 문제의 그 일 때문에 가족 분들이 불안해 하셔서 조금 더 자주 찾아뵙는 편입니다. 아무래도 여성분들만 계시는 집인지라, 만일의 경우를 대비해 이곳에서 묵을 때도 있습니다."

"그렇다면 오노우에 씨께서도 위험하다는 느낌을 받고 계신 겁니까?"

오노우에 씨는 고개를 저었다.

"아닙니다. 직접적인 위험을 느낀 적은 없습니다. 이상한 소리가 나거나 물건이 사라졌다 나타나는 것뿐이니까요. 다소 신경이 쓰일 때도 있습니다만, 굳이 어느 쪽이냐고 물으신다면 신기하다는 느낌에 가깝습니다. 하지만 저는 이 집에 사는 사람이 아니니 그런 편한 소리를 할 수 있는 것일 테지요. 여기 계속 사시는 분들은 당연히 불안하실 겁니다."

오노우에 씨가 여성들을 돌아보자, 노리코 씨와 시바타 씨가 고개를 끄덕였다.

"시바타 씨는 어떠십니까?"

시바타 씨는 손 안에서 앞치마 자락을 꾸깃꾸깃 쥐고 있었다.

"저는 기분이 나빠요. 딱히 피해를 입은 건 아닙니다만, 언제 무슨 일이 일어날지 모르는 법이니까요. 애당초 움직일 수 없는 것이 맘대로 움직이고, 날 리가 없는 소리가 난다니……, 이상하지 않나요? 너무 무섭습니다. 그래서 사실은 휴가를 받으려고 했는데……."

노리코 씨는 시바타 씨의 노고를 위로하기라도 하려는 듯 그 손등을 가볍게 톡톡 두드리고 말을 이었다.

"제가 억지로 잡아두었어요. 시바타 씨는 저희가 이사 오기 전부터 입주 가정부로 일을 도와주셨거든요. 원래 이 집에서 함께 사셨는데, 이번 일 때문에 근처에서 출퇴근해 주시는 걸로……."

시바타 씨가 고개를 끄덕였다.

"이번에는 또 무슨 일이 일어나려나 싶어 항상 흠칫거리고 있답니다. 묘한 소리가 나는 건 아닌지, 이상한 걸 보게 되지는 않을지……. 그런 생각을 하면 무서워져요. 위가 계속 쓰리고, 밤에는 녹초가 되는데도 전혀 잠이 오지 않아요. 그래서 정말이지 휴가를 받고 싶었는데, 계속 일해 달라고 하도 부탁하시니 어쩔 수 없이……. 그래서 영능력자 분들을 모셔 주신다면 일하겠다고 말씀드렸죠."

"이상 현상이 일어나기 시작한 건 언제쯤입니까?"

나르가 묻자, 모두 급작스레 생각에 잠기기 시작했다.

"카나 씨?"

카나 씨는 그늘진 표정을 지으며 대답했다.

"잘 모르겠네요. 언제라고 정확하게 말하기가 힘들어요. 정신 차려보니 어느새 그렇게 되어 있었고……."

노리코 씨도 사무실에서 비슷한 대답을 했었다. 이런 일이 처음으로 일어난 게 언제였는지 모르겠다. 그렇다고 의뢰를 하기로 결심하게 된 특별한 계기가 있었던 것도 아니다. 다만 어쩐지 이상하다는 느낌이 쌓이고 쌓이다 보니, 어느 순간 인내의 한계를 넘어섰다고 노리코 씨는 말했었지.

"이 집으로 이사를 오신 것이……,"

"작년입니다. 작년 시월."

카나 씨는 대답하더니 한숨을 푹 내쉬었다.

"이사 온 순간부터 계속 이상했던 것 같기도 해요. 이사 뒷정리를 하고 있을 때도 물건이 자꾸 사라지는 바람에 시간이 배로 걸

렸죠. 방금까지 쓰고 있던 칼이 사라진다거나, 상자에서 꺼내 정리해 둔 것이 엉뚱한 장소로 이동했던 적이 있습니다. 뭐 그때야 이삿날이고 정신도 없고 하니 제가 착각했나 싶었죠."

말을 멈추고 카나 씨는 어깨를 움츠렸다.

"아니, 정말 그저 착각이었는지도 몰라요. 이삿짐 정리라는 게 원래 그런 거니까요. 그때는 사람도 많았으니 뭐가 없어지는 것 정도는 대수로운 일도 아니죠. 남편 회사 사람에, 제 가게에서 일하는 애들까지……."

카나 씨는 수입 잡화점을 운영하고 있다고 한다. 가게는 총 세 곳인데, 각각 점장을 두고 있어서 카나 씨가 직접 가게에 나가는 일은 없다고 한다. 한 달에 한두 번 얼굴을 내미는 정도인 듯하다. 대신 카나 씨는 물건을 들여오기 위해 이곳저곳을 바쁘게 돌아다닌다고.

"사람들이 그렇게 많이 돌아다니고 있으니 물건이 움직여도 이상할 게 없잖아요. 제가 쓰고 놓아둔 칼을 다른 사람이 쓴 뒤 자기 손 닿는 곳에 둘 수도 있고. 사람이 많은 편인데도 진도가 안 나가는 것 같다는 생각은 했죠. 하지만 뒤집어 생각해 보면 사공이 너무 많아서 배가 산으로 간 걸 수도 있잖아요? 일단 정리가 끝나고 보니 별로 신경 쓰이지 않더라고요. 그 후에도 아주 가끔 물건이 사라지거나 엉뚱한 곳에서 튀어나오곤 했지만, 그런 일들이야 종종 있는 법이잖아요? 이상한 소리가 나는 것도 마찬가지고요. 전에 살고 있던 곳에서도 집울림 정도는 났었고 말이죠."

나르는 말없이 고개를 끄덕였다. 카나 씨는 가볍게 한숨을 쉬고 관자놀이를 꾹 눌렀다.

"그런데 이런 일이 서서히 잦아지기 시작했어요. 잦아진 것뿐만 아니라, -이런 식으로 말씀드리면 이해하실 수 있으실지-노골적으로 변했다고 해야 하나."

"노골적?"

"네. 분명 사람 발소리가 들려서 나가보면 아무도 없고, 고정해둔 문이 닫힌다거나, 방금 막 위치를 확인하고 걸어둔 액자가 눈 깜짝할 새 기울어져 있다거나……. 하지만 처음에는 이런 것들도 다 기분 탓일 거라고 생각했었죠. 새 집에 아직 적응을 못해서 그렇다고. 보시다시피 이 집은 꽤 낡았고, 일본의 일반적인 주택과는 여러모로 다릅니다. 그래서 상식에 들어맞지 않는 일이 일어나고 있을 뿐이라고 스스로에게 납득시키고 있었죠. 그게 아니라면, 이사 온 지 얼마 안 돼서 분위기에 휩쓸리고 있을 뿐이라고 생각했었죠. 도대체 상식적으로 있을 수가 없는 일이잖아요?"

그렇지.

도전적인 시선으로 우리를 훑어보던 카나 씨의 시선이 갑자기 바닥을 향했다.

"물건이 마음대로 움직이다니, 그럴 리 없다고 열심히 자신을 설득하고 있었어요. 하지만 저만 그렇게 느끼고 있는 게 아니었던 거죠. 노리코 씨도 시바타 씨도, 시종일관 서로에게 묻고 있었던 거예요. 그거 어디다 뒀죠? 방금 부르셨어요? 혹시 방에 들어

왔었나요? 그런 식으로 말예요. 심상치 않은 일이 벌어지고 있다는 이야기를 맨 처음 꺼낸 건 시바타 씨였지만, 시바타 씨가 말하기 전에도, 모두 뭔가 이상하다는 것 정도는 어렴풋이 눈치채고 있었어요."

"시바타 씨께서 그렇게 말씀하신 게 언제쯤이었습니까?"

언제쯤이었을까, 하며 카나 씨는 고개를 갸웃거렸다. 대신 오노우에 씨가 말을 받았다.

"제가 이 기묘한 사건들에 대한 이야기를 들은 게 지난달입니다. 사람들 분위기가 조금 이상하다고는 생각하고 있었습니다. 이 댁을 들를 때마다 묘한 일이 일어났지만 저도 그냥 기분 탓이겠거니 하고 말았기 때문에, 집안 분위기와는 연관 짓지 못했지요. 하지만 이야기를 직접 듣고 나서 저도 비로소 모든 것을 이해할 수 있게 되었습니다."

오노우에 씨가 말을 끝내자, 권태감 비슷한 것이 방 안을 가득 메우기 시작했다.

"무슨 일이 있었던 게 아닐까?"

말끝을 흐리며 이야기를 꺼낸 것은 시바타 씨였다.

"이 집에서 무슨 일이 일어났었던 게 아닐까요? 너무 소름이 끼칩니다. 물건이 움직이는 것도 그냥 움직이는 게 아니라, 제가 잠시 한눈을 파는 사이 투명인간이 물건을 움직이는 것 같은 느낌이거든요."

"제가 조사한 바에 의하면 이 집에서 이런 일이 일어난 적은 한 번도 없었습니다."

오노우에 씨가 곤란한 표정으로 웃음 지었다.

"전에 이 집에 사시던 분은 사장님이 아시는 분입니다. 이런 종류의 이상한 일이 일어났었다는 이야기는 전해 들은 바가 없습니다. 게다가 그분들이 살기 전에도 딱히 이상한 일이 일어난 적은 없었다고 합니다."

"하지만 누군가가 있는 듯한 느낌이 들어요. 물론 누굴 직접 보거나 한 건 아니지만……. 아무튼 뭔가 안 좋은 일이 있었음에 틀림없어요."

"사람 그림자를 보거나 목소리를 들은 분은 안 계신지요?"

나르가 묻자, 모두 곤혹스러운 표정을 지으며 시선만 주고 받았다. 아야미는 여전히 토끼처럼 천진난만하고 커다란 눈을 깜박거리고 있었다.

"그렇다면 이상 현상의 원인에 대해서 뭔가 아시는 분은? 과거에 무슨 일이 있었을 거라는 억측 말고 말입니다."

나르가 질문한 순간, 뭐라 이를 수 없는 침묵이 흐르기 시작했다. 그 느낌을 어떻게 표현해야 좋을지 모르겠다. 누가 무슨 말을 꺼내지도 않았고, 주위를 두리번거리지도 않았고, 수상쩍은 거동을 하지도 않았다. 다만 사람들의 숨소리가 눌러 찌부러지고 있었다. 조용하고 기괴한 침묵이었다. 긴장감이 방을 가득 메웠다. 누군가가 말을 꺼내기 위해 입을 열고 숨을 들이 쉬었지만, 아무 말도 하지 못하고 그대로 입을 닫아버린 것 같은 느낌이 들었다. 목소리가 되지 못한 작은 숨소리는 이내 끊겨 버리고, 뒤이어 부자연스러운 침묵이 이어졌다.

나르는 아무 말 없이 사람들을 쭉 둘러보더니, 파일을 탁 닫았다.

"나중에 한 분씩 따로 모셔서 말씀을 여쭙겠습니다. 모리시타 씨, 방을 준비해 주시겠습니까?"

방이란, 우리가 조사할 때 쓸 장소를 두고 하는 말이다.

"네."

노리코 씨는 아야미를 안고 있던 팔을 풀고 몸을 일으켰다.

"안내하겠습니다. 이쪽으로 오세요."

～4～

노리코 씨는 현관 옆에 붙어 있는 넓은 방으로 우리를 안내했다. 정원수가 울창한 앞뜰 쪽으로 커다란 창이 나 있고, 벽 한 편에는 독특한 유리창이 붙은 책장이 쭉 늘어서 있다. 아담한 소파 세트와 큰 책상도 보인다. 가구도 소품도 중후해 보이는데, 아마 히토시 씨의 서재가 아닐까.

"안에 있는 것들은 모두 자유롭게 사용하셔도 됩니다. 그 옆의 작은 방은 침실입니다. 오빠가 가끔 쪽잠을 잘 때 쓰던 방이라 싱글베드 하나밖에 없습니다만……."

"교대로 휴식을 취할 예정이니 그것으로 충분합니다."

"그러신가요?"라고 대답하더니, 노리코 씨는 나를 보며 웃었다.

"타니야마 양의 방은 이 층에 따로 준비했으니까 걱정하지 말아요."

엥? 제가 독방을 쓸 수 있는 건가요? 우아, 신난다!

심령 현상이 일어나는 건물을 조사할 때, 나르는 안전하다고 확신하기 전까지는 절대 그곳에 묵지 않는다. 하지만 여기는 오랫동안 많은 사람들이 살았던 저택이다. 하물며 지금은 여덟 살 난 여자아이도 살고 있으니, 그렇게까지 위험하지는 않다고 판단한 거겠지. 그래서 우리는 오늘밤부터 이 집에 묵으며 일을 하게 되었다.

"모리시타 씨, 이 저택의 구조도가 있습니까?"

나르가 물었다.

"있을 거예요. 찾아보고 가져다 드리겠습니다."

노리코 씨는 대답한 뒤, 집 내부에 대한 간단한 설명을 하고 방을 나갔다. 나르는 방 안을 둘러보며 고개를 까딱거렸다. 그러고는 당연하다는 듯이 자기를 뒤따라온 침입자 두 명을 돌아보았다.

"뭔가 용건이라도?"

"이거 왜 이러시나." 스님이 얼굴을 찌푸렸다. "뭐 말을 그렇게 하나. 협력할 거니까 상관없잖아."

"그래, 상관없잖아?"

소파에 몸을 푹 파묻으며 아야코가 천하태평한 목소리로 한마디 거들었다. 지난번만큼이나 화장이 짙다. 때와 장소에 맞지 않을 정도로 짙다. 미팅이나 술자리에나 어울릴 법한 화장이야.

"뭐, 이게 내가 협력할 필요가 있는 정도의 사건인지는 의문이지만. 이상한 소리가 나고 물건이 제멋대로 움직인다? 너네도 들었지? 그리 큰 문제도 아니잖아."

"그건 마츠자키 씨의 감인가요?"

나르의 질문에 아야코는 말을 잃었다. 지난번 사건을 통해, 아야코의 감은 믿을 게 못 된다는 사실이 밝혀졌기 때문이지.

"그래, 맘대로 지껄여 보라구. 그때는 특수한 경우였어. 하지만 이번만은 틀리지 않을 거야. 이 괴현상의 원인은 백 퍼센트 지령이야."

"지난번에도 그렇게 말씀하셨던 것 같은데, 제대로 틀렸었죠."

아야코가 말을 끝내자마자 나르가 받아쳤다. 스님이 폭소를 터뜨렸다. 아야코는 스님을 쏘아보며 말했다.

"그런 너는 어떤데, 파계승 자식아!"

"나 말야? 나는 학습이라는 단어의 뜻을 아아주 자알 알고 있으니까 말이지. 그때처럼 미리 의견을 밝혀서 바보 될 필요가 있겠어? 그러니 지금은 의견을 보류해 두도록 하지."

그렇게 말하더니 스님은 나를 쳐다본다.

"아가씨는 어떻게 생각해? 아마 마이였나 그랬지. 나르의 조수였나?"

"지금은 조수가 아니라 그냥 잡무 담당. 어쨌든 지금까지 들은 이야기로 파악해 보자면, 폴터가이스트일 가능성이 높아 보이는데."

호오, 헤에, 하며 스님과 아야코가 눈을 동그랗게 떴다.

"꽤 그럴싸한 말을 할 수 있게 되었구만?"

후후. 인간은 진보하는 생물이니까.

폴터가이스트. 우리나라 말로는 소령, 말 그대로 소란스러운 유령이라는 뜻이다. 물건이 제멋대로 움직이거나, 원인 모를 소리가 나는 괴현상을 일컫는 말이다.

프랑스에 티자누라는 괴짜 경찰이 있었다지. 이 경찰이 폴터가이스트에서 일어나는 현상을 분류했는데, 그게 '티자누의 아홉 항목'—폭격, 노크, 소음, 문의 여닫힘, 물체의 이동, 운동, 출현, 침입, 그리고 움직인 물체의 온도 상승—이상 아홉 가지다.

"노리코 씨 이야기에 따르면, 이 집에서 일어나고 있는 건 노크, 소음, 문의 여닫힘, 그리고 물체의 이동과 운동이잖아? 그러니까 폴터가이스트라고 봐도 되지 않을까?"

내가 해 놓고도 굉장히 그럴싸한 분석이네? 약간 우쭐해져 있는데, 스님이 놀리기라도 하듯 손뼉을 쳤다.

"이거 원 놀라운 발전이군? 그래, 네 말대로 폴터가이스트라 치자. 그러면 범인은 누군데?"

헤헤, 좋은 질문해 주셨습니다.

"노리코 씨일지도 몰라."

"호오?"

"폴터가이스트의 원인 중 절반이 RSPK잖아? 그리고 RSPK일 경우, 그 집에 사는 사람 중 범인이 있을 가능성이 높지. 특히 스트레스가 쌓인 여성 말야."

폴터가이스트라는 단어로 묶이는 현상에는 다양한 원인이 있다고 한다. 반드시 유령만이 원인이라고는 할 수 없는 것이지. 그 중, 어떤 종류의 폴터가이스트를 RSPK라고 하는데, 이 현상은 인간이 일으키는 경우가 많다. 극단적으로 스트레스가 쌓인 인간의 무의식이 원인이 되는 것이다. 나쁜 뜻을 가지고 일부러 그러는 게 아니라, 무의식적이고 초자연적인 힘이 기현상을 일으키는 거지.

"그럼 대강 예상이 가잖아. 올케 언니와 사이가 좋지 않은 시누이. 그렇지?"

노리코 씨와 카나 씨의 사이가 좋은지 나쁜지는 들은 바 없지만, 일단 상식적으로 생각해 보자고. 보통 올케 언니와 시누이는 사이가 썩 좋지 않은 법이지.

"정말 그럴싸하네." 아야코가 연신 고개를 끄덕였다. 정말로 감탄한 듯한 표정을 지었다. "카나 씨, 상당히 성격이 센 사람 같아 보였어. 반대로 노리코 씨는 몹시 얌전한 타입이지. 하고 싶은 말을 못하고 가슴속에 담아둘 것 같은 사람이랄까? 스트레스가 쌓인 게 누구냐고 묻는다면, 아무래도 노리코 씨일 가능성이 더 높아."

"내 말이 그 말이야. 아무래도 올케 언니랑 시누이 사이잖아. 겉으로 드러나는 문제는 없다 해도 원만하다고 보기도 힘든 관계라고 생각해. 어느 정도의 긴장감이 있는 게 당연한 거 아닐까?"

"노리코 씨에게 있어서 카나 씨는 침입자나 마찬가지지. 크건 작건 어떤 감정이 있었을 거고, 그렇게 되면 카나 씨도 잔뜩 예민해질 거야. 애당초 카나 씨에게 노리코 씨는 시누이인거고, 시누이란 존재는 원래 달갑지 않은 게 당연한 거고."

그렇지, 그렇지. 나는 고개를 끄덕이며 득의양양한 표정으로 나르를 흘깃 쳐다보았다. 그런데 나르가 얼어붙을 것 같은 냉랭한 시선으로 나를 쏘아보고 있었다.

"어디서 주워들은 풍월치고는 잘 외우고 있었군. 칭찬이라도 해주고 싶지만." 하며 나르가 차가운 목소리로 말했다. "RSPK의 에이전트는 백의 아흡이 사춘기 전반의 소년소녀들이다. 노리코 씨는 스무 살. 에이전트로 보기에는 너무 나이 들었어."

윽.

"물론 사춘기 청소년이 아니더라도, 영감이 몹시 강한 여성이라면 에이전트가 될 수도 있지. 하지만 어느 쪽이건 간에 아직 결론을 내리기에는 너무 일러. 현 단계에서는 폴터가이스트로 추정되는 현상이 일어나고 있는 것 같다는 말밖에 할 수 없지. 맨 먼저 해야 할 일은 그 현상이 실제로 일어나고 있는지 아닌지를 확인하는 거야."

아야코가 불만스럽다는 듯이 목소리를 높였다.

"그럼 그 이상한 일들이 전부 기분 탓일 수도 있다는 거야?"

"그럴 가능성도 배제할 수 없지."

"설마. 그럴 리가 없어. 한두 명도 아니고, 지각 있는 어른들이 입을 모아 이상하다고 말하고 있는데 그게 기분 탓이라고?"

"호들갑 떨고 있는 걸 수도 있지. 그리고 실제로 이상한 소리나 물체의 이동이 일어나고 있다고 해도, 과학적으로 설명할 수 있는 현상일 가능성도 있어. 그러니 일단은 상식에 따라서 현상을 검토해 볼 필요가 있지. 그리고 과학적으로 설명할 수 없다는 확신이 들었을 때 비로소, 여기서 폴터가이스트가 일어나고 있다고 말할 수 있어."

아 예, 그러십니까? 제가 잘 알지도 못하면서 나불거려 죄송하기 그지없습니다요.

"그러니 일단 철저하게 조사해 보지 않으면 나아갈 수 없어. 선입견을 배제하고, 항상 모든 가능성을 염두에 두어야 해."

"그렇단다, 신입 조수야."

아야코가 피식거리며 나를 놀렸다. 하지만 아야코에게도 가차 없는 지적이 날아왔다.

"마츠자키 씨도 마찬가집니다. 전 경솔하고 소홀한 영능력자와는 협력할 수 없습니다."

"네에, 네. 알겠거든요."

그런 우리를 히죽거리며 바라보던 스님이 갑자기 린 씨를 돌아보았다. 린 씨는 책상 주변의 수치를 줄자로 재고 있었다.

"그쪽 형씨는? 아마 나르의 조수였던가?"

스님은 가볍게 말을 걸었지만, 돌아온 것이라고는 가차 없는 침묵과 무표정이었다.

"그쪽은 어떻게 생각해? 이 집?"

스님이 재차 묻자, 린 씨는 낮은 목소리로 짧게 대답했다.

"대답해야 할 의무가 있는 겁니까?"

스님과 아야코가 어이없다는 듯이 입을 벌렸다.

"과연 나르 조수답다. 성격 한 번 끝내주네."

네네, 린 씨는 이런 사람이거든요.

린 씨는 지난번 구교사 사건 때, 불의의 사고로 다치는 바람에 조사 기간 내내 거의 참여하지 못했다(사고의 원인은 비밀이다). 그래서 스님이나 무녀님과는 거의 면식이 없다. 첫 대면이나 마찬가지니까 이런 반응이 나오는 것도 당연한 일이야. 낯가림 심하기로는 나르보다 더한 사람이다. 애교가 없는 건지, 무례한 건지. 나도 아직까지 몇 마디 나눠보지도 못했다. 덕분에, 같은 사무실에서 일한지 거의 세 달이 되었는데도 난 린 씨의 본명조차 모른다(뭐, 하야시 씨나 스즈키 씨? 그런 정도겠지). 린 씨에게 직접 물어볼 시기는 이미 한참 전에 놓쳤고, 나르는 그런 건 본인에게 직접 물어보면 되잖냐는 식이고. 하여간 불친절하다니까.

게다가 나르는 의뢰인에게 우리를 일일이 소개하지 않는다. 기껏해야 우리 둘을 묶어서 '조수입니다.'로 소개가 끝나버리니까.

사실은 나르가 의뢰인에게 우리를 소개할 때 겸사겸사 린 씨의 이름을 알아내려고 했었는데 그럴 기회조차도 없었다(무엇보다도, 우리를 의뢰인에게 소개할 정도로 본격적인 조사를 나가 본 건 이번이 처음이다). 나르가 '린'이라고 부르고 있기에 '린 씨'라고 부르고 있을 뿐이다. 아아, 소심한 나.

린 씨는 무뚝뚝하다. 나에게는 물론이요, 나르에게도 미소를 짓지 않으며 가벼운 농담 하나 던지지 않는다. 애당초 나르와도 용건이 없는 이상 말을 하지 않는다. 사무실에 있어도 자료실에 틀어박힌 채 나오지 않고. 심한 경우에는 며칠 동안 모습을 거의 드러내지 않는다.

어쨌거나, 당사자인 린 씨는 아무 일 없다는 듯 클립보드에 무언가를 적어 넣고 있다. 긴 앞머리가 흘러내려 얼굴의 반을 덮고 있다. 극단적으로 말수가 적은 데다가 무표정하기까지 한 이 남자. 린 씨도 나르와 마찬가지로 새까만 복장을 하고 있을 때가 많다. 그래서 나르와 린 씨가 나란히 서 있으면 마치 무슨 장례식장에라도 온 것 같아서 별 이유 없이 기분이 우울해질 때가 있다.

차갑게 식어버린 그 자리의 공기를 완벽하게 무시한 뒤, 린 씨는 클립보드를 나르에게 건넸다.

"사용할 기자재들 목록입니다. 이렇게 하면 어떻겠습니까?"

나르는 클립보드를 받아든 뒤 쓰윽 훑고는,

"마이, 기계를 나른다."

……올 것이 왔다.

우리 일은 여기서부터 힘들어진다.

나르는 고스트 헌터다. 나도 정확하게는 모르지만, 어쨌든 심령 현상을 조사하는 사람이다. 물론 일반적인 영능력자들도 심령 현상을 조사하지만, 나르는 영능력자가 아니다. 적어도 본인은 강력하게 자신이 영능력자가 아니라고 주장하고 있다. 실제로, 우리 회사가 심령 현상을 조사할 때는 영능력 같은 게 나설 자리가 전혀 없다. 영능력 대신, 값비싼 비디오카메라 등 복잡한 기계들을 잔뜩 사용하여 과학적인 조사를 실시한다. 그런데 그 기계들을 옮기는 게 대단한 중노동이란 말이지.

혹시 도와주지 않으려나 싶어서, 협력자라고 자칭하던 두 사람을 흘깃 돌아보았다. 하지만 두 사람은 약속이라도 한 듯 내 시선을 쓱 피해 버렸고, 난 별 수 없이 나르와 린 씨를 따라 앞뜰에 세워 둔 밴으로 향했다. 짐칸 한가득 쌓여 있는 기계를 하나씩 들어냈다. 서재에 선반을 짜고, 선반에 기계를 차곡차곡 밀어 넣는다. 선반에 놓인 소형 텔레비전 모니터만 해도 열 대가 넘는다. 그 밖에도, 문외한은 도무지 용도를 파악할 수 없는 기계가 사방에 넘쳐나기 시작했다. 기자재를 한눈에 둘러볼 수 있는 책상 위에 메인 컴퓨터를 설치했다. 방은 순식간에 무슨 드라마에 나오는 과학 연구소가 되어버렸다. 가벼운 식사를 준비하러 점심 무렵 들어온 시바타 씨와 노리코 씨는 완전히 변해 버린 방을 보고 아연실색한 표정을 지었다.

5

"어머나."

시바타 씨는 서재에 들어오자마자 작은 탄성을 질렀다. 그러더니 점심이 놓여 있는 이동식 트레이를 조심스럽게 방 안으로 가지고 들어왔다. 노리코 씨는 입구에 우뚝 선 채 눈을 동그랗게 뜨고 있었다. 나르가 노리코 씨에게 물었다.

"모리시타 씨, 건물 구조도는 찾으셨습니까?"

"아, 예."

시바타 씨는 트레이를 놓고 방을 나섰고, 노리코 씨는 커다란 책자를 안고 방으로 들어왔다. 그리고 책자 더미를 책상 위에 펼쳐 놓았다.

"잠시 실례하겠습니다." 나르는 그렇게 말하며 책자를 넘긴다. "최근에 그린 도면 같아 보이는데요."

"아아……, 예. 저희 이전에 살던 분이 이 집을 이곳저곳 손보셨는데, 그때 새로 그린 도면이라고 합니다."

"전에 사시던 분은 히토시 씨의 친구라고 하셨죠? 어떤 분이셨는지 아시는 바 있습니까?"

"토와다 씨라는 부부입니다. 오빠와는 나이 차이가 스무 살 넘지만, 사업을 계기로 친분을 쌓기 시작하면서 가족 단위로 친하게 지냈어요."

"이 집을 세운 건 그 토와다 씨 부부입니까?"

"아뇨, 토와다 씨도 부동산업자로부터 구입하셨어요. 이 집이 언제 세워졌는지 저는 정확히 들은 바가 없습니다. 전쟁 전인 것만은 확실해요. 하지만 이 집을 세운 사람이 어떤 사람인지는 몰라요."

그렇게 말하며 노리코 씨는 살짝 웃었다. 웃음 위에 옅은 그림자가 드리워져 있었다.

"시바타 씨가 너무 무서워하셔서, 지난 달 오노우에 씨가 그 부동산업자를 만나러 가셨었죠. 오노우에 씨는 자세한 이야기를 들으셨을지도 몰라요."

나르는 고개를 끄덕이고 다시 질문을 이어갔다.

"토와다 씨는 이 집에 오래 사셨습니까?"

"아뇨, 삼 년 정도 사셨어요."

나르는 의아하다는 표정을 지었다.

"삼 년? 상당히 짧군요."

"그렇죠?" 하며 노리코 씨도 복잡한 표정이 되었다.

"하지만 이상한 일이 있어서 이사를 가신 건 아니에요. 아니, 이상한 일이라고 할 수 있을지도……."

"어떤 일이죠?"

"토와다 씨는 연세도 연세이지만, 서서히 일을 아드님께 물려주고 은퇴하고 싶다는 말씀을 하셨죠. 은퇴한 뒤에는 어딘가 조용한 곳에서 부부 두 분이 느긋하게 지내고 싶다고요. 그래서 이 집을 사셨던 거예요."

환경도 훌륭하고 집도 멋지다며 토와다 씨는 몹시 기뻐했고, 이사 왔을 무렵에는 사람들을 자주 초대해서 집들이를 했다고 한다. 그 무렵 히토시 씨도 몇 번 이 집을 방문했는데, 토와다 씨와 마찬가지로 이 집이 마음에 든다며 대단히 부러워했다고. 이 집을 나설 때마다 자기도 이런 곳에 살고 싶다며 입에 침이 마르도록 칭찬을 했다고 한다.

"얼마간은 도심에 있는 자택과 이곳을 오가면서 아드님께 인수인계를 하고, 시기를 봐서 본격적으로 은퇴할 생각이셨던 모양이에요. 그런데 이사 오자마자 사모님께서 바로 큰 병에 걸리셔서……."

"큰 병?"

"네. 원래 간장이 그다지 좋지 않으셨는데, 그게 갑자기 악화되었어요. 다행히 치료가 잘 되어서 회복하셨지만, 그 이후로 여름 더위를 견딜 수가 없게 되셨나 봐요. 여름에는 늘 몸 상태가 안 좋아져 자리보전을 하셨죠. 그래서 원래 계획을 당겨 일단 은퇴를 하고, 부부 두 분이 요양을 위해 신슈로 이사를 가셨습니다. 그리고 제 오빠가 이곳을 이어 받게 된 거예요. 토와다 씨네가 이사 오자마자 사모님이 큰 병에 걸리셨다는 게 약간 마음에 걸리긴 했습니다만……."

노리코 씨는 불안한 표정으로 말끝을 흐렸다.

"때가 때인 만큼 신경이 쓰인다는 뜻인가요?"

"네. 지금 와서 생각해 보면, 아무래도 이 집에 뭔가 있는 것만 같아서……."

"원래부터 몸이 좋지 않으셨다면 우연의 일치라고 봐야겠지요. 또는 이사할 때 피로가 쌓여서 영향을 준 것일지도 모릅니다. 매사를 너무 예민하게 받아들이는 건 좋지 않습니다."

나르가 말하자 노리코 씨는 안도하듯 웃음 지었다.

"그렇네요."

"토와다 씨가 사시던 삼 년 동안 이 집에서 이상한 일이 일어난 적은 없었습니까?"

"없었던 걸로 알고 있어요. 일전에 그에 대해서 조심스럽게 여쭤본 적이 있었지만, 그런 일은 없었다는 투로 말씀하셨고요. 토와다 씨 부부는 이 집을 몹시 좋아하셨어요. 본의 아니게 빨리 이 집을 떠나게 되셔서 몹시 안타까워하셨죠. 기껏 건물을 손보고 설비도 새 것으로 다 바꾸었는데 말이에요. 그래서 잘 모르는 사람이 아니라 친한 사람에게 건물을 양도하고 싶다고 생각하셨고, 오빠에게 제안을 하신 거예요."

"오빠분도 이 집을 좋아하셨습니까?"

"네. 이 집에 오빠가 살게 되면 토와다 씨 부부도 이 집을 방문할 수 있잖아요? 그래서 오빠도 봄이나 가을처럼 날씨가 좋을 때 놀러 오시라고 말씀드렸고요. 실제로 이번 봄에는 토와다 씨 부부가 놀러 오실 예정이었어요. 오빠가 갑자기 출장을 떠나는 바람에 계획이 무산되었지만요."

뭔가 호화로운 이야기로군. 뭐랄까, 사는 세계 자체가 다른 느낌이다. 어쨌든 이 집을 좋아했었고, 이사 간 다음에도 놀러 올 생각을 하고 있다고 하니 집에 문제가 있어서 이사를 간 건 아닌 것 같네.

"토와다 씨 이전에는 어떤 분이 사셨는지 알고 계시지요."

"아뇨, 거기에 대해선 오노우에 씨가 뭔가를 알고 계실지도 몰라요."

"소네 씨……, 였나요? 그분은 당시에도 계셨습니까?"

"그럴 거예요. 소네 씨에게 한 번 여쭤본 적이 있었는데, 그냥 평범한 가족이었다고만 하시더라고요."

그렇게 말하고 노리코 씨는 쓴웃음을 지었다.

"소네 씨는 필요한 말 외에는 거의 하지 않는 분이라……."

흐음, 그 사람에게서 정보를 얻어내긴 힘들 것 같네.

"이상한 일이 자주 일어나는 곳은 어디입니까?"

나르가 묻자 노리코 씨는 곤란하다는 표정으로 고개를 저었다.

"딱히 어디라고 특정짓기 어려워요. 어디서든 일어납니다."

그녀의 말에 나르는 잠시 생각에 잠겼다.

"마이, 식사가 끝나면 일단 기초 데이터를 측정하도록."

네에에. 나는 황급히 샌드위치 마지막 조각을 삼키고, 느긋하게 점심을 만끽하던 협력사 두 명을 재촉했다.

소장은 기초 데이터를 원하고 계신다. 즉, 각 방의 기온을 측정하고, 이상한 소리나 냄새나 전파가 있는지 여부를 확인하라는 뜻이다. 온도계를 들고 집안을 방랑하며, 이상한 냄새가 나는 곳은 없는지 체크하고, 고주파 전파나 저주파가 검출되지는 않는지 전자파계와 소음계로 조사해 나간다. 뭣 때문에 이런 걸 조사해야 하는지 알 수도 없고, 물어볼 수도 없다. 대답해 주지 않을 테니까. 설령 대답해 준다 해도 내가 알아들을 수가 없다. 나는 그저 지시 사항을 충실하게 이행하는 시종일 뿐이지. 굉장히 힘든 업무다. 체력적으로 지치기도 하거니와, 집에 사시는 분들의 께름칙한 시선에 등짝이 따갑다. 게다가 새로이 지시를 받으러 방으로 돌아가 보면, 자칭 협력자라던 두 남녀가 편안한 모습으로 소파에 푹신히 앉아 식후의 차 한 잔을 즐기고 있다. 짜증이 솟구칠 수밖에. 뭐 하러 온 거냐고요, 대체 너네들은.

한 시간 넘게 측정을 한 뒤 겨우 한숨 돌릴 수 있었다. 과학 연구소-나르는 이 방을 베이스라고 부른다-에 비틀거리며 돌아갔는데, 소장님께서 딱 한 말씀하셨다.

"늦어."

기자재 확인은 한참 전에 끝난 모양이다.

나르는 지엄한 눈빛으로 나를 한 번 쳐다보더니, 데이터를 적은 클립보드를 받아 들고 시선을 소파로 옮겼다. 소파에는 천하태평한 두 남녀가 앉아 있었고, 그 옆에는 오노우에 씨가 앉아 있었다. 이 자리가 불편해서 견딜 수가 없다는 듯.

"기다리게 해서 죄송합니다. 그럼, 업자도 이 건물 내력을 파악하지 못하고 있다는 말씀이십니까?"

"예예, 그렇습니다."

"토와다 씨 이전에 살던 분은요?"

"성함과 연락처는 알 수 있었습니다. 다만 그때 사시던 분은 별 문제 없이 거주하셨던 모양입니다. 별 사건 사고도 없었다고 하셨습니다. 물론 부동산업자가 하는 말이니, 무슨 일이 있었어도 없었다고 대답하겠지만요."

"그분은 얼마나 오래 사셨습니까?"

"자세한 부분까지 묻지 못했지만, 이십 년 이상 사셨다고 합니다. 여기서 자제분을 다 키워내셨다고 하니까요. 남편분이 병으로 돌아가신 뒤 이 집을 파셨다 합니다. 처음에는 임대하려 했지만, 상속세 때문에 집에서 손을 떼게 되었다고……."

흐음? 그렇다면 집에는 문제가 없다는 걸까? 이렇게 오래되고 분위기도 있고, 어느 모로 보나 유서도 깊은 저택인데. 한마디로 뭔가 '있을 것 같은' 집인데 말야.

"소네 씨로부터 전해 들으신 바는 없습니까?"

"그게, 아무것도 말씀해 주시지 않더군요. 그게 오히려 신경이 쓰여 끈질기게 여쭈어 보았지만, 그런 말은 할 수 없다고……. 당신도 남에게 자기 집 이야기 이러쿵저러쿵하면 싫지 않겠어, 라는 말씀을 들으니 더 이상 여쭈어 보기도 뭐 해서……."

그야 그렇다. 나르는 고개를 끄덕이고 클립보드를 스윽 훑어보았다.

"딱히 문제 있어 보이는 부분은 없네. 이 층과 일 층 복도에 각각 카메라 한 대씩. 현관에 한 대. 그쯤 해 두고 상황을 지켜보도록 하지."

 소장님 지시야 말 몇 마디면 끝이지만, 그 지시를 이행하는 나는 땀을 뻘뻘 흘려야 한다. 어쨌든 시키는 대로 해야지 별 수 있겠어. 이거라거나 저거라거나, 소장님께서 지시하시는 대로 옮기고 설치하고. 그렇게 겨우겨우 기계 설치를 끝내자, 비로소 악마 같은 소장님은 내게 약간의 휴식 시간을 허락하셨다.

〜 1 〜

 어느 정도 작업을 마무리한 뒤, 노리코 씨가 나를 방으로 안내해 주었다. 노리코 씨를 따라 이 층으로 향했다. 계단을 다 오르자마자 보이는 방. 여긴가 보다. 벽과 마찬가지로 새하얀 페인트로 깔끔하게 칠한 방문이 인상적이었다. 노리코 씨가 시키는 대로 방문을 열었더니…….
 "여기? 이런 방을, 제가 써도 되는 건가요?"
 "물론." 하고 노리코 씨는 웃음 짓는다.
 "손님용 침실인데, 자주 쓰는 곳이 아니라서 정리가 좀 덜 됐어. 산만하지? 미안."
 산만하다니, 무슨 그런 말씀을.
 방은 네 평 정도 되어 보였다. 응접실이나 서재에 비하면 약간 작은 편이다. 하지만 천장이 몹시 높아서 좁다는 느낌은 들지 않았다. 오히려 나 같은 서민한테는 이 정도 크기가 딱 좋다. 훨씬 더 '방'에 가깝다는 느낌이 들고, 더 편안하거든.
 다른 방처럼 화려한 소품이 잔뜩 놓여 있는 건 아니다. 하지만 벽지의 부드러운 색감이 맘에 든다. 깔끔한 풍경화가 걸려 있고, 예쁜 꽃병에는 귀여운 꽃이 한 송이 꽂혀 있다. 새하얀 레이스 커튼, 아름다운 무늬가 새겨진 장롱과 서랍장. 내가 쓰기에는 너무나 큰 침대, 귀엽고 앙증맞은 탁자와 의자까지……. 이게 손님용 방이라니, 그럼 평소에는 이런 방을 안 쓰고 그냥 내버려 둔다는 거잖아? 부자들의 삶이란 정말 대단하구나.

외국 영화에 나오는 것 같은 창문이 달려 있었다. 위로 들어 올려서 여는 창문 말이다. 커튼을 열고 창밖을 내다보았다. 창밖으로는 큰 연못이 펼쳐져 있다. 호수라고 부를 정도의 규모는 아니지만 제법 크다. 보트를 한 번 띄워보고 싶을 정도로. 짙은 청록색 수면 위에, 주변을 둘러싼 산의 모습이 은은히 비치고 있었다.

"경치 정말 좋네요."

창가 의자에 앉아서 바깥 구경을 하고 있자니, 일하러 온 게 아니라 마치 놀러온 것 같은 느낌마저 들었다.

"봄이랑 가을에는 훨씬 좋아. 벚꽃도 피고 단풍도 예쁘게 들거든."

노리코 씨도 내 곁에 서서 창밖을 내다본다.

"오빠는 이 경치에 푹 빠져 버렸지. 우리도 마찬가지고. 그래서 이사를 하기로 마음먹었던 거야. 이 정원을 쭉 따라가면 연못이 나와. 연못 이쪽 편에 서 있는 집은 다 연못과 이어져 있는 걸로 알고 있어."

"그럼 집집마다 조금씩 연못가를 차지하고 있는 거네요. 멋있다. 정말 호화로워요."

잘 정돈된 정원수와 넓은 정원은 완만한 내리막길을 이루며 연못가까지 이어지고 있었다.

"물은 그다지 깨끗하지 않아서 수영을 할 수는 없어. 하지만 작은 부두를 만들어서 보트를 매달아 놓은 집도 있지. 아마 낚시 정도는 할 수 있을지도 몰라."

"연못가라서 선선하겠네요."

"밤에는. 하지만,"

"하지만?"

노리코 씨를 돌아보자, 그녀의 얼굴 위에 복잡한 미소가 떠올라 있었다.

"요즘은 못 가겠어. 아무래도 께름칙해서. 왜 그런 얘기 있잖아? 연못에 빠져 죽은 사람이, 외로움을 견디다 못해 동무 삼을 사람을 불러낸다고……."

아아, 물가 근처에 자주 전해져 내려오는 괴담 같은 거구나.

"그리고 이 연못, 원래 관개용으로 만들어진 연못이래. 여행 다니다 보면 이런 거 비슷한 연못을 종종 보게 되잖아. 난 큐슈에 놀러 갔을 때 이거 비슷한 걸 본 적이 있어."

"그렇군요."

노리코 씨의 표정이 한층 굳어졌다.

"그런데 그때 이상한 이야기를 들었어. 이런 못을 지을 때는, 사람을 생매장한다고."

그때 갑자기, 축축하고 서늘한 바람이 훅 방으로 불어들었다. 커튼이 크게 흔들렸다.

"생매장이라니……."

갑자기 방이 쌀쌀해진 것 같은데……, 기분 탓이겠지.

"어, 그거, 공사가 잘 되라고 기원하는 의미에서 사람을 제물

삼아서 묻어버리는, 그거죠?"

"그래. 큐슈의 연못에서는 생매장 당한 이들의 유령이 나온다는 이야기도 있고, 그들의 넋을 위로하기 위해 축제를 연다는 설도 있어. 실제로 생매장을 했었는지, 단순한 설화인지는 모르겠지만. 내가 봤던 그 연못 근처에는 신사가 세워져 있더라고."

"설마, 이 연못에도……."

노리코 씨는 피식 웃었다.

"여긴 그런 전설은 없어. 신사 같은 것도 없고."

"아아……."

나는 안도의 숨을 내쉬었다.

"하지만 최근에 그 이야기가 갑자기 생각이 나더라고. 그게 좀 신경이 쓰여. 이 연못이 마음에 들어서 여기로 이사 온 건데, 그 이야기가 자꾸 떠올라서 그런지 전처럼 이 연못을 좋아할 수가 없어."

그야 그렇겠지……. 누가 그런 얘기를 듣고 오싹하지 않을 수 있을까.

노리코 씨는 갑자기 휙 돌아보며 내게 물었다.

"있잖아, 이런 것도 이번 사건이랑 관계있는 걸까?"

글쎄요, 하고 나는 작게 중얼거리듯 답했다.

"저……, 저는 그저 잡무 담당자일 뿐이라서요. 하지만 분명히 어떻게든 될 거예요. 우리 소장님이 지금까지 해결하지 못했던 사건은 없었거든요."

나야 본 적은 없지만, 소장님 말에 따르자면…….

노리코 씨가 웃으며 대답했다.

"대단하구나."

"사실 소장님 같은 경우엔 자신감 과잉이 아닌가 싶기도 하지만요."

노리코 씨는 살짝 웃더니, 가볍게 손깍지를 끼고 양팔을 쭉 뻗었다.

"그래도 사람들이 많이 와서 좋아. 집이 북적거리니 마음이 한결 편해진 것 같아. 사실 오빠가 출장 간 뒤로 집에 남자가 없어서 좀 불안했거든."

"이제 불안할 여지가 없을 거예요. 아야코랑 스님이 있잖아요. 그 사람들, 일을 잘하는지 못하는지는 둘째치고라도, 정말정말 시끄럽거든요. 지나치게 왁자지껄해서 헛웃음이 나올 정도로 말예요."

"그래?"

"그렇다니까요. 전혀 영능력자 같지가 않아요. 태평하고 명랑하다니까요. 왜 그런 거 있잖아요. '영능력자'라는 단어를 들으면 어쩐지 향 태우는 냄새도 나는 것 같고, 종교적이고 위엄 있는 이미지가 떠오르게 마련인데, 그 두 사람은 그런 이미지랑은 거리가 너무 멀어요. 근데 사실 우리 회사 사람들이야말로 진짜 도무지 영능력자처럼 보이지 않아요."

"그건 그래. 영능력자라는 느낌이 안 들지."

노리코 씨의 얼굴빛이 약간 밝아졌다. 정말 불안했었나 보다. 폴터가이스트의 범인이 노리코 씨일지도 모른다고 말했던 게 좀 미안해지네. 아니, 정확히 말하자면 범인이 아니라 에이전트라고 불러야겠지. 그리고 설령 노리코 씨가 에이전트라고 할지언정, 본인이 의도적으로 그러는 게 아니니까 노리코 씨에게 책임은 없는 거잖아.

노리코 씨는 창밖을 내다보다, 우울한 분위기를 떨쳐내기라도 하듯 나를 휙 돌아보았다.

"마이 양, 차 한 잔 어때? 마침 간식 시간이야. 아야미랑 같이 먹을 건데, 괜찮다면 함께 하자."

우아, 그거야 뭐, 완전 기쁘죠.

"기꺼이 함께 하겠습니다."

∞ 2 ∽

"아야미는 이상 현상을 눈치채지 못한 건가요?"

부엌에서 차를 끓이고, 간식을 준비해 이 층으로 향했다.

"글쎄, 어떨지……."

노리코 씨는 컵이 늘어선 쟁반을 받쳐 들고 계단을 올라간다.

"물건이 자꾸 사라지거나 움직인다는 건 눈치챈 것 같아. 하지만 딱히 그 현상을 이상하다고 생각하지는 않나 봐. 어? 하고 고개를 갸웃하다 갑자기 납득한 것 같은 표정을 지을 때가 있거든. 세상엔 그런 일도 있나 보다 하고 생각하는 건지도 모르겠어."

"아직 여덟 살이니까요."

여덟 살 아야미에게는, 물건이 사라지거나 나타나는 것보다도 신기한 일이 잔뜩 있는 거겠지.

노리코 씨는 이 층으로 올라가 복도에서 좌회전했다. 좌회전하자마자 맨 처음에 나오는 방이 아야미 방이었다. 노리코 씨가 가볍게 노크를 한 뒤 문을 열었다. 나도 간식이 놓인 쟁반을 안고 그 뒤를 따랐다.

아야미 방은 손님용 침실보다 훨씬 컸다. 부드러운 분홍빛 벽지와 하얀 가구가 어우러져 고급스럽고도 깜찍한 분위기를 연출하고 있었다. 커다란 창문 두 개가 늘어서 있는데, 창틀도 새하얗고 깔끔하게 칠해져 있었다. 창밖으로 넓은 베란다가 펼쳐져 있는 것이 보였다.

"아야미, 간식 먹자."

노리코 씨가 말을 걸자, 카펫 위에 앉아 있던 아야미가 고개를 들었다. 바닥에 주저앉아 그림책을 읽고 있었나 보다. 아야미는 눈을 동그랗게 뜨고 이쪽을 돌아보았는데, 마치 작고 귀여운 토끼 같았다. 아이, 귀여워라!

노리코 씨는 방을 가로질러 창가 쪽 탁자로 향했다. 새하얀 원형 탁자 주변에는 앙증맞은 의자 네 개가 놓여 있었다. 탁자 위에는 작은 꽃무늬로 장식된 테이블보가 깔려 있고, 테이블보와 같은 천으로 만든 쿠션이 의자 위에 놓여 있다. 그 바로 옆에 자그마한 소파가 있고, 방 양쪽으로는 새하얀 침대와 책상이 늘어서 있다. 정말 어디 그림책에서나 나올 법한 '소녀의 방' 그 자체였다. 지나치게 예뻐서 현실감이 없을 정도다.

살아 움직이는 인형과 그 인형의 방을 보고 있는 것 같아. 그런 생각을 하다가 문득 정신을 차려보니, 인형 같은 아야미가 동그란 눈으로 나를 말똥말똥 바라보고 있었다. 나는 웃으며 인사를 건넸다.

"안녕, 아야미. 나도 간식 같이 먹고 싶은데, 친구 시켜줄래?"

아야미는 활짝 웃고는, 곁에 눕혀 놓았던 인형을 안아들고 종종거리며 다가왔다. 어제 처음 봤을 때도 아야미가 줄곧 안고 있던 고풍스러운 인형이다. 이런 걸 프랑스 인형이라고 부르던가. 이런 인형은 대체로 얼굴이 좀 섬뜩하게 생긴 편인데, 이 인형은 몹시 예쁘고 사랑스럽게 생겼다. 아야미는 인형의 오른손을 내게 내밀었다.

[안녕.]

나는 황급히 케이크가 담긴 접시를 탁자 위에 내려놓고, 인형의 눈높이에 맞춰 쭈그려 앉았다.

"처음 뵙겠습니다. 이름이 어떻게 되세요?"

[미니.]

인형이 작은 손을 흔들었다.

"미니라고 하는구나. 내 이름은 마이야. 잘 부탁해."

[잘 부탁해, 마이.]

인형의 조그마한 손과 내 손끝이 악수를 나눈다.

"아야미, 책 읽고 있었나 보구나?"

아야미는 인형과 함께 고개를 한 번 끄덕인다.

"뭘 읽고 있었어?"

아야미는 수줍게 입을 다물더니 노리코 씨의 치마 그림자 뒤로 숨어 버렸다. 노리코 씨가 미소 지으며 아야미를 돌아보았다.

"조금 긴장한 것 같아."

"그렇구나. 아무래도 모르는 사람이니까 어쩔 수 없지. 갑자기 모르는 사람들이 잔뜩 와서 신경 쓰이지?"

내가 묻자, 아야미는 부끄럽다는 듯이 고개를 끄덕인다.

[응.]

아야미는 미니를 움직여 내 질문에 대신 대답하게 했다.

[마이, 그림책 같이 읽을래?]

"그림책 말야? 응, 읽을래."

그렇게 대답하자, 아야미는 손을 뻗어 수줍게 내 손을 꼭 쥐었다. 그러더니 그림책 쪽으로 잡아 이끌기 시작했다.

"아야미, 간식부터 먹고 읽지 그러니?"

노리코 씨가 말을 꺼낸 그 순간, 갑자기 창문에서 눅눅한 바람이 불어들었다. 하얀 레이스 커튼이 혹 부풀었다. 그렇게 세찬 바람은 아니었지만, 마치 노리코 씨를 위협하듯 불어들었다.

그때, 아야미가 갑자기 내 손을 놓아버렸다. 놀라서 내려다 보니, 아야미의 얼굴이 굳을 대로 굳어져 있었다. 아야미는 양팔로 인형을 꼬옥 안고, 등을 홱 돌려 그림책을 향해 뛰어갔다.

어? 무슨 일이지?

"아야미? 왜 그러니? 간식 안 먹어?"

아야미는 노리코 씨에게 등을 돌린 채 원래 있던 곳으로 돌아가 주저앉았다. 노리코 씨가 따라가 열심히 말을 걸었지만, 아무 말 없이 고개만 푹 숙이고 있다. 그림책을 열심히 읽는 척하고 있지만, 책장은 한 장도 넘어가지 않는다. 아야미를 향해 쭈그려 앉아 있던 노리코 씨가, 쓴웃음 섞인 한숨을 쉬더니 몸을 일으켰다.

"그럼, 아야미 것은 여기 놓아둘게. 고모는 마이 양과 함께 베란다에서 먹을 테니까, 같이 먹고 싶어지면 나오렴."

노리코 씨는 아야미 몫의 간식을 탁자 위에 내려놓고 베란다를 가리켰다.

"밖에서 먹어도 좋겠지? 바람이 부니까 덥지는 않을 거야."

베란다에 부는 바람은 시원하고 상쾌했다. 돌로 된 베란다 바닥이 옆방 앞까지 길게 이어지고 있었다. 아야미 방쪽의 베란다에는 벤치 모양의 그네가 있고, 옆방 쪽 베란다에는 의자와 탁자 세트가 놓여 있다. 울창한 정원수가 그림자를 적당히 드리우며 햇빛을 막아주고 있었다.

"미안해."

노리코 씨는 탁자 위에 차를 내려놓으며 말했다.

"아뇨, 노리코 씨가 사과하실 일이 아니잖아요. 하지만 갑자기 왜 그러는 걸까요?"

내가 실수라도 했나? 혹시나 싶어 돌이켜 봤지만 역시 이유를 알 수 없었다. 노리코 씨가 간식을 먹고 책을 읽으라고 해서 그런가? 하지만 그런 걸로 기분 상할 이유는 없잖아.

"신경 쓰지 마. 이 집으로 이사 오고 나서부터 아야미가 많이 예민해졌어. 요즘은 항상 저래. 방금 전까지 분명 기분 좋게 놀고 있었는데도, 갑자기 입을 꾹 다물고 방에 틀어박힌다거나……."

"이사 온 이후부터요?"

"응."

노리코 씨는 베란다 너머로 보이는 연못을 바라보았다.

"원래 정도 많고 사람을 잘 따르는 아이였는데, 갑자기 낯가림이 너무 심해졌어."

"낯을 가릴 나이가 된 게 아닐까요?"

"그럴지도 모르지."

노리코 씨는 잘 모르겠다는 듯 고개를 끄덕이며 말을 이었다.

"이사 오면서 친구가 없어진 탓이 아닐까 싶어. 전에 살던 곳에서 사귄 친구들과는 더 이상 연락이 안 되거든. 아직 어린애들이니까 마음대로 전화를 하거나 만나러 갈 수가 없잖아? 전에 살던 집에는 친구들이 자주 놀러오곤 했는데, 여기에 이사 오고 나서는 아무도 집에 놀러 온 적이 없어. 이곳 학교 선생님이랑 면담한 적이 있는데, 아야미에게 친구가 없어서 걱정된다는 얘기도 들었고."

"그렇구나. 그리고 이 동네에도 아이들이 많이 사는 것 같진 않더라고요."

"맞아. 차라리 이 근처 초등학교로 왔으면 좀 나았을지도 몰라. 하지만 아야미는 여기서 좀 떨어진 사립초등학교에 다니거든. 학교랑 집이 머니까 차로 데려다 주고 마중을 나가잖아? 그래서 방과 후에 반 친구들과 이야기할 시간조차 없는 것 같아."

그렇군. 수업이 끝날 무렵에는 마중 나온 차가 기다리고 있을 테니까 빨리 나가야겠지. 사립초등학교면, 다른 아이들도 아마 마중 나온 차를 타고 바로 집에 갈 테고……. 아무래도 방과 후에 친구들과 뛰어 놀 수 있는 분위기는 아닌 것 같다.

노리코 씨는 심각한 표정으로 생각에 잠겨 있었다.

"무슨 일 있어요?"

내가 묻자, 노리코 씨는 마치 뭔가를 결심한 듯한 표정으로 입을 열었다.

"있잖아, 정말로 이 집에서 무슨 일이 일어나고 있다고 생각해?"

나는 화들짝 놀라 손을 절레절레 내저었다.

"이이고, 아직 모르죠. 저희야 오늘 아침 막 왔는데요."

"그래……, 그렇지."

노리코 씨는 중얼거리며, 손끝으로 머리카락을 매만지기 시작했다.

"어쨌든, 이 집에서 뭔가 이상한 일이 일어나고 있는 건 확실하지?"

"그런 것처럼 보이지만……. 하지만 이야기만 듣고서는 뭐라고 확실하게 답을 드리기가 좀 어려워요."

"이상한 일이 일어나지 않았다는 뜻이야? 그럼 우리가 겪은 일을 어떻게 설명할 수 있다고 생각해?"

"아뇨, 그런 뜻이 아니라, 잘 모르겠어요. 음, 이상한 사건처럼 보이지만 사실 과학적으로 설명할 수 있는 일일 수도 있고요. 아니면 악질적인 장난일 경우도 있고……."

아뿔싸, 실수했다. 하지만 말을 주워 담을 수는 없는 노릇이다. 나는 세차게 고개를 흔들며 손을 내저었다.

"아니, 그렇다고 해서 지금 이게 누가 장난을 치고 있다는 뜻이 아니고요……."

내가 애써 수습해 봤지만, 노리코 씨는 다시 턱을 괴고 깊은 생각에 빠져들었다.

"본격적으로 조사가 시작되면 조금씩 명확해 질 거예요. 음, 우리 회사 같은 경우에는 조사하는 속도가 조금 느린 편이긴 하지만요."

"느린 편이라니?"

"네. 우리 소장님이, 부서지기 직전까지 돌다리를 두들겨야 겨우 다리를 건너는 타입이라서요. 하지만 신중한 만큼, 소장님이 얻는 결과는 확실하고 믿을 만해요. 하지만 저야 이 회사에서 돈

받는 사람이니까 이렇게 말하면 별로 신빙성이 없는 거 같네요."

노리코 씨는 피식 웃었다.

"마이 양을 믿을게."

～3～

간식을 먹고 한숨 돌리다, 너무 오랫동안 느긋하게 굴었다는 사실을 깨닫고 황급히 베이스로 돌아갔다. 베이스에 돌아가 보니 역시나, 구경꾼 두 마리는 태연한 얼굴로 소파에 푹 앉아 휴식을 취하고 있었다. 우아한 차 한 잔의 여유를 즐기며 말이다.

그나저나 이 사람들, 도대체 일할 마음은 있는 건가?

게다가 나는 소장님께 또 꾸지람을 듣고 말았다.

"언제까지 게으름만 피울 거야?"

"네네, 대단히 죄송합니다."

"해가 떨어지면 다시 한 번 기온을 측정하도록."

"예이."

나루의 말에 따르면, 심령 현상이 일어나는 장소의 기온은 다른 곳에 비해 낮이 낮아진다고 한다.

마침내 해가 졌다. 나는 온도계를 들고 두 번째 조사에 나섰다. 모리시타 저택은 정말로 드넓다. 저택 일 층에는 우리가 베이스로 쓰고 있는 서재가 있고, 응접실과 광활한 거실, 식사실과 주방이 있다. 또 식사실과는 별개로 많은 사람들을 수용할 수 있는 연회장 같은 것도 있다. 거기에다 카나 씨가 사무실로 쓰는 방도 있고, 다다미가 깔려 있는 일본식 방도 있다. 이 층에는 노리코 씨 방과 아야미 방, 히토시 씨와 카나 씨의 침실이 있고, 손님용 침실 두 개 있다. 창고로 쓰는 넓은 다락방에다가 고용인들의 방으로 쓰는 작은 방이 두 개나 더 있다.

이 저택에는 계단이 두 개 있다. 하나는 현관에 접해 있는 큰 계단이고, 나머지 하나는 작은 계단이다. 이 계단은 일하는 사람들이 쓴다고 한다. 이쯤 되면 내가 알고 있는 일반적인 '주택'과는 차원이 완전히 다르다. 너무 넓어서 현실감조차 없다. 청소하기 힘들겠다는 생각밖에 안 든다.

모든 방의 온도를 재며 넓은 저택을 휘젓고 다닌 뒤, 지친 몸을 이끌고 베이스에 돌아갔다. 그러나 또 늦다고 혼쭐이 나버렸다. 아이고오, 난 만날 혼나……

"사람 험하게 부려먹는 건 여전하구만."

뒤를 돌아보자 스님이 히죽거리고 있었다.

"말단은 힘들지? 잡무 담당 아가씨."

"일이니까 어쩔 수 없잖아. 그보다도 스님은 일 안 해?"

"할 거야. 내가 나설 차례가 돌아오면."

그 차례는 도대체 언제 돌아오는데.

"아야코는? 제령 안 해?"

"할 거야." 아야코는 심술궂게 웃었다. "일단 너희들이 헛되이

노동력을 낭비하는 꼴을 마음껏 즐긴 뒤에 말이지."

헛된 노동이라니, 말을 해도 참······.

"지금은 아는 게 하나도 없다구. 너무 막연하잖아? 그러니 적절한 정보가 모일 때까지 기다리겠어. 이만큼이나 기계를 잔뜩 돌리고 있으니, 기다리다 보면 힌트 정도는 얻을 수 있을지도 모르지. 그걸 알아낸 뒤에 일을 시작해도 늦지 않을 거야. 그때까진 그냥 푹 쉴 생각이야. 이 집, 분위기도 썩 나쁘지 않고 안락하기까지 하잖아."

일하러 왔다는 사람이 할 소리냐 그게. 무책임한 말을 잘도 하는구나.

나는 구경꾼 두 사람을 무시해 버리고, 책상에 앉아 파일을 살펴보는 나르 곁으로 다가갔다.

"뭐 알아낸 거 있어?"

내가 간식을 먹으며 쉬는 동안, 나르와 린 씨는 건물을 조사했을 것이다.

"이상한 점은 없군. 건물은 완벽하게 수평을 이루고 있어. 오래된 건축물인데도 기울어짐이 없고, 기초공사도 확실하게 되어 있고. 집 뒤에 연못이 있는 게 신경 쓰였지만, 건물 자체는 튼튼한 지대 위에 서 있어서 안정적이야.

"그런 것까지 조사했구나."

내가 감탄하자 나르는 노리코 씨가 가져다준 도면을 가리켰다.

"집을 개보수할 때 전문가에게 지반조사를 의뢰한 모양이야.

도면에 그 데이터가 들어 있었지."

"그렇구나아."

"배관은 많이 낡았지만 문제가 될 만한 부분은 수리할 때 전부 새로 고쳐 놓았어. 낙후된 건물이 괴현상을 일으킬지도 모른다고 생각했지만, 그럴 가능성은 낮아졌군."

"그렇다는 건, 역시 여기, 뭔가 있는 거야?"

무심코 뒷걸음질 쳤다. 무섭잖아! 기묘한 인연으로 얽힌 탓에 심령 현상 조사 사무소에서 아르바이트를 하고 있지만, 나는 영능력자도 아닐 뿐더러 그쪽 분야의 권위자도 아니다. 아주 평범한 보통의 여고생일 뿐이지. 그러니 무서운 건 무서운 거다. 사람이 범인인 RSPK라면 또 모르지만, 유령이 원인일 수도 있다니……. 그런 사건에는 가능하면 엮이고 싶지 않아. 도망가고 싶어, 절실하게.

다행히도 나르는 고개를 갸웃거렸다.

"무언가가 있다고 단정을 지을 수 있을지 없을지 모르겠군."

"전에 살던 사람, 토와다 씨였나? 그 사람한테는 아무 일도 없었댔지?"

"그런 듯하군. 그리고 토와다 씨 전에 살던 사람도 이상한 사건을 겪은 적은 없었던 모양이다."

나르는 그렇게 말하며 데스크에 앉아 있는 린 씨를 힐끗 보았다. 린 씨는 노리코 씨의 의뢰를 받은 날부터, 예비 조사라는 명목으로 근처 주민들의 이야기를 듣고 다녔다.

"없습니다."

린 씨가 짧게 대답했다. 나르는 고개를 끄덕이며 말을 이었다.

"그 가족은 지극히 평화롭게 살다가 자연스럽게 이사를 갔어. 불길한 소문이 돈 적도 없는 모양이야."

"그럼, 유령의 집이 아닌가 보네."

정말이지 이 집만큼 '유령의 집'이라는 단어가 잘 어울리는 곳도 없을텐데.

"그런 것 같군."

스님은 불만스러워 보인다.

"이만큼이나 낡은 집인데 사건 사고가 전혀 없었다는 게 말이 되나? 아무 일도 없었다는 게 오히려 더 수상한데."

나는 고개를 갸웃거렸다.

"그렇다면, 주변 이웃들이 뭔가 숨기고 있다는 말이야?"

"있을 법하잖아. 특별한 사건 사고가 없었다 해도 죽은 사람 한두 명 정도는 있었을 거야. 실제로 토와다 씨 전에 살던 사람도 죽었다며. 그럼 병사한 사람이 있다, 그 집에 아무래도 마가 낀 것 같다, 뭐 그 정도 소문은 돌아야 되는 거 아닌가? 사실 반 재미 반으로라도 말이지. 그런즉, 내 말은 이거야. 정말로 무슨 사단이 난 적이 있다는 거지. 그래서 대놓고 말하지 않거나 말할 수 없게 된 거 아닐까?"

대단히 설득력 있다.

어쨌거나, 하며 나르는 가볍게 한숨을 쉬었다.

"추측만 해서는 일이 진행되지 않아. 정말 폴터가이스트가 일어나고 있는지를 먼저 확인해야지."

나르는 질렸다는 듯한 표정으로 파일을 탁 닫았다.

"현상 자체가 미미해서, 확인할 때까지 시간이 좀 걸릴 것 같지만 말이야."

그때부터는, 그저 기다릴 뿐이었다. 끝나지 않는 영원한 기다림이었다. 기계를 물끄러미 지켜보며 무슨 일이 일어나기만을 기다린다. 너무 지루해서 모래라도 씹고 싶은 심정이었다. 저녁 식사를 마치고도 한참을 더 기다렸다. 그리고 마침내 시계 바늘이 열 시를 넘겼다. 이만큼이나 기다렸는데 아무 일도 없다니. 날이 새려면 앞으로 열두 시간을 더 이러고 있어야 한다. 아이고, 하며 한숨을 내쉴 무렵, 갑자기 복도에서 쿵쾅거리는 소리가 들려왔다. 문을 두들겨 부술 듯한 기세로 열어젖히고 베이스에 뛰어든 사람은 다름 아닌 카나 씨였다.

"잠깐, 빨리 와 봐요!"

카나 씨의 얼굴은 새하얗게 질렸고, 목소리도 상기되어 있었다.

"무슨 일이신지요?"

침착한 목소리로 되묻는 나르의 팔을 카나 씨가 난폭하게 휘어잡는다.

"됐고, 빨리 오라고요!"

우리-린 씨를 제외한 네 명-는 서로 얼굴을 쳐다보다, 잽싸게 카나 씨의 뒤를 따랐다.

～4～

카나 씨는 우리를 아야미 방으로 데려갔다.
"이것 좀 봐요!"
카나 씨가 방문을 활짝 열며 소리쳤다. 그 광경에 우리는 잠시 넋을 놓았다.
방의 왼쪽 벽에 딱 붙어 있던 책상이 비뚜름하게 놓여 있었다. 책상 안쪽이 분명 벽에 붙어 있었는데. 그런데 마치 누군가가 모서리를 붙들고 끌어내기라도 한 듯, 안쪽 모서리 끄트머리만이 벽에 닿아 있었다. 마찬가지로, 반대쪽 벽에 붙여져 있던 침대도 기울어져 있다. 책장도 비뚤게 서 있다. 책장도 상자도 모조리 무질서하게 장소를 바꾼 그 가운데, 잠옷 차림의 아야미가 우두커니 서 있었다.
"뭐냐……? 이건."
스님의 중얼거림에, 카나 씨가 날카로운 시선을 돌렸다.
"아야미를 재우려고 함께 방에 들어왔는데 이렇게 되어 있었어요. 뭐가 어떻게 된 거죠? 이런 일이 일어나지 않게 하려고 온 것 아니었어요?"

히스테릭한 카나 씨 목소리가 방 안을 가득 채웠다. 나는 멍하니 방을 바라보는 아야미 어깨에 팔을 둘렀다.

"아야미, 괜찮아?"

아야미는 이상하다는 듯 눈을 깜박이다 나를 올려다보았다.

"왜 다 비뚤어져 있어?"

"글쎄, 왜 그럴까?"

아무 일도 아니라는 듯 아야미에게 대답하다, 나는 문득 깨달았다. 카펫마저 비뚤어져 있다……. 그 위에 온갖 가구들이 얹혀 있는 채로.

책상도 상자도 다 서랍이 붙어 있고, 책장에도 책이 잔뜩 들어차 있다. 나무로 만든 독특한 구조의 가구들이라, 가구 자체의 무게만도 상당해 보인다. 이런 무거운 것을 도대체 누가, 어떻게, 이렇게 만들어 놓은 거지?

문가에 서서 방 안을 둘러보던 아야코가 작은 소리로 말했다.

"설마, 이 꼬맹이가 그런 건 아니겠지?"

나는 발끈했다.

"아야미가 이런 일을 할 수 있을 리가 없잖아!"

"절대 못하지." 스님이 나를 거들었다. "이 카펫을 좀 보라고. 위에 가구가 얹혀 있는 상태로 움직였어. 나도 이렇게는 못 옮겨. 넌 할 수 있어?"

그렇게 말하며 스님은 아야코를 한 번 쩨려보았다. 나르는 무뚝뚝한 소리로 카나 씨에게 말했다.

"일단 방을 조사해 보고 싶은데, 괜찮으시겠습니까?"
"예, 그러세요."
그렇게 대답하며, 카나 씨는 아야미의 손목을 잡았다.
"저희는 밑에 있겠습니다. 자, 아야미, 가자."
아야미는 이끌리는 대로 걷기 시작하며, 푹 숙이고 있던 고개를 들어 나를 바라보았다.
"아야미가 그런 거 아냐."
금방이라도 울음을 터뜨릴 듯한 목소리였다. 나는 아야미를 달랬다.
"알아. 아야미가 그런 거 아니야."
아야미는 불안한 표정으로 고개를 끄덕이더니 카나 씨와 함께 방을 나섰다.
"나르, 어떻게 생각해?"
두 사람의 발소리가 계단 쪽으로 멀어져 간 뒤, 스님이 나르에게 물었다.
"어떻게 생각하고 말고 할 것도 없지. 이런 일을 할 수 있는 인간이 있다면 꼭 한 번 만나보고 싶군. 마츠자키 씨야 어떤지 모르겠지만, 최소한 내가 아는 인간 중에 이 정도의 괴력을 가진 자는 없어."
그렇겠지. 힐끗 시선을 돌려 아야코를 바라보자, 아야코는 입을 삐죽거리고 있었다.
"알아, 그냥 한마디 해봤을 뿐이야."

나르는 마룻바닥에 쭈그려 앉아 카펫 모서리를 잡아 당겨 보고 있었다. 스님도 가세했지만, 카펫은 미동조차 하지 않았다. 나르는 카펫을 들춰내고는 카펫과 마루 사이를 들여다 본 뒤, 손을 집어넣어 만져보았다.

"아무런 흔적이 없군. 인간이 이렇게 하려면 시간이 상당히 걸릴 거야."

나르가 그렇게 중얼거린 순간이었다. 일 층에서 찢어지는 비명이 들려왔다.

모두 그 순간 계단을 향해 달려 나갔다. 계단을 다 내려가자, 복도에 카나 씨가 미처 몸도 가누지 못하고 문에 매달려 있었다. 카나 씨는 공포에 질린 표정으로 거실 쪽을 돌아보고 있었다.

"무슨 일이십니까?"

나르의 목소리에, 카나 씨는 떨리는 손을 천천히 들어 거실 안쪽을 가리켰다. 거실에 들어가자, 또 아야미가 거실 한가운데 우두커니 서 있었다. 우리가 거실로 뛰어들어감과 동시에 노리코 씨도 거실 안쪽에 있는 아치형 문에서 뛰어들어오고 있었다. 그리고 우리 모두 다, 무언가에 얻어맞기라도 한 듯이 그 자리에 우뚝 멈추어 섰다.

가구들이 모조리 뒤집혀 있었다. 식탁이나 의자는 다리가 하늘을 향해 있고, 벽에 있는 장식장은 앞면을 벽에 딱 붙인 채로 등짝을 드러내고 있다. 벽에 걸린 그림도 전부 뒤집혀 있었다.

적막이 흘렀다. 이쯤 되니 그 누구도 감히 말 한마디조차 꺼낼 수 없었다.

식탁 하나만 뒤집어져 있었다면 차라리 또 모르지. 몹시 무거워 보이는 나무 식탁이고, 두꺼운 대리석이 끼워져 있지만, 잘 기울이고 주의 깊게 눕힌다면 소리 없이 뒤집는 것도 가능했을 것이다.

하지만 장식장은?

방금 여기서 식사를 마친 뒤 차를 한 잔 마셨던 것이 기억난다. 저 장식장 안에는 카나 씨가 수집하는 시계들이 들어 있었다. 수많은 시계들. 낡은 것, 새 것, 대리석으로 된 것, 신주로 된 것, 동으로 된 것, 유리로 된 것 등. 그중에 카나 씨가 자랑스럽게 보여준 시계는 순은으로 된 시계였다. 훌륭한 조각으로 장식된 아름다운 추시계였다.

그런 무거운 것이 잔뜩 든 장식장을 어떻게 움직였다는 거지? 벽에서 떨어뜨리고 뒤집고, 다시 벽에 붙이고…….

나는 불현듯 발밑을 내려다보았다. 역시, 내가 생각한 그대로였다.

이 방의 카펫 또한, 가구 밑에 깔린 채로 뒤집혀 있었다.

～ 5 ～

아야미 방과 거실에 기계를 설치했다. 아야미는 오늘밤 노리코 씨 방에서 잘 것이다. 다함께 방을 치운 다음 기계를 설치하고 세팅을 했다.

　가구를 제자리에 돌려놓는 건 우리 관할 밖인 것 같은 생각도 들지만, 이 집에는 남자가 한 명도 없다. 유일한 남자인 오노우에 씨는 식사를 마친 뒤 돌아간지 오래고(이때 시바타 씨도 함께 돌아갔다), 우리가 돕지 않고서는 거실을 어떻게 수습할 수가 없으니 별수 없는 노릇이다. 특히 거실이 문제였다. 모든 가구가 비뚤게 틀어졌을 뿐인 아야미 방은, 책장 안의 물건들이나 서랍을 뺀 뒤 제자리로 돌려 놓으면 된다. 그거야 남자가 없어도 어떻게든 할 수 있지만, 거실은 이건 뭐······.

　"역시 폴터가이스트야. 의문의 여지가 없어. 그렇지?"

　린 씨와 함께 가구를 옮기며 스님이 말했다.

　"그런 것 같네."

　아야코도 수긍했다. 이번에는 차마 사람이 한 짓이라고는 말할 수 없었겠지. 아무튼 거실의 가구란 가구는 죄다 앞뒤가 뒤집혀 있다. 장식장을 옮기려 해도 그 안에 뭐가 잔뜩 들어 있어서 꿈쩍도 않는다. 장식장을 움직이려면 먼저 안의 물건을 꺼내 놓아야 하는데, 문 쪽이 벽에 찰싹 달라붙어 있으니 어떻게 할 도리가 없다. 머리를 굴린 끝에, 가구에 밧줄을 걸어 살짝 기울인 뒤, 한쪽 바닥이 들리면 카트를 밀어 넣기로 했다. 엄청난 작업이다. 가구나 집에 상처를 낼 수 없으므로 담요로 가구를 덮어야 했다. 그러고도 세심한 주의를 기울여야 하는 대단한 중노동이었다.

하지만 이 사건 덕분에 좋든 싫든 결론을 내릴 수 있었다. 물리적인 힘으로 할 수 있는 일은 아니라는 거지. 카나 씨와 노리코 씨, 아야미 세 사람이 협력을 했다 해도 그 짧은 시간 동안 모든 가구를 뒤집는 건 불가능하다. 심지어 가구에도 마루에도 상처 하나 없다니…….

여럿이 힘을 모아 장식장을 기울였다. 장식장 문을 열고 안에 들어 있는 것을 꺼내 놓았다. 나와 아야코가 부지런하게 장식장 안을 비운 뒤, 남자들이 장식장을 안아 올려 정위치로 돌려 놓았다. 돌려 놓은 뒤에는 다시 시계들을 넣어 놓는 고단한 작업이 계속 되었다. 말도 안 된다. 절대 절대 절대로 사람이 물리적인 힘으로 이런 일을 벌일 수는 없다.

"누군가 악질적인 장난을 친 것도 아닐 뿐더러, 물리적으로 설명할 수 있는 것도 아니야."

스님이 말하자 아야코도 끄덕거렸다.

"폴터가이스트 확정이지. 이제 남은 문제는 이 폴터가이스트를 일으키는 범인이 누구냐는 건데."

"지박령 아닐까?"

"지령이겠지?"

또 그런다. 당신들 사진에는 지박령이랑 지령말고는 실릴 게 없나요?

"뭐, 어쨌거나. 좀 호들갑스러운 폴터가이스트긴 해도 실제로 사람들이 다친 건 아니니까, 그렇게 대단한 놈은 아닐지도 몰라.

내일 제령해 볼까?"

아야코는 그렇게 말하며 마지막 시계를 찬장에 넣고, 양손을 툭툭 털며 자리에서 일어났다.

"너희들은 불침번 설 거야? 시간 낭비일 것 같은데?"

나르는 완벽하게 아야코를 무시했다. 아야코는 어깨를 한 번 으쓱하고는 손을 내젓는다.

"뭐, 마음 가는대로들 하셔. 어쨌든 난 의리를 지켜 청소를 도왔으니 오늘 할 일은 다한 셈이고. 난 내일을 대비해서 먼저 자야겠어."

여전히 근거 없는 자신감에 가득 차 있구만. 지난번에도 별 도움도 못 줬으면서.

아야코가 나간 뒤, 결국 스님이 기계 설치를 도와주게 되었다.

"인간이냐, 영이냐, 어느 쪽이 가능성 높다고 생각해?"

스님이 나르에게 물었다. 나르는 "글쎄."라고 대답할 뿐, 묵묵히 기계를 설치하고 있었다. 나르는 기계 코드들을 이은 뒤 나에게 건네주며 명령했다.

"케이블을 다 묶어서 저쪽에 놓아 줘."

그렇게 말하며 나르는 노트북을 열었다. 기계 조정을 할 생각인가 보다. 받아든 코드 한 다발을 그 근처에 흩어진 케이블과 함께 모아서 들었다. 테이프로 한꺼번에 묶어 두려고 바닥에 손을 뻗었는데……

"어라, 비닐 테이프 어디 갔지?"

방금 쓰고 바로 바닥에 내려놨는데, 비닐 테이프가 없다. 여기 있을 텐데. 이상하다. 바닥을 내려다보며 당황하는 나를, 스님과 나르가 조용히 바라보고 있었다. 의미심장한 침묵이 흘렀다.
"······아."
이건가. 이런 거였나 봐. 물건이 자꾸 사라지는 거. 이런 일들이 빈번하게 일어났다는 거구나!
나르가 말없이 주머니에서 비닐 테이프를 꺼내어 건네주었다. 물론 이건 내가 쓰던 테이프가 아니다. 색깔이 아예 달라.
"기분 묘하네."
딱히 무서운 건 아니다. 그렇다고 신기한 것도 아니다. 뭐라고 말을 해야 할까. 그냥 어쩐지 마음에 걸릴 뿐이다. 내가 정신이 없어서 어디다 두고 까먹은 건지, 방금 정리할 때 어딘가로 섞여 들어가 버린 건지. 그리고 그게 아니라면······?
어떻게 받아들이든 기분이 편치 못하다. 노리코 씨나 카나 씨가 자꾸 말끝을 흐렸던 게 생각났다. 이런 일이 자꾸 일어났으니, 말끝을 흐릴만도 하지.
그렇게 생각하며, 한꺼번에 묶은 케이블이 방해가 되지 않도록 '영차' 하며 다른 곳으로 옮겼다. 케이블은 생각보다 가볍게 잘 움직였다······, 어?
기계에 연결되어 있어야 할 케이블이, 보기 좋게 다 빠져 있다.
"나르, 이거 봐."
나는 빠져서 덜렁거리는 커넥터 무리를 가리켰다. 나르는 불쾌한 표정으로 바라보더니, 곧 짜증 가득한 한숨을 쉬었다.
"귀찮게 됐군."
스님이 뒤도 돌아보지 않고 맞장구를 쳤다.
"그래. 이런 식이면 기계 설치가 끝나질 않을 거야."
"테이프 얘기가 아니야."
"음? 무슨 일이야?"
다가온 스님에게 기계에서 빠져버린 케이블을 보여 주었다.
"어이구, 이런!"
"이거, 있을 수 없는 일, 맞지?"
"테이프가 없어진 거야 그럴 수 있지만, 이건 좀처럼 있을 수 없는 일이지."

으으윽. 몹시 께름칙하다. 어쩔 수 없지. 빠져 있는 커넥터들을 원래대로 끼워 놓고, 한데 묶은 케이블을 통행에 방해 되지 않도록 구석으로 몰아 놓았다. 그리고 남은 케이블들을 묶어서 정리하려 하는데……, 비닐 테이프가 없다. 또 없어!
"두 개째."
내가 중얼거리며 내뱉자, 이번에는 린 씨가 말없이 자기 테이프를 내밀었다. 그것을 받아 들어 케이블을 묶었다. 묵묵히 작업을 하고 있는데, 린 씨가 건네준지 얼마 되지도 않은 테이프가 또 사라졌다.
"세 개째."
내가 말하자, 스님도 그 주변을 둘러보다 말을 덧붙였다.

"겸사겸사 드라이버도 사라진 것 같네."
"작작 좀 해줬으면 좋겠다, 진짜."
"여기 어디 바닥에 요정이라도 사는 거 아냐?"
힘없이 웃으며 돌아봤는데, 내 바로 옆에 비닐 테이프 세 개가 쌓여 있었다.
"으아악! 이것 참 기분 이상해지네."
스님의 한탄에 나도 고개를 끄덕였다. 그렇군, 카나 씨가 말하던 '노골적인 느낌'이라는 게 바로 이런 걸 두고 하는 말이었나?
이런 일이 몇 달이고 계속 된다면 누구든 견딜 수가 없겠지. 뭐가 이상하다고 딱 집어 말하기는 힘든데, 절대로 무시할 수 없는 정도의 현상이 되풀이 되고 있는 것이다.
위험한 느낌은 들지 않지만, 이상한데다가 오싹하기까지 하다. 몹시 짜증난다. 누군가가 보란 듯이 우리에게 장난을 치고 있는 것 같아. 그래, 아마 그게 싫은 거겠지. 대놓고 사람을 놀려먹는 느낌이……, 몹시 심술궂은 느낌이 든다.
나는 폴터가이스트를 본 적이 있다. 우리 학교 구교사에서 일어났던 그 폴터가이스트는 위험하고 무서웠지만, 악의는 느껴지지 않았다. 그러나 이 집에서 일어나는 사건에는 악의가 가득 차 있다. 실제로 사람에게 위협을 가하지는 않지만.
"다들 신경이 날카로워질 수밖에 없겠지."
"그렇지. 이런 일이 계속 된다면 확실히 버틸 수가 없어. 무섭지는 않지만 예민해진단 말이야."

그렇게 말하며 스님은 나르를 쳐다보았다.

"무슨 일이야? 꽤나 오래 생각에 잠겨 있구만."

나르는 대답하지 않는다. 사람들을 이렇게 부려먹고 있으면서, 대답 정도는 해줘도 되는 거 아닌가. 그러나 스님은 별로 신경 쓰지 않는 듯했다.

"뭐 신경 쓰이는 일이라도 있으신가?"

나르는 겨우 입을 열었다.

"반응이 지나치게 빠르다는 생각은 안 드나?"

"하아?"

스님이 무슨 소리냐는 듯 반문했다. 나르는 꺼림칙하다는 듯 눈살을 잔뜩 찌푸리고 있었다.

"심령 현상은 보통 외부인을 꺼려하지. 그러니 외부인이 들어오면 일시적으로 잠잠해지게 마련이야."

"그러고 보니 그렇군."

나는 스님에게 물어보았다.

"전에도 그런 얘기 들은 적 있는데, 원래 심령 현상이라는 게 그런 거야?"

나르에게 물어봤자 멍청하다는 소리밖에 더 듣겠어.

"그래. 텔레비전에서 본 적 없어? 유령의 집 특집 같은 거. 괴현상이 빈번하게 일어나는 공포의 집에 카메라를 들고 소란스럽게 쳐들어가지만, 아무 일도 일어나지 않잖아."

"응, 맞아."

"그런데 이 집은 갑자기 이렇게 대놓고 일을 막 벌려 주셨잖아? 심지어 우리가 전해 듣던 것보다도 훨씬 더 노골적으로 말이야. 우리 예상보다 세게 나오고 있어."

"그렇네. 노리코 씨는 자잘한 물건들이 사라졌다 나타날 뿐이라고 했었는데……."

나는 다시금 물끄러미 가구를 바라보았다. 자잘한 물건에서 가구라니. 스케일이 달라도 너무 다르잖아.

"어떻게 해석하고 있지?"

나르가 묻자, 스님은 진지한 얼굴로 팔짱을 끼며 대답했다.

"네가 말한 대로야. 외부인이 들어오면 대체로 폴터가이스트 반응이 약해져야 하는 법이거든. 실제로 엄청난 랩음이 들린다고 해서 가보면, 그저 삐걱거리는 소리만 조금 날 뿐인 경우가 많지. 그리고 그 삐걱거림조차 첫날에는 확인할 수 없는 경우가 대다수야. 제삼자가 들어가면 일시적으로 반응이 사라지거나 약해져. 이게 피해자를 더욱 힘들게 하지. 현상이 잠시 잦아들기 때문에, 피해를 호소했음에도 다들 제대로 이야기를 들어주지 않는 거야. 심지어 기분 탓이라느니, 상상이 지나치다느니 하는 말도 듣게 되고, 그러다 결국 입을 다물게 되지. 사실 폴터가이스트의 피해자를 힘들게 하는 건 이상 현상이 아니라 사람들의 차가운 시선이야."

헤에……, 그렇구나.

"그런데 이번 경우에는 반대로 반응이 더 강해졌어. 이건……,

반발인가?"

나르가 스님을 돌아본다.

"그렇게 생각하나?"

"맞지 않을까? 현상을 일으키고 있는 이 누군가는 우리를 꺼리고 있어. 너희들이 오면 재미없다 이거지. 심지어 느닷없이 이런 큰일을 벌였잖아? 이 폴터가이스트는 만만치 않아. 지금까지는 그저 가구가 흔들리는 정도였던 건데 말이지. 이런저런 상황으로 미루어 볼 때, 지금까지 자잘한 소품을 가지고 놀던 건 그저 장난치는 정도였던 거고. 이게 그놈의 진짜 능력이 아닐까 싶어."

"장난?"

그래, 하고 스님은 끄덕거렸다.

"집에 사는 사람들을 곤란하게 하는 게 재밌었던 거지. 그런데 마음에 안 드는 놈들이 나타나서 그 장난을 방해하려 들어. 그래서 본격적으로 위협 행동에 나선 거지. 또는 도발일 수도 있을 거야. 네깟것들이 뭘 할 테냐, 할 테면 해보라는 식으로."

나르도 고개를 끄덕였다.

"이 사건, 생각보다 시간이 걸릴 수도 있겠군."

1

두 번째 날이 밝았다. 점심이 될 무렵 반강제로 일어나야 했다. 졸리다. 날이 새도록 기계를 설치하고 측정했거든. 그 후로 아직 이상한 일은 일어나지 않은 것 같다. 그게 구원이라면 구원이겠지. 일할 채비를 갖추고 베이스에 지시를 받으러 갔다.

"그 후에 무슨 일 있었어?"

아무것도, 라고 나르가 대답했다. 린 씨는 보이지 않는다. 조사하러 나갔는지, 잠시 눈을 붙이고 있는지. 린 씨의 자리를 스님이 대신 차지하고 있었다.

"무녀님은?"

이 질문에는 스님이 대답해 주었다.

"제령할 준비하고 있어."

어머나, 정말로 하나 보네.

스님은 의자 위에서 칠칠치 못하게 기지개를 쭉 펴며 웃었다.

"벌써 여기에 세 번 정도 쳐들어 왔었어. 소리 빽빽 지르면서 기도에 쓰는 도구가 없어졌다고 그러더라."

"여러모로 공평한 요정님이네. 심지어 부지런하기까지 해. 밤낮 가리지를 않는구나."

"그런 것 같네."

어쨌든 소장님께서 기온을 재라고 명령하시기에, 클립보드에 새 용지를 끼워 넣었다. 그리고 방을 나서려고 온도계를 찾는데……, 온도계가 없어.

"소장니임! 온도계가 사라졌습니다요!"

"차에 예비용 온도계가 있어."

아이고, 정말이지 부지런한 요정님이네. 그다지 큰 문제가 될 만한 일은 아니지만, 도대체 왜 이런 짓을 하는지 의도를 알 수가 없으니 몹시 찜찜하다.

답답한 마음으로 집을 나서는데, 노리코 씨와 아야미가 앞뜰에서 물을 주는 모습이 보였다.

"안녕하세요, 좋은 아침이에요."

말을 걸자 두 사람이 돌아본다. 아야미는 오늘 기분이 좋아 보였다. 빨간 양철로 된 물뿌리개를 들고 현관 옆의 화분에 물을 뿌리고 있다.

"아야미도 안녕."

내가 말하자, 아야미는 수줍다는 듯 작게 '안녕.' 하고 대답했다. 호스를 들고 있던 노리코 씨가 웃으며 말했다.

"어제 정리하는 거 도와줘서 고마워. 보통 일이 아니었지? 잘 시간은 있었어?"

"네, 잘 잤어요. 다섯 명이나 있었고, 남자 손도 많으니 그 정도 일쯤은 별거 아니죠. 하지만 상 안에 물건 정리할 때, 뭐가 어디에 있었는지 몰라서 적당히 넣어둔 게 마음에 걸리네요."

"괜찮아, 정말 큰 도움이 됐어."

아뇨아뇨, 하고 예의를 차린 뒤 문 앞에 세워둔 사무소의 밴으로 향했다. 짐칸에 기어 들어가 짐더미를 헤쳐 나간 뒤, 겨우 예비 온도계를 찾아내서 몸을 일으키는데, 이상한 광경이 보였다.
 차 바로 옆에는 어린아이 키만큼 높은 산울타리가 자라 있다. 그 산울타리 너머에 누군가가 있었다.
 나는 곧바로 몸을 수그렸다. 상대방도 모습을 숨기고 있는 것 같아서였다. 아무리 봐도 산울타리 사이로 정원을 훔쳐보고 있는 것 같은 모양새다. 나는 슬금슬금 몸을 일으켰다. 짐칸 창에는 안을 들여다보지 못하도록 필름이 붙여져 있고, 창을 따라 기자재가 든 선반이 붙어 있기 때문에 그쪽에서 나를 보기는 힘들 것이다. 몸을 살짝 일으킨 뒤 선반에 얼굴을 가져다댔다. 허리를 숙이고 산울타리에 얼굴을 들이대고 있는 누군가의 머리와 등의 일부가 보였다.
 누구지?
 아무리 봐도 몸을 숨기고 있는 기색이 역력하다.
 바깥 길에 사람 흔적은 없고, 길 정면에는 높은 담과 우거진 수목이 보일 뿐이다. 잠에 빠진 것처럼 조용한 저택가에는 축축 처지는 매미소리가 울려 퍼지고 있다.
 잠깐 동정을 살펴보는데, 갑자기 그 수상한 인물이 몸을 일으켰다. 상당히 연배 있어 보이는 할아버지였다. 험악한 표정으로 산울타리 너머에서 정원을 일별하더니, 이번에는 내 쪽을 쳐다보았다. 수상쩍은 것을 보는 눈길로 내가 탄 밴을 물끄러미 쳐다보며, 밴 옆에 주차된 세단을 이리저리 둘러보았다. 나는 숨을 멈추고 몸을 잔뜩 긴장시켰다. 차 안에 있는 내가 보일 리가 없어.

할아버지는 의심스러운 듯 고개를 갸웃거리며, 다시 한 번 정원을 쳐다보더니 언덕 위쪽으로 걸어갔다. 할아버지의 시선을 따라간 끄트머리에서, 노리코 씨와 아야미가 햇빛을 받으며 정원에 물을 뿌리고 있었다.

집을 들여다보고 있었지?

집 안 온도와 습도를 조사하기 위해 돌아다니며, 방금 보았던 수상한 할아버지에 대해서 생각했다. 카나 씨는 녹초가 된 모습으로 거실 장 앞에 우두커니 서 있었다. 부엌에서 일하는 시바타 씨의 표정에도 불안한 기색이 역력했다.

"어제 또 이상한 일이 일어났다면서요?"

시바타 씨는 수심이 가득한 얼굴로 내게 조용히 물었다.

이 층에 있는 아야미 방에서는 아야코가 기도할 준비를 하고 있었다. 아야코는 신경이 잔뜩 곤두서 있었다(도구가 자꾸 없어졌으니 그럴만도 하다). 작은 백목 제단을 세우고, 주변에 시메나와(신도에서, 기도를 올릴 때 제단 주위로 두르는 밧줄―옮긴이 주)를 치고, 무녀 복장으로 갈아입었다. 하지만 여전히 화장은 무녀치고 지나치게 짙었다.

나를 도와라, 하고 명령하는 아야코를 깔끔하게 무시하고 기온 측정을 시작했다. 뿌린 대로 거두는 법이죠. 나도 일이 있고, 늑장 부리다가는 우리 소장님한테 혼나거든요.

겨우겨우 모든 방을 다 돌고 베이스로 돌아가자, 아야코의 기도가 막 시작되고 있었다.

"기온이 딱히 낮은 곳은 없습니다요."

그렇게 말하며 나르에게 클립보드를 건넸다. 나르는 모니터를 보고 있었다. 다른 모니터보다 한층 거대한 메인 모니터 화면은 아야미의 방을 비추고 있다. 제단 앞에 서 있는 아야코의 모습이 보였다. 아야코 뒤에 카나 씨와 노리코 씨, 오노우에 씨, 아야미, 시바타 씨가 얼떨떨한 표정으로 서 있었다.

스피커에서 아야코의 단조로운 기도 소리가 흘러나왔다.

"부디 굽어굽어 살피시고, 부정한 이 자리에 강림하사 앉으시고……."

어느새 기계 앞에 린 씨가 돌아와 있다. 자리에서 쫓겨 난 스님은 소파에 모로 누워 졸린 눈으로 화면을 지켜보고 있었다.

"효과가 있으려나."

화면을 보면서 별 생각 없이 중얼거리자, '글쎄.' 하며 스님이 대답했다.

"저 여자야 잘난 척만 잘하지 딱히 도움 되는 게 없으니까."

그게 당신이 할 말입니까.

나는 질렸다는 표정으로 스님을 한 번 쳐다보고, 나르에게 말을 걸었다.

"저기 있잖아……."

방금 밴에서 본 할아버지에 대해 보고해야겠지. 그렇게 생각한 순간 문을 노크하는 소리가 났다.

누구지? 네, 하고 대답한 뒤 방문을 열자, 내가 막 보고하려던 문제의 할아버지가 서 있었다.

할아버지는 아무 말 없이 나를 쳐다보았다. 마치 노려보는 듯한 눈길이었다.

"어어, 실례지만 누구세요?"

할아버지는 '내가 소네다.' 라고 대답했다. 불친절하기 그지없고, 화를 내는 것처럼 들리기도 하는 이상한 말투였다. 그렇다면 이 사람이 이 집의 유지 보수를 맡고 있다는 그 할아버지인가? 정말 듣던 대로네. 살가움이라고는 눈을 씻어도 찾아볼 수 없다.

"사모님이 이곳으로 오라고 해서 왔는데."

소네 씨가 그렇게 말했다. 아마 나르가 카나 씨에게 부탁했겠지. 안으로 드시라고 하자, 소네 씨는 험악한 표정을 지은 채로 들어왔다. 스님이 당황해서 잽싸게 몸을 일으켰다.

나르는 소네 씨에게 소파에 앉도록 권했다. 소네 씨는 나르의 권유를 무시한 채 그 자리에 우두커니 서서 움직이지 않았다. 방 분위기가 이상할대로 이상해졌다. 하지만 나르는 동요하지 않고 간단히 자기소개를 마친 뒤, 다시금 소네 씨에게 앉을 것을 권했다.

"제가 카나 씨께 부탁드렸습니다. 소네 씨께 여쭙고 싶은 것이 있어서요."

소네 씨는 말없이 고개를 끄덕이며 수상쩍은 눈초리로 서재를 한 번 둘러보더니, 이윽고 모니터 안에 비치는 기도하는 풍경을 바라보았다.

"소네 씨께서는 오랫동안 이 집을 관리하셨다고 들었습니다."

소네 씨는 말없이 고개만 끄덕였다. 여전히 소네 씨는 언짢은 표정으로 모니터에 시선을 고정하고 있다.

"그 전의 집 주인 토와다 씨나 혹은 그 이전에 사시던 분한테, 이 집에서 이상한 소음을 들었다거나 이상한 일이 일어났다는 이야기를 들으신 바 없으신지요?"

"아니."

이번에는 소리 내어 대답했다. 소네 씨는 모니터를 가리켰다.

"저긴 뭐야?"

"제령 의식입니다. 저희는 노리코 씨에게서 이 집의 이상 현상을 해결해 달라는 의뢰를 받고 온 사람들입니다."

"집의 이상 현상?"

소네 씨는 재차 묻더니, 이해했다는 듯이 끄덕거렸다.

"오노우에 군이 이상한 소리를 했던 게 그 때문이로군."

"그렇습니다. 소네 씨께서는, 이 집에서 이상한 일이 일어나는 것을 목격하거나 경험하신 적이 없습니까?"

"아니." 하고 소네 씨는 짧게 대답했다.

"그렇다면 이전 이 집에서 사건 사고가 일어났다는 이야기를 들으신 바는 없는지요?"

소네 씨는 잠시 말없이 나르를 쳐다보더니,

"아니, 없어. 저건 고사를 지내는 건가? 이 댁 분들이 그렇게 곤란한 상황에 처해 계시는 건가, 고사를 지낼 정도로?"

"그러신 듯합니다."

"대체 뭐가 일어나고 있는 건가?"

"이상한 소리가 나고, 물건이 제멋대로 자리에서 움직이고 있습니다."

"그뿐이야?"

나르는 끄덕였다.

"그뿐입니다. 하지만 기분 탓이라고 여기기에는 너무 자주 일어나고, 사건의 규모도 상당히 큽니다."

이건 상당히 부드러운 표현이다. 적어도 지난밤에 일어난 일은 '물건이 제멋대로 움직인다.'고 표현하기는 힘든 것 같은데.

"이전에 사시던 분한테 이와 비슷한 이야기를 들으신 적은 없으십니까?"

"없어."

"토와다 씨 전에 사시던 분은 어떤 분이셨는지요?"

"어떤 분이라니. 그냥 보통 사람들이었어."

소네 씨의 태도는 무뚝뚝하기 그지없다. 하지만 무뚝뚝함이라면 우리 소장도 지지 않는다.

"조금 더 구체적으로 말씀해 주시죠."

나르의 말투는 딱딱 끊어졌다. 명료하기도 하지만, 불손하다는 느낌을 줄 수도 있는 말투이다. 소네 씨는 나르를 물끄러미 바라보더니, 어째선지 갑자기 소리를 낮추어 말하기 시작했다.

"토와다 씨 전에는 오오누마 씨 일가가 살고 있었지. 마을에서 치과를 운영하고 있었어. 오오누마 씨가 쓰러지고 나서 치과는 문을 닫았지. 아이들 중에 의사가 없었으니 그 뒤를 이을 사람이 없었던 거야."

"가족은 몇 명이었습니까?"

"오오누마 씨, 그 부인, 아들 그리고 딸. 이 이상 자세한 걸 물어봐도 난 몰라. 남의 집안 사정을 탐색하는 취미는 없으니까."

"오오누마 씨는 원래부터 이 집에서 사셨던 겁니까?"

"아니, 이사 온 거야. 삼십 년 정도 전에 말이지."

"소네 씨는 그때부터 이 집을 관리하셨습니까?"

"아니." 하고 소네 씨는 무언가를 떠올리려는 듯 고개를 갸웃거렸다.

"아마도 오오누마 씨 가족이 이사 오고 난 뒤 이삼 년 뒤부터였을 거야. 원래는 내 스승이 이 집을 도맡아 관리했는데, 그 무렵 스승이 나이 때문에 은퇴했으니까. 그래서 당시 독립한 상태였던 나한테 이 일이 돌아온 게지."

"오오누마 씨 일가는 여기서 별 탈 없이 지내셨습니까?"

"그랬을 거야. 좋은 사람들이었지. 남편은 실력 좋은 치과 의사고, 친절하기로 유명했어. 나도 꽤 신세를 많이 졌지. 부인도 싹싹하고 시원시원한 사람이었고, 아이들도 쾌활하고 의젓했고. 더할 나위 없는 집안이었어."

"그런데, 이곳을 나갔다?"

소네 씨는 세차게 고개를 저었다.

"특별한 이유가 있어서 나간 건 아닐 게야. 집 주인이 암으로 세상을 뜨고, 부인은 아들 일가와 함께 살게 되었지. 딸은 관서 쪽으로 시집을 갔으니 말야. 나이든 사람 혼자 지내기에 이 집은 너무 넓지. 차가 없으면 생활하기조차 불편해. 부인은 면허가 없었고, 그래서 집을 처분하고 아들네로 옮기기로 한 거야. 아들은 도쿄에서 유명한 기업에 다니고 있다고 들었는데, 남편이 쓰러졌을 때는 회사 근처에 집을 구한 참이었지. 여기서 도쿄에 있는 회사까지 통근할 수는 없으니까."

그렇게 말하더니 소네 씨는 쓴웃음을 지었다.

"부인이야 아주 안타까워했지. 마음에 들어서 이사 온 집이었고. 집 주인도 부인도 이 집을 무척 좋아했단 말이야. 추억도 많고. 전에 토와다 씨가 부수어 버렸지만, 오오누마 씨가 있을 때는 연못 쪽으로 작은 부두가 나 있었어. 남편은 곧잘 보트를 내어 낚시를 하곤 했지. 가끔은 부인을 태우고 연못을 일주할 때도 있었어. 사이 좋은 부부였지. 그러니 이 집에서 이사 가는 걸 견디기 힘들었겠지. 어떻게든 집을 남길 수는 없을지 꽤 고민했었던 것 같지만 결국에는 어쩌지 못했던 걸로 알고 있네."

그렇군. 그럼 오오누마 씨도 이 집에서 도망친 게 아닌 거네.

나르는 끄덕이며 물었다.

"오오누마 씨가 살기 전에는 어떤 분이 사셨는지 혹시 알고 계십니까?"

"그 전에는 집을 세 주고 있었던 걸로 알고 있어. 집 주인이 누구였는지는 모르겠지만."

"이 집이 언제 지어지고, 누가 지었는지는 알고 계신지요?"

"자세한 건 잘 모르겠군. 하지만 내가 철들 무렵에는 분명히 있었지."

그렇게 오래 전에 지어진 집이구나.

"소네 씨는 이 근처에서 태어나셨습니까?"

"그래. 내가 어릴 때는 여기 타치바나라는 가족이 살았지. 그 집 자식 중에 나랑 같은 반에 있는 애가 있어서. 확인해 본 적은 없지만, 타치바나 씨가 그 집을 지었을지도 모르겠군."

"이 집에 대해서 안 좋은 소문을 들으신 바 없으신가요?"

소네 씨는 화가 났다는 듯이 입가를 일그러뜨렸다.

"그렇게 신경이 쓰이면 나 같은 거보단 근처 사는 사람들한테 물어보라고. 소문 같은 거 없었다고 다들 그러겠지."

"이웃분들도 그렇게 말씀하시더군요." 나르는 그렇게 말하고는, "이상한 일이 일어나는 이유에 대해서 무언가 짐작 가는 것은 없습니까?"

"아니." 하고 소네 씨는 단호하게 고개를 저었다.

"없어. 왜 그런 일이 일어나는지 전혀 알 수가 없군."

나르는 잠시 소네 씨의 얼굴을 쳐다보더니, 이윽고 고개를 끄덕였다.

"이렇게 시간 내서 와 주셔서 대단히 감사합니다. 경우에 따라서는 다시 이야기를 여쭙게 될 일이 있을지도 모릅니다."

말 없이 끄덕이며 소네 씨가 자리에서 일어섰다. 소네 씨가 자리를 뜨려던 그 순간,

"저기……," 나는 쭈뼛거리며 소네 씨에게 말을 걸었다. "방금, 집 밖에 계셨었지요?"

소네 씨는 말없이 나를 돌아보았다. 나르와 사람들도 이상하다는 눈초리로 나를 바라본다.

"길에서 이 집을 보고 계셨죠?"

좀 더 부드러운 표현으로 바꾸어본다. 소네 씨는 끄덕였다.

"사모님이 부르셨으니까. 그래서 왔더니 본 적 없는 차가 서 있더군. 손님이 왔다면 나를 부를 이유가 없으니까, 이게 대체 무슨 일일까 싶었을 뿐이다."

"하지만 안으로 드시지 않고 언덕 위쪽으로 올라가셨죠."

소네 씨는 쓴웃음을 지었다.

"그 위로 올라가면 뒷문이 있어. 난 손님이 아니니 대문으로 들락날락거리지 않아. 뒷문이나 도구방으로 가려면 그쪽으로 가는 게 훨씬 빠르니 그쪽으로 갔지. 잡초를 좀 솎아야 해서 오두막에 들른 뒤 일 좀 하고 여기에 온 거다."

"그렇습니까." 하고 나는 고개를 꾸벅 숙였다. 소네 씨는 끄덕이더니 떠나갔다.

"마이?"

나르가 질문하듯 나를 부른다.

"응, 사실 내가 막 말하려던 참에 소네 씨가 들어와서 얘기를 못 했는데, 소네 씨, 산울타리 너머로 집 안을 들여다보고 있었어. 어쩐지 아야미를 몰래 훔쳐보고 있는 것 같았어."

～2～

"도대체 뭐가 뭔지 알 수가 없네."

기도를 마친 아야코는 잽싸게 화려한 사복으로 갈아입고 소파에 털썩 주저앉았다.

"그 할아버지 이상하네. 자기가 들락날락하는 집인데, 굳이 그늘에서 들여다볼 필요가 있어?"

"그렇지?"

"하지만 그 할아버지랑 폴터가이스트는 관계없잖아. 폴터가이스트 쪽은 내가 확실하게 제령했으니 이제 문제없을 거야."

아야코는 시원시원하게 단언했다.

도대체 어떻게 하면 이토록 근거 없는 자신감에 넘칠 수가 있을까? 기도가 끝난 뒤, 아야코는 카나 씨에게 오늘 밤부터는 편안히 주무실 수 있을 거예요 따위의 말을 하고 있었지만……, 부디 낯부끄러워지는 일이 없었으면 하는 바람이다.

"정말로 제령이 되긴 한 건가?"

대놓고 비아냥거리며 스님이 말했다. 아야코는 발끈하며 대꾸했다.

"그게 무슨 뜻이야?"

"넌 지금 지령을 쫓은 거잖아? 하지만 전에 살던 토와다 씨도 그 전에 살던 오오누마 씨에게도 이상한 일은 일어난 적이 없었어. 그렇다는 건 이 현상은 집이나 토지 때문에 일어나는 게 아니라는 거고. 즉 지령에 의한 현상이 아니라는 뜻 아냐?"

그렇게 되겠지. 토와다 씨도 오오누마 씨도 이 집을 좋아했으며, 본의 아니게 이사를 가게 되는 것을 안타까워했다고 한다. 즉, 그들은 이 집에서 이상 현상을 겪은 적이 없다는 것이다.

"그치?" 하며 스님이 나르에게 동의를 구했다. 나르는 내키지 않는다는 표정으로 끄덕였다.

"그렇게 되겠지. 유령의 집이라는 건 특정 장소에서 장기간 동일한 유령 현상이 일어나는 것을 두고 이르는 말이니까. 집 또는 토지에 문제가 있다고 할 경우, 모리시타 일가보다도 더 오래 이곳에 살았던 사람에게 아무 일도 없었다는 건 이해하기 어려운 일이야."

어머, 하고 아야코가 입을 삐죽거렸다.

"그건 개인의 역량 문제인 기 아나?"

내가 고개를 갸웃거리자, 아야코가 덧붙여 설명했다.

"영감이 있냐, 없냐의 문제 아니냐는 거지. 즉 토와다 일가나 오오누마 일가 사람들이 둔했을 수 있다는 거야. 아님, 원래부터 심령 현상 같은 건 곧 죽어도 믿지 않는 사람들이었다거나. 그러니까 이상한 일이 일어나도 전혀 신경 쓰지 않았던 거지. 사실 지금 이 집에서 일어나는 현상 같은 건, 과히 신경 쓰지 않으면 무시하고 넘어갈 수 있는 정도잖아."

"어제 그게 무시할 수 있는 정도의 일이라고?"

내가 말하자 아야코는 얼굴을 찌푸렸다.

"그건……."

"뭘 두고 영감이라고 부르는지에 따라 달라지겠지."

나르는 지겹다는 듯이 말했다.

"분명, 영은 자기를 볼 수 있는 대상을 선택하는 경향이 있지. 하지만 폴터가이스트의 경우에는 대상자를 고르지 않아. 그리고 지금도 딱히 상대를 가려가며 나타나진 않잖아. 여기가 유령의 집이라면 이전에도 크든 작든 이상한 일이 일어났어야 마땅한데, 그게 없어. 그렇다는 건 토지나 건물 탓이 아니라는 거야. 모리시타 일가의 증언에 따르면 이상한 일이 일어나기 시작한 건 그들이 이사 온 다음부터야. 모리시타 일가가 이 현상을 이 집으로 끌고 왔다고 봐야 해."

아야코는 콧소리를 내며 비웃었다.

"그거야말로 말이 안 되잖아. 모리시타 일가에게 원인이 있다면, 왜 굳이 이사 오고 나서부터 이런 일이 일어나? 그 전에 살던 집에서도 사단이 났어야 마땅한 거 아냐?"

"RSPK같은 거 아냐?"

스님이 대화에 끼어들었다. 아야코가 짜증난다는 듯 반박했다.

"그러니까, 그러면 모리시타 일가가 전에 살던 집에서도 이런 일이 일어났어야……."

"그게 아니라. 이사 오고 나서 격심한 스트레스를 받았을 수도 있지. 환경이 바뀌어서 집안 분위기에 적응을 못 하고, 이 집 주인이 해외로 출장을 가면서 여자들 사이에 기묘한 알력이 생기고, 그런 걸 계기로 폴터가이스트가 발발했다거나."

스님은 나르를 쳐다본다. 나르는 석연치 않다는 표정이다.

"그렇게 생각하기도 힘들어. 일단 지금까지, 모리시타 일가에서 일어났던 이상 현상은 사소한 소동에 지나지 않았어. 지난밤 폴터가이스트는 규모는 컸지만 인명 피해는 없었지. 피해가 집중되는 초점, 즉 중요 인물이 없어. 그보다도 더 신경 쓰이는 건 에이전트가 될 만한 적당한 인물이 아무도 없다는 거야. 아야미는 너무 어리고, 노리코 씨와 카나 씨는 너무 나이 들었지. 전에 같이 살던 시바타 씨는 현재 다른 곳에서 출퇴근하고 있지만, 그녀가 나간 뒤로도 이상 현상은 계속되고 있고."

"남자들은?"

"히토시 씨, 오노우에 씨 그리고 소네 씨. 집에 사는 사람들이 아니고, 연령으로 미루어 봐도 너무 나이 들었어. 이런 RSPK라니 있을 수 없는 일이야. 만일 이들 중에 범인이 있다면……, 그건 지극히 예외적인 케이스가 되겠지."

흐음, 하고 스님은 신음했다. 아야코가 느닷없이 손뼉을 쳤다.

"맞다, 그건 안 해볼 거야? 지난번에도 했었잖아. 암시 거는 거."

그래. 일전에도 해본 적이 있지. 암시 실험인지 뭔지를. RSPK의 경우, 관계자에게 암시를 걸면 그 현상이 그대로 일어난다고 했었지.

하지만 나르는 이 방법에 대해서도 소극적이었다.

"폴터가이스트가 RSPK일 확률은 반반 정도야. 스님이 허구한 날 질리도록 주장하는 지박령이 원인일 가능성도 있고, 마츠자키 씨가 사랑해 마지 않는 지령이 원인일 가능성도 있어. 그리고 영적 현상의 경우, 사람들에게 암시를 걸어도 영이 사람 대신 현상을 일으키는 일이 종종 있지."

"흐으음."

"암시 실험을 행한 뒤 아무 일도 일어나지 않으면 RSPK의 가능성은 제외할 수 있겠지. 하지만 암시대로의 결과가 일어나면 아무것도 증명할 수 없게 돼. 노력을 들여 실험을 했으면 최소한의 성과는 얻어야지. 그렇지 않으면 실험을 하는 의미가 없어."

'아 그러셔.' 하며 아야코는 기운 빠진 목소리를 냈다.

"다만 마츠자키 씨 말에도 일리는 있어."

나르가 그렇게 말하자 아야코의 얼굴에서 빛이 났다.

"내 말?"

"모리시타 일가가 이 현상을 이 집으로 끌어들인 거라면, 이전에 살던 집에서도 비슷한 현상이 일어났어야 정상이야. 어쩌면 이사 전후해서 이상 현상의 원인이 될 만한 일이 일어났었던 걸 지도 모르지."

아, 그렇네.

"이사 올 무렵 특별한 사건이 일어났는지 알아볼 필요가 있겠어. 각자 자기 의뢰인을 찾아가서 그 부분에 대해서 물어봐 줘."

~ 3 ~

나르의 지시로, 스님과 아야코는 각자의 의뢰자를 찾으러 뿔뿔이 흩어졌다. 저 게으름뱅이들이 이제야 일을 하게 됐군. 잘됐네.

그런 생각을 하며 나는 노리코 씨를 찾아다녔다. 노리코 씨는 부엌에서 점심을 준비하던 참이었다. 나는 바깥 테라스로 그녀를 데리고 나갔다. 연못과 이어지는 뒤뜰에는, 넓은 돌로 된 테라스가 집 외곽을 따라 펼쳐져 있다.

"이사 전후에 일어난 사건?"

노리코 씨는 고개를 갸웃거렸다.

"어떤 일이든 상관없어요. 예를 들면 누가 죽었다거나……."

아니, 하고 노리코 씨는 고개를 저었다.

"별로 딱히……, 아무 일도 없었는데."

"아무리 사소한 일이라도 괜찮아요. 조금이나마 신경 쓰일 정도라도요. 정말 아무 일도 없었나요?"

"없었던 것 같아."

노리코 씨는 곤란한 표정으로 미소 지었다.

"갑자기 이사를 가기로 결정이 났었어. 그래서 다들 몹시 허둥대면서 준비를 했지. 물론 엄청나게 바빴지만 딱히 문제가 있었던 건 아니야. 나도 그렇고 올케 언니도 그렇고, 이 집으로 이사 오는 게 정말 기뻤거든. 올케 언니는 토와다 씨가 이곳에 살 때 이 집을 방문한 적이 있었는데, 그때부터 이 집을 마음에 들어 했었지. 그 무렵 우리는 아파트에 살고 있었는데, 내가 아파트를 썩 좋아하지 않았었고."

"아야미는요?"

노리코 씨는 아아, 하고 중얼거렸다.

"아야미는 처음엔 달가워하지 않았어. 전학을 가야 하는 게 마음에 들지 않았던 거지. 하지만 한 번 이 집을 보고 난 후에는 그림책에 나오는 성 같다고 좋아했었어. 친구들과 헤어지는 건 쓸쓸하지만, 새로 이사 갈 집은 몹시 기대하고 있었지."

"여기에 처음 이사 오셨을 무렵엔 시바타 씨도 같이 사셨던 거죠?"

"응, 맞아. 사실 시바타 씨가 심경이 가장 복잡했을 거야. 아무래도 불편할 것 같다며 내키지 않아했지. 그래도 싫어하는 것 같지는 않았어. 시바타 씨의 경우 이 집에서 사는 것도 일의 일부니까, 싫고 말고가 없었던 걸 수도 있지만."

그렇겠지.

"그럼……, 이사 온 다음에 딱히 별 일은 없었던 건가요?"
응, 하고 대답하더니, 노리코 씨는 갑자기 미간을 찌푸렸다.
"무슨 일이 있었나요?"
"아니." 하고 노리코 씨는 고개를 저었다. "아무 일도 없었다고 말해도 되는 건가 싶어서. 이사 오면서부터 물건이 사라지거나 하는 사소한 일들은 자주 일어났으니까."
"아, 맞다. 그렇군요."
"하지만 물건이 자꾸 없어졌던 거야 우리 기분 탓일 수도 있는 거니까. 그 이후에는 아무것도……."
갑자기 노리코 씨의 말이 멎었다. 노리코 씨의 시선이 잠시 넓은 정원 위를 떠돌았다. 마치 적절한 단어를 찾고 있는 것 같았다. 하지만 그녀는 곧바로 고개를 내저었다.
"딱히, 이상 현상의 원인이 될 만한 일은 없었던 것 같아."
"하긴 대체, 무슨 일 없었냐니 그게 워낙 뜬구름 잡는 소리이긴 하죠."
그렇지, 하며 노리코 씨는 미소 지었지만, 그 미소가 무언가에 가로막힌 것처럼 사라져 간다. 뭔가 굉장히 신경 쓰이는 일이 있기라도 한 것처럼 말이다. 좀 전부터 그것에 대해 몇 번이나 이야기하려고 하는데, 이야기하지 못하는 것 같은 느낌.
"저기, 무슨 일 있었나요?"
그렇게 말한 뒤, 나는 내 질문이 끝도 없이 바보 같은 것이었음을 깨달았다.

"아니, 그런 일이 있었으니 우리가 여기에 불려 와 있는 거지만요. 하지만 그밖에 무언가 다른 일이라도 있는 건가요?"

노리코 씨는 입을 다문 채 정원만 바라보고 있었다.

"곤란한 일이나 신경 쓰이는 일이 있으시면 말씀해 주세요. 지금이 아니라도, 생각이 나거나 기분이 내킬 때 해주셔도 돼요."

노리코 씨는 나를 돌아보더니 한숨을 푹 내쉬었다. 그리고 다시, 정원으로 시선을 돌린다.

"겨울에 있었던 일이야. 아야미 팔에 상처가 가득했었어. 작은 멍이나 할퀸 상처 같은 게."

"아, 어릴 때는 그런 일이 있죠."

"그게 아니야."

노리코 씨는 낮지만 엄한 말투로 내 말을 가로막았다.

"그런 게 아니었어. 팔뚝 위쪽이나 안쪽이나, 다리 같은 데에. 그것도 허벅지. 치마 밑에 가려서 잘 안 보이는 곳이나, 목욕탕에 들어가도 잘 보이지 않는 곳 말야. 놀다가 다친 거면 그런 식으로 안 보이는 곳에만 상처가 집중적으로 나는 일이 있겠어? 아니……, 그래. 있을 수도 있겠지. 신경 쓸 만한 일이 아닐지도 모르지. 상처는 그다지 깊지 않았어. 그저 작은 멍이나, 긁힌 상처, 그리고 손톱자국."

나는 숨을 들이켰다. 노리코 씨는 엄청난 이야기를 하려고 하고 있다.

"확실해. 손톱자국이었어. 그 손톱자국 위로 멍이 들어 있는 거야. 마치 누군가에게 꼬집히기라도 한 것처럼. 전부 잘 안 보이는 곳이었어. 그런데 날이 따뜻해지면서 아야코가 반팔을 입게 되자, 그때부터 갑자기 팔에 상처가 나지 않게 되었지. 나지 않게 된 걸까? 아니면……."

노리코 씨는 이야기를 이어가다 말을 멈췄다. 대신 길고, 떨리는 숨을 뱉는다.

"나, 무서워……."

노리코 씨는 정말로 겁먹은 듯이 말하더니 나를 돌아보았다. 가슴 앞에서 맞잡은 그녀의 두 손이 희미하게 떨리고 있었다.

"지금이라도 확인하고 싶지만, 그 무렵부터 아야미는 누구랑 같이 목욕하는 걸 꺼리고 있어. 있잖아, 마이, 어떻게 생각해?"

나는 아무런 대답도 할 수 없었다.

～ 4 ～

무언가 무거운 돌덩어리를 삼킨 것 같은 기분으로 베이스에 돌아가자, 스님과 아야코는 이미 돌아와 있었다.

"내가 할 수 있는 한 정중히 물어봤지만, 딱히 마음에 걸리는 일은 없어 보였어."

아야코는 나르에게 선심이라도 쓰듯 보고하고 있다.

정말이지 무슨 배짱으로 저런 태도를 취할 수 있을까?

그렇게 생각하며 문을 닫고 소파에 앉았다. 아야코가 자세하게 설명하는 것을 별 생각 없이 듣고 있었다. 카나 씨에게도, 지인이 죽었다거나 불행한 사고가 있었다거나 하는 불길한 일은 전혀 없었다. 이사할 때까지는 딱히 이상한 점도 없었다. 신경 쓰일 만한 사건도 없고, 마음에 걸리는 사고도 없다.

"어디서 뭐 이상한 거라도 봤어?"

질문에 깜짝 놀라 뒤돌아보니, 스님이 흥미진진한 표정을 짓고 있었다.

"너 지금 완전 긴장하고 있잖아."

"아니거든. 그보다 스님은 어땠어? 시바타 씨는 뭐래?"

"딱히 아는 바는 없다더라."

그렇구나.

"역시, 이사 온 뒤에 일어난 거잖아. 그럼 집이 문제야. 집이나 토지. 그렇잖아?"

아야코는 무언가에 승리하기라도 한 듯 말했다.

"그렇게 되면 이야기의 앞뒤가 맞지 않는데……."

나르는 생각에 잠긴다. 집이나 토지에 문제가 있다면, 그 전에 살던 사람도 무언가를 목격했어야 하는 법이다. 이 경우에는 모리시타 일가가 이상 현상을 이 집으로 끌고 들어왔다고밖에 볼 수 없다. 하지만 그렇게 생각하자면, 모리시타 일가가 그 전에 살던 집에서도 다소나마 이상 현상이 일어나야 하는 거다. 결국 어느 쪽이든 앞뒤가 안 맞는다.

정말로, 원인이 모리시타 일가일까?

"저기 있잖아, 아이가 자꾸 다친다고 가정해 보자고. 그럼 자주 작은 상처를 입거나 멍이 생기는 건 어떤 경우일까?"

내가 묻자, 나르는 흥미 없다는 듯이 중얼거린다.

"칠칠맞지 못한 거겠지."

그래, 그렇게 말할 줄 알았다.

"그럼, 겨울 동안에는 팔에 상처가 나다가, 여름에는 나지 않게 되는 건?"

나르의 어깨가 움찔하고 흔들렸다. 그러더니 수상하다는 듯 나를 돌아본다.

"무슨 말을 하려는 거지?"

"으으음……, 그건 무슨 일일까 싶어서."

나르는 눈썹을 찌푸렸다.

"긴 팔을 입을 때는 팔에 상처가 나고, 반팔을 입으면 상처가 안 난다, 그런 말인가?"

"응, 일단은……."

아야코가 싫다는 듯이 얼굴을 찌푸렸다.

"뭐야, 그 기분 나쁜 수수께끼는."

신기하게도 린 씨마저 손을 멈추고, 이상하다는 표정으로 나를 보고 있다. 나르의 얼굴이 점점 굳었다.

"원래대로라면 상처는 노출된 부위에 먼저 나게 마련이다. 안 보이는 곳이 자꾸 상처가 난다는 건, 일상생활에서는 있을 수 없는 일이야. 누군가가 고의적으로 보이지 않는 곳에 상처를 입히지 않는 한."

스님마저도 험악한 표정을 지으며 몸을 내밀었다.

"설마, 학대? 그 애 말야? 아야미인가 하는."

"응……."

"멍을 봤어?"

"아니, 노리코 씨가 그렇게 말하면서 걱정했었어."

그렇군, 하며 나르가 중얼거린다.

"노리코 씨가 말하려다 만 것이 그것이었나?"

"그것이라면?"

"난 그 얘기를 못 들었으니까, 너무 호들갑을 떤다고 생각했지."

"호들갑이라니?"

"여기서 일어나고 있는 현상 자체는 모두 사소하며, 무해하지. 이런 일이 아무리 자주 일어난다고 해도, 다 큰 어른들이 각자 영능력자를 찾아 헤매고 다니는건 일반적인 반응이 아니야. 게다가 과거에 무슨 일이 있었던 것도 아닌데 말이지."

"그렇지." 스님도 끄덕였다. "나도 그게 마음에 걸렸단 말이야. 이 집에는 상식 있는 어른이 세 명 있잖아. 비서까지 넣으면 네 명이야. 이상한 소리에 물체의 이동……, 분명 신경이야 쓰이겠지. 만약 이전에 비운의 죽음을 맞은 인간이라도 있는 거라면 이야기가 이해가 돼. 소소한 이상 사태와 불행한 사고를 연결 지어서 저주니 뭐니 지껄이고 싶어 하는 타입의 인간이 있으니까. 뭐 우리야 그 덕분에 먹고 사는 거지만."

저기 말이죠……, 말을 해도 참.

"다만, 딱히 불행한 일이 있었던 게 아니잖아. 아무리 지금 일어나는 일이 이상하다고 해도, 그게 애타게 영능력자를 찾아다닐 만큼 큰일인 걸까?"

그렇지. 오히려 이상하다고 계속 생각하다가 그냥 잊어버릴 것 같은 느낌이 들어.

"아무리 신경이 쓰인다고 해도 말야. 이상한 사람 취급 받을까 봐 쉽게 입에 못 올리는 게 일반적인 반응 아닌가? 비웃음 당할까 봐 말할 수도 없고. 그 전에 일단 이 현상 자체를 상식적으로 인정하지 못할 것 같은데."

"카나 씨도 그렇게 말했었잖아."

"말했었지. 그게 이제 도저히 무시할 수 없는 상황으로 번지면서, 누군가가 이상하다는 말을 꺼내지. 그게 영능력자를 부르자는 이야기로 이어지고. 여기까지면 이해할 수 있어. 그런데 서로서로 이상하다고 말을 꺼내면서, 각자 영능력자를 찾아다닌 거잖아. 단순히 누가 더 잘하는지 알고 싶어서 세 그룹이 각각 영능력자를 찾은 거라면 나중에 두 명 정도는 돌려보낼 텐데, 굳이 모든 영능력자를 한 자리에 모았어."

그래, 확실히 영능력자를 셋이나 한꺼번에 불러 모으는 건 이상해.

나르도 끄덕였다.

"명확한 위험은 없고, 딱히 지금 당장 신상의 위기를 느끼고 있는 것도 아니라고 말하고 있어. 그럼에도, 꼭 좀 조사를 해주었으면 한다고 말해. 무서워서 견딜 수 없다기보다, 일단 다른 사람을 집 안에 들이고 싶었던 것 같은 느낌이었지."

"카나 씨는 음모설을 제기하더라고."

아야코가 툭 한마디 던졌다. 우리는 아야코를 돌아보았다.

"음모설이라니?"

"남편의 동생과 전처가 공모해서, 마음에 안 드는 후처를 내쫓는다는 이야기지."

나는 눈을 끔뻑였다.

"카나 씨가? 그런 말을 했어?"

"대놓고 직접적으로 한 건 아니야. 다만, 그런 뉘앙스를 풍기더라고. 이상하다고 말은 하고 있지만, 아직까지도 악질적인 장난일 가능성을 배제하지 않는 느낌. '장난이라고 생각하기는 힘들지만'이라는 말을 몇 번이고 되풀이하더라고. 그래서 반대로 이건 장난일 가능성을 염두에 두고 있는 거라는 생각이 들 정도로. 그것도 몹시 질이 안 좋은 장난이라, 이대로 방치해 두면 자신의 신상에 위해가 가해지는 게 아닌가 싶어 겁을 먹고 있어. 아니, 정확히는 질 나쁜 장난을 일으키는 '악의' 그 자체를 두려워하고 있다는 느낌이랄까?"

나르는 끄덕이며 스님을 쳐다보았다.

"시바타 씨는?"

스님은 양손을 들어올렸다.

"이건 원래 비밀유지의무의 범주에 들어간다고 생각하지만, 뭐, 괜찮겠지."

그렇게 말하더니 스님은 목소리를 낮추었다.

"시바타 아줌마는 모든 걸 의심하고 있어. 뭔가 이 집에서 사단이 났었던 게 아닌가 생각하는 것도 진심이야. 한편, 그 와중에 노리코 씨와 아야미의 공모설에 대해서도 의심하고 있어. 두 사람이 카나 씨를 골탕 먹이기 위해 이런 짓을 꾸민 게 아닌가 하는 가능성에 대해서도 생각하고 있고. 그리고 동시에 그 반대의 경우도 이야기를 하더라고."

"반대라면……, 카나 씨가 두 사람을 괴롭히고 있다?"

"그래. 그녀가 정말로 두려워하는 것은 그건 것 같아. 사람들 사이가 안 좋아지는 것. 이대로라면 집안에 정말로 불행한 사건이 일어나게 되는 게 아닐까 하는 점이지."

"학대 이야기는?"

"나온 적 없어. 하지만 뭔가, 말하기 힘든 부분을 숨기고 있다는 느낌은 받았지. 다만 말야, 아줌마가 무엇보다도 신경 쓰고 있는 건 여기 살지 않는 한 명이야."

나르가 얼굴을 찌푸리며 되물었다.

"……모리시타 히토시?"

"아니, 소네 할아버지. 할아버지는 가끔 아무 말 없이 집 근처로 찾아와서는, 아야미를 물끄러미 보고만 있다더라구. 어디 숨어서 그저 쭉 관찰만 하고 있대.”

아, 하고 나는 중얼거렸다. 오늘 아침도.

이때 아야코의 한마디가, 모두의 심정을 대변하고 있었다.

“도대체 뭐야, 이 집…….”

∽ 5 ∾

점심을 먹은 뒤 다시 스님은 시바타 씨에게, 아야코는 카나 씨에게, 나는 노리코 씨에게 가서 자세한 이야기를 들었다. 특히 집안 사람들의 관계에 대해서.

오후에 모두 모여 각자의 정보를 합쳐 보니 집안 사정을 대강 파악할 수 있었다.

이 집의 모든 사람들이 이상 현상을 두려워하고 있다. 특히 시바타 씨는 누구보다도 유령이나 저주 같은 것 때문일 거라는 생각을 떨치지 못하고 있다. 하지만 그건, 차라리 유령이나 저주 때문이었으면 좋겠다는 바람이 반영된 것이기도 했다. 시바타 씨를 제외한 다른 사람들은 모두 반신반의하고 있었다. 묘한 일이 일어나고 있는 것은 분명한 사실이고, 기분도 나쁘지만, 누군가 전문가가 와서 ‘아무 일도 아니고, 기분 탓이다.’ 라고 확인해 준다면 납득하지 못할 일도 아니라고 생각했던 것 같다(적어도 어젯밤 그 일이 일어나기 전까지는). 다만, 그걸 넘어서서 집안의 공기는 이상하게 불온하고 기분이 나빴다. '악의가 가득 차 있는 것 같다.'라고 호소한 것은 카나 씨였다. 누군지는 모르겠지만, 누군가의 악의가 집안을 배회하며, 그게 이상 현상으로 발현되고 있다는 느낌을 시바타 씨와 카나 씨, 노리코 씨가 모두 갖고 있다.

'시작은 이사 온 뒤부터'라는 이 부분에서도 의견은 일치했다. "그 전까지는 아무 문제 없었다고 아줌마는 그러더라고." 스님이 말을 이었다. "이사하기 전에는 인간 관계도 그렇게 문제 있어 보이지 않았다고. 물론 카나 씨와 노리코 씨 사이는 어느 정도 미묘했다고 하지만, 양쪽 다 그걸 겉으로 드러내는 일은 없었고, 표면상으로는 둘 다 잘 맞춰 주고 있었지. 그게 이사 온 뒤부터는 이상하게 잘 맞지 않게 되었대. 그야 이상한 일이 일어나면 신경이 쓰이는 법이고, 신경이 쓰이면 당연한 거지만 신경도 예민해지게 마련이야. 그럼 인간 관계도 자연스럽게 틀어지게 되겠지만 말야."

나는 끄덕였다. 서로 어느 정도 신경은 쓰고 있었다라고, 노리코 씨는 솔직하게 말해 주었다. 집안에 다른 사람이 들어온 셈이니, 여기도 신경이 쓰이고 상대방도 신경이 쓰이는 게 인지상정이다. 특히 노리코 씨는 얌전한 타입이고, 카나 씨는 이래저래 눈에 띄는 타입이다. 아무리 노력한다고 해도 안 맞는 부분이 있었지만 과히 불쾌했던 적은 없었다고 한다. 다만, 오빠의 재혼을 계기로 집에서 독립할까 생각했던 적이 있었다고 말했다. 서로 신경이 쓰일 것이 뻔했기 때문이다. 다만 노리코 씨는 오빠가 이혼한 이래 줄곧 아야미의 엄마와 모리시타 일가의 주부 노릇을 해왔다. 고등학생 때부터 이 집의 모든 것을 혼자 갈무리했던 것이다. 그래서 사실 자신이 이 일 말고 다른 것을 할 수 있을까 불안해 했다. 게다가 실제로 오빠가 재혼을 하니, 카나 씨는 자기 가게일 때문에 바빴고 결국 노리코 씨가 집안일을 다 하게 되었다. 그래서 '사실을 말하자면 안도했다.'고 카나 씨는 말했다.

반대로 카나 씨는, 별로 서로에게 신경을 쓰거나 이런저런 세세한 것들을 신경 쓰는 타입이 아닌 것 같다고 노리코 씨는 이야기했다.

처음에는 서로 신경이 쓰이는 거야 당연한 거고, 그런 건 시간이 지나면 어떻게든 될 거라고 낙관적으로 생각했었던 것 같다. 노리코 씨가 함께 사는 거야 재혼할 때 당연히 그렇게 될 거라고 생각하고 있었던지라 딱히 기분 나쁘거나 그런 적은 없었다. 오히려 아야미의 어머니가 되는 부분이 잘 돌아갈까 걱정이었지만, 의외로 아야미는 카나 씨에게 금방 정을 붙였다. 노리코 씨가 있어 주기에 결혼 전처럼 일도 계속할 수 있고, 불만도 불안도 없었다고 말했다. 물론 여기에는 '이사 오기 전까지는'이라는 단서가 붙지만.

"남편인 히토시 씨가 해외로 나가고 나서부터 관계가 뒤엉키기 시작한 게 아닌가 물어봤지만, 그건 상관없다고 하더라구. 히토시 씨의 출장이 결정된 시점부터 이미 안 좋은 기분은 들고 있었대. 역시 이 집에 이사 오고 나서부터라는 얘기지. 그 생각은 바뀌지 않는 것 같아."

아야코는 내게 동의했다.

"오빠분이 없어졌을 때부터 서로 사이의 쿠션이 빠져버린 것 같다고 노리코 씨가 그랬어."

아아, 하고 아야코는 알겠다는 듯이 끄덕였다.

"노리코 씨와 카나 씨의 완충재가 없어진 거니까."

"그쪽 선이 짙어. 노리코 씨 말에 따르면, 노리코 씨의 오빠는 뭐랄까 배포가 크다고 해야 하나, 나쁘게 말하면 뭐……, 좀 뻔뻔하다고 해야 하나. 별로 사소한 일을 신경 쓰지 않는 사람이래. 이상한 일이 일어나도 기분 탓이겠거니 하면서 웃어 넘기면 끝. 자기 신상에 그런 일이 일어나도, 내가 뭘 착각했겠거니 하면서 웃음거리의 소재로 삼는 게 다반사였대. 그래서 오빠분이 있을 때는 다들 분위기에 휩쓸려 그냥 그런가보다 하고 이해해 버린 것 같아."

"아, 그렇군. 그런 뜻이군."

그런데 그 오빠가 해외로 출장가자, 이러한 기현상들을 웃어 넘겨줄 사람이 사라졌다. 그러자 사소한 일들이 갑자기 신경이 쓰이기 시작했다. 집안 공기가 미묘하게 뒤틀리기 시작했다. 노리코 씨가 아야미의 멍에 대해 무서운 상상을 하게 된 것도 이 무렵부터였다.

"그 전에도 기묘한 멍에 대해서는 눈치채고 있었대. 하지만 그냥 평범한 상처일 거라고 생각했었다는 거지. 시바타 씨는 여기에 대해서 뭔가 말한 거 없어?"

스님이 끄덕였다.

"아줌마도 역시 학대를 의심하고 있었대. 멍이 있었는지는 알지 못했지만 말야. 어쨌든 아야미의 상태가 이상해서, 그게 훨씬 신경이 쓰였다는군. 원래 천진난만하기 그지없는 아이였는데 갑자기 엄청나게 암울해졌다는 거야. 무슨 일이 있었는지 물어봐도 대답이 없었대. 심지어 그게, 대답하면 아주 험한 일을 당할 것 같은 느낌으로 입을 다물고 있는다는 거지. 다만, 범인이 누군지는 확신하지 못하고 있었어. 카나 씨가 의심스럽지만, 아줌마가 관찰해 본 바로는 도저히 그럴 수 없었대. 그렇다면, 생각하기 힘들기는 하지만 노리코 씨가……."

"설마."

내가 무심코 내뱉자 스님이 어깨를 움츠렸다.

"아줌마 의견일 뿐이야. 원래 아야미는 카나 씨에게 정을 잘 붙였대. 재혼한 당시 말이지. 예쁜 엄마가 생긴 게 기뻐서, 시도 때도 없이 졸졸 따라다니며 흉내를 내고 싶어했다고 그러더라고. 그러니까 사실 이때 노리코 씨 기분이 좀 그랬을 수도 있지. 그래서 노리코 씨가 조카를 협박해서 이상한 장난을 치고 있는 게 아닌가 하더라고."

"노리코 씨는 진심으로 아야미를 걱정하고 있었어."

"그러니까, 아줌마도 차마 그렇게 생각하기는 어렵다고 말했어. 노리코 씨가 부모의 마음으로 기른 조카고, 무척이나 귀여워한다고 그러더라고. 양쪽 다 의심스럽지만, 믿을 수도 없는 노릇이었던 거야. 그래서 유령이나 저주, 그런 쪽이 아닌가, 뭐 그런 느낌이었어."

"흐음……."

"카나 씨는 아야미에 대해서, 다루기 힘들어졌다는 말을 했었어." 아야코는 한숨을 내쉬었다. "처음에는 잘 따라 주는 것 같더니, 어느 순간부턴가 마음대로 잘 되지 않더래. 반항적이라고 느낄 때도 있었나 봐. 이것도 어느 순간 깨달아보니 그렇게 되어 있었다는 느낌이야. 시작점을 굳이 찾는다면 이사 온 뒤부터."

그렇게 말하더니 아야코는 불편한 표정으로 나를 보았다.

"너야 이런 말 하면 싫어하겠지만, 가끔, 노리코 씨가 뭔가 아야미에게 안 좋은 말을 주입하는 게 아닌가 싶을 때가 있다고 그러더라."

"아니, 내가 싫어한다고 해서 어떻게 할 수 있는 게 아니지. 그럼 역시 카나 씨는 노리코 씨가 뭔가 하고 있다는 가능성을 의심하고 있구나."

"그런 것 같아. 다만, 이사하기 전까지는 노리코 씨와의 사이도 썩 나쁘지 않았다고 해. 잘 안 맞게 된 건 전적으로 이사 온 뒤부터. 그래서 카나 씨는 이곳에 이사 온 뒤로 노리코 씨의 성격이 변했다는 인상을 품고 있더라고."

스님이 과장된 한숨을 내쉰다.

"뭔가 무지 복잡한 집이구만."

그렇게 말하며 스님은 나르를 쳐다본다.

"그래서? 비서랑 할아버지는?"

오노우에 비서는 점심 식사 뒤 집으로 돌아갔다. 돌아가기 전에 나르가 이야기를 나누었지만, 딱히 이 집안의 인간 관계에 대해 깊이 있게 생각해 본 적이 없는 모양이었다. 그도 아마 히토시 씨처럼 대범한 부분이 있는 것이겠지. 뭔가 사람들 사이가 원만하지 못하다는 느낌은 받고 있었지만, 후처와 시누이 사이이니 이런저런 사정이 있겠거니, 여자만 집에 있으면 정말 힘들겠군, 하며 낙관적인 생각을 하고 있었다 한다.

"할아버지는?"

이 질문에는 린 씨가 대답했다.

"소네 씨는 자택에 돌아오지 않았습니다. 이웃의 증언에 따르면, 오늘 아침 집에서 나선 뒤로 돌아오지 않았다고 합니다. 직장에서는 은퇴했지만, 오래 된 거래처에는 종종 일을 도우러 갈 때가 있어서, 만일 그렇다면 집에 돌아오는 것은 저녁 이후가 될 것이라고 했습니다. 소네 씨의 대한 평가는, 무뚝뚝하고 사람 사귀는 것도 능숙하지 못하지만, 딱히 거동이 수상해 보이는 일은 없는 성실한 사람이라는 견해가 지배적입니다."

"성실, 이라."

할아버지는 아야미를 몰래 관찰하고 있다. 이건 가족 중에서는 시바타 씨만이 주장하고 있는 사실이다.

뭐가 진짜 복잡하네. 이렇게 호화롭고 아름다운 집인데, 아무래도 지내기가 불편해질 것 같은 느낌이야. 이상한 일이 일어나기 시작한 것도, 이상한 기류가 흐르기 시작한 것도 이사 온 뒤부터. 이 시점만은 아무래도 확실한 것 같지만.

"역시 RSPK 아닐까?" 스님은 생각에 잠기듯이 말했다. "아무리 생각해도 스트레스는 충분히 주어진 것 같잖아. 물론 노리코 씨나 카나 씨나 사춘기라고 부르기에는 나이를 너무 먹었고, 시바타 아줌마야 이제 뭐 갱년기 수준이지. 반대로 아야미는 사춘기에 도달하려면 멀었어. 하지만 영감이 강한 여성이 존재할 가능성도 있는 거잖아. 잠재적인 능력자? 그 사람이 강한 스트레스를 받고 일을 벌이는 거지."

그렇지, 하고 아야코도 끄덕였다.

"인간 관계가 너무 복잡해. 서로가 서로를 의심하고 있는 상태라구. 특히 노리코 씨와 카나 씨가 말야."

"서로 마음을 드러내 보일 수도 없으니, 굉장한 스트레스가 될 것 같은데."

스님이 그렇게 말했지만, 나르는 납득할 수 없는 것 같았다.

"그렇게 되면 인과 관계가 뒤집히잖아. 그녀들의 스트레스 원인은 대부분 이 집에서 일어나는 이상 현상에서 비롯된 건데."

그렇네. 나는 이해했지만, 아야코는 반박했다.

"원래부터 스트레스가 있었던 걸지도 모르잖아. 본인들은 이사 오기 전에는 문제 없었다고 말하지만, 그렇게 생각하려고 했던 것뿐일지도 모르지? 본인도 의식하지 못하는 사이에 이런저런 스트레스가 쌓여 있어서. 그게 원인으로, 이사 온 뒤에 약간의 폴터가이스트가 일어나고, 그게 스트레스를 더 만들어서, 악화시켰다."

스님은 재밌다는 듯이 아야코를 쳐다본다.

"이 폴터가이스트는 지령이 한 짓이고, 그 지령을 네가 어제 퇴치한 거 아니었나?"

아야코는 볼을 잔뜩 부풀렸다.

"물론 맞아. 하지만, 폴터가이스트랑 관계없다고 쳐도……, 학대가 있다면 그냥 두고 넘어갈 수 없잖아."

유감스럽다는 표정으로 말하며, 아야코는 생각에 잠겼다.

"본인에게 물어봐도 아마 대답 안 하겠지. 애들이란 게, 정말 그럴 만한 일이 없는 이상 학대 당하고 있다는 주장을 꺼낼 수가 없다고들 하고. 게다가 이걸 카나 씨한테 물어본다고 해서 긍정할 거라는 생각도 안 들고. 학대가 없다면 당연히 부정할 거고, 만일 진짜로 학대가 있다고 해도 역시 부정하겠지. 확실한 증거만 있다면 아동상담소니 뭐니 그런 곳으로 연계하는 방안도 있겠지만, 어떻게 학대를 확인해야 좋을까?"

아야코는 혼잣말하듯 중얼거리더니 모두를 한 번 돌아보았다.

"무리하게라도 병원에 데려가서 진찰 받게 해야 하나?"

스님은 신음소리를 흘렸다.

"생판 남인 우리들이 맘대로 병원에 데리고 갈 순 없지. 노리코 씨라면 동의해 줄 지도 모르지만, 아무래도 이야기가 워낙 예민한 화제다 보니까. 우리 같은 생판 남이 맘대로 끼어들어도 되는 건지 어쩐 건지 모르겠다."

"그렇지. 사실 전문가에게 맡겨야겠지……?"

"뭐, 외부자인 우리들이 여기 있는 동안에는 함부로 아야미에게 손찌검하지 못하겠지만."

그거네, 하고 아야코가 끄덕거렸다.

"아야미나 카나 씨에게 가능한 달라붙어서 눈을 떼지 말아야겠지. 그렇게 관찰하다 보면 상황이 좀 더 확실해질 것 같아."

그렇게 말하던 아야코가 나를 쳐다보았다.

"마이, 넌 아야미를 밀착 마크하도록 해. 어차피 넌 잡무 담당이니까 할 일도 많이 없을 거 아냐."

마지막 문장 뭐냐? 그야 할 일 없는 잡무 담당인 게 맞긴 맞지. 맞는데.

"우리 소장님이 많이 엄격하셔서요."

"소장님에게는 무뚝뚝한 조수가 있잖아. 린이나 나르가 아야미 곁에 붙어 있을 순 없다고. 아야미가 겁을 먹을테니까."

그야 그렇다.

"같이 아야미랑 놀아주면 되잖아. 난 카나 씨에게 붙을게."

이래저래 성격에 결함은 있지만, 원체 뿌리는 좋은 사람인거야, 아야코는.

6

 다행히 소장도 아야코의 주장에 대해 이의를 제기하지 않았기 때문에, 나는 베이스를 나와 이 층으로 향했다. 아야미 방으로 가서 문을 노크해 본다. 네, 하는 소리가 났다. 노리코 씨의 목소리다. 문이 열리고,

 "어머나, 마이 양."

 노리코 씨는 약간 복잡한 표정으로 웃었지만, 어쩐지 어깨의 짐을 약간 내려놓았다는 느낌이기도 했다. 신경 쓰이던 것들을 내게 털어놓은 뒤 기분이 조금 편해진 것일지도 모르겠다.

 "방은 어때요?"

 정확히는, 방에 이상 현상이 일어나지 않았냐는 질문일 거다. 어제 저녁 처음으로 폴터가이스트가 일어난 것은 아야미의 방이었고, 때문에 아야코는 그 부분을 고려하여 이 방에서 제령을 했다. 아야코는 '괜찮을 거다.' 라고 확신하고 있었고, 덕분에 노리코 씨도 카나 씨도 안심한 표정을 짓고 있었다. 하지만 아야코의 '괜찮다.' 는 말의 신빙성이란 게 종이보다도 얇은 게 문제지. 물론 노리코 씨와 카나 씨는 그런 줄을 꿈에도 모를 것이다.

 예상하던 대로, 노리코 씨는 밝게 미소 지었다.

 "덕분에 지금까지는 아무 일도 없었어. 가재도구도 식기도 무사해."

 어라?

내가 황당해 하자, 노리코 씨는 미소 지으며 방 안을 가리켜 보였다. 방 중앙에서, 아야미가 작은 가구와 식기를 늘어놓으며 소꿉장난을 하고 있다.

"아, 그렇구나아."

"아야미, 마이 양이 왔어."

노리코 씨가 말하자 아야미는 고개를 들지 않고, 대신 아야미 무릎 위에 있던 인형이 손을 흔들었다.

"똑똑, 들어가도 될까요?"

[그러세요.]

아야미는 미니에게 대답을 시키더니,

"앉으세요. 마침 차를 마실 시간이에요."

"어머나, 잘됐다. 실례하겠습니다."

아야미는 인형을 의자에 앉혔다. 인형에 딱 맞는 사이즈인 것을 보니 아마 미니 전용인 거겠지. 다른 것들은 가구도 식기도 꽤나 작은 편이다. 하지만 모두 깜짝 놀랄만큼 아름답고 질이 좋아 보였다. 진짜 가구의 미니어처라고밖에 생각할 수 없는 정교한 가구가 카펫 위에 늘어서서 작은 방을 이루고 있다.

"어머나, 집이 정말 멋져요."

아야미는 수줍게 킥득거린다. 의자에 앉힌 미니의 드레스를 매만지며, "잠깐 여기서 얌전하게 있어." 하더니 작은 티세트에 공기 빛깔의 차를 따라주었다. 미니와 나, 그리고 노리코 씨 세 사람 몫이다.

"자, 안으로 들어오셔서 차를 드세요."

고마워, 하고 대답하는 노리코 씨 품에는 도감이 들려 있다. 책장 정리를 하고 있었던 모양이다. 어제는 대충 쑤셔 박기만 했었으니까.

"그럼 잠깐 쉴까?"

"마이 양도 식기 전에 어서 들어요."

"네. 잘 먹겠습니다."

작은 컵은 진짜 도자기로, 컵과 티포트 가장자리는 금박으로 장식되어 있었다. 자잘한 꽃무늬가 박혀 있다.

"굉장하다. 컵 정말 예쁘다."

아아, 이런 세계도 있구나.

물끄러미 보고 있는데 또 노크 소리가 났다. 시바타 씨가 진짜 차와 간식을 들고 온 것이다.

"어머나, 아가씨, 여기 계셨군요?"

시바타 씨는 나를 쳐다보더니,

"아가씨 몫도 여기에 가져다 드릴게요. 잠시만 기다리세요."

그렇게 말하며 테이블 위에 차와 케이크를 늘어놓았다.

"너무 그렇게 신경 쓰지 않으셔도 돼요. 저, 손님으로 온 게 아니잖아요."

식사에, 차에, 이렇게까지 챙겨주셔도 되는 건가 모르겠다.

"벌써 준비는 마쳤답니다."

시바타 씨는 그렇게 말하고, 생글생글 웃으며 아야미를 바라보앉다.

"아야미 아가씨, 언니가 놀아주고 있었나요? 잘 됐네요, 새 언니가 생겨서."

아야미는 대답하지 않았다. 방바닥만 쳐다 보는 아야미 얼굴에서 표정이 어느새 사라져 있다. 시바타 씨는 곤혹스러운 얼굴로 그 모습을 지켜보다,

"자, 간식을 드세요. 복숭아 바바로아가 있었답니다."

밝게 말했지만, 아야미는 반응이 없었다. 마치 시바타 씨의 말이 전혀 들리지 않는 것처럼. 굳은 표정으로 입을 닫고 있다. 시바타 씨의 표정이 조금 험해졌다.

"아야미 아가씨, 그러면 안 돼요. 손님들 앞에서 그런 태도는."

그렇게 말하며 아야미의 손을 잡는다.

"자……,"

아야미의 손을 잡고 일으키려던 그때였다. 아야미가 몸을 뒤틀며 시바타 씨의 손을 세차게 뿌리쳤다.

"아야미!"

노리코 씨가 목소리를 높이고, 시바타 씨도 비난하는 듯한 어조로 말했다.

"도대체 왜 이러는 거예요?"

"아야미, 그러면 안 되잖아. 시바타 씨, 죄송합니다."

노리코 씨가 그렇게 말하며 아야미에게 달려간다. 아야미의 어깨를 팔로 감싸안으려 하는데, 놀랍게도 아야미는 노리코 씨를

주먹으로 때렸다.

"아야미!"

"아야미 아가씨!" 엄한 목소리를 낸 것은 시바타 씨였다. "그런 식으로 굴면 안 됩니다. 도대체 왜 그러는 거죠? 어서 고모에게 사과해요."

시바타 씨는 아야미의 팔을 붙들었다. 화가 난 듯 입을 굳게 다문 아야미를 조금 난폭하다 싶을 정도로 흔들었다.

"자, 죄송합니다, 라고 하세요."

아야미는 또 다시 몸을 비틀며 시바타 씨의 팔을 떨쳐내려 한다. 하지만 이번에는 시바타 씨의 힘이 더 셌다.

"사과할 때까지 놓지 않겠어요."

"싫어!"

아야미가 비명을 질렀다. 노리코 씨는 아야미와 시바타 씨를 번갈아 보며 어쩔 줄 모르고 있다. 시바타 씨가 기분 나쁘다는 듯이 한숨을 내쉬며 손을 놓았다.

"또 기분이 안 좋은 게로군요. 최근 들어서 너무 제멋대로 굴고 있는 것 같은데요."

뾰족한 목소리로 말한 뒤 홱 돌아서 가버린다. 발소리를 울리며 시바타 씨는 방을 나섰다.

그 뒤에는, 어쩔 줄을 몰라하는 나와 노리코 씨와, 그 자리에 우두커니 선 채로 당장이라도 울음을 터뜨릴 것 같은 아야미가 남았다.

"아야미, 어떻게 된 거니?"

노리코 씨가 부드럽게 물었다. 아야미는 말없이 고개를 내저었다. 그래, 하며 노리코 씨는 아야미를 부드럽게 쓰다듬었다.

"이런저런 일이 많았으니까 짜증이 났지? 기분 풀자, 응? 마이 양이 깜짝 놀랐어."

"어제 방에서 이상한 일이 있었지?" 나도 말했다. "깜짝 놀라서 잠을 잘 못 잔 거 아니야? 게다가 집안에 이상한 사람들이 막 돌아다니고, 짜증이 날 만도 하지."

"아니야. 아야미, 그런 거 아니지?"

노리코 씨는 말하고 아야미의 등에 손을 가져다 댔다.

"자, 됐으니까 이제 간식을 먹자."

아야미는 말없이 고개만 젓는다.

"왜 그래? 먹기 싫어?"

아야미가 고개를 끄덕였다. 역시 한마디 말이 없다.

"그럼 마이 양이랑 먹어버려야지. 마이 양, 들어."

와아, 하고 나는 목소리를 높여 보았다.

"아야미 것까지 먹어 버려야지!"

순간 아야미가 비명을 질렀다.

"안 돼!"

돌연 아야미가 테이블로 달려와, 그 위를 양 손으로 휘저어 버렸다.

"독이 들어 있어!"

노리코 씨도 나도 아연실색하여 아야미를 바라보았다. 넘어진 컵이 챙 하고 단단한 소리를 낸다. 아야미의 얼굴은 필사적이었다.

"잠깐만……, 아야미. 무슨 말이야?"

"독이, 들어 있어!"

노리코 씨가 당혹스런 표정으로 웃었다.

"무슨 소리야, 아야미. 독이라니……, 그럴 리가 없잖아?"

"정말로 들어 있다고!"

노리코 씨는 천천히 아야미의 얼굴을 들여다보았다.

"그럴 리 없어. 독 같은 건 들어 있지 않아. 아무도 그런 짓 하지 않는다니까."

"아냐, 해. 왜냐면 시바타 씨는 마녀의 부하란 말야."

나는 황당해서 노리코 씨와 얼굴을 마주 보았다.

"마녀라니?"

"나쁜 마녀. 시바타 씨는 부하야. 마녀는 아야미랑 노리코 고모가 방해 된다고, 독을 먹여서 죽이려고 하고 있어!"

아야미의 눈에는 지금까지 한 번도 보지 못했던 진지함이 담겨 있었다. 당장이라도 울음을 터뜨릴 듯한 표정으로, 진심으로 우리들에게 호소하고 있었다.

"마녀가 있어?"

내가 묻자, 아야미는 단호하게 고개를 끄덕인다.

"나쁜 마녀야? 아야미에게 안 좋은 일도 하니?"

아야미의 멍 자국?

"해. 이제부터, 독을 먹여서 아야미를 죽여버릴 거야."

"그런 짓 하면, 마녀는 경찰한테 잡혀 가버릴 텐데?"

"괜찮아. 시체만 발견되지 않는다면, 독으로 죽였는지 아닌지 아무도 모를 테니까."

나는 정신이 멍해졌다.

"뭐? 어떻게?"

"아야미의 시체는 산에 구멍을 파서 묻어버리는 거야. 그 전에 미니를 연못에 던져두고. 그럼 경찰도 어른들도 아야미가 연못에 빠졌다고 생각할 테니까. 노리코 고모 시체는 토막토막 낸 다음에 썩히고 여기저기에 나눠서 버릴 거야. 그럼 사이코패스의 소행이라고 생각할 테니까."

"자……, 잠깐만." 나는 당황했다. "그거, 누구한테 들었어?"

적어도 아야미의 머리에서 나올 만한 이야기는 아니다. 여덟 살 아이가 생각해낼 만한 게 아니야. 하지만 아야미는 말없이 고개를 절레절레 저었다.

"아야미가 생각한 거 아니지? 누가 그런 말을 했어?"

아야미는 대답이 없다. 다만, 울음을 터뜨릴 것 같은 표정으로, "그러니까 미이, 조심해!"라고 말했다.

"알겠어." 나는 끄덕거렸다. "괜찮아, 나, 아야미도 노리코 씨한테도 훨씬 더 신경 쓸 거야. 절대 그런 일이 일어나지 않도록 제대로 지켜볼 거야."

그렇게 말하자, 아야미는 조금이나마 편해졌다는 듯 표정을 풀었다. 고개를 한 번 끄덕이더니, 의자에 앉혀 놓은 미니를 안아 올린다. 미니를 꼭 껴안고, 다시금 입을 굳게 닫고 만다. 당장이라도 쓰러질 듯, 하얗게 질린 얼굴로.

～ 7 ～

"나쁜 마녀, 라니……."
스님이 떫은 표정을 지으며 중얼거렸다.
"그거, 아무리 생각해도 카나 씨 얘기 아닌가?"
아야코의 표정도 떫다. 카나 씨와 노리코 씨는 슬슬 저녁 준비를 하고 있을 시간이다. 집 안에서 사람들이 분주해졌기 때문에, 감시 역할을 잠시 쉬고 있다.
"카나 씨라고밖에 생각할 수 없지. 그리고 그 꼬마 아가씨는 카나 씨한테 무슨 해코지를 당하는 게 아닐까 하는 불안에 휩싸여 있고."
"시바타 씨가 그 부하라……, 뭐 당연하다면 당연할지도?"
아야코가 그렇게 말하자 나는 되물었다.
"그게 당연한 거야? 시바타 씨가 카나 씨에게 협력하고 있다는 뜻이야?"
그런게 아니라, 하며 아야코가 얼굴을 찌푸렸다.

"카나 씨에 의한 학대가 있었다면 어디까지나 가정해 보자는 거야. 그 경우, 카나 씨가 마녀로 보이는 건 당연한 일이지. 마녀의 공격에서 구해 주었으면 하는데, 주변 어른들은 도와주지 않아. 도와주지 않는 어른들은 분명 마녀 편일 거라는 생각이 드는 게 애 입장에선 당연한 거 아닌가 하는 얘기야."

"아, 그렇네."

"아무리 그래도 노리코 씨가 카나 씨의 편이라는 느낌은 안 들었을 거 아냐. 그럼 자기랑 같은 피해자인 거지. 아직 피해가 없으니, 언젠가는 피해를 입는다. 그런 식으로 생각해 버리는 것까진 이해할 수 있는데, 그렇다 해도 시체가 나오지 않으면 독살한 건지 어쩐 건지 알 수 없다는 말은 어린애 발상이라고 보기가 참……."

"그치?"

스님도 고개를 끄덕인다.

"인형을 연못에 버린다, 사체를 토막 내서 버린다. 실제로 성공할지 어쩔지는 둘째 치더라도, 적어도 범인이 '이렇게 하면 성공할지도 모르겠다.' 고 느낄 만큼의 설득력은 있어. 어른이 주입해 준 생각이 아닌가?"

그럴 것 같다. 하지만 누가?

내 의문을 알아차렸는지, 스님은,

"그런 식으로 호소할 정도야. 노리코 씨가 아니라는 거잖아. 그렇다면 남는건 오노우에 씨나 소네 할아버지……?"

아야코는 고개를 갸웃거렸다.

"도와주지 않는 어른은 카나 씨 편이다라고 생각하고 있는 거라면, 오노우에 씨도 카나 씨 편 아니야? 오히려 가족이 아닌 소네 씨 쪽이 가능성이 높아 보여."

그런 걸까? 의견을 구하는 눈빛으로 나르 쪽을 살폈지만, 나르는 굳은 표정으로 생각에 잠겨 있다.

스님이 팔짱을 낀 팔을 풀었다.

"적어도 이 말만은 할 수 있지. 이 집에서 가장 스트레스를 많이 받는 건 꼬마 아가씨 아닐까? 나르, 여덟 살 어린애면 RSPK라고 생각하기 힘든가?"

스님은 그렇게 말하며 나르를 돌아보았다. 나르의 얼굴은 여전히 굳어 있다.

"단언할 수는 없지만……, 예를 들면 1974년, 미국 코네티컷 주에서 일어난 〈린들리 가 사건〉이 있지. 그뢴 일가의 집에서 폴터가이스트가 일어났는데, 당시 에이전트로 지목받았던 마샤라는 소녀는 열 살이었어. 다만, 그뢴 일가의 경우 그 전부터 돌이 떨어져 내리는 듯한 괴음 현상을 자주 겪었어. 마샤는 괴음 현상이 시작될 무렵에는 여덟 살이었지. 그러나 마샤는 후일 이 폴터가이스트가 자기가 친 못된 장난이라고 고백했어."

헤에…….

"대체로 열세 살부터 열여덟 살 정도의 청소년이 가장 많고, 아무리 어려도 열 살 밑으로는 안 가. 게다가 연령이 낮아질수록,

보통 아이들보다 훨씬 조숙하고 체격이 좋으며, 어른스럽거나, 또는 그 무렵 급격하게 키가 자라는 등의 케이스가 일반적이지."

스님은 어렵다는 표정을 짓는다.

"아야미는 오히려 작은 편에 가깝지. 겉보기뿐만 아니라, 성격적으로도 같은 또래보다 어린 느낌이 들잖아."

"그렇겠지. 아무리 생각해도 아야미는 너무 어려. 그렇게밖에 생각할 수가 없구만."

스님은 히죽 웃었다.

"하지만 예외란 항상 있는 법. 맨 처음 경우일 수도 있어."

"부정할 수 없지."

"카나 씨나 노리코 씨가 범인이라고 생각하는 것보다는 설득력 있어. 하지만 대전제로 학대가 일어나고 있다는 게 필요해 지는데."

아야코가 신음을 흘렸다.

"카나 씨랑 이야기를 하고 있으면 도저히 그럴 수 있는 사람 같지가 않아. 있잖아, 실제로는 어떨까?"

아야코가 물었지만 나르는 대답하지 않았다. 무언가 심각하게 생각에 잠긴 옆얼굴에, 우울한 그림자가 드리워진다.

아야미 방에서 그 사건이 일어난 뒤, 혼란스러워 하는 노리코 씨를 달래고, 겁먹은 아야미를 달래고, 두 사람이 침착해지기만을 기다리는 사이 해가 지고 있었다. 창밖은 아직 충분히 밝지만, 방 안 구석이나 물건들의 그림자에는 옅은 그림자가 떠돌기 시작했다. 의미심장한 그늘이 져 있었다.

어찌할 수 없는 분위기로 침묵이 찾아오는데, 어디선가에서 비명소리가 들렸다.

"비명?"

아야코가 자리에서 벌떡 일어섰다.

"무슨 일이지?"

나르가 린 씨를 돌아봤지만,

"카메라 감시 구역 밖입니다."

그 말이 채 끝나기도 전에 스님이 베이스를 뛰쳐나갔고, 우리들도 그 뒤를 따랐다.

비명은 집 안에서 들린 것 같다. 일 층인가싶어 복도 안쪽을 살펴보는데 이 층에서 노리코 씨가 뛰어내려왔다. 함께 복도를 지나자, 도움을 구하는 소리가 띄엄띄엄 났다. 거실, 아니 부엌이다. 앞 다투어 거실에서 식사방을 지나 부엌에 뛰어들고, 나는 무심결에 헛발을 디뎠다. 부엌 바닥에 주저앉아 문 쪽으로 기어 나오려는 시바타 씨와, 그 옆에서 타오르는 불기둥. 가스레인지가 불을 뿜고 있었다. 사람 키 높이만큼 될만한 불꽃이 지금이라도 천장에 닿을 것만 같아.

노리코 씨가 비명을 질렀다. 시바타 씨가 허겁지겁 바닥을 기어 노리코 씨의 다리를 붙들었다. 나는 재빨리 주변을 둘러보았다.

소화기! 소화기는?

나르와 스님이 시바타 씨에게 달려가 불길에서 떼어 놓는다. 나는 냉장고 옆에 있는 소화기를 집어들었다.

"노리코 씨, 다른 소화기 없어요?"

소리를 지르며 소화제를 흩뿌린다. 주위가 금세 하얀 거품으로 뒤덮였다. 꼼짝달싹하지 못하고 있는 노리코 씨의 팔을 나르가 붙들었다.

"가스 밸브, 어디에 있습니까?"

아, 하며 소리가 나오지 않는 목소리를 낸 노리코 씨가 부엌으로 통하는 출입구를 가리켰다. 동시에 아야코가 카나 씨와 함께 소화기를 들고 뛰어들어왔다. 스님이 수건을 설거지통에 한 번 담그더니 소화제로 뒤덮인 가스레인지에 다가가 수건을 씌웠다.

그 후에 두 통의 소화기를 다 쓴 뒤에야 불이 비로소 꺼졌다. 우리들은 바닥에 주저앉고 말았다.

시바타 씨는 벽에 기대 웅크린 채, 누구나 알 수 있을 만큼 떨고 있다. 노리코 씨가 그 등을 쓸어주고 있었다. 스님이 시바타 씨 앞에 쭈그려 앉아 물었다.

"아줌마, 괜찮아?"

"예……, 예, 하지만 이런, 이런 일……."

시바타 씨의 앞머리가 타들어가 있다. 볼과 턱에도 가벼운 화상을 입었다.

"어떻게 된 거야? 기름인가?"

"아니에요!" 시바타 씨가 목소리를 높였다. "불 같은 거 안 쓰고 있었어요! 갑자기 제멋대로 불을 뿜었다고요!"

헉, 하고 우리는 돌아보았다. 그러고 보니 가스레인지 위에 냄비 같은 게 있었나?

소화제에 뒤덮여 수건을 뒤집어 쓴 가스레인지 위에는 냄비도 프라이팬도 없었다. 근처 바닥에 주전자가 하나 구르고 있다.

"물을 끓이려고, 주전자를 가스레인지 위에 올려놨는데, 갑자기 가스레인지가 불을 뿜었어요! 만지지도 않았는데! 불기둥이 이만큼이나……."

시바타 씨는 자기 이마 높이만큼 손을 들어보였다.

"도, 도대체 왜 이런 일이 일어나는 거죠?"

비명을 지르는 시바타 씨의 곁에 나르가 쭈그려 앉았다.

"밸브를 잠가 두었습니다. 이제 괜찮아요."

"하지만 불 같은 거 붙인 적 없어요. 점화 스위치에 손도 대지 않았습니다."

"당장 업자를 부르겠습니다. 설비 문제일 수도 있어요. 다치신 곳은 없으신지?"

시바타 씨는 무언가 말하려다, 쭈뼛거리며 자기 몸을 내려다보았다. 옷매무새를 가다듬고, 양손을 유심히 내려다본다.

"없는 것 같아요. 다만 얼굴이 따끔거리는군요."

"지금 약상자를 가지고 올게요."

노리코 씨가 말하며 일어섰다. 기댈 곳을 잃고 비틀거리는 시바타 씨를 스님이 붙잡았다.

"약간 덴 것 같은데, 크게 다친 건 아냐. 아줌마 미모에도 별 영향 없을 것 같고."

어머, 하며 시바타 씨는 겨우 안도한 듯 웃었다.

"가스레인지가 멋대로 불을 뿜었다고요?"

나르가 묻자 시바타 씨가 끄덕였다.

"네. 이제 슬슬 저녁 준비를 해야겠다 싶어서……, 그 전에 따뜻한 물을 데워 놓으려 했습니다. 주전자를 가스레인지 위에 얹자 갑자기……."

"가스 냄새는 나지 않았나요?"

"아뇨, 가스 냄새도, 가스가 새는 소리도 없었습니다."

약상자를 안고 돌아온 노리코 씨가 시바타 씨 곁에 주저앉았다. 시바타 씨는 노리코 씨의 얼굴을 들여다보았다.

"저, 정말 아무것도 안 했습니다. 저게 멋대로……."

"괜찮아요. 아무도 시바타 씨 때문이라고 생각 안 해요."

노리코 씨가 달래듯이 말했던 그때였다.

"이게 어떻게 된거야!" 빽 하고 소리를 높인 것은 카나 씨였다. "제령해 준 거 아니었어? 이제 괜찮을 거라고 했잖아!"

카나 씨가 아야코를 쏘아본다. 아야코가 슬그머니 시선을 피했다. 나르가 지극히 냉정하게 대답했다.

"단순한 사고일 수도 있습니다."

카나 씨가 휙 하고 돌아보았다.

"단순한 사고? 그럴 리가 있어? 알 수 없는 이유 때문에 레인지에 불이 붙었다고 해도, 천장에 닿을 만한 불기둥이 서는 일이 있다고 생각해?"

나르는 카나 씨를 제지했다.

"그에 대해서는 전문가의 의견을 듣는 게 좋겠죠. 가스 회사 연락처를 주시겠습니까?"

카나 씨가 마뜩찮다는 듯 고개를 끄덕였던 그때였다. 카나 씨의 등 뒤에 있는 창에, 사람 그림자가 비쳤다.

풍로 옆, 싱크대 너머에는 작은 창이 달려 있다. 그 창에, 밑바닥에서 부엌을 들여다보는 무언가의 그림자가 비쳤다. 내가 흠칫 놀라 쳐다보자마자, 그림자는 천천히 몸을 숙였다.

"나르!"

나는 창을 손가락으로 가리켰다. 나르가 이상하다는 듯이 나를 본다.

"지금 저기, 누가 있었어."

나르뿐만 아니라 모두가 뒤돌았지만, 그곳에는 더 이상 누구의 그림자도 없다. 부엌에는 저녁 어둠이 감돌고 있었다. 집 안은 은은히 어둡고, 싱크대나 찬장에 그림자가 지고, 창틀도 먹색, 다만 녹슨 것 같은 빨간색을 포함한 남은 햇빛이 유리 위에 떠 있었다.

나르는 창에 다가가서 밖을 살폈다.

"아무도 없어."

"방금 전까지 있었어. 안을 보고 있었어."

그건 단순한 검은 그림자였지만, 분명 사람의 머리였다. 창 밑에 숨어 안을 들여다 보듯, 유리에 한 손을 짚고, 이마를 대고.

"아이였어."

모두가 흠칫 놀란다.

"아야미?"

"모르겠어. 그림자라 얼굴이 안 보였고."

노리코 씨가 불안한 표정으로 거실을 돌아보았다.

"아야미에게는 방에 있으라고 했는데……."

맨 먼저 부엌을 뛰쳐나간 것은 카나 씨였다. 우리들은 당황하며 그 뒤를 따라 이 층으로 향했다. 선두에 선 카나 씨가 아야미 방에 뛰어들었다.

방에는 빛이 없었다. 귀신을 쫓는 붉은 등처럼, 석양이 창문을 물들이고 있었다. 방 안에는 저녁 무렵의 어둠이 감돌고 있다. 주단색을 조금 포함한 옅은 어둠 속, 아야미는 바닥에 주저앉아 미니와 놀고 있었다. 쿠션 위에 누운 미니에게 손수건으로 된 이불을 덮어주고 있는 참이었다.

어둠 속에서 인형과 노는 아이. 어쩐지 가슴이 아파오는 광경이다.

"아야미!"

방에 들어간 카나 씨가 말을 걸자, 고개를 들었다. 얼굴에는 그림자가 져서 아야미가 어떤 표정을 짓고 있는지 정확히 알 수 없다. 다만 약간 고개를 갸웃거리는 것이 놀란 듯한 모습이었다.

"지금, 밑에 내려오지 않았어?"

카나 씨는 아야미 곁에 쭈그려 앉았다. 누군가 방의 불을 켰고, 아야미가 눈이 부신지 눈을 깜빡거렸다.

"밑에 내려와서, 정원으로 나갔어?"

아야미는 이상하다는 듯이 고개를 저었다.

"정말로? 밖으로 나와서, 정원에서 부엌을 들여다보지 않았어?"

"아니."

"고모가 방에 있으라고 그랬다며? 그런데 맘대로 방에서 나왔어? 밖으로 나갔어?"

카나 씨의 어투가 추궁조로 변해간다. 아야미가 불안한 표정을 지었다.

"뭘 하고 있었어? 부엌에서 무슨 일이 있는지 신경 쓰였어?"

"아니야."

카나 씨가 지겹다는 듯이 한숨을 쉬었다.

"어떤 어린애가 부엌을 들여다보고 있었어. 아야미 너지?"

그때, 천장 부근에서 격렬한 소리가 났다. 쿵 하고 천장에 뭐가 떨어진 듯한 진동이 전해진다. 우리는 천장을 올려다보았다. 이윽고 천장이 울려댔다.

"아야미 아니야!"

갑자기 아야미가 비명을 질렀다.

"아니라고!"

지금이라도 울음을 터뜨릴 듯한 비명. 그 비명에 화답하듯 천장이 울린다. 샹들리에가 흔들리며 소리를 냈다. 덜컹 하고 바닥이 흔들렸다. 가구마저 흔들리고 있다.

"카나 씨, 여기는 위험합니다……."

나르가 그렇게 말한 순간, 바닥이 격렬하게 흔들리기 시작했다. 카나 씨 바로 옆에 있던 책장이 크게 기우뚱거렸다.

"카나 씨!"

카나 씨가 돌아볼 새도 없었다.

책장은 그 안에 있던 소품과 책을 줄줄 흘리며, 카나 씨 위에 덮쳐 내렸다. 아야미의 얼어붙는 듯 날카로운 비명. 그 소리를 신호로라도 삼은 듯, 방의 불이 모두 꺼졌다.

~ 1 ~

 카나 씨는 산사태처럼 무너져 내린 책에 제대로 얻어맞았지만, 책장 자체는 아슬아슬하게 카나 씨의 몸을 스쳐 지나가며 카나 씨의 허리만 살짝 긁고 지나갔다. 찰과상에는 약을 바르고, 타박상에는 파스를 붙인 뒤 일단 방에서 쉬도록 했다.
 동요하고 있는 가족들을 돌보고, 필요한 연락을 취하는 등 뒷처리를 한 뒤, 여기저기를 조사했다. 그리고 한밤중에 우리는 베이스로 모여들었다. 쌓아올린 모니터 속에 카나 씨의 방과 노리코 씨의 방이 나오고 있다. 두 방은 모두 어둡고, 그 어두운 방 구석에 스탠드 빛 하나가 빛나고 있을 뿐이다. 은은하게 빛이 비쳐 드는 침대 두 개에서, 한쪽에서는 카나 씨가, 다른 한쪽에서는 노리코 씨와 아야미가 몸을 서로 기대고 잠들어 있는 모습이 희미하게 보였다.
 그 옆의 모니터에 비치고 있는 것은 아야미 방이다. 화면이 이상할 만큼 지직거리는 것은 그 방의 카메라가 초고감도 카메라이기 때문이다.
 화면 모서리에는 숫자의 나열이 시각을 기록해 간다. 그 외의 모니터에는 거실이 하나, 부엌이 하나, 일 층과 이 층의 복도가 각각 하나. 파란색과 노란색의 반점 모양이 비치는 화면도 있다. 서모그래피 영상이다. 지금으로서는 어느 화면에도 문제는 없다.

"또, 또 실패했구만?"

스님이 아야코를 쏘아본다. 아야코는 삐쳤다는 듯 고개를 홱 돌렸다.

아야미의 방 천장에는 이상한 소리의 원인이 될만한 것은 없었다. 바로 위에 해당하는 다락방에도 이상은 없었다. 방바닥도 완전히 수평이었고. 책장이 무너질 물리적인 이유는 발견되지 않는다. 발견될 것 같지도 않다. 그건 아무리 생각해도 폴터가이스트였다. 황급히 달려온 가스 회사 직원은, 가스레인지는 지극히 정상이며 그런 사고가 일어날 일이 없다며 몇 번이고 고개를 갸웃거리고 있었다.

"너, 그 정도 실력으로 잘도 영능력자 하고 있구만."

"그래, 그래. 어차피 나는 무력해. 미안하게 됐네."

성격 참 비뚤어졌네.

"하지만, 뭔가 위험하다는 느낌 들지 않아?"

아야코의 목소리에 불안한 색이 번져갔다.

"가스레인지가 아무 이유 없이 불을 뿜었잖아. 자동발화인 거지? 폴터가이스트치고는 너무 수준 높은 거 아냐?"

"자동발화가 뭐야?"

내기 묻자,

"뭐야, 너 좀 똑똑해졌다고 생각했는데, 여전하구나."

"미안. 난 어느 누군가처럼 능력 넘치는 프로 영능력자가 아니라서 말야."

내가 비아냥거리며 말해 주자, 아야코 역시 기분 상했다는 표정을 짓는다.

"그렇게 반복해서 추궁하지 않아도, 책임은 느끼고 있어."

스님이 즐겁다는 듯이,

"뭐뭐, 이 무녀가 무능한 게 하루 이틀 일도 아니지. 자동발화라는 건 문자 그대로야. 불기운이 없는 곳에서 갑자기 이유 없이 불이 뿜어져 나오는 것을 뜻하지. 이런 폴터가이스트는 상당히 높은 수준의 것이야."

"그럼, 위험한 거 아니야?"

내 불안을 꿰뚫어보기라도 한 듯 나르가 차가운 목소리로 대화에 끼어들었다.

"무서운 거면 집에 가도 돼."

안 무서워 이 자식아.

"뭐, 어떻게든 되겠지." 스님은 느긋한 목소리로 말했다. "가스 밸브 자체를 잠궈 버렸어. 적어도 이제 가스레인지가 멋대로 불을 뿜는 일은 없을 거 아냐."

이 스님 엄청 뻔뻔하네.

"그보다 나르, 신경 안 쓰여?"

"아야미 말인가?"

"그래. 방금 폴터가이스트, 그 꼬맹이의 비명에 응답하는 것 같지 않았어? 마이도 부엌에서 어린애 그림자를 봤다고 했었고······."

"아야미가 폴터가이스트의 범인이라고?"

냉정한 목소리로 나르가 되묻자 스님은 얼굴을 찌푸렸다.

"역시, 너무 어리다고 말하고 싶은 거로군. 물론 이해할 수 있어. 하지만 그 타이밍은 의미심장하지 않아? 카나 씨가 그 꼬마 아가씨를 추궁하고, 꼬마 아가씨가 화가 났지. 그와 동시에 폴터가이스트가 일어났어."

"그렇게 생각할 수 있을만한 타이밍이었다는 건 인정해 두지."

"게다가 말야. 오늘 낮에, 꼬마는 시바타 아줌마랑도 다퉜었잖아."

스님은 그렇게 말하며 확인을 하듯이 나를 쳐다보았다.

"다퉜다기보단……, 그냥 좀 부딪혔을 뿐인 것 같은데."

"그랬는데 시바타 씨가 자동발화의 피해를 입었지. 마치 복수 같잖아?"

"복수할만큼 싸웠던 건 아니었어."

"그건 마이 네가 받은 인상일 뿐이잖아? 아야미에게는 그 일이 몹시 화가 나는 것이었을 수도 있지. 심지어 시바타 씨는 마녀의 부하야. 간식에 독을 넣어 가지고 왔다, 진실은 어쨌든 간에 그 꼬마는 그렇게 생각했지."

그건……, 그렇지만.

"게다가 카나 씨에게 추궁을 당했어. 카나 씨는 꼬마에게 있어 '나쁜 마녀'야. 적어도 폴터가이스트와 그 피해는 그 꼬마의 호불호의 감정과 연동되어 있다고 생각해. 감정의 기복이라고 해야 하나."

 나르는 고개를 저었다.
 "그럼 반대야. 아야미가 에이전트라면 폴터가이스트의 피해도 아야미에게 향해야 해."
 그게 아니라, 라고 스님이 말했다.
 "더 다른 가능성은 생각할 수 없어? 뭐더라……, 외재화?"
 "아, 그렇군. 그걸 의심하고 있는 건가?"
 ……음?
 "외재화 현상에도 연령 제한이 있는 거야?"
 "글쎄……."
 나르는 생각에 잠겼다.
 "저기, 외재화 현상이 뭐야?"
 나는 스님 옆구리를 쿡 찔러 본다. 스님은 자신 없다는 듯이,
 "으음, 융이었나. 그런 말을 했던 유명한 사람이 있었어. 폴터가이스트를 설명하는 말이었던 것 같은데, 아닌가?"
 아야코가 의심스럽다는 듯한 눈길로 스님을 바라보았다.
 "융이라면 심리학의 그 융? 프로이트의 제자였나? 그런 잘난 사람이 폴터가이스트를 설명했다고?"
 "했어. 그리고 융은 프로이트의 제자가 아니야. 지지자에 가깝지. 프로이트는 융을 후계자처럼 여겼다고는 하지만."
 "어쨌건 간에 학자인 거잖아. 그런데?"
 "별로 신기할 거 없잖아. 물리학자 크룩스도 심령 현상 연구를

하고 있었어. 융도 마찬가지로 심령 현상에 대해 상당히 많이 연구했었고. 최종적으로 프로이트와 친해질 수 있었던 이유는 그 연구 덕이었다는 설이 있을 정도고. 프로이트는 심령 현상을 전면적으로 부정했었으니까……. 그렇지?"

스님은 도움을 청하듯 나르를 바라본다. 나르는 가볍게 한숨을 내쉬고 이야기를 이어갔다.

"융은 처음부터 심령 현상에 흥미를 가지고 있었어. 학위 논문 제목이 '소위 오컬트 현상의 심리와 병리'일 정도였으니 말이지."

"오컬트 연구로 학위를 받아?"

아야코는 대놓고 수상쩍다는 듯이 반문했다.

"누가 그렇게 말하더라고. 그 논문은 어디까지나 심리학 논문이었어. 융의 사촌 중 영매사인 해리라는 여성이 있었는데, 그 해리의 교령회에서 일어난 현상을 심리학적 견지에 따라 설명하려고 했던 논문이야. 하지만 융은 후일, 그러한 방식으로는 심령 현상을 설명할 수 없고, 동시에 심령 현상을 무시해서는 인간 정신도 끝내 이해할 수 없다는 점을 알아챘지. 그리고 그 존재를 긍정하게 되었던 거지. 더욱이 프로이트의 정신분석론을 신화의 수준까지 끌어올리려던 중 동서양의 신비한 사상을 접하게 되었고, 신비주의로 경도되는 경향을 보였어. 융은 원래부터 세계를 시(詩)적으로 보려는 경향이 있어서, 과학과 오컬트의 사이를 표류하고 있었던 거야. 이건 철저히 즉물적인 프로이트의 세계관과는 공존할 수 없었어.

"흐으응······."

"융은 처음부터 프로이트의 학설에 대해 어느 정도의 위화감을 가지고 있었다고 해. 하지만 프로이트의 정신분석론과 그 기저에 있는 무의식이라는 개념은, 그 위화감을 잊게 할 만큼의 효과가 있었지. 그렇기에 융은 프로이트를 지지했던 거지. 그리고 그 무렵 심령 현상 연구가들 사이에서는 폴터가이스트 현상의 중심에는 사춘기의 소년, 소녀가 있다는 사실이 발견되고 있었고. 그래서 아마 사춘기에 해당하는 소년, 소녀들의 무의식적인 마음, 심리적인 갈등의 '외재화'가 폴터가이스트를 일으키는 것이 아닌가 하는 가설이 세워지고 있었어. 융은 이 가설을 지지해서, 폴터가이스트 현상을 '외재화 현상'이라고 지칭했었던 거야."

"사춘기만?"

"융이 말하는 외재화 현상은 거기에만 한정적으로 적용되는 이야기가 아니지. 사춘기라는 코드에 가져다 붙인 건 심령 현상 연구가가 한 것일테고. 이는 폴터가이스트 현상의 중심에 반드시 사춘기의 아이가 있다는 관찰 결과 때문일 거야. 융은 거기서부터, 사람의 무의식 속에 억압된 심리적인 갈등은, 외재화 됨으로서 물리적인 현상을 불러일으킨다고 생각했어.

그렇게 말하더니 나르는 약간 쓸쓸하게 웃었다.

"이에 대해서는, 〈책장의 폴터가이스트〉라는 유명한 사건이 있지. 프로이트의 집에서 심령 현상의 유무에 대해 두 사람이 토론하고 있었을 때, 돌연 책장에서 커다란 파열음이 났어. 융은 '이게 외재화 현상이다.'라고 주장했지만 프로이트는 믿지 않았자. 융은 '그 증거로, 다시 한 번 똑같은 소리가 날 것입니다.'라고 예언했어. 그랬더니 직후, 다시 책장에서 같은 파열음이 난 거야. 융은 이 현상이, 심령 현상에 대해 회의적인 태도를 고수하는 프로이트에 대한 자신의 조바심과 그때 느끼고 있던 횡경막이 뜨거워지는 감각과 연관이 있다고 확신하고 있었어. 즉 자기 안에 프로이트에 대한 갈등이 일으킨 외재화 현상이라고 믿었던 거야. 하지만 프로이트는 융이 돌아간 뒤 책장에서 같은 소리가 한 번 더 났기 때문에, 책장의 목재가 말라서 갈라지는 소리라는 결론을 내렸지."

그렇군. 그런 식으로 서로가 대립했구나. 그래서 이게 외재화 현상이라는 건가? 그렇다는 건.

"아야미의 갈등이 책장을 무너뜨렸다는 거야?"

나르와 스님을 번갈아 바라보자 스님이,

"그런 것 같지 않아? 상대에 대한 분노라던가 짜증이라던가. 하지만 그 감정을 밖으로 드러낼 수는 없고, 그런 식으로 생각해서도 안 된다는 그런 갈등말이지."

나는 고개를 갸웃거렸다. 이야미와 시바타 씨의 충돌을 기억해 내려고 했다. 아야미가 시바타 씨에 대해서 기분 상해했던 건 확실하다고 생각하지만…….

"간단하게 하자면, 본인의 감정 기복이 PK랑 연동되고 있다는 애기 아닌가?"

아야코가 입을 삐죽거렸다.

"그건 단순히 아야미에게는 PK의 능력이 있고, PK를 사용해서 주변에게 복수하고 있다는 뜻이잖아?"

"그렇게까지 의도적인 행위는 아니라고 나는 생각하는데. 시바타 아줌마에게 화가 났다, 그러니 불을 붙여서 화상을 입혀 복수하자, 라고 생각해서 행동했다고는 생각하기 힘들어. 영능력자들이 왔으니 가구를 움직여서 놀래켜 줘라, 라고 여덟 살짜리 애가 생각을 하겠어? 물론 그럴 가능성도 배제할 수는 없지만, 그 경우에는 이 꼬마가 좀 더 다른 성격일 것 같단 말이지. 한 눈에도 심술궂게 보이고 집념 강한 아이처럼 보인다거나 말야."

"그 부분을 교활하게 숨기는 거지."

"숨겨가면서 순진한 소녀를 가장하고 있다? 그거야 말로 여덟 살짜리 꼬마가 생각할 것도 할 짓도 못 되잖아. 자기 행동을 숨기려고 해도, 좀 더 아이다운 숨김의 방식을 할 것 같은데. 그리고 하려고 해도 완수조차 하지 못할 것 같아. 즉 본인은 숨기고 있어도 어른 입장에서 보면 완전히 다 보이는, 그렇게 되는 게 좀 더 자연스러운 거 아닌가?"

그럴지도. 적어도 아야미에게 사념이 있어 보이지는 않는다. 나쁜 마녀의 악의를 두려워하고 있지만, 상대방을 능동적으로 어떻게 하려고 들지는 않아. 자기가 어떻게 할 수 있다는 생각 자체를 못하고 있는 것 같아. 그러니 노리코 씨에게 '조심해.'라고 호소했던 걸 테고.

"……어때?"

스님은 나르를 쳐다본다. 나르는 생각에 잠기듯 고개를 갸웃거리며,

"완전히 의도가 없는 RSPK와 의도적인 PK 사이에, 의도적이지는 않지만 본인의 심리 상태와 연동하는 PK로서 PK의 외재화를 상정하는 사고 방식은 나쁘지 않다고 생각해. 다만 그 경우에는, 잠재적으로 아야미를 PK 능력자라고 간주해야 하는데."

"그러면 안 되는 건가?"

"안 되는 건 아니야. 다만 그렇다고 하면 이사 오기 전에도 능력이 발휘되었어야 해. 폴터가이스트 현상도 이사 오기 전 집에서 일어나는 게 당연하다는 생각이 드는데."

"이사 이후에 능력이 발현되는 계기가 있었다거나."

"예를 들면, 학대?"

스님이 끄덕였다.

"카나 씨가 재혼한 건 이사 오기 전의 일이었지. 카나 씨는 재혼이고, 노리코 씨나 아야미와 잘 해 나갈 수 있을지에 대한 압박이 있었을 거야. 그리고 이사하기로 결정한 뒤 이사에 관련된 이런저런 잡다한 일이 스트레스를 만들어, 그게 축적되어 아야미에 대한 학대가 되고, 이게 아야미의 능력이 발현되는 방아쇠를 당겼다."

나르는 가볍게 고개를 끄덕였다.

"일단 이야기가 앞뒤가 맞는군."

그렇지? 하며 스님은 즐겁다는 듯이 손으로 V 표시를 만들어 보였는데, 그때였다.

"나르!"

아무 말 없이 기자재를 지켜보던 린 씨가 소리를 높였다.

"기온이 내려가기 시작했습니다."

나르가 모니터를 돌아보았다.

"어느 방이지?"

"아야미 양의 방입니다."

린 씨가 대답하자마자 그 화면 구석에 빨간 빛이 나타났다.

"뭐야?"

내가 손가락으로 빨간 빛을 가리키며 나르에게 묻자,

"마이크에 소리가 잡힌 거야. 린, 스피커를 켜."

린 씨가 컴퓨터의 키보드를 두드리자, 바로 딸칵 하는 단단한 소리가 스피커에서 흘러나왔다. 잠시 후 둥, 하는 충격음. 똑똑 무언가를 두드리는 소리. 파직, 하고 무언가가 터지는 소리. 순식간에 방 안은 원인불명의 소리로 가득 찼다.

"엄청난 소리……."

그런데 화면에는 아무것도 나오지 않는다. 아무도 없는 방. 아무것도 움직이지 않는다. 소리는 나는데, 움직임이 없다니.

"대조되는 데이터는?"

나르가 린 씨에게 묻는다.

"레드 마크입니다."

나르와 함께 린 씨의 손끝이 향하는 곳을 들여다보았다. 컴퓨터 화면에는 일람표가 표시되어 있었다. 일정 음량에 도달한 소리를 잡아서, 여러 가지 소리를 모아놓은 라이브러리와 조합하고 있는 것이다. 해당하는 소리가 있다면 대조 코드가 표시된다. 하지만 지금 일람표에 늘어 서 있는 것은 빨간 문자다. 빨간 코드가 있는 것도 있지만(과거에 기록된 적이 있는 이상한 소리를 나타내는 것 같다), 거의 대부분이 'Unknown'이라고 표시되어 있다. 언노운, 즉, '미지'.

"두드리는 소리는 전형적인 랩음이군. 그 외에는 모두 원인불명……."

나르와 린 씨가 대화를 나누는 동안에도, 새로운 소리가 빨갛게 표시되며 일람표의 스크롤이 길어져갔다. 스피커에서는 시끄러운 소리가 계속적으로 나고 있다.

신기하게도, 이만큼이나 소리가 나는데도 누군가가 그 방에서 뭔가를 하고 있다는 인상은 받을 수 없다. 눈에 보이지 않는 무언가가 소리를 내고 있는 그런 게 아니다. 굳이 말하자면, 방 자체가 맘대로 울리고 있다는 느낌. 뭔가 그런, 사람의 행동이나 의지를 느끼지 못하게 하는 무생물 같은 느낌이 전해졌다.

음침하다고 생각하며 각각의 소리에 귀를 기울이고 있는데, 나르가 갑자기 중얼거렸다.

"이건……, 엄청나군."

"뭐가?"

"실온을 봐. 방 온도가 엄청난 속도로 내려가고 있어."

나는 나르의 시선을 따라 화면에 눈길을 준다. 파란 얼룩무늬가 모니터에 비추어지고 있었다.

"서모그래피?"

온도를 눈으로 볼 수 있게 해 놓은 영상이다. 따뜻한 색이면 온도가 높고, 차가운 색인 부분은 낮다. 화면은 거의 남색과 파란색이 그라데이션되고 있었다. 일부에는 검은 점까지 비쳤다.

"강해. 아직도 내려가고 있어. 이제는 거의 영하까지······."

나르는 마치 감동하고 있는 것 같았다.

격렬한 소리가 이어지고 있었다.

"아야미가 아니야."

나르는 단호하게 말했다. 스님과 아야코는 여전히 황당한 표정으로 모니터를 지켜보고 있었다.

"외재화도 아니고 RSPK도 아니야. 그런 단순한 수준의 현상이 아니다."

서, 설마.

"······영?"

"확실해. 심지어 엄청나게 강한······."

우리는 아연실색하여 소리도 내지 못하고, 움직임 없는 모니터를 지켜보는 수밖에 없었다. 도중에 한 번 나르와 스님이 아야미의 방을 들여다보러 갔지만, 실제로 가 보니 아무런 소리도 나지 않았다고 했다. 다만 방 안이 마치 냉장고처럼 추웠다고 한다.
 그 소리는 한 시간 이상 계속되다가, 썰물이 빠져나가듯 서서히 가라앉았다.

～ 2 ～

 그 날도 결국, 잠자리에 든 건 동이 틀 무렵이었다. 밝아오기 시작하는 작고 예쁜 방의 침대에 몸을 던지고, 금세 깊은 잠에 빠져들었다. 눈을 떴을 때, 방 안에는 대낮의 햇살이 환하게 비쳐들고 있었다. 심지어 불쾌할 만큼 덥고, 나른한 매미 소리가 울려오고 있었다.
 더워, 게다가 졸려. 그런데 눈부셔.
 반쯤 잠이 덜 깬 상태에서 에어컨 전원을 켜고, 얇은 이불을 머리끝까지 덮어썼다. 잦아드는 햇빛에 안도하며 매미 소리를 듣고 있었다. 유지매미인 것 같다. 매미 울음소리, 진짜 덥고 괴롭고 그래서 기력이 확 떨어진단 말이지.
 그런 말도 안 되는 생각을 그냥 하고 있는 중에 점점 에어컨 바람이 불어와 눅진눅진해졌다. 동시에, 갑자기 몸이 훅 떠오르는 느낌이 들었다. 몸이 상승하고 있는 것이 아니라, 느릿하게 하늘 위로 떨어져 내려가는 느낌.
 뭐지?

그 감각이 기묘해서 눈을 떴다. 방 안은 전체에 얇은 이불을 씌운 것처럼 은은하게 밝다. 나는 침대에서 몸을 일으켰다. 머리에 뭐가 끼인 것처럼 멍하다.

가볍게 머리를 흔들다가, 나는 방 구석에 누군가 있다는 사실을 깨달았다.

누구야?

천천히 고개를 돌리자, 옅은 먹빛의 사람 그림자가 보였다. 주위의 부드러운 빛 속으로 녹아들어가는 듯한 그림자.

그림자가 고개를 들었다. 헐레이션(사진에서 강한 광선을 받은 부분의 주위가 부옇게 나타나는 현상-옮긴이 주)을 일으킨 것처럼 새하얀 살결.

나르?

왜 내 방에 나르가 있지? 그런 생각을 하는데 눈이 마주쳤다.

나르가 부드럽게 미소 지었다. 눈동자 색이 따뜻하다.

무슨 일이야, 그런 곳에서?

물어보려고 하는데, 갑자기 나르의 안색이 어두워졌다. 무언가 신경 쓰이는 일이 있다는 듯한 표정이었다. 입술이 달싹거린다. 그런데 목소리는 들리지 않는다.

뭐야? 뭐라고 그러는 거야?

나는 나르의 얼굴을 응시한다.

아……야……미?

아야미가 뭐가 어떻게 된 걸까?

뚫어지게 쳐다봐도 나르가 무슨 말을 하는지 알 수가 없다. 다만, '위험'이라는 단어가 보인 것 같았다.

위험? 아야미?

아야미가, 위험하다고?

나는 제정신을 차렸다.

정신이 들어보니 나는 머리까지 얇은 이불을 덮어쓴 채 뒹굴고 있었다. 기세 좋게 자리에서 일어나 이불을 내던졌다. 황급히 방 안을 둘러보았지만 당연히 나르의 모습은 없다.

있을 리가 없잖아.

정말로 방에 나르가 있었다면 그것도 문제다. 취침 중인 처녀 방에 아무 말도 없이 들어오다니 이 파렴치한 놈……, 이라고까지는 말 못하겠지만.

어쨌든. 나는 침대 위에서 기지개를 한 번 켜고 팔짱을 꼈다.

"꿈인가?"

꿈이겠지. 틀림없이 꿈이라도 꾼 거겠지.

아이고. 나 많이 피곤했나보다. 매일 중노동하고 있으니까 말야. 게다가 인간 관계에도 신경 많이 쓰고 있고.

아야미.

뭐, 문제의 그분이 꿈에 나타난 것의 의미는 그렇다 치더라도, 도대체 왜 그분의 입을 빌려 그런 말을 했을까?

"아야미가 위험……?"

아마 나 많이 신경 쓰고 있는 거겠지. 작은 아야미. 저녁 노을이 들어오는 방에서, 불도 켜지 않고 혼자 인형을 가지고 놀던 그 쓸쓸한 모습을.

나는 다시 멍해졌다가 푹 하고 몸을 뉘였다. 아, 완전 졸려.

근데 도대체 왜 나르지. 가끔 나도 신기할 때가 있어. 내가 꿈속에서 만나는 나르는 상냥하게 미소를 짓는다. 그건 내 희망의 산물일까?

으으음…….

"생각해도 답이 없네."

중얼거리고, 나는 몸을 일으켰다. 지금은 이 집과 아야미가 훨씬 큰 문제니까. 나는 침대에서 내려와 하루의 시동을 걸기 위해 벌떡 일어났다.

매무새를 갖추고 방을 나섰다. 지시를 받기 위해 베이스로 향하던 중, 계단 위에서 발걸음을 멈췄다.

아야미는 뭘 하고 있으려나. 계단 바로 옆에는 아야미의 방이 있다. 잠시 방을 들여다 봤지만, 아야미의 모습은 보이지 않았다. 밑으로 내려가려다, 아야미 방을 본 김에 노리코 씨의 방에도 가 보았다. 노리코 씨의 방은 아야미 방 보다 더 깊숙이 들어간 곳에 있다.

여기에 있으려나? 그렇게 생각하고 문을 노크하려던 찰라.

"이쯤이면 다들 질렸을 거야."

방 안에서 여자아이 목소리가 들렸다.

아야미? 하지만 목소리 톤이 조금 다른데. 고개를 갸웃거리는데, 목소리가 다시 들려왔다.

"나, 무서워……."

이건 분명히 아야미의 목소리다. 그럼, 그 전 목소리는?

나는 무심코 귀를 문에 가져다 댔다.

"괜찮아. 곧 다들 내쫓아 줄테니까."

"노리코 고모도? 마이도?"

낮고 음흉한 웃음소리.

"물론이지……."

"아야미, 노리코 고모는 있는 게 좋아."

"물론 있어도 좋아. 하지만 마녀가 언제까지 그걸 내버려 둘까? 금방 해코지 할 거야."

다시금 음습한 웃음소리가 났다.

"그럼 넌 정말로 외톨이가 되는 거야. 네 편은 나 뿐이야."

"하지만……,"

"괜찮아. 나만은 아야미를 끝까지 지켜줄 테니까. 나쁜 마녀 일행은 전부 골탕먹여 줄게."

"아야미!"

나는 무심코 큰 소리를 내고 말았다. 문을 난폭하게 두드렸다. 대답도 기다리지 않고 기세 좋게 문을 열었다. 노리코 씨의 방 안에는, 아야미가 언제나처럼 바닥에 주저앉아 있었다. 아야미의 앞에는, 전용 의자에 앉은 인형, 미니.

그 외에는 아무도 없다. 방 안을 둘러보았지만 노리코 씨는 물론이고 그 외 누구의 모습도 보이지 않았다. 숨을 만한 곳도 없었다. 다만 아야미만이 놀란 모습으로 나를 올려다보고 있다.

나는 무리하게 웃어 보였다.

"아야미, 지금 누구랑 이야기하고 있었던 거 아니야?"

몸을 굽혀 아야미의 얼굴을 들여다보자, 아야미는 눈을 말똥거리며 끔벅였다.

"이야기하고 있었지? 누구랑 하고 있었어?"

아야미는 왜 그런 질문을 하는지 모르겠다는 표정으로 자신의 정면 앞에 있는 인형을 바라보았다.

"……미니랑."

∽ 3 ∽

"미니……?"

내 보고를 들은 나르는 눈썹을 찌푸리며 되물었다.

"다른 사람이 있었다고는 생각할 수 없어. 카메라는 어때? 뭐 찍힌 거 없어?"

그러나 노리코 씨 방의 카메라는 멈춰 있었다. 어젯밤에 카나 씨와 노리코 씨의 방에 카메라를 설치한 건 애초부터 감시 목적이 아니었기 때문이다. 무슨 일이 일어났을 때를 대비하기 위한 거였지. 그때문에 프라이버시를 배려하는 차원에서 암시 카메라가 아닌 일반 카메라를 달아놨었다. 최소한의 빛을 확보하기 위한 등을 하나만 켜 달라고 부탁한 뒤, 겨우 보일까 말까한 상태에서 이상이 있는지 여부만 확인하고 있었다. 때문에 날이 밝은 뒤에 카메라 전원을 꺼 버렸다. 일어나는 장면이나 옷을 갈아입는 장면까지 찍어서는 안 될 노릇이니까. 그때부터 카메라는 줄곧 멈춰 있었던 것이다.

"마이크도 작동하지 않았지?"

"카메라의 내장마이크를 쓰고 있었으니까, 그렇지."

그럼, 실제로 방 안에서 무슨 일이 일어나고 있었는지는 알 수 없다는 거네.

"분명히 다른 사람 목소리였어. 아야미 목소리가 아니라."

잠깐 기다려 봐, 하며 스님이 대화에 끼어들었다.

"그렇다면 아야미에게 그런 이상한 생각들을 주입한 건, 그 다른 사람이라는 거냐?"

"그럴지도."

"그게 미니라고? 미니라면 그 꼬마가 들고 다니는 인형?"

"응."

아야코는 한 대 맞은 듯한 표정을 짓고 있다.

"뭐야, 그게? 그럼 그 인형에 뭐가 달라붙어 있다는 거야?"

"그렇게 확신하기에는 좀 이르지."

나르는 떫은 표정을 짓고 있었다.

"그보다도 가장 먼저, 마이가 들은 '다른 사람'의 목소리가 사실은 아야미의 목소리였을 가능성부터 의심해 봐야 해."

아아, 하며 아야코는 이해했다는 듯 끄덕였다.

"다시 말해 아야미가 일부러 다른 사람인 척하며 혼자 대화를 했다는 거지?"

"그런 게 아니야!"

내가 항의하자, 아야코는 성가시다는 듯이 손을 내젓는다.

"알아. 애들이란 게 원래 목소리 바꿔가며 인형이랑 일인이역으로 놀고 그러는 법이긴 하지만, 이번 경우는 그게 아니라는 뜻이지? 내 말은 그게 아니라, 이른바 이중인격 아니냐 이거지. 이중인격이란 게 원래 학대를 계기로 나타나는 일이 잦잖아? 그럼 딱 맞아들어가지. 학대로 인해 나타난 두 번째 인격이 '미니'고, 아야미는 그 사실을 자각하지 못한 채 자신의 두 번째 인격과 이야기를 나누고 있었던 거야."

"이야기를 나눈다고?" 스님이 고개를 갸웃거렸다. "이중인격의 경우에는 인격이 번갈아 가며 나오는 거 아니었나? 아니 뭐, 여러 번 교대해 가며 이야기를 나눌 수 있을 지도 모르겠지만. 그것보다도 오히려 빙의 쪽을 의심해 봐야 하는 거 아니야? 이중인격으로는 폴터가이스트가 일어나지 않을 거 아냐."

"아, 그렇네. 이중인격의 심령학적 현상이라면 빙의겠지."

납득한 듯한 아야코에게 내가 '빙의?' 하고 물었다.

"왜, 여우나 악령이 들렸다고들 하잖아."

"그렇다는 건 이번에도 영이 들러붙어 있다는 뜻이야?"

"여우에게 홀렸다면 인격이 바뀌었겠지." 스님이 말했다. "그보다는 악마일 가능성이 높지 않겠어? '엑소시스트' 같은 거 있잖아."

네?

"본 적 없어? 영화 〈엑소시스트〉 말야. 여자애한테 악마가 달라붙는 내용의 영화야."

"희미하게나마 본 듯도 하고 아닌 듯도 하고."

"그게 아마 실화를 바탕으로 만들어진 영화였지?"

스님의 질문을 받은 나르가 고개를 끄덕였다.

"더글라스 딘 사건."

"실화야?"

"미국 메릴랜드 주의 마운트 레이니어에서 일어난 사건이다. 열네 살 소년이 악마에 빙의되었다는 사건이지. 더글라스 딘은 자칭 영매사였던 큰어머니의 죽음을 계기로 이상 행동과 폴터가이스트 현상에 둘러싸이게 되었어. 가족은 더글라스를 구하기 위해 의사와 연구자를 총동원했지만, 결국 신부의 엑소시즘으로 해결했다고 하지."

스님은 어째서인지 만족스럽게 고개를 끄덕이며 말을 이었다.

"그 사건을 계기로, 그때까지 미신 취급 받으며 사라져 가던 엑소시즘이 다시금 주목을 받았어. 교회에 엑소시즘 의뢰가 갑자기

늘었대. 덕분에 엑소시즘에는 소극적 입장을 취했던 교회 기관도, 다시 강좌를 개설해서 엑소시스트를 양성해야만 했다는 이야기."

"우아!"

"아야미의 경우 아직 이상 행동은 보이지 않았지만, 그래도 폴터가이스트 현상을 일으키는 부분은 비슷하지 않아?"

나르는 석연치 않은 듯했다.

"물론 역사적으로, 교회는 폴터가이스트를 악령이 들린 행위로 간주해 왔지."

"하지만," 아야코가 얼굴을 찌푸리며 말했다. "악마라고 그래도 말야……, 그게 참……."

그렇긴 하지.

"나쁜 정령이라고 생각해야 되는 거 아냐? 그걸 교회 입장에서 말하자면 악마가 되는 거고. 실제로 악마라는 건 기독교가 생겨나기 전부터 있었던 오랜 토착신이기도 하고."

나는 고개를 갸웃거렸다.

"나쁜 정령이 붙었다는 거야? 그럼 여우한테 홀리는 건?"

"그건 여우가 붙는 거 아닌가?"

"아, 그냥 여우가 붙는 걸 두고 여우한테 홀린다고 하는 거야?"

여우한테 홀린다는 말이야 뭐 자주 쓰긴 하는데.

아야코가 한숨을 쉬었다.

"여우한테 홀린다고 해서 반드시 여우가 붙는 건 아니야. 개인

적으로는 사령을 이르는 말이라고 생각하는데."

"그런데 왜 여우한테 홀린다고 해?"

"본인이 그렇게 말하니까 그런 거 아냐? 또는 무능력한 영능력자가 적당히 '여우다.' 라고 해서 그랬을 수도 있고."

너도 영능력자면서 그 입으로 그런 말을 합니까?

"옛날에는 그냥 홀린다고 얘기했어. 뭐에 홀리긴 홀렸는데 뭔지 잘 모르니까 그렇게 부르는 수밖에 없었겠지. 그런데 언제부턴가 이유 없이 그 앞에 여우나 너구리가 붙기 시작했고. 머리 나쁜 영능력자들이 그 단어를 남발하고 있는 건데……. 왜 특별히 '여우'인지에 대해서 설명이 나온 바는 없어."

"이나리신(다섯 가지 곡식의 신인 우카노미타마노카미의 다른 말, 여우를 가리키는 단어로 종종 사용됨-옮긴이 주)이라도 붙은 거 아냐?"

스님의 말에 아야코가 얼굴을 잔뜩 찌푸렸다.

"하지 마, 너까지. 이나리신은 여우가 아니라고."

나는 눈을 동그랗게 떴다.

"여우 아니야?"

"아니거든. 이나리신은 우카노미타마노카미를 일컫는 말이야. 토요우케비메노미코토라고도 하지. 요는, 아마테라스오오미카미(일본 신화에 나오는 해의 여신-옮긴이 주)랑 마찬가지로 신이야. 그 이나리신의 권족, 즉 부하가 여우인 거야. 대체로 흰여우지. 이 흰여우가 붙은 거라면 이나리신에게 홀렸다고 볼 수도 있겠지만, 그렇게 따지면 신내림이랑 다를 게 뭐람. 뭐, 그야……, 여우에게 홀린 것과 신이 내린 게 비슷한 것이어야, 홀린 사람이 예언도 할 수 있고 병도 고칠 수 있다는 속설이 성립하는 거지만."

"아하!

"하지만 일반적으로 사람들이 '여우에게 홀렸다.'고 말할 때는, 이나리신이나 흰여우가 내린 거는 아니잖아. 그냥 요물이 붙었다는 느낌이지."

"요물……?"

그렇게 말씀하셔도 잘 모르겠는데요.

"여우가 요물이 되는 거야?"

"동물원에 있는 그런 여우가 요물이 되는 건 아닐 거야. 실제로 그런 여우들에게 영이 달라붙는 일은 없잖아. 죽은 여우의 영이 사람에게 붙는 일은 있을 수도 있겠지만, 그렇다면 유부나 쥐 튀김을 먹고 싶어하진 않을 테지."

"쥐 튀김?"

"그런 말이 있었어, 옛날에는. 그러니까 실제 동물의 영이라기보다도 오히려 사령일 가능성이 높아. 질 나쁜 영들은 짐승의 모습을 할 때가 있으니까."

"짐승의 모습이라니?"

"그래. 사람 모습이 아니라 짐승처럼 보인다는 거야. 악취를 동반하는 경우도 있어. 짐승 냄새 말이지. 음, 황폐해진 동물원 같은 냄새라고 해야 하나."

"흐으음."

"그런 종류의 영은 상당히 질이 나빠. 원래 인간의 영이었던 것이 사념이나 악의를 빨아들이고 변질되어 인간성을 잃은 거라고 해야 하나? 흉포하고, 악의로 넘쳐 있고, 무척 공격적이야. 파괴욕 덩어리라는 느낌."

"그거, 악마잖아!"

그런가, 하고 아야코가 중얼거렸다.

"그렇네. 그런 걸 악마라고 부르는 지도 모르겠어."

스님은 불만족스러워 보였다.

"결국 그럼 단순히 악령이 붙었다는 얘기로 돌아오잖아. 악령에게 홀리는 건 곧 여우에게 홀리는 거랑 마찬가지지? 그런데 여우한테 홀렸다면 인격이 바뀌는 거 아니었나? 눈에 띄게 원래 인격과는 다른 행동을 취하게 되잖아. 심지어 안 좋은 쪽으로 변하니까, 주변 사람들이 이상을 깨닫고 영능력자를 부르고 '여우에게 홀렸다.'는 진단을 받지."

"우리 지금까지 아야미가 변했다는 이야기하고 있지 않았어?"

"완전히 다른 사람처럼 변했다는 건 아니잖아?"

그렇지. 노리코 씨도 물론 '변했다.'고 말했었지만, 다른 사람처럼 군다는 말은 한 적이 없다. 시바타 씨와 싸웠을 때, 아야미는 아야미답지 않게 행동했었지만, 그렇다고 뭐에 홀렸다고 느낄 정도로 이상하지는 않았다. 변한 건지, 아니면 이 정도 가지고는 변했다고 할 수 없는 건지. 나는 물론이고, 스님과 아야코까지 나르를 돌아보았다.

나르는 눈썹을 가볍게 꿈틀거리며 말했다.

"무언가 인간에게 달라붙는 현상을 보통 '빙의' 라고 부르지."

아, 네.

"이런저런 현상을 '빙의' 라는 하나의 단어로 설명하기는 힘들어. 스님이 '여우에 홀린 거라면 인격이 완전히 바뀌었을 것이다.' 라는 주장에 집착하는 건 이해할 수 있다. 빙의 현상의 경우는 대체로 사람들 눈에 띌 정도로 인격이 변하곤 하니까. 여우에게 홀렸을 때 가장 먼저 판단 기준이 되는 게 인격의 변화이기도 하고. 그리고 일반적으로 악마가 붙었을 때도 인격 변화 현상이 동반되곤 해. 어떤 이에게 무언가가 들러붙은 것처럼 보인다는 거지. 그런 의미에서, 영을 불러내 공수를 하는 영매사의 원리도 사실 이와 크게 다를 바 없어. 이때도 영매사에게 영을 '빙의' 시킨다고 말하지."

"아, 그렇구나."

"그러나 한편으로, '영에게 홀린다.' 는 경우를 생각해 보도록 하지. 마이, 너네 학교 괴담에도 있었잖아. 숙직실에 자살한 교사의 영혼이 있어서, 규칙을 지키지 않으면 그 교사가 들러붙는다는 이야기."

"아, 있었어."

"그 경우에는 아무도, 그 교사가 몸 안으로 침입한다고는 생각하지 않아. 마이에게 교사가 들러붙는다고, 마이가 그 교사처럼 말하거나 행동할 거라고 여기지 않는다는 뜻이야."

그야 그렇지.

"이 경우의 '달라붙는다'라는 건, 영이 특정한 상대를 따라다니는 것을 의미해. 이건 그 대상이 방이나 물건일 경우에도 마찬가지야. 영이 어떠한 장소나 물건을 머무를 곳으로 삼고, 달라붙는 거지. 우리는 많은 경우의 수를 두고 '달라붙는다'고 말하고. 영이 '달라붙는다'는 말은 보통 빙의를 뜻해. 하지만 구분해야 해. 영이 안으로 침투해 들어가는 것과, 어떤 대상을 따라다니는 것은 분명히 다른 거야."

듣고 보니 그렇다.

"영이 침투하는 것이 포제션, 즉 '빙의'라고 한다면, 영이 따라다니는 것은 댕글, '빙착'이라고 불러야 하겠지. 그 두 가지 현상은 별개로 파악하는 것이 좋아."

"그렇구나아!"

스님은 손뼉을 짝 쳤다. 아야코도 그렇네, 하고 중얼거렸다.

"그러니까 달라붙은 거에도 제령할 수 있는 것과 없는 것이 있는 거야."

나는 눈을 깜빡였다.

"그런 게 있어?"

"있어. 방에 붙은 영을 사라지게 하는 건 제녕으로 가능해. 사람에게 붙은 것도, 인격이 바뀐 게 아니라 그냥 영이 붙어서 이상한 걸 보거나 몸 상태가 안 좋아진 정도면 제령할 수 있어. 하지만 인격이 바뀌어 버리면 안 돼. 제령하기가 정말 힘들어져."

"내 주변에서는 그 건은 금기시되고 있지."

스님이 말했다.

"뭐가?"

"그러니까 인격이 바뀌었을 때의 제령 말야. 빙의된 인간에게 제령을 하는 건 금기야. 무리하게 제령하려고 들면, 그 사람의 심신에 안 좋은 영향이 가니까. 그래서 제령 전에 사람과 사람에게 달라붙은 영을 분리해 내야 하는데, 이게 보통 일이 아니지."

헤에.

"확실히 빙의된 영을 제령하는 건 어려워. 일단 정신적인 문제인지 빙의인지를 파악하는 것조차 쉽지 않으니까. 단순히 달라붙어 있는 것과는 이야기가 달라……. 그래, 듣고 보니 그렇네. 두 가지는 별개의 현상이야."

흐음, 그렇다는……건?

"그럼 아야미는 어느 쪽이야?"

내가 묻자 스님과 아야코가 서로의 얼굴을 쳐다 보았다.

"아야미에게 영이 붙어 있다고 치자. 그럼, 인격의 변화가 없으니 빙착이라고 봐야겠지. 하지만 이때 문제는, 아야미가 자기에게 붙은 영을 '미니'라고 부르고 있다는 거지."

스님이 말하자 아야코도 덧붙였다.

"인형에 붙어 있는 거 아닐까? 이 경우에는 빙의인지 빙착인지 확실하지 않지만, 어느 쪽이든 인형이 문제인 거야."

아야코는 그럴 듯하게 팔짱을 껴 보였다.

"그래. 문제는 인형에 있어."

～4～

"네? 미니 말인가요?"

베이스로 불려온 노리코 씨는, 갑자기 인형에 대한 질문을 받고 눈을 동그랗게 떴다.

"오빠가 아야미 선물로 사온 거예요."

"언제쯤입니까?"

"그게, 흠, 작년 9월인가 10월에……, 아마 9월말이었던 것 같은데요."

"그럼 이사하기 직전이로군요?"

"그렇습니다."

나르는 끄덕이며 말했다.

"아야미는 그 인형이 대단히 마음에 드는 것 같더군요."

그렇습니다, 하며 노리코 씨가 미소 지었다.

"인형을 받은 뒤부터는 항상 가지고 다녀요. 언제나 같이 있고, 항상 말을 걸고요. 제게도 어릴 때 그런 인형이 있었죠. 아야미에게는 그게 미니인 것 같습니다."

그렇게 말하더니, 노리코 씨는 문득 무언가를 깨달았다는 듯양 미간을 좁혔다.

"설마, 미니에게 뭔가……?"

"아직 뭐라 말씀드릴 수는 없습니다. 아야미의 성격이 바뀐 것은 그 이전인가요, 아니면 이후인가요?"

노리코 씨는 잠시 생각에 잠겼다.

"인형을 기준으로 따지자면, 미니를 받고 난 이후인 것 같습니다. 하지만 이사 오기 전에는 아야미에게 이상한 점은 없었습니다. 뭔가 이상하다고 생각하게 된 건 이사를 온 이후입니다."

"이사 온 직후입니까?"

"아뇨, 서서히 바뀌었다는 느낌이 듭니다. 점점 말이 없어졌다고 해야 하나……, 말수가 적어지고, 기분이 들쭉날쭉하고."

"그 외에 다른 점은 없습니까? 성격이 극단적으로 바뀌었다, 같은 것 말입니다."

"없습니다. 바뀌었다고 해도 그저 말수가 적어졌다거나, 대하기가 어려워졌다는 정도입니다. 시바타 씨는 아야미의 버릇이 나빠졌다고 하고, 고모 같은 경우는 다루기가 어렵다고 말합니다. 어느 쪽도 틀린 지적은 아니라고 생각합니다. 하지만 저는, 아야미의 마음을 읽기가 어려워졌다는 생각을 하고 있습니다."

그렇게 말하더니, 노리코 씨는 한숨을 쉬었다.

"성격이 어두워졌어요. 원래 사람을 몹시 잘 따르는 밝은 아이였는데. 떠들썩한 건 아니었지만, 얌전해도 성격이 밝은 아이였습니다. 천진난만하다고 해야 하나요. 하지만 언제부턴가 낯을 몹시 가리기 시작했고, 혼자 노는 일이 잦아졌습니다. 음침해졌다기보다도 그림자가 졌다는 느낌이 듭니다."

"미니를 잠시 빌릴 수 있을까요?"

나르가 말하자, 노리코 씨는 끄덕인 뒤 베이스를 나갔다. 그리고 얼마 지나지 않아 미니를 안아 들고 돌아왔다.

"여기 있습니다만……."

나르는 인형을 받아들었다. 어두운 눈동자가 살짝 가늘어졌다.

흔히 말하는 '프랑스 인형'이 저건가 싶다. 나는 새삼 미니를 물끄러미 바라보았다. 부드러운 금발, 보랏빛이 도는 푸른 눈, 고풍스러운 드레스. 살결은 우유처럼 하얗고, 볼에는 복숭아 같은 분홍빛이 돌았다. 깊은 눈가, 작고 오똑한 코. 부드러워 보이는 장밋빛 작은 입술은 살짝 벌어져 있다. 마치 당장이라도 말을 할 것처럼.

첫인상은 몹시 사랑스러웠다. 지금 다시 봐도 기품 있는 얼굴 생김새는, 어리고 가련한 느낌을 준다. 앤티크 인형 특유의 무서운 느낌은 들지 않는다.

"얼마나 오래 된 것인지 알고 계십니까?"

"글쎄요. 하지만 그리 오래 된 건 아닐 거라고 생각합니다. 저희 언니한테 여쭈어 보시면 더 자세하게 아실 수 있으실 거예요."

그렇게 말한 뒤, 노리코 씨는 부엌에 있는 카나 씨를 부르러 갔다. 카나 씨는 원래 오늘부터 직장으로 돌아갈 예정이었지만 취소했다고 한다. 시바타 씨가 없기 때문이다. 시바타 씨는 어제 일어난 일 때문에 도저히 견딜 수가 없었는지, 잠시 휴가를 달라고 연락을 한 모양이다.

앞치마를 벗으며 베이스에 들어온 카나 씨는, 나르가 인형에 대해 묻자 아아, 하고 기운 빠진 소리를 냈다.

"남편이 파리에서 사왔어요. 출장 갔을 때 사온 선물이죠. 벼룩시장에서 우연히 발견했는데, 인형 표정이 마음에 들어서 사왔다고 했어요. 핸드메이드고 질도 좋지만, 골동품은 아닙니다."

"앤티크 인형이 아닌가요?"

나르가 묻자, "설마요." 하며 카나 씨가 미니를 손에 들고 유심히 살펴보았다.

"앤티크 인형은, 1930년 이전에 만들어진 인형을 일컫는 말입니다. 이건 아무리 봐도 새 것인걸요. 아마 브류(1866년부터 1899년까지 활동한 프랑스의 비스크 돌 제작 공방─옮긴이 주)를 따라한 거겠죠. 역시 아무리 봐도 아니에요. 각인도 없고. 핸드메이드 비스크 돌이지만, 아마 최근에 만들어진 것일 거예요."

"실례지만, 좀 더 자세히 설명해 주시겠습니까?"

"얼굴과 손이 도자기로 되어 있는 인형을 비스크 돌이라고 부릅니다. 19세기 말부터 만들어진 것으로, 이 중 유명한 것이 프랑스의 주모우 사와 브류 사의 인형입니다. 이건 브류 사 타입의 얼굴이라고 생각해요. 딱 보면 브류라고 알 수 있을 정도니, 일종의 복제품이겠지요. 하지만 옆으로 눕히면 눈을 감는 슬리핑 아이로 되어 있으니, 오리지널을 충실하게 재현한 복각품이라고 보기는 어렵네요."

"그렇다면, 딱히 유서가 깊은 인형은 아니라는 것이군요."

"그래요. 완전히 새 제품 같지는 않으니, 전에 누군가가 소지하고 있었겠지만요. 하지만 그래봤자 십 년에서 이십 년 정도였을 거예요."

카나 씨가 말한 바로 그때였다.

"돌려줘!"

돌연, 뒤에서 비명소리가 들려 나는 펄쩍 뛰었다.

아야미가 나르의 셔츠를 잡아당기고 있었다.

"미니, 돌려줘! 만지지 마!"

"아야미, 미니랑 이야기를 할 수 있다며?"

나르가 물었지만 아야미는 대답하지 않았다. 있는 힘껏 발뒤꿈치를 들더니 나르 손에서 미니를 빼앗아 들었다.

"아무도 만지지 마!"

미니를 꼭 껴안고, 엄청난 기세로 달려 나갔다. 노리코 씨가 당황하여 아야미를 따라 나갔다. 아야미의 모습을 지켜보는 나르의 눈동자 빛이 어두워졌다.

5

우리들은 오늘 밤도 잠들 수 없다. 무슨 일이 있을 때를 대비해 자리를 지키며, 베이스에서 모니터를 지켜보며 불침번을 선다.

메인 모니터에는 아야미의 방이 비추어지고 있다. 아무도 없는 방(아야미는 오늘 밤도 노리코 씨의 방에서 잠이 들었다). 화려하고 귀여운 방인데 방 주인은 그곳에 있을 수 없다. 묘하게 지직거리는 영상이 그 쓸슬함을 강조하고 있는 것 같다.

모두 피로와 권태감 때문에 말이 없는데, '시작됐다.'며 나르가 중얼거렸다. 쌓여 있는 모니터에 시선을 돌린다. 정말이다. 아야미의 방 온도가 내려가기 시작했다.

시계를 보니, 오전 두 시 반이었다.

그와 동시에 메인 모니터 영상이 움직이기 시작했다. 아야미의 방에 달린 카메라는 서모그래피와 연동되어 있어서, 방에서 온도가 가장 낮은 곳을 자동으로 추적하여 촬영할 수 있다. 카메라의 시야가 천천히 이동하며, 아야미의 침대 위에서 멎었다. 베개에 등을 대고 앉아 있는 미니가 화면 중심에 비춰졌다. 아야미가 잠든 뒤 몰래 빌려와 방에다 놓아둔 것이다.

카메라는 무표정한 미니를 비춘다. 어둠을 향해 열려 있는 유리눈알, 그리고 그 공허함.

"이렇게 보니까 진짜 무섭다. 인형이 정말 께름칙한 물건이구나······."

밤에 보는 인형은 무섭다. 특히 눈을 뜨고 있으면 더욱 그렇다. 옆으로 눕히면 눈을 감는 인형은 그 때문에 발명된 게 아닌가, 하고 이상한 상상을 하고 말았다.

"빈 그릇이니까."

아야코가 중얼거렸다.

"빈 그릇?"

"원체 인형이라는 건, 영혼의 그릇이야. 봐봐. 인간은 원래 사람의 형체를 하고 있는 몸과 그 안에 깃드는 혼으로 이루어져 있잖아? 그래서 인간의 모습을 따라 만든 인형은, 혼이 없는 인간이나 마찬가지인 거야. 그렇기에 인형에 주술로 혼을 집어넣어 사람 대신 쓰기도 하는 거고, 한마디로 사람의 대용물이라 할 수 있겠지."

"흐으음."

"혼이 깃들지 않은 인형은 빈 그릇이야. 있어야 할 것이 빠져 있지."

"그렇기에 불안정하지." 하며 스님도 말을 꺼냈다. "원래는 그릇과 그 내용물이 함께 안정을 꾀하도록 해야 해. 그런데 내용물이 없으면 결국 불안정해지고, 그 틈새로 영이 비집고 들어가기가 쉬워. 영이 깃들어야 비로소 안정된 상태를 유지하게 되는 거야."

"난 그래서 인형이 정말 싫다니까." 아야코는 진지하게 싫다는 듯 얼굴을 잔뜩 찌푸렸다. "아무리 안 그러려고 해도, 겉보기보다는 그 속이 비어 있다는 사실에 신경을 쓰게 돼. 저기에 빈 자리가 있고, 거기에는 영이 있을 거라는 생각이 든단 말이지."

"그런 식으로 하면 온 세상의 모든 인형이 다 위험한 거 아냐?"

"기계로 대량생산하는 인형은 장난감이고, 사람 모양을 하고 있어 봤자 아무것도 아냐. 하지만 하나하나 손으로 만드는 인형의 경우는 다르지. 장인이 심혈을 기울여 만든 예술 작품이라면, 만든 이의 혼이 깃들어도 이상할 게 없어."

"혼을 담아 만든다고들 하니까 말이지." 스님이 말했다. 내가 돌아보자 스님이 말을 이었다. "옛날 인형 장인들이 인형을 만들 때 말야. 혼을 담아 만든다고들 했지. 그렇게 하지 않으면 위험하다는 걸 알았으니까."

"물론 혼을 담으면 안정되지만, 그건 더 이상 단순한 인형이 아니라 인간의 대용물이 되어 버리니까, 그때부터는 다루기가 쉽지가 않아. 인간이라고 간주하고 지나치게 소중하게 여기면 성장을 해 버리고, 인형이라고 생각하고 소홀하게 굴면 엄청난 복수를 당하게 되고. 아, 난 정말이지……, 생각할수록 싫다."

하지 마……, 무섭단 말야.

그때, 갑자기 나르가 자리에서 벌떡 일어섰다. 모두 뒤를 돌아봄과 동시에 나르가 잡아먹을 듯 지켜보는 모니터로 시선을 옮겼다. 나도 엉겁결에 자리에서 일어났다. 아야코와 스님, 심지어 린 씨까지도 몸을 움찔거렸다.

미니가……, 엎드려 있다?

어느새? 방금 전까지 분명 앉아 있었는데?

금발이 베개 위로 흩어져 있었다. 말 없이 화면을 응시하는 우리의 눈 앞에서, 미니의 몸이 스르륵 움직였다. 침대 시트 채로 잡아당겨지듯 몸이 토막나고, 베개를 베고 있던 미니의 목만 덩

그러니 그 자리에 남았다. 목과 몸이 떨어지려 하고 있었다.

"싫어……!"

푹, 하고 몸이 잡아 당겨지고, 미니의 몸과 목이 완전히 떨어져 나갔다. 금발의 둥근 머리가 머리카락 끝을 이리저리 흐트러뜨린 채 베개 위에 놓여 있다. 그러더니 그 머리가 다시 꿈틀하고 움직였다. 마치 기분 나쁜 생물처럼!

꿈틀거리며 금발을 찰랑대던 머리가 돌연 데굴데굴 구르며 베개 위에서 떨어졌다. 그대로 하얀 얼굴 위로 금발을 말아가며 시트 위를 굴러가더니, 이윽고 침대 위에서도 떨어졌다. 기묘하고도 생생한 광경이었다.

툭, 하고 목이 떨어지는 둔탁한 소리가 났다.

그 소리와 동시에 아야미 방의 온도가 정상으로 돌아왔다.

∽ 6 ∾

"젠장, 나 진짜 엄청 겁먹었어. 억울한데?"

스님은 정말로 분하다는 듯이 말하며 가방을 뒤적거리고 있다. 아야미에게서 인형을 떼어 놓을 수 있는 지금, 재빨리 미니를 제령하겠다는 것이다.

"제령하고 태워 버리겠어."

상당히 화가 나셨구만요.

"하지만 태워 버리다니, 곤란하잖아. 허락도 안 맡았는데."
 "제령했더니 자동발화로 타 버렸다고 변명하면 돼."
 그렇게 난폭하게 할 거 있나.
 "어쨌건 인형이 원흉이니 그렇게 하는 수밖에 없잖아."
 스님은 그렇게 말하더니 옆 침실로 뛰어들어갔다.
 물론 당장이라도 그렇게 하고픈 기분은 저도 잘 이해합니다만.
 그 후 우리들은 아야미 방에 가 보았다. 거기에는 미니가 기다리고 있었다. 처음 침대 위에 놓아두었던 때처럼 그대로였다. 목 같은 건 빠지지 않았다. 처음에 있던 곳에, 아무렇지도 않다는 얼굴을 하고 앉아 있었던 것이다. 눈을 반짝 열고, 입가에 미소를 띠운 채. 마치 '안 좋은 꿈이라도 꾼 거야?' 라고 우리들을 놀리듯 말이다.
 그리고 더욱 더 화가 났던 것은 녹화된 이상 현상을 재생하려고 했는데, 아무것도 찍혀 있지 않았던 것이다. 기계에는 아무런 이상도 없는데, 새벽 두 시 반 이후부터의 영상은 모래폭풍 같은 노이즈로 가려져 있었다. 그 밖에도, 사용 목적이 뭔지 알 수조차 없는 기계들의 바늘은 너무 많이 돌아서 눈금 밖으로 빠져나가 있었다. 다시 말해 그 이상한 광경은 결국 아무런 증거도 남기지 않았던 것이다. 정말이지 나쁜 꿈처럼 말이다. 게다가……, 우리가 방으로 뛰어들어가기 직전부터는 녹화가 다시 시작되어서, 모두가 황급히 침대로 다가가 멍하니 바보 같은 표정을 짓고 있는 건 다 찍혀 있다. 그게 더 짜증나!

허둥지둥 가사로 갈아입은 스님은 화가 잔뜩 나 베이스를 나섰다. 나는 그 등을 가리키며 나르에게 물었다.

 "나르, 안 말려도 돼?" 하고 물어보았지만, 나르는 그저 어깨를 살짝 으쓱할 뿐이었다. 관심 없다는 듯 모니터를 바라보고 있었고, 린 씨는 아예 완벽하게 무시하고 있었다.

 "그렇게 간단히 제령할 수 있다면 좋겠네."

 그렇게 중얼거린 아야코도 역시 성가시다는 표정을 짓고 있다.

 "어쩐지 상대방은 완전히 여유가 넘치고, 우리 따위는 신경도 안 쓴다는 듯한 느낌이야. 방금 그거, 완전히 우리를 놀려 먹고는 즐거워하는 투였잖아?"

 이 집에서 일어나는 폴터가이스트는 늘 그렇다. 아주 성격이 나빠!

 "어린애려나."

 뭐랄까, 몹시 어린애 같은 느낌이 든다. 심술맞고 영악한 어린아이의 느낌 말이다.

 "미니한테 달라붙은 거? 애일 리가 없잖아?"

 "하지만 미니의 전 주인일 수도 있잖아? 이전의 주인이 불행한 죽음을 맞아서……, 뭐 그렇고 그런 이야기일 수도."

 "흔해 빠졌어."

 정석이잖아. 흥흥.

 "애가 가지고 놀기에는 저 인형, 너무 화려해."

 "하지만 지금 실제로 아야미가 갖고 놀고 있잖아."

"저걸 사 주는 어른이 이상한 거야. 보통 애들 장난감으로 줄만 한 물건이 아니라고. 저런 비싼 인형은, 어느 쪽이냐 묻는다면 보통 호사가들이 가지고 노는 거야. 애들은 저 가치도 모를테고, 기껏해야 부숴버리는 게 다일 거라고."

그도 그렇긴 한데.

"하지만……, 그럼 뭐야?"

아야코는 턱 끝으로 손가락을 가져다댔다.

"확실히 인형의 전 주인이 불의의 죽음을 맞는, 그런 얘기는 종종 있지. 다만 그럴 경우에는 무엇 때문에 인형에게 눌러 붙었는지가 문제가 돼."

"무엇 때문에?"

"그래. 어쩌면 주인의 집착일지도 몰라. 인형이 정말 좋고, 인형에 집착해서. 다른 사람에게 내어 주고 싶지 않은 거지. 그렇다면 인형의 새로운 주인은 이른바 저주를 받게 되는 거지. 영은 자신 외에 누군가가 대상을 소유하는 걸 인정하지 않거든."

"아하, 그렇구나."

"또는, 죽고 싶지 않다는 바람일지도 몰라. 죽고 싶지 않아서 인형에 옮겨 붙어 간신히 살고 있는데, 인생의 즐거움이 자기 눈 앞에서 펼쳐지고 있는 거지. 그 사실에 분노해서 폭주하는 거."

"그렇구나."

미니는 도대체 뭘 어떻게 하고 싶은 걸까? 아야미에게 이상한 말을 하고, 주위 사람들을 협박하고. 생각해 봤지만, 결국 떠오르는 것은 '어린애 같다'는 느낌이었다. 단순히 그냥 재밌어서 심술을 부리는 것 같아. 아야미에게 이상한 말을 하는 것도, 그저 아야미를 겁주는 게 신이 나서 그러는 거 아닌가. 겁을 먹은 아야미에게 적당히 허풍을 떨고, 자기 부하로 만드려는 느낌이 든다.

그때, 무언가가 뇌리를 스쳤다.

아야미가 위험해……!

그건 물론 내 꿈이었지만.

"이 상태가 계속되면, 아야미는 어떻게 될까?"

"그다지 바람직한 상태로 이행하지는 않겠지."

"그런 거야?"

"영에게도 무언가를 움직이기 위해서는 에너지가 필요해. 미니의 경우는 그 에너지를 아야미에게서 얻고 있다고 생각해. 그럼, 장기간 그 상태가 계속되면 반드시 건강에 영향을 미칠 거고. 그 이전에 마녀니, 독살이니 이상한 얘기를 듣고 있으면 주변 사람들과 마찰이 생기잖아. 정신적으로도 분명 영향이 갈 거야."

"그거, 안 좋은 거잖아."

"그러니까 어떻게든 하려고 하는 거잖니?"

아야코는 턱 끝으로 모니터를 가리켰다. 아야미 방에 스님이 있었다. 스님은 미니를 바라보며 침대 옆에 쭈그려 앉아 무언가를 열심히 하고 있었다.

"미니의 의도를 알 수가 없네. 문제는 그 전의 주인인가……, 벼룩시장에서 샀으면 주인 찾기도 글렀고."

그렇게 말하더니 아야코는 나르를 돌아보았다.

"있잖아, 여기서 이렇게 발만 동동 구를 게 아니라, 있어야 할 자리에 저 인형을 모셔 놓는 게 낫지 않겠어?"

나르는 모니터에서 눈을 떼지 않고 반문했다.

"있어야 할 자리?"

"신사나 절. 인형 공양을 해주는 곳들 있잖아. 그런 데다가."

"소용 없다고 생각한다."

"왜?"

"미니 때문이 아니니까."

하아?

"이제 와서 무슨 말을 하는 거야?"

"정확히 말하자면, 인형 탓이 아니라는 거야."

"어째서?"

"내 감이다."

아야코가 웃었다.

"어머나! 너도 감 같은 단어를 쓰니? 그래서 네 감에 무슨 의미가 있는 건데?"

나르는 무뚝뚝하게 어깨를 으쓱했다. 아야코 쪽은 보지도 않는다. 내가 물었다.

"인형 때문이 아니라면, 무엇 때문이야?"

"그걸 알 수가 없어. 인형은 그릇으로 이용되고 있을 뿐이다. 문제는, 미니가 도대체 누구인가 하는 점이지."

"무슨 뜻인지 모르겠어. 그러니까 인형은 미니의 그릇인 거잖아? 미니는 아야미 전에 인형을 가지고 있던 주인 아냐?"

"그렇지 않을 가능성도 있어. 인형은 영이 잘 깃드는 그릇이니까."

그렇다는 건, 하고 아야코가 수상쩍다는 듯 고개를 갸웃거렸다.

"예를 들자면 부유령 같은 거? 아니면 아야미와 관계 있는 선조나 친구의 영이라거나. 이 집의 지박령……, 같은 건 있을 수가 없는 거였지."

"인형에 뭐가 들려있다는 이유로, 바로 그 전의 주인과 연관짓는 건 지나친 속단이야. 게다가 이전 주인이라면 인형에 빙의하여 일체화 되었을 가능성이 높은 만큼, 인형을 봉인하면 그걸로 끝날 수도 있지. 하지만 지금 인형에 붙은 영이 단순히 인형을 그릇으로서 이용하고 있을 뿐이고 실제로는 아야미에게 빙착된 상태라면, 인형을 있어야 할 곳에 가져다 놓기 한참 전에 먼저 인형에서 떨어져 나가겠지."

그렇구나, 하고 아야코가 입술을 깨물었다.

"하지만……, 그럼 어떻게 할 거야?"

대답은 없었다. 나르는 말 없이 모니터를 바라보았다.

"온, 복켄진바라운."

메인 스피커에서 스님의 목소리가 흘러나오고 있다. 뜻을 알 수 없는 이 주문은 밀교의 주문으로, 진언이라고 부른다(고 아야코가 말했다).

"온, 갸갸나우산반바, 바사라콕."

양손의 손가락을 복잡하게 바꿔 맺으며, 팔을 움직인다. 수상쩍은 퍼포먼스처럼 보이는 건 진언이 완전 의미 불명이기 때문일까? 뭔가 전혀 도움될 것 같지가 않다.

"온, 바사라키리타라운, 자쿠운방콕."

촛불에 비추어지는 미니의 모습에 변화는 없다. 방 온도도 오 도 정도 내려간 상태에서 안정되어 있다.

"반발할 기세는 없는 걸까?"

아야코는 눈썹을 찌푸리고 있다.

스님과 아야코에 따르면, 영은 제령에 대해 반발하는 경우가 잦고, 특히 미니는 그럴 가능성이 높은 타입이라고 한다. 하지만 아무 반응도 없다. 물론 아야코가 제령할 때도 반발은 없었지(그리고 효과도 없었던 거지).

"어쩐지 오싹해……!"

미니의 반응을 살피며 숨을 죽이고 있는 동안, 스님의 의식이 먼저 끝나버렸다. 우리는 뭔가 허탈한 심정으로, 의기양양하게 미니를 넣은 종이상자를 들고 정원에 나가는 스님을 바라보았다.

정말 맘대로 태워도 되는 걸까?

주위 사람들의 안색을 살펴봤지만, 나르도 아야코도(그리고 당연하지만 린 씨도) 전혀 반응이 없다. 스님의 모습을 보러 갈 생각도 없는지 가만히 모니터만 보고 있다. 아야코 역시 진지한 표정이다.

설마, 긴장하는 건가?

"저기, 아야코……."

"쉿!"

어떻게 된 거지? 무슨 일이 일어나고 있는 걸까? 그렇게 생각하고 늘어선 모니터를 한 번 둘러봤지만, 딱히 변한 건 없는 듯하다. 그렇다는 건, 뭔가 일어나기를 기다리는 건가?

방 안의 신경이 온통 곤두서 있다. 나도 뭐가 뭔지는 모르겠지만 일단 숨을 죽이고 있었다. 그 순간이었다.

스피커에서, 모든 마이크에서 나는 소리를 모아 작게 흘리고 있는 서브 스피커에서 외마디의 비명이 흘렀다.

〜 7 〜

비명의 주인은 노리코 씨였다. 우리는 노리코 씨의 방에 달려가 아직 잠이 덜 깬 채로 상반신만 일으킨 아야미를 재운 뒤, 얼굴이 새하얗게 질린 노리코 씨를 베이스로 데려와 보호했다. 노리코 씨를 진정시키려고 달래는데, 스님이 베이스로 뛰어들어왔다.

"미니가……."

스님은 기세 좋게 말을 꺼내다, 소파에 앉아 떨고 있는 노리코 씨를 발견하고는 입을 다물었다.

"무슨 일이야?"

스님이 물었다. 나는 고개를 저은 뒤 눈짓으로 나르를 가리켰다. 나르는 노리코 씨 곁에 앉아, 노리코 씨의 얼굴을 들여다보고 있었다.

"괜찮으십니까?"

노리코 씨는 걸치고 있는 가운깃을 움켜 쥐며, 떨리는 목소리로 끄덕였다.

"네, 죄송합니다."

메인 모니터에는, 이변이 일어나기 전 노리코 씨의 방이 나오고 있다. 방구석에는 스탠드가 딱 하나 켜져 있다. 차양 너머의 어두운 빛이 방을 은은하게 비추고 있었다. 화면의 대각선 안쪽은 어둡다. 그 어두운 곳에는 어렴풋이 침대가 보였다. 노리코 씨와 아야미가 잠들어 있다. 두 사람 모두 꿈쩍도 않는다.

"무슨 일이 있었던 겁니까?"

나르가 묻자 노리코 씨가 우리를 바라보았다.

"이유 없이 눈이 떠졌어요."

화면에 비친 침대 위, 이불이 약하게 흔들렸다.

"이유는 모르겠습니다. 그냥, 잠이 깨서……, 자연스럽게 아야미를 확인했는데……."

이불의 부풀어 오른 곳은 다시금 흔들린다. 노리코 씨가 고개를 돌리는 것이 보였다.

"아야미의 얼굴을 보고, 잠들었구나 싶었는데, 배 쪽에 뭐가 있다는 느낌이 들었어요."

화면 속 노리코 씨가 잠시 고개를 들더니 움직임을 멈추었다.

"처음에는 무슨 일이 일어났는지 알 수 없었어요. 잠이 덜 깨 있었으니까. 아야미인가 했죠. 아야미가 이불 속에 얼굴까지 푹 묻고 자고 있다고 생각했죠. 하지만 눈앞에 아야미의 얼굴이 있고, 아야미는 잘 자고 있는데……,"

화면 속 노리코 씨는 얼어붙은 듯 그 자리에서 움직이지 않는다.

"그냥 생각 없이 손을 뻗어서……, 손으로 만져 보니, 머리카락 느낌이 나고……, 쓸어봤더니 어린아이 얼굴이……."

흠칫, 하며 어둠 속에서 노리코 씨가 몸을 움찔거렸다.

"뭔가 이상한데……."

[엇!]

스피커에서 노리코 씨의 목소리가 흐른다. 이어서 외마디 비명. 동시에 어둠 속에서, 노리코 씨가 침대에서 튕겨져 나오듯 몸을 일으켰다. 더러운 것을 치우듯 이불을 젖혀 내고, 동시에 침대 위에서 멀어졌다.

[뭐야? 뭐냐고!]

잠옷을 입은 아야미가, 누운 채로 조금 고개를 돌렸다. 그 아야미 곁에는 미니가 달라붙어 있었다.

"깜짝 놀라서 일어났는데 아무것도 없었어요. 그저 아야미가 미니를 안고 자고 있었을 뿐……, 아무것도요."

소파에서 떨고 있던 노리코 씨는, 고개를 푹 숙이고 자신의 어깨를 감싸 안았다.

"분명히 아이였어요. 인형이 아니라요. 크기가 완전 달랐고, 머리카락이나 얼굴 피부의 감촉도……."

떨리는 목소리로 말하고, 노리코 씨가 고개를 들었다.

"저……, 잠꼬대하고 있었던 걸까요? 그건 미니였을까요? 미니는 분명히 여러분께 맡겼고, 거기에 있을 리 없다고 생각하고 있었으니까, 인형이 아닌 것처럼 느낀 걸까요?"

노리코 씨는 겁먹은 듯 우리들을 한 번 둘러보았다.

미니일 리가 없다는 것을 우리는 잘 알고 있다. 적어도 노리코 씨가 일어난 그 시점에는 스님이 정원으로 가지고 나갔었으니까.

누가 그 이야기를 꺼내려나 했지만, 아무도 그 이야기는 건드리지 않았다. 대신 나르가 말을 꺼냈다.

"아마, 그랬을 겁니다."

그렇게 대답한다.

아아, 하고 노리코 씨는 안도의 한숨을 내쉰다.

"그래요……. 그런 거로군요, 다행이다."

"반쯤 잠들어 계셨으니까요. 아이가 나오는 꿈을 꾸시다가, 인형의 감촉을 느꼈기 때문일 겁니다."

노리코 씨는 끄덕이고,

"소란을 피워서 죄송합니다……. 어느새 미니를 가져다 놓으셨네요."

"주무시고 계실 때입니다. 아야미가 눈을 뜨고, 미니가 없다는 걸 알아서는 안 되니까요. 한번 말을 걸어보았지만 두 분 다 푹 주무시고 계셨기에. 아야미의 머리맡에 놓아두었는데, 아마 아야미가 알아차리고 이불 속으로 넣었겠지요."

그렇습니까, 하고 노리코 씨는 미소 짓더니 바로 얼굴을 감쌌다.

"깜짝 놀랐어요……."

"대단히 실례했습니다."

노리코 씨는 끄덕이고, 작업이 얼마만큼 진전되었는지 잠시 설명을 들은 뒤 방으로 돌아갔다. 노리코 씨가 서재를 나가는 모습을 지켜보고, 발소리가 계단을 오르는 것을 확인한 뒤,

"도망갔구만."

스님이 낮은 목소리로 중얼거렸다.

"태운 거 아니었어?"

아야코가 물었다.

"태웠어. 근데, 상자는 탔는데 그 안에 미니가 없었어."

종이상자에 불이 붙고, 타올랐다. 점점 타 들이기 그 안이 언뜻 보이던 한 순간에는 분명 미니가 있었던 것 같았는데, 하고 스님이 말했다. 하지만 완전히 상자가 타 들어 가자, 그 안에 미니의 모습은 보이지 않았다. 불 속에서 상자의 텅 빈 속이 보이고, 남

은 상자는 금세 타들어갔다.
"그럴 줄 알았어."
아야코가 한숨을 쉬었다.
"뭐라고? 너……."
스님이 짜증난다는 듯이 아야코를 노려보았다.
"반응이 너무 없었다고. 기도를 들었다면 약간이라도 반응이 있었어야지. 이 자식, 손쉽게 제령될 만한 녀석이 아니야."
그렇구나. 그래서 아야코와 나르와 린 씨가 그렇게 긴장하고 있었던 거군.
"기도하는 동안 전혀 반응이 없었어. 그래서 미니가 그렇게 쉽게 타 버릴 거라고는 생각 안 했지."
"진혀 반응이 없었다?"
"여기서 보는 바로는 말야. 아니면, 너 뭐 느낀 거 있어?"
아니, 하고 스님은 될 대로 되라는 듯이 신음했다.
"저언혀 상대를 안 해 줬다, 그런 거네."
"으아악! 짜증난다아!"
"분하지만, 급이 다르다는 느낌이 들어. 있잖아, 어떻게 할 거야?"
아야코는 나르를 돌아보았다.
아야코도 못 하고, 스님도 못 했다. 물론 두 사람한테 기대하는 것 자체가 쓸모 없는 짓이라는 생각도 들지만. 어쨌든 이제부터는 어떻게 해야 하지?

생각에 잠긴 나르가 한마디한다.

"만만찮은 상대인 것만은 분명하군. 심상치 않아."

"도망칠 거야?"

곧바로 도망하겠단 거냐?

"도망치실 건가요?"

나르가 되묻자 아야코는 대답이 궁해진 듯 입을 다물었다.

"양손 번쩍 들고 도망갈 게 아니라면, 전문가를 부르는 게 나을지도 모르겠군."

"전문가?"

아야코가 스님도 의아하다는 표정을 짓는다. 나르가 끄덕였다.

"안타깝지만, 이렇게 달라붙는 것들은 내 관할 밖이야. 다뤄 본 적도 별로 없고, 축적된 데이터도 적지. 아야미를 생각한다면 전문가에게 맡겨야만 해."

"그러니까 전문가가 누군데?"

"물론, 악령이 붙었을 때나 악마가 붙었을 때 떼어내는 전문가지."

아, 하고 우리들은 서로를 바라보았다.

맞다, 있었지. 진짜 엑소시스트가.

1

아침 무렵에 잠시 눈을 붙인 뒤, 일어나자마자 노리코 씨 방으로 향했다. 오늘은 엑소시스트가 도착할 때까지 아야미에게 붙어 있으라는 소장님의 명령이 있었기 때문이다.

"안녕!"

문을 열며 큰 소리로 말을 걸었지만, 두 사람의 모습은 보이지 않았다. 일 층에 내려가 거실을 들여다보았지만, 그곳에도 두 사람은 없었다. 다만 카나 씨와 오노우에 씨가 무언가 이야기를 나누고 있었다.

"어머, 안녕하세요?"

카나 씨가 내가 왔음을 깨닫고 돌아보았다. 오노우에 씨도 가볍게 인사를 한다. 아야미는 어디에 있냐고 묻자,

"정원일 거예요. 노리코 씨와 물을 주고 있죠. 아, 여러분의 식사는 식당에 준비했어요. 송구스럽지만, 각자 편하신 대로 드셔 주시겠어요?"

"죄송합니다, 매일매일."

나는 꾸벅 고개를 숙이면서 거실을 나섰다. 우리들은 거의 매일 밤을 지새우고 있고, 그 뒤에도 교대로 수면을 취하기 때문에 가족과 함께 식사를 하는 일은 불가능하다(애시당초 조사하러 온 사람들이니 가족과 함께 매일 식사하는 것도 좀 그렇다는 생각이 든다). 그렇기에, 아침 겸 점심과 저녁, 그리고 야식을 우리가 원할 때 먹을

수 있도록 이 집에서 준비해 주고 있다. 뭐, 준비해 준다고는 해도 모두 주문해서 먹지만.

시바타 씨도 더 이상 없다. 그뿐만 아니라, 카나 씨도 노리코 씨도 가스레인지는 쓰기가 불안한 듯하다. 가스 회사에서 나온 사람은 기구들에는 아무 문제가 없다고 말했지만, 그런 말을 듣는다고 해서 바로 안심할 수가 없다. 그렇기에 부엌에서 준비하는 것은 불 기운 없이 할 수 있는 것뿐이다. 나머지는 외식이나 주문해서 먹기로 한 모양이다.

가족들은 그렇다 쳐. 하지만 그 외에 떨거지가 다섯 명이나 있으면 돈이 정말 많이 깨질 텐데. 아니면 아야코의 말마따나 부자니까 그 정도 돈을 써도 별 거 없는 건가?

그런 생각을 하고 있는데, 등 뒤에서 누군가 나를 불렀다.

"타니야마 씨, 맞으시죠?"

돌아보자, 오노우에 씨가 종종걸음으로 나를 향해 다가오고 있었다.

"조사는 잘 되어 가십니까?"

"으음, 최선을 다해 노력하고 있어요."

"새로운 영능력자를 부르신다는 소리를 들었습니다."

나는 고개를 끄덕였다. 그 건에 대해서 나르가 양해를 구한 모양이었다.

"어젯밤, 무슨 일이 있었습니까?"

오노우에 씨가 목소리를 낮춰 물었다.

"아뇨."라고 대답해 두는 게 좋겠지.
"그렇습니까? 날이 밝을 무렵 사람들이 우왕좌왕하고 있었다며 사모님께서 신경을 쓰고 계셨는지라……."
"아, 소란스럽게 해 드려 죄송합니다. 딱히 무슨 일이 있었던 건 아니에요. 노리코 씨가 나쁜 꿈을 꾸셨고, 뭐 기계를 조정하고, 그런 정도입니다."
그렇습니까, 하고 오노우에 씨가 고개를 갸웃거렸다.
"가스레인지가 불을 뿜었다고 들었습니다만."
"아……, 네."
"그 전에는 가구가 움직였다. 엊그제도 가구가 무너져서 사모님이 위험하게 말려들 뻔 했었죠. 어쩐지, 여러분들이 오신 뒤부터 현상이 더 강해진 것 같지 않습니까?"
"……네."
"어제부터, 아야미 양은 노리코 씨 방에서 쉬고 있지요?"
"네. 그거야 뭐, 아야미 방에서 이런저런 일이 있어서요."
"여러분께서는 아야미 양을 상당히 신경 쓰고 계신 것 같군요."
그렇긴 합니다만, 뭐지? 이 추궁당하는 듯한 느낌은.
"그야, 아야미는 아직 어리니까요."
오노우에 씨는 가벼운 한숨을 내쉬었다.
"죄송합니다. 추궁하고 있는 건 아닙니다. 다만, 사모님께서 자기에게는 아무 말도 해주지 않는 것 같다며 신경을 쓰고 계시기에……."

앗, 하고 나는 목소리를 높였다.

"죄송합니다. 그럴 생각은 없었는데."

아야미에게 집중하고 있는 건 사실이다. 정확하게 말하자면 미니를 경계하고 있지. 하지만 확실한 증거가 있는 것도 아니고, 여러모로 민감한 부분이 있으니까, 노리코 씨와 카나 씨에게 따로 보고는 하지 않았다고 생각한다.

"솔직히 말씀드리면, 아직 아무것도 알 수가 없어요. 음, 아직 가설을 세우는 단계라고 해야 하나……, 그래서, 그런 시점에 이런저런 말씀을 드리면 여러분을 더 불안하게 할 것 같아서……."

그렇게 말한 뒤 나는 갑자기 깨달았다. 오노우에 씨가 '더 강해진 것 같지 않습니까?'라고 물었던 이유를. 당신들이 오고 나서 더 강해진 것 같지 않습니까?

"저기……, 설마 카나 씨가, 저희들이 노리코 씨와 공모를 해서 뭘 어떻게 한다거나……, 그런 생각을 하고 계신 건가요?"

오노우에 씨는 잠시 등 뒤 거실 쪽을 살폈다. 그러더니 몸을 약간 돌리며 말을 꺼냈다.

"신경 쓰고 계십니다. 지금 제가 말씀드린 건 부디 비밀로 해 주셨으면 합니다."

으아악!

"마츠자키 씨가 여러분과 아는 사이였다는 것도 몹시 마음에 걸리시는 듯합니다. 아니, 우연히 모아 놓은 영능력자가 알고 보니 서로 다 아는 사이라니, 조금 이상하지 않습니까? 게다가 여러분은 항상 서재에 모여 무언가 하고 계시고, 노리코 씨에게는 보고를 하고 있는 것 같지만 사모님에게는 그렇지 않죠. 게다가 여러분이 오고 난 뒤로는 그 전까지 일어나지 않았던 이상한 일들이 일어나기 시작했습니다. 그렇게 되면, 아무래도 그런 생각이 들게 마련이라는 느낌이 듭니다. 사소하기는 하지만 본인도 다치셨으니 말이지요."

"아니에요! 스님과 무녀님을 만난 건 정말 우연이었어요. 저희도 놀랐고요."

오노우에 씨는 나를 제지하듯이 양손을 들어올렸다. 등 뒤로 눈길을 주더니,

"저도 그럴 거라고 생각했습니다. 마츠자키 씨는 제가 모셔온 분이고, 누군가가 뒤에서 이러쿵저러쿵해서 저와 마츠자키 씨가 연결되도록 하는 건 불가능했다는 걸 제가 가장 잘 아니까요."

"아아……, 네."

"하지만 원래 이 집은 복잡한 사정이 있었으니, 사모님이 그렇게 마음에 걸려하시는 것도 어쩔 수 없는 노릇입니다. 그 부분을 조금만 더 신경 써 주실 수 있으시겠습니까?"

"잘 알겠습니다."

그렇게 말한 뒤, 오노우에 씨는 인사를 하고 자리로 돌아갔다. 그 뒷모습을 지켜보며 곰곰이 생각하다, 나는 내가 추궁받을 이유가 없다는 결론에 이르렀다. 애당초 나는 잡무 담당이고, 보스

는 나르다. 보고 의무가 있는 건 나르고. 게다가 카나 씨가 고용한 건 아야코잖아!

아야코나 스님이나 어느새 나르 밑에 주렁주렁 매달려 있고 말이야. 그 주제에 제령해도 하나도 안 먹히고. 그럼 하다못해 고용주를 돌보기라도 하라고.

마음속으로 꿍얼거리며 정원으로 나갔다. 오늘도 날씨가 좋아. 아직 아침인데도 매미가 이미 시끄럽게 울어대고 있다. 노리코 씨와 아야미는 어디에 있지?

두 사람을 찾으며 건물 뒤편으로 돌아갔는데, 덤불 속에서 사람 그림자가 엿보였다.

소네 씨다!

소네 씨는 바로 곁에 있는 잔디밭을 보고 있었다. 모자를 눌러 썼고, 목장갑을 낀 손에는 가위를 들고 있다. 정원 손질하러 온 걸까? 라고 생각하는데, 내 시선을 느꼈는지 소네 씨가 뒤돌았다. 가볍게 인사를 하자, 내가 채 말을 꺼낼 틈도 없이 덤불 너머로 사라져 버렸다.

역시 뭔가 거동이 수상해.

소네 씨가 잔디 쪽을 보고 있었으니 아마도 그쪽에 아야미가 있겠지. 그렇게 생각하며 걸어가자, 노리코 씨가 잔디에 물을 주고 있었다.

"좋은 아침입니다!"

말을 걸었다. 노리코 씨가 뒤돌아보며 손을 흔들었다.

"어젯밤은 미안해."

아니에요, 라고 대답하며 주위를 둘러보았다.

"아야미는요?"

노리코 씨는 정원 앞을 가리켰다. 건물에서 그다지 멀지 않은 나무그늘에 하얀 정자가 있었다. 창이나 문이 없고, 기둥과 널판만 있는 하얀 건물이다. 그 안에 놓인 벤치에 아야미가 혼자 앉아 있다.

오늘은 물 주는 걸 돕지 않는 걸까? 그런 생각을 하고 있는데 노리코 씨가 곤란하다는 듯 웃었다.

"오늘은 기분이 좋지 않아서."

그렇구나. 정자로 다가가자, 아야미가 노리코 씨에게 등을 돌리고 미니를 꼭 껴안고 있는 게 보였다. 미니에게 말을 걸고 있는지, 작은 목소리로 무어라 중얼거리는 게 들렸다. 커다란 나무 밑, 녹음에 둘러싸인 정자 안에는 한층 깊은 그림자가 드리워져 있다. 그림자 속에 남겨진 작은 등이 애처로웠다.

"아야미, 안녕?"

말을 걸자 아야미는 돌아보더니, 금세 시선을 피해 버렸다. 대답은 없는 채로 미니의 손만을 쥐고 작게 흔들어 보인다.

"미니도 안녕?"

미니에게 손을 흔들어 주고, 맞은편 벤치에 걸터앉았다. 아야미가 고개를 들었다. 녹색 그림자가 아야미 얼굴 위로 지고, 어쩐지 울 것 같은 얼굴처럼 보였다.

"마이는 나쁜 사람 편이야?"

나는 잠시 할 말을 잃었다.

"나쁜 사람?"

"큰 남자. 큰 남자가 어제 미니한테 나쁜 짓을 했어."

흠칫했다.

"나쁜 짓이라니?"

"마이도 그 남자 편일 거래."

나는 괴로워하는 아야미의 얼굴을 바라보았다.

"누가 그런 말을 했어?"

"친구."

"미니?"

아야미의 대답은 없다. 그저 나를 말똥말똥 바라보고 있을 뿐이다.

"마이도 한 편이야?"

"나는 언제나 아야미 편이야."

아야미는 눈을 깜박거리다가 얼굴에 웃음을 띠웠다. 나도 웃음으로 화답했다.

"오늘은 물 안 줄 거야?"

물이보자, 이야미가 끄덕인다. 그 표정은 조금 어둡다.

"미니랑 얘기하고 있었어?"

"……친구."

친구? 미니와 친구는 별개의 존재인 건가? 이상하게 생각하며,

나는 일단 미소를 지어 보였다.
"그렇구나. 친구가 있구나. 나도 이야기에 끼워 주면 안 될까?"
그렇게 말하자 아야미가 고개를 끄덕였다. 그러더니,
"어, 가 버렸네."
아야미의 시선이 무언가를 뒤따라 정자 밖으로 움직였다. 정자 밖에는 새하얗게 눈부신 여름 경치가 펼쳐져 있다.
가 버렸다? 누가? 아야미는 뭘 보고 있었던 거지?
등골이 서늘해지는 기분을 애써 억누르고, 나는 억지로 얼굴에 웃음을 띄우며 아야미를 돌아보았다.
"어라. 나 그 친구한테 미움받은 건가?"
아야미는 작게 고개를 저었다.
"지금 가 버린 게 미니야?"
아니, 하고 아야미가 인형을 가리켰다.
"미니는 여기 있어."
"그치? 그럼 방금 그 친구는? 어디 사는 친구야?"
아야미는 입을 다문 채 고개만 저었다. 모른다는 걸까, 아니면 말할 수 없다는 걸까?
"언제부터 같이 놀았어?"
"기억 안 나."
"이 집에 이사 오고 나서?"
"응."
아야미가 끄덕인 순간 돌연 바람이 소리를 내며 세차게 불었다. 머리 위의 나무들이 시끄러운 소리를 낸다. 먼지를 피하기 위해 무심코 눈을 가렸다. 그리고 눈을 떴을 때, 아야미는 그 자리에 우뚝 서 있었다.

"……아야미?"

아야미는 몸을 부들부들 떨더니 휙 돌아섰다. 무언가에 겁먹은 듯 정자를 뛰쳐나가 집으로 향한다. 전력 질주하는 아야미에게 부딪힐 뻔한 노리코 씨는, 놀란 표정으로 아야미의 뒷모습을 지켜보았다.

"아야미? 무슨 일이니?"

나도 멍한 표정으로 그 뒷모습을 지켜보았다. 그리고 비슷한 일이 있었다는 것을 기억해냈다. 처음으로 아야미의 방에 놀러 갔던 때다. 기분 좋게 내 말상대를 해 주던 아야미가 돌연, 태도를 뒤집었다. 그때에도 갑작스런 바람이 불어왔었다. 커튼이 마치 노리코 씨를 덮치기라도 할 듯 너풀거리고.

미니?

"미니……, 너야?"

∽ 2 ∾

뭔가, 이상하다.

나는 석연치 않은 마음으로 아야미를 찾아다녔다.

아야미에게는 눈에 보이지 않는 친구가 있다. 이건 분명한 사실이다. 지난번에 아야미는 그 누군가와 이야기를 하고 있었고, 상대방을 '미니'라고 불렀다. 아야미의 시선은 정면을 향해 있었다. 정면에는 인형이 앉아 있었고, 그래서 미니와 이야기하고 있었다고 생각했지.

하지만 방금은 아무도 없는 허공을 바라보고 있었다.

……친구.

미니인지 묻자, '미니는 여기 있어.'라며 인형을 가리켰지. 그러면 미니와 친구는 별개인 것 같다.

지난번에 아야미가 가리켰던 것도 사실은 미니가 아니라, 정면에 있던 '보이지 않는 누군가'였을까? 마침 그 앞에 미니가 있었을 뿐이고? 하지만 그때 얘기하고 있던 건 '미니'였다고 분명히 그랬었는데…….

노리코 씨의 방을 들여다봤지만 아야미는 없었다. 아야미 방에도 없었다. 집안 구석구석을 손 닿는대로 돌아다닐 수도 없는 노릇이라, 여기저기서 아야미를 부르며 찾아다녔지만 대답이 없었다. 어찌해야 할지 모르겠어서 베이스에 얼굴을 내밀자, 이미 모두들 일어나서 모여 있었다.

"아야미 못 봤어?"

아니, 하고 나르가 양 미간을 좁혔다.

"없어졌나?"

"도망쳐 버렸어. 저기, 있잖아, 스님, 아야미한테 미움 산 것 같아."

뭐? 하고 스님이 소파에 누워 있다가 몸을 일으켰다.

"아야미가 그랬어. 어제 나쁜 사람이 미니에게 지독한 짓을 했다고."

스님은 어째서, 라고 말을 하려다가 그렇군, 하고 머리를 긁적였다.

"미니가 일러바쳤구만."

"그렇지 않고서야 아야미가 알 수 있을 리가 없지."

아야미는 고사하고, 미니말고는 아무도 모르는 일이다. 노리코 씨에게도 인형을 태워 버리려고 했다는 말은 하지 않았다.

"눈에 보이지 않는 친구랑 놀기 시작한 건, 여기 이사 온 뒤부터래."

나르는 수상하다는 듯 되물었다.

"아야미가 직접 그렇게 말했어?"

"응. 방금은, 미니가 아니라 보이지 않는 누군가와 이야기하고 있었어."

"미니가 아니라?"

"미니 말고, 보이지 않는 누군가가 있었던 것 같아. 이거 뭔가 이상한 느낌이 들어."

나르는 미간을 찌푸린 채로 생각에 잠겼다. 아야코가,

"그 무언가가 가끔은 인형에 달라붙어 있거나 가끔은 떨어져 있거나 그런 거 아냐?"

"그렇……겠지?"

그런 거겠지? 어쩐지 위화감이 느껴지기는 하지만, 딱히 이상하지는 않지?

"맞다, 아야코 말이지. 의뢰인 관리 좀 제대로 해. 상황 보고 같은 거 전혀 안 하고 있지?"

엇, 하고 아야코는 빈틈을 공격 당했다는 듯 중얼거리고, 이내 얼굴을 찌푸렸다.

"맞다, 우리들 다 따로따로 온 거였지."

까먹고 있었던 거냐?

어라, 하고 아야코는 스님을 쳐다보았다.

"그럼 넌 어떻게 되는 건데? 의뢰인이 없어진 거잖아?"

"의뢰하러 온 건 시바타 아줌마지만 지불은 카나 씨가 하는 듯하니까. 내 의뢰인은 카나 씨지."

"그럼 너도 나랑 마찬가지네."

"아, 그렇구만."

……그렇구만, 이 아니거든. 도대체가 도움 되는 구석이 없는 놈들이다.

"그리고 오늘 소네 씨가 또 왔었어. 아야미를 보고 있더라."

"또?"

나르가 되묻더니, 심각한 얼굴로 생각에 잠겼다. 아야코가 한숨을 쉰다.

"대체 뭘까, 이 집은. 이상해. 완전히 뒤죽박죽이야."

뒤죽박죽이라는 표현이 정확하다고 생각했다. 뭔가 깔끔치 못하다. 심령 현상은 보통 외부자를 꺼린다. 그래서 외부자가 오면 일시적으로 멎는 경우가 많다. 하지만 이 집은 완전히 반대지. 외부자가 들어온 순간, 그때까지와는 급이 다른 폴터가이스트를 마구 일으키고 있다. 그 규모로 미루어보건대 '미니'는 상당히 강할 것이다. 제령을 해도 저항이 없다. 저항이 없다고 해서 제령이 된 것도 아니다. 미니는 인형에 붙어 있을 것이라고 생각했다. 그런데 아야미는 미니가 아니라, 보이지 않는 누군가를 향해 '친구'라고 불렀다. 그리고 모든 원흉은 미니일 거라고 생각했는데, 학대에 대한 이야기도 나오고, 소네 씨의 수상쩍은 거동에 대한 이야기도 나오고. 이런저런 일들이 있는데, 일관성이 하나도 없다. 영이 있고, 그게 아야미를 따라다니는 것만은 확실하다. 하지만 그게 도대체 무엇이고, 뭘 목적으로 움직이는지 알 수가 없다. '있다'는 것만이 확실하고, 그 외에는 무엇 하나 명확한 부분이 없어.

스님도 성에 차지 않는다는 표정으로 턱을 괴었다.

"이거야 원, 전문가가 아니면 손 쓸 수가 없겠구만."

3

바로 그 전문가, 대망의 엑소시스트가 도착한 것은 오후 무렵

이었다.

 존 브라운. 가톨릭 신부. 엑소시스트. 그 또한 지난번의 사건─즉 우리 학교에서 있었던 사건─에서 알게 된 사람이다. 강조해야 할 사항이 있는데, 스님이나 아야코와는 달리 능력이 있다(사적인 감정이 포함된 추정이다). 게다가 성격이 몹시 좋다.

 존은 노리코 씨의 안내를 받아 건물 안으로 발을 들였다. 맞이하러 나온 우리들의 얼굴을 보자마자(린 씨를 제외한 모든 사람이 마중을 나간 것만 봐도, 존의 인덕이 어느 정도인지 알 수 있다), 존의 파란 눈이 부드러워졌다. 열아홉 살이지만 아무리 봐도 열여섯, 일곱 정도로밖에 보이지 않는 호주 사람.

 "오래간만임니더. 그간 무탈하셨심꺼?"

 아, 참으로 반갑고도 기이한 관서 사투리. 노리코 씨가, 그 뒤를 이어 나온 카나 씨와 오노우에 씨마저 눈을 꿈벅거리고 있다. 그 표정을 깨달은 건지 아닌 건지, 존은 정중히 고개를 숙였다.

 "미력하나마 도움을 드리러 왔슴더. 모쪼록 잘 부탁드립니더."

 "아, 네……, 이쪽으로 오시죠."

 그 카나 씨마저 완전히 압도되어 있다. 존의 대단한 점이 이거다. 생각하기에 따라선 굉장히 미심쩍은 캐릭터인데도, 묘하게 사람을 편하게 해 주는 게 있어서 경계심을 풀게 만드는 것.

 "그라믄, 시부야 씨." 존은 나르를 돌아보았다. "자세한 이야기를 좀 듣겠심더."

존을 베이스로 데리고 간 뒤, 나르는 간단하게나마 지금까지의 경과를 설명했다. 말없이 귀를 기울이던 존.

"즉, 영이 뭔지는 아직 잘 모르는검니꺼?"

"그러면 문제가 있나?"

"그렇지는 않심더. 하지만 인형에 붙은 건지, 아야미 양에게 붙은 건지가 확실하지 않심더."

"그렇게 생각하나?"

존은 고개를 끄덕였다.

"인형에 붙어 있다고 생각하고 싶슴더만, 반대일 경우도 있을 것 같심더."

엥, 하고 스님이 바보 같은 소리를 냈다.

"보통 인형의 전 주인이 붙는거 아니었어?"

"이 경우, 시부야 씨 말씀대로 인형은 그저 단순한 그릇에 지나지 않는 것 같심더. 그렇다 하면 인형과 별로 관계 없는 영이 붙었을 수도 있심더. 아야미 양에게 달라붙고, 인형을 아야미에게 다가가기 위한 이유라고 해야 하나, 핑계로 삼고 있을 가능성이 높은 거 같심더. 상대가 어린아이일 경우 인형이나 동물을 수단으로 삼는 건 종종 있는 일입니더. 그렇게 하면 경계를 쉽게 풀고 다가갈 수 있기 때문입니더."

우아, 그렇구나!

아야코가 물었다.

"악마가 들렸다고 생각해?"

"아임니더. 사실 아니라고 말씀은 드렸지만, 저도 실제로 악마가 들린 현장을 목격한 적은 없심더. 무언가에 들려서 인격이 바뀌는 상태를 제가 악마가 들렸다고 부르고 있을 뿐임니더."

"그래, 빙의가 아니라는 말이지?"

"그렇심더." 존의 말투는 부드럽지만 단호했다. "들은 바로 판단하자면, 악령이 붙은 전형적인 상황이라고 생각이 됨니더. 시부야 씨가 말씀하시는 빙착임니더."

흐음, 하고 나와 스님과 아야코가 감탄의 목소리를 높였다.

"그래, 역시 떡은 떡집에서 맞춰야지."

스님도 맞장구쳤다.

"그래, 우리 같은 후학을 위해서, 어디가 전형적인 건지 좀 물어봐도 될까?"

존은 고개를 갸웃거렸다.

"그렇구먼요, 아무래도 폴터가이스트 현상이 동반되는 것, 그리고 무엇보다도 이 현상의 중심에 아이가 있다는 점일 검니더."

"RSPK에서도 애들은 있잖아."

"그렇심더. 하지만 악령이 들려 있으면, RSPK처럼 인물에 초점이 맞춰지는 느낌과는 다른 검니더. 초점이 맞춰져 있지 않지만, 중요한 자리에 어린아이나 노인 같은 연약하고 외로운 사람들이 있심더."

나르가 대화에 끼어들었다.

"현상의 중심에 고립된 약자가 있다는 건가?"

아아, 하고 존은 크게 고개를 끄덕였다.

"그렇심더, 그렇심더. 실제로 그런지 어쩐지는 차치하더라도, 고립된 느낌을 주는 사람들이 반드시 존재하는 법입니더. 그런 사람들은 몸이 좋지 않거나, 입장이 좋지 않은 경우가 많심더. RSPK와는 다르게, 반드시 피해자라는 법이 없심더. 오히려 피해는 당사자와 알력과 갈등을 빚는 사람에게로 향합니더. 그렇게 함으로서, 사건의 중심에 있는 아이의 환심을 사려고 드는 검니더. 폴터가이스트에서 악질적인 의도가 느껴지는 것도 전형적인 부분입니더. 그리고 학대가 의심되는 것도 말입니더."

엇, 하고 나는 무심코 소리를 냈다.

"그런 거야? 학대도?"

네, 하고 존이 끄덕였다.

"악령이 들렸을 경우, 영의 목적은 희생자를 지배하는 검니더. 최종적인 목적이 무엇이건 일단 자기 지배 아래에 두고 싶어합니더. 자기가 아닌 다른 사람이 희생자에게 영향력을 행사하는 걸 싫어하는 검니더. 그렇기 때문에, 희생자를 지키는 척하면서 환심을 사려고 들거나, 거짓말을 늘어놓아 가족들에게서 떼어 놓으려 합니더. 그리고 자기의 지시를 어기고 다른 사람과 사이좋게 지내거나 하면 벌을 줍니더."

아야미의 몸에 든 멍.

"당근과 채찍이라고 합니꺼? 그런 식으로 희생자를 지배하려 듬니더. 저한테 들어오는 의뢰 중에도 비슷한 게 있었심더. 사실은 자제분한테 영이 들려 있는 건데, 부모 중 한쪽이 나머지 한쪽을 의심하는 검니더. 아이 아버지가 이상하다, 학대하고 있는 것 같다, 그런 사람이 아니었는데 인격이 바뀐 것 같다는, 그런 식으로들 말씀하셨심더. 하지만 뚜껑을 열어보니 아버지가 아니라 영이 그런 거였심더."

"그렇구만."

아야코도 스님도, 새삼 감탄했다는 듯이 중얼거렸다.

같은 영능력자면서, 도대체 뭐냐고요 이 격차는.

"역시 존, 대단하다."

내가 말하자 존의 얼굴이 조금 붉어졌다.

"그런 거 아임니더. 저한테 들어오는 의뢰는 다 빙착이나 빙의뿐이라 그럼니더."

그렇구나, 엑소시스트니까.

그래서 나르는 일부러 존을 불렀구나. 그렇구나아!

나르가 묻는다.

"제령할 수 있겠나?"

"해보겠심더. 하지만 상대의 정체가 불분명하고, 녹록치 않을지도 모르겠심더……."

"불분명하면 효과가 약해지는 건가?"

"붙어 있는 상태를 해소하는 건 가능할 것 같심더. 으음, 지배에서 벗어나게 한다고 하나……, 아니, 아야미 양의 경우 아직 지배되고 있는 건 아니지만 말임니더. 말려드는 것을 막는다고 해야 하나……."

"아야미에게 매달려 있는 것을 떼어낸다는 건가?"

존은 그렇다는 듯이 끄덕였다.

"그렇심더. 빙착의 경우, 붙어 있는 걸 완전히 떼어내려면 말임니더, 떼어내는 순간과 동시에 제령을 해야만 함니더. 하지만 상대의 정체를 알 수 없으면 거기까지는 어려울 지도 모릅니더. 그럼 한 번은 떼어 놓을 수도 있겠지만, 다시 달라붙을 가능성이 있심더."

혹시나 해서 말인데, 하고 스님이 손을 들었다.

"악령이 아니라 악마가 들린 거면?"

즉, 빙의를 두고 묻는 말이구나. 이 경우의 제령은 스님에게 있어서는 금기라고 했었지. 아야코도 어렵다고 그랬고.

존이 웃으며 대답했다.

"악마가 들린 거라면 떼어내는 순간 대체로 어디로든 사라지게 마련임니더. 그러니 정체를 알 수 없다 해도 문제 없심더."

우리는 놀라서 서로의 얼굴을 바라보았다.

존은, 어쩌면 정말 대단한 사람일지도 몰라.

4

"잠시 기도를 좀 하겠심더."

응접실에 모인 사람들에게 존이 미소 짓는다. 신기한 얼굴로 앉아 있는 카나 씨와 노리코 씨, 오노우에 씨, 그리고 미니를 꼭 껴안은 아야미.

아야미만을 제령하려고 하면 경계할 수도 있다. 모두 다 모아 놓는 게 확실할 것이라는 판단을 내렸다.

존은 기도복-신부복으로 갈아입고 있다. 나는 조수를 자청하며 성서를 들고 대기하고 있었다. 뭘 할 줄 아는 것도 아니니까, 그저 물건을 맡아두었다가 건네주는 역할을 맡았을 뿐이다. 게다가, 이런 식으로 필요한 것을 누군가의 손에 들려두지 않으면, 잠시 눈을 뗀 사이에 물건이 사라져 버리는 경우가 있기도 하고.

존의 신부복 모습은 고풍스러운 무대 장치와 잘 어울렸다. 길고 높은 창에서 비쳐 드는 밝은 햇빛이 존의 금발 위로 떨어지고 있다. 겉보기만으로도 안심할 수 있을 것 같은 느낌.

"하늘에 계신 우리 아버지, 아버지의 이름이 거룩히 빛나시며, 아버지의 나라가 오시며, 아버지의 뜻이 하늘에서와 같이 땅에서도 이루어지소서. 오늘 저희에게 일용할 양식을 주시고……."

어떻게 된 건지 존의 기도에는 사투리가 배어 있지 않다. 부드러운 목소리로 유창하게 흘러가는 기도. 듣고 있는 것만으로도 침착해지는 느낌이다. 아마 다른 사람들도 마찬가지였을 것이다. 처음에는 잔뜩 긴장하고 있었는데, 점점 어깨에 들어간 힘이 빠지는 게 한눈에 보였다. 신기하다는 듯이 존을 바라보던 시선들이 하나 둘씩 아래를 향하고, 어느새 아야미마저 조용한 표정으로 고개를 숙이고 있었다.

"우리 주 예수 그리스도의 전능하신 아버지."

존은 손가락 두 개를 세워 아야미를 가리켰다.

"우리를 어여삐 여기시어, 악에 의해 고통 받는 주의 종을 구하소서. 우리 주 예수 그리스도의 이름으로 비나이다!"

그리고 손가락은 미니에게 향한다.

"우리 사람을 만드신 창조주, 수호자인 하느님, 우리를 어여삐 여기시어, 사람의 오래된 적에게서 주의 종을 구하소서!"

존은 작은 유리병을 들었다. 병을 흔들자, 반짝거리며 물방울이 떨어졌다. 아야미에게 물방울이 떨어졌지만, 아무런 반응도 없었다. 어느샌가 아야미는 굳게 눈을 감고 가만히 고개를 숙이고 있었다. 살짝 벌어진 입에서 흘러나오는 호흡이 거칠다.

"나는 너희에게 말을 거는 자, 나는 그리스도의 이름으로 명하노니, 이 몸 어디에 몸을 숨겼든 그 모습을 드러내라. 그대가 가진 몸에서 도망을 쳐라. 우리는 영적인 채찍이며 보이지 않는 고통일지니……."

존은 기도를 이어가면서, 손끝을 물방울로 적셔 아야미의 가슴 위에 십자를 그었다. 이어서 아야미의 이마와, 양쪽 귓가에도 십자를 그었다.

"아버지와 아들과 성령의 이름으로, 그대에게 성스러운 몸은 영원히 금지되리."

그렇게 말하며 아야미의 입가에 십자를 그리던 순간이었다. 아아야미의 팔에서 미니가 뛰쳐나왔다. 그건 마치 아야미가 인형을 내던진 것 같기도 했고, 동시에 인형이 아야미의 팔에서 몸을 내던진 것 같기도 했다. 아야미의 발치로 굴러간 인형은, 손발을 마구 흔들며 부자연스러울 만큼 당돌하게 방향을 바꾸었다. 그리고 소파 밑으로 굴러 들어가려 했지만, 미처 닿지 못하고 그 바로 앞에서 멈추었다.

"아!"

아야미가 눈을 크게 떴다. 아야미는 자리에서 살짝 일어나, 바닥을 구르고 있는 미니에게 손을 뻗었다. 노리코 씨가 제지하려고 했지만, 존이 웃으며 노리코 씨를 막았다. 그러더니 아야미보다 먼저 미니를 집어들었다. 가볍게 먼지를 털고 아야미에게 건넨다.

"자."

"고마워……."

존은 미소를 짓고, 나를 돌아본다. 내가 성서를 건네자, 성서에 끼워 두었던 은색 십자가를 집어들었다. 그리고 아야미에게 걸어준다. 아야미가 눈을 동그랗게 뜨고 가슴에 빛나는 은빛 십자가를 내려다보았다.

"부적입니더. 아야미 양이 행복하고 건강할 수 있기를."

아야미가 무언가를 물어보듯 노리코 씨와 카나 씨를 번갈아 봤다. 두 사람이 끄덕이는 모습을 보고, 아야미는 활짝 웃었다.

"고마워, 오빠."

"어땠지?"

베이스로 돌아간 존을, 모니터를 지켜보던 나르가 맞이했다.

"일단 아야미 양에게서 떼어 놓는 데에는 성공했다고 생각합니더."

"사라졌나?"

"아임니더. 잠시 멀리 떨어뜨려 놓는 건 가능할지 모르지만, 근본적인 해결책은 못 될겁니더. 기도가 들었다기보다도 기도를 싫어해서 도망간 느낌임니더. 저항감이 있었지만, 생각보다 너무 쉽게 물러갔심더."

스님이 신음했다.

"그 자식, 여유만만하다 이거구만."

"그 여유는 도대체 어디에서 오는 걸까……?"

아야코가 중얼거렸다. 내가 고개를 갸웃거리자, 내키지 않는 얼굴로 말을 이었다.

"그냥. 좀 으스스해서. 본 적이 없어서 그런 걸지도 모르지."

"본 적이 없다니?"

"보통 영은 제령되는 순간 저항하거든. 저항이 없다는 건 대체로 상대가 약하기 때문이야. 약한 상대면 저항도 못하지. 이 경우, 약한 건 우리야. 그런데 왜 저항하지 않았는지 궁금해서."

아야코는 그렇게 말하더니 벌떡 일어났다.

"잠깐 산책이라도 하고 오겠어."

그런 편한 소리 하고 있어도 되는 거야?

그런 생각을 한 순간이었다.

덜컹, 하고 머리 위에서 소리가 났다. 뒤이어 격렬한 기세로 무언가가 무너져 내리는 소리가 났다. 우리는 일제히 천장을 올려다본 뒤, 황급히 모니터로 시선을 돌렸다. 땅이 울리고 있다. 그리고 그와 함께 모니터의 영상이 차례차례로 사라져 간다.

"뭐야?"

우리들은 현관 홀로 뛰쳐나갔다. 이 층에서 쿵쾅거리는 소리가 나는 게 복도에 전해져 온다. 카나 씨와 오노우에 씨가 놀란 얼굴로 달려왔다.

"이게 뭐야, 도대체?"

카나 씨가 겁먹은 듯 물었지만, 우리도 대답할 방도가 없다. 무언가가 떨어지는 소리, 바닥에 내던져지는 소리. 누군가가 쿵쾅거리며 계단을 뛰어내려왔다. 현관 홀에 모여 있던 우리는 무심코 계단에서 한 발짝 떨어졌다. 그리고 일 층에서도 마찬가지 상황이 벌어졌다. 여기저기를 두드리는 소리, 무언가가 떨어지는 듯한 진동. 눈앞에서 무언가 무거운 물건이 떨어진 듯한 소리와 진동을 느꼈지만, 아무것도 떨어지지 않았다. 찬장 위에 놓인 한 송이 마른 꽃도, 위에 매달린 샹들리에도 미동조차 하지 않는다. 소리뿐이다. 소리만 나고 있다는 걸 알아채기는 했지만…….

"뭐냐고?"

귀를 막고 소리치는 카나 씨를 오노우에 씨가 현관을 통해 밖으로 데리고 나갔다.

"이런……, 겁나게 큰……."

존은 놀란 모습으로 현관 천장의 아트리움(건물의 중심에, 전 층을 관통하여 햇빛이 들도록 뚫어 놓은 공간-옮긴이 주)을 올려다본다. 스님이 한마디 거든다.

"잔뜩 열을 받은 모양이구만. 그 자식 기분을 거슬리게 할 수는 있었던 것 같네. 잘했어, 존."

쿵쾅쿵쾅 소리를 내며, 보이지 않는 누군가 복도를 달려간다.

"혹시, 존이 그 꼬마한테 했던 일이 효과를 본 건가? 떼어 놓은 거, 즉 빙착된 걸 떼어내 버린 거잖아?"

"글쎄요. 떼어낸 것에 화가 났다면, 떼어내려고 기도하는 도중에 폭주하지 않았겠심꺼?"

그도 그렇군, 하고 스님이 중얼거렸다.

"혹시, 그건가? 아야미에게 성수로 십자 모양을 그렸잖아. 그게 아야미를 봉인해 버린 거 아냐?"

"아……, 그렇심더. 그런 겁니더."

"봉인해?"

바로 옆에서 나는 두드리는 소리에 몸을 움찔거리며 내가 묻자 스님이 말했다.

"즉, 매달려 있던 영을 억지로 떼어 놓은 거지. 그리고 아야미에게 다시 붙지 못하도록, 영에 대해서 아야미를 봉인한 거야. 정화함으로서 나쁜 것이 두 번 다시 다가가지 못하게 잠가 버린 셈이지."

 존을 바라보자 존이 맞다는 듯 고개를 끄덕였다. 스님은 집안을 달려다니는 누군가를 좇아 복도를 바라보았다.

 "마치 아야미를 찾고 있는 것 같군."

 "정말 찾고 있는 걸지도 모릅니다. 정화시켜 버린 탓에 가까이 다가갈 수 없게 되었거나, 그게 아니라면 보이지 않게 된 걸지도 모릅니다."

 "그럼, 결계도 도움이 되나?"

 나는 고개를 갸웃거렸다.

 "결계?"

 "주문으로, 나쁜 영이 들어오지 못하도록 하는 거야."

 그렇게 말한 순간 소리가 갑자기 멎었다. 건물 안의 공기를 떨리게 하던 잔향도 사라졌다. 저녁 무렵의 집. 이윽고 쓰르라미 소리가 가늘게 들려왔다.

 "사라졌어……. 하지만 왜?"

 나는 나르를 돌아봤다.

 "글쎄. 아마도,"

 나르는 말을 꺼내려다 입을 다물고 말았다.

 그래, 설명을 듣지 않아도 어쩐지 알 수 있을 것 같다. 실제로, 낯빛이 하얗게 질린 노리코 씨가 아야미를 데리고 이 층에서 내려오고 있었다. 그 둘을 보니 소리가 멎은 이유는 확실히 알 수 있었다. 미니가 아야미를 찾아낸 것이다.

노리코 씨에게 안긴 아야미는 거의 울상을 짓고 있었다. 심지어 신기하게도 미니를 안고 있지 않았다. 너무 큰 소음이 나자 놀라서 미니를 들고 오는 것을 잊었는지도 모른다.

"다치신 곳은 없으십니까?"

나르가 묻자 노리코 씨가 끄덕였다.

"괜찮습니다……. 하지만,"

노리코 씨가 아야미를 보자, 아야미는 울 것 같은 표정으로 주먹을 꼬옥 쥐었다. 미안하다는 듯이 존을 바라본다.

"미니가 부숴버렸어……."

손을 펴자, 아야미의 손바닥에는 존이 선물한 십자가가 얹혀 있었다. 사슬이 끊어져 있었다. 나르가 눈짓으로 노리코 씨에게 묻자, 노리코 씨는 고개를 내저었다.

"갑자기 끊어지고 말았어요."

"미안해."

아야미가 고개를 푹 숙였다. 존이 그 앞에 쭈그려 앉아, 아야미의 머리를 쓰다듬었다.

"사과할 거 없심더. 괜찮심더. 그보다 아야미 양은 다친데 없심꺼?"

아야미가 고개를 끄덕였다.

그 곁에서 스님이 작은 소리로 혀를 찼다.

"벌써. 겨우 봉인했다 싶더니 한 순간이군."

"한 순간이라도 봉인한 만큼, 대단하다고 생각해."

아무 도움도 되지 않는 스님과 무녀님과 비교해 보면 말이지.
스님이 싫다는 듯 얼굴을 찌푸렸다.
"비아냥이냐? 난 존을 모욕하려는 게 아니야. 적이 그만큼 강하다는 뜻일 뿐이지."
스님은 어려운 표정을 짓고 있었다.
"격이 달라. 아야코 말대로야. 미니의 정체를 파악할 수가 없어!"

∽ 5 ∽

오전 한 시.
아야미 방에 존이 제단을 세우고 그곳에 미니를 눕혔다. 지난번처럼, 아야미가 잠든 뒤 몰래 가져온 것이다.
어찌 되었든 미니의 정체를 알 수 없으니 할 수 있는 것은 다 해 보자는 결론이 난 것이다. 아야미가 잠들기 전, 존이 다시 한 번 아야미를 위해 기도했다. 동시에 스님은 부적 같은 것을 써서 노리코 씨 방에 붙였다. 노리코 씨 방 자체는, 일전에 아야코가 이미 정화를 시켜 두었다. 이중으로 봉인된 방에 노리코 씨와 아야미를 쉬게 하고, 미니를 빌렸다.
미니를 빌려달라고 요청했을 때, 역시나 아야미는 저항감을 드러냈다. 하지만 아야미도 이번 사태로 무언가를 느꼈는지, 전처럼 절대 싫다는 투로 강하게 반발하지는 않았다. 어쩐지 망설이는 듯한 느낌이 들었다. 하지만 완고한 것은 여전해서, 쉽게 허락하지 않았다. 그래서 결국 아야미가 잠든 뒤 빌려올 수밖에 없었던 것이다.

미니를 제령하고, 경우에 따라서는 태워 없앤다. 노리코 씨에게 그에 대한 양해는 구해 놓았다.

나는 존 옆에 서서 지난번처럼 필요한 물건들을 다 들고 있다. 존이 '성수를.' 하고 말하기에, 작은 병을 건네주었다. 어디에나 있을 법한, 코르크 마개가 달린 작은 유리병이다. 손 안에 쏙 들어가는 크기로, 존은 그런 병을 세 개 가지고 있다. 원래는 전용 도구가 있다고 하지만, 그거 가지고는 어떻게 할 도리가 없다고 존은 말했다. 작은 병 세 개와 큰 물병이 하나. 제령에는 그만큼 의식 이상의 무언가가 필요하다는 뜻이겠지.

"하늘에 계신 우리 아버지……."

존의 매끄러운 목소리가 들린다. 촛불에 비춰진 미니의 얼굴은 지극히 평화롭다. 미니는 얌전히 제단 위에 누워 있다.

존의 기도 말고는 그 어떤 소리도 들리지 않는다. 집 안은 조용했다. 노리코 씨도 아야미도 잠들어 있다.

그뿐만 아니라, 이 집에는 그 둘 말고는 더 이상 가족이 없다.

저녁 식사 무렵, 노리코 씨가 카나 씨의 행방을 물어와서 카나 씨가 집에 없다는 것을 깨달았다. 카나 씨뿐만 아니라 오노우에 씨도 없었다. 폴터가이스트가 일어났을 때, 오노우에 씨가 카나 씨를 밖으로 데리고 나갔다. 그 이후로 누구도 두 사람의 모습을 본 적이 없었다. 또한 아야코의 모습도 보이지 않았다. 혹시나 도망친 걸까 싶었지만, 아야코의 짐은 그대로 남아 있었다. 어두워지고 나서야 잔뜩 지친 얼굴로 처져서 돌아온 아야코는, 산책을 했다느니 어쨌느니 하며 얄미운 소리를 하고 있었다. 노리코 씨랑 우리들은 카나 씨를 걱정하느라 안절부절 못하고 있었는데. 그리고 밤이 되어, 오노우에 씨에게서 전화가 왔다. 카나 씨가 집에는 돌아가고 싶지 않다고 전해 왔다. 일단 모처에 호텔을 잡아두고 그곳에 머무르겠다는 이야기였다. 카나 씨는 정말로 도망친 것이다.

오노우에 씨는, 노리코 씨와 아야미도 집을 나오는 게 좋지 않겠느냐고 말했다. 일단 내일 카나 씨의 짐을 챙기러 갈테니 그때 다시 이야기하기로 했다.

"하느님께 간절히 청하오니, 우리를 어여삐 여기시고, 우리에게 복을 주시고, 그 얼굴을 우리 위에 비추소서."

존이 기도를 외치며 미니 위에 십자를 그었다. 십자를 긋는 손의 움직임 때문에 촛불이 살짝 흔들렸다. 잠이 들 듯 눈을 감은 미니의 새하얀 얼굴에 묘한 그림자가 드리운다. 잘 말려 있는 금발, 사파이어블루 빛깔의 고풍스러운 드레스. 시체처럼 늘어져 있는 손발. 미니는 움직이지 않았다. 물론 움직일 리가 없지만, 흔들리는 그림자 때문에, 미니는 당장이라도 움직일 것만 같았다. 작고 단단한 몸 안에서 무언가가 꿈틀거리기 시작했다는 인상을 받았다.

"우리 사람을 만드시고 지키시는 하느님, 우리를 어여삐 여기소서. 사람의 오랜 적으로부터 주의 종을 구하소서."

존은 그렇게 말하며 작은 십자가를 미니의 이마에 올려놓았다. 그 순간이었다. 덜컥, 하는 미미한 소리가 나며, 미니의 눈꺼풀이 열렸다.

열릴 리가 없다. 이건 옆으로 눕히면 눈을 감는 인형이니까. 하지만 미니는 눈을 뜨고, 젖은 듯이 빛나는 유리구슬 눈으로 허공을 바라보고 있다. 텅 빈 눈에 촛불이 비치고 있었다.

존은 내 손에서 성서를 받아들고 펼쳤다. 한 손으로 성서를 받치고, 한 손으로 작은 병을 든다.

"태초에 말이 있었다."

성서를 읽어나가며 병을 흔든다. 투명한 액체가 미니 위에 뿌려졌다. 덜컥덜컥거리는 작은 소리가 미니의 몸에서 들려왔다.

"말은 하느님이었다. 이 말은 처음부터 그분과 함께 했다."

성수 방울이 떨어짐과 동시에, 미니의 이마에서 아주 가는 연기가 피어오르기 시작했다. 덜컥덜컥거리며 몸을 떠는 듯한 작은 소리. 드레스 주름이 미세하게 떨리는 것처럼 느껴졌다.

"빛은 어둠 속에서 빛난다. 어둠은 빛을 이해하지 않았다."

미니는 작게 떨면서, 유리눈으로 허공을 응시했다. 깊은 푸른색의 광채에 촛불 빛이 흔들렸다. 그 순간, 딱, 하는 작은 소리가 나며 미니의 눈이 수평으로 움직였다. 그리고 곁눈질로 존을 노려보았다. 흔들리는 그림자 때문에 미니의 표정까지 일그러져 보였던 순간, 그 직후 미니의 눈이 탁 감겼다. 동시에 이마의 십자가도 떨어져 나갔다. 십자가가 올려졌던 자리에는, 태운 듯한 십자가 흔적이 남아 있었다.

존은 고개를 끄덕이고 미니를 들어올렸다. 자신의 목에 걸친 하얗고 긴 천으로 미니를 감고, 나에게 그걸 내밀었다.

"안에 들어 있던 영은 떨어져 나갔심더. 하지만 완전히 없애버린 게 아임니더. 역시 타키가와 씨에게 부탁해서, 두 번 다시 악용되지 않도록 하는 게 좋을 것 같심더. 혹시 모를 일이니 이대로 태워 주시기 바랍니더."

나는 고개를 끄덕이고, 미니를 안고 방을 뛰쳐 나와 계단을 내려갔다. 모니터를 통해 보고 있었는지, 스님이 계단을 올라오고 있었다. 미니를 건네주자 스님은 재빠르게 정원으로 달려 나갔다. 정원 한구석에서 미니에게 불을 붙였다. 이번에는 손쉽게 타올랐고, 검은 덩어리가 되어 무너져 내렸다.

～ 6 ～

"자……, 이제 어떻게 나오려나?"

한밤중, 베이스에 스님의 목소리가 울렸다.

일단 인형에 붙어 있던 영은 떼어냈다. 인형은 다 태워 버려서 더 이상 없다. 아야미는 이중으로 봉인된 방 안에 있다.

"그 자식, 아직 여유 있어 보였어?"

스님이 존에게 물었다. 존은 고개를 끄덕였다.

"기도가 싫어서 도망간 것 같은 느낌이었심더. 역시 본체까지는 제 힘이 미치지 못한 것 같심더."

스님이 한숨을 쉬었다.

"도대체가……, 뭘 때렸으면 느낌이 와야 하는데, 왜 오질 않는 거지?"

나는 두 사람을 번갈아 보았다.

"그게 그렇게 이상한 거야? 아야코도 그걸 신경 쓰던데."

뒤돌아보며 묻자, 아야코는 무심한 표정으로 고개를 끄덕였다.

"정말 이상하단 말야."

스님도 말을 덧붙였다.

"이상할 정도로 여유가 넘쳐. 여유가 넘쳐 보이는 것 같다고 해야 하나."

그렇심더, 하고 존도 고개를 갸웃거렸다.

"듣던 바로는, 좀 더 저항하지 않을까 생각했었심더."

으음, 잘 모르겠네.

내가 석연찮은 표정을 짓고 있다는 걸 깨달았는지, 존이 부연 설명을 해 주었다.

"이 집의 영, 미니는 폴터가이스트의 규모로 미루어보아 상당히 강할 거라는 확신이 듭니더. 오늘 있었던 소음이며, 그 전에 전해 들었던 가구가 움직인 일이며, 보통 규모가 아닌 것만은 확실합니더. 스케일이 다르다고들 하지 않십꺼?"

"그렇단 말이지." 하며 스님이 동의했다. "그러니 거기에 딴지를 걸면 당연히 반발이 있어야 해. 상대가 강하면, 반발도 그만큼 강하지. 그게 일반적이야. 하지만 제령해도 저항이 전혀 없어."

나는 고개를 갸웃거렸다.

"굉장히 강해서, 우리를 상대해 주지 않는 거 아닐까? 스님이 말하는 것처럼 여유가 있으니까. 자기가 강하잖아."

"그런건 아니라고 생각해."

"아니야?"

"사람이면 그렇겠지. 강한 인간에게 약한 인간이 시비를 걸어봤자, 상대해 주지 않아. 하지만 영이란 건 그렇지 않단 말이지. 경험상 그렇다고밖에 할 말이 없지만 말야. 영이란 건 좀 더 순수한 부분이 있어. 단순한 칼 같다고나 할까? 그래서 약하건 강하건 누군가가 싸움을 걸면 자연스럽게 반발하지. 상대가 강하면 그만큼 강한 힘으로 되받아버리고, 상대가 약하면 그만큼 약한 힘으로 되받아쳐. 이쪽의 힘이 더 강하다면 사라지는 거고."

"으음, 예를 들자면 고무로 된 막 같은 건가? 같은 힘으로 물건을 던질 때, 고무로 된 막이 쫙 펴져 있으면 기세 좋게 다시 날아올 거고, 막이 헐겁게 걸려 있으면 그냥 튕겨내는 정도일 거 아냐."

"아, 맞아 맞아. 그런 느낌이야. 이쪽의 힘이 고무의 탄성보다

강하면, 고무는 그걸 막아내지 못하고 찢어지겠지. 어쨌든 그런 식인 거야."

그렇구나.

"폴터가이스트의 규모로 미루어보면, 미니는 적어도 내가 봤던 영들 가운데 상당히 강한 부류에 속해. 그렇다면 그 능력에 걸맞는 저항이 있어야만 하지. 반발이 강해서 우리가 쉽사리 손댈 수 없을 만큼. 그 정도여야 말이 된다고."

"그런데 저항이 없어……." 하며 아야코도 미심쩍은 표정을 지었다. "제령을 시도하면 아무 저항 없이 떨어져. 근데 떨어지기는 하는 주제에 사라지지는 않는단 말야."

"그건 별 문제가 안 되는 거 아니었어?"

나는 존을 바라보며 물었다. 분리해도 사라지지 않을 수도 있다고 말했었잖아?

"네. 미니가 인형을 이용하고 있는 것뿐이라면, 그걸로도 크게 문제는 없십더만……."

"엥?"

존은 곤란한 표정으로 고개를 갸웃거렸다.

"뭐라 말씀드리면 좋을지…….아마 이 영은 무언가와 이어져 있지 않으면 자기 힘을 유지할 수 없는 걸지도 모릅니더."

찬성, 하며 스님과 아야코가 손을 들었다.

"이어지다니……? 어, 지금 아야미한테 붙어 있는 걸 두고 이어져 있다고 말하는 거야?"

"그것과는 다름니더. 빙의가 아니라……."

존은 더 이상 어떻게 설명해야 할지 모르겠다는 당혹스러운 표정으로 영능력자들을 둘러보았다. 나르가 가볍게 한숨을 쉬었다.

"아야미에게 붙어 있는 영이 어째서 영이라는 모습으로 이 세계에 남았고, 이런 거대한 기현상을 일으킬 만큼의 힘을 가지고 있는지를 생각해 봐야 한다는 거야."

엉? 이건 또 뭔 소리야.

"인간이 죽는다고 그 영이 모조리 이승에 남는 건 아니잖아. 그 중 일부만 남지. 그 이유는 명확하지 않지만, 대체로 이승에 미련이 남은 자들일 가능성이 높지. 그게 그리움이든 원한이든 말야. 그래서 그 미련과 관계 있는 무언가와 연결고리를 만들고, 그럼으로서 영이라는 형태로 이승에 남게 되는 거다라고 생각하는 게 제일 정확해."

그렇심더, 하고 존이 배시시 웃으며 말을 받았다.

"그래서 영은 어딘가와 이어져 있지 않으면 그 힘을 유지할 수가 없는 겁니더. 게다가 그런 거대한 폴터가이스트를 일으킬 만한 힘을 유지하는 건 보통 일이 아임니더. 그렇심더. 영이 이승 세계에 어떤 영향을 미치려면, 이승 세계와 접점이 있어야만 합니더. 영은 기본적으로 이승 세계에 속한 자가 아임니더. 그런 것이 이승에 머무르기 위해서는 노트가 필요한 법임니더."

"노트?"

으음, 하며 존이 다시 도움을 청하자, 나르도 다시 한숨을 쉬며 설명을 이어나갔다.

"매듭, 즉 연결점이라고 해야겠지. 어떤 사념이 이 세상에 머무르려면 이승의 무언가와 이어져야 해. 그 이어지는 부분을 연결점이라고 해. 그 연결점 덕에 영은 이승에 머무를 수 있고, 에너지를 얻을 수 있어. 그래서 자기 힘을 유지할 수 있지."

아, 그렇구나.

"그럼 이런 거야? 왜, 지박령이라는 거 있잖아. 어떤 장소에 계속 떠도는 영을 지박령이라고 하는 거면, 이 경우에는 그 특정 장소가 연결점인 거야?"

"그렇심더. 바로 그검니더."

존이 고개를 끄덕였다.

"지는 오늘 아야미를 제령했심더만, 영은 생각보다 간단하게 떨어져 나갔심더. 하지만 떨어졌다고 해서 사라진 건 아니었심더. 그러니까 미니는 아야미와 이어져 있었던 게 아닌 검니더. 영은 연결점이 없으면 즉시 사라지게 됨니더. 사라지지 않는다 해도 최소한 힘을 잃고 아무것도 못하게 되는 게 정석임니더. 그래서 빙의되어 있는 경우는 제령을 하면 영이 바로 어딘가로 사라지게 마련임니더. 대체로 영이 빙의한 상대가 연결점 그 자체의 역할도 수행하기 때문임니더."

"하지만 미니는 아야미에게 빙의한 게 아니라 단순히 빙착 아니었어? 달라붙어 있을 뿐이지. 어디 다른 곳에 있는 연결점과 이어진 상태로 아야미를 간섭하고 있는 거 아니야?"

"네, 그렇심더."

"그 연결점이 혹시 인형 아닐까?"

"저도 그렇게 생각했심더." 존은 손가락을 까딱거리며 말을 이었다. "하지만 만약 인형이 연결점이라면, 인형에게 의식을 행했을 때 더 저항이 있었을 겁니더. 자기 존재가 사라지느냐 마느냐 하는 위기이기 때문에 더 강하게 저항했을 겁니더."

"아, 그렇네. 그런데 저항이 없었지……."

미니가 인형에 빙의했던 거라면 인형이 연결점이 된다. 그렇다면 존의 힘이 아무리 강하다 해도 아무런 저항 없이 떨어져 나가는 건 말이 안 된다. 게다가 인형은 이미 불타 버렸다.

"미니가 이 토지의 지박령이라면 이해가 갑니더. 인형은 단지 그릇일 뿐이고, 어쩌다가 이용당한 것뿐이라고 말입니더. 그 경우 연결점은 이 집이나 토지에 있을 겁니더. 그러니 제령을 해도 도망가 버리면 그뿐입니더. 하지만 만약 그게 아니라면……."

아야코가 심각한 얼굴로 생각에 잠겼다.

"뭔가 다른 원흉이 있는 걸까? 아님 인형이 아니었던가."

지금 와서 그렇게 말해도……, 나도 모르겠다고.

나는 나르를 흘깃 쳐다보았다. 나르는 석연치 않은 표정을 짓고 있었다.

"폴터가이스트는 모리시타 일가가 이 집으로 이사 오고 나서 시작되었지. 그들이 이사 오기 전까지 이 집에는 아무런 문제가 없었어. 모리시타 일가가 이 현상을 끌어들인 걸 거야."

스님이 말을 덧붙였다.

"이사 오기 전의 집에서는 아무 일도 없었다며. 그럼 모리시타 일가가 이 현상을 끌어들인 게 아니라, 이사 전후에 어떤 연결점이 생겨났다고 봐야지. 답은 하나야. 미니뿐이지."

"하지만 미니를 선물 받은 건 이사 오기 전이었잖아?"

"정확히 말하자면 이사 오기 직전이야. 하지만 그 정도의 시차는 중요하지 않아. 이런 현상이 곧바로 시작되는 건 아니니까."

"그렇구나."

그러고 보니 아야미도 '이사 오고 나서 생긴 친구'라고 말했었지.

"그럼 결국 미니는 뭐야? 미니의 정체는 뭐지?"

"그걸 모르니까 여기서 다들 머리 맞대고 골치를 썩고 있는 거잖아."

그야 그렇다.

아야코가 얼굴을 찌푸리며 이야기를 계속했다.

"상대가 누군지 모르면 제령을 할 수 없어. 영시 능력자가 있으면 좋겠는데……."

"영시? 영을 보는 능력?"

아야코에게 반문하며 나는 고개를 갸웃거렸다. 그러고 보니 아야코도 스님도, 존도 영을 보는 능력은 없구나.

"뭔가 이상해. 영능력자들은 모두 영을 볼 수 있어야 하는 거 아냐?"

 지난번 구교사 사건 때는, 안 보이는 게 당연하다는 식으로 이야기하기에 그런가 보다 했다. 하지만 아무리 생각해도 역시 이해가 안 가.

 아야코는 발끈했다.

 "당연히 보여. 어떤 영이냐에 따라서 영능력자가 아닌 일반인도 영을 볼 수 있다구. 하지만 모든 종류의 영을 볼 수 있는 건 아니야. 그뿐이야."

 "모든 종류의 영을 볼 수 있어야 영능력자인 거 아냐? 아야코도 존도 스님도 못 보잖아?"

 내가 말하자 스님이 어깨를 한 번 으쓱했다.

 "정확히 말하면 우리는 기도사지. 그렇게 불러야 오해의 소지가 없을 거야. 기도하고 제령하는 게 우리의 일이야. 사람들은 일반적으로 영능력자에게 많은 걸 기대하지. 영을 보고 이야기를 나누고 심지어는 인생 상담까지 해 준 뒤 제령하는 게 영능력자라고 생각하는데, 미안하지만 난 그 정도로 다방면에 능통한 사람은 못 돼."

 "솔직하네."

 "솔직한 게 아니라 비아냥거리는 거야. 한 사람이 그렇게 이것저것 다 할 수 있다는 건 이상하잖아. 예수도 아니고 무슨. 기적으로 장사할 수 있는 건 신이거나 사기꾼이거나, 둘 중 하나라고 본다."

듣고 보니 그도 그렇다.

"영을 볼 수 있는 능력자와, 제령을 하는 기도사는 별개의 직업인 거야."

스님이 말하자 존도 한마디를 덧붙였다.

"드물지만 그 두 가지를 겸업하는 사람도 있기는 합니다."

"그래도 두 가지를 다 잘하는 놈은 정말 드물잖아. 영능력자이기 이전에 인간이고, 당연히 자질에 따라 더 잘하고 못하는 게 나뉘게 마련이야."

그래, 말을 들으니 이해가 간다.

"하지만 안 보이는 건 좀 곤란하지 않아? 보이지도 않는데 제령을 잘할 수 있는 거야?"

"제령하는 것뿐이면 보이든 안 보이든 상관없어."

"정말이야?"

불신이 가득한 목소리로 말하자, 스님이 얼굴을 팍 찌푸렸다.

"상대가 제령해야 할 만한 수준의 영이면 좋든 싫든 느낄 수 있어. 숨어 있는 놈이라고 해도 충격을 가하면 바로 드러나게 마련이야. 영이 활성화되면 능력자뿐 아니라 너 같은 일반인도 영을 볼 수 있어."

"제령할 만한 수준이 아니면?"

"기운도 안 느껴질 만큼 약한 놈이면 애초부터 제령할 필요가 없지."

아, 그렇구나.

"어쨌든 지침대로 제령하면 영은 사라지게 마련이야. 그러니까 보이지 않아도 어떻게든 할 수 있어. 보인다면 더 편하긴 하겠지만."

"맞아." 아야코가 뚱한 표정으로 맞장구쳤다. "다만 이 사건의 경우는 지침대로 한다고 해서 해결될 사건이 아닌 것 같아."

아야코는 웅얼거리다가 한숨을 푹 내쉬었다.

"자, 우리에겐 사람이 필요해. 우수한 영시 능력자나 투시 능력자, 아니면 사이코메트리스트 말야. 최대한 빨리."

"사, 사이……, 뭐라고?"

내가 묻자 아야코와 스님이 동시에 고개를 절레절레 내저었다.

뭐야, 지금 사람 바보 취급하냐? 나는 나르를 콕 찔러 보았다.

"사장님. 사장님 조수가 지금 사람들에게 바보 취급당하고 있습니다요."

나르는 질렸다는 표정으로 한숨을 쉬고 대답해 주었다.

"사이코메트리 능력자."

세상에 이런 불친절한 대답이 또 있을까?

"조수의 수치는 곧 사장님의 수치라고 생각합니다아!"

"사이코메트리. 초능력의 일종으로 미국 과학자 부캐넌이 명명. 별명은 오브젝트 리딩. 우리말로 옮기면 대상진단."

뭔 소릴 하는 건지 전혀 모르겠다.

이렇게 곤란할 때는 존에게 의지하면 돼. 나는 도움을 갈구하는 눈빛으로 존을 바라보았다.

"사물을 만져서 정보를 읽어낼 수 있는 능력입니더."

"우아!"

스님이 쓴웃음을 지으며 설명을 덧붙였다.

"일종의 초능력이야. 사물과 접하면, 그 사물의 유래라든가 물체와 관련된 사람의 과거, 현재, 미래를 볼 수 있는 능력이지. 네덜란드의 제랄드 크로와제나 피터 풀코스가 이 능력의 권위자로 유명해."

"만지는 것만으로 알 수 있는 거야? 그럼 그 사이코메트리스튼지 뭔지가 미니를 만지면, 그 전에 미니를 갖고 있던 사람에 대해서 알 수 있게 되는 거야?"

"맞아."

"그거……, 대단하다, 엄청 편할 것 같아!"

난 솔직한 감상을 말했을 뿐인데, 모두 피식거리며 실소를 금치 못하고 있었다.

"뭐야! 왜 웃어!"

"비웃는 게 아니야." 스님이 다시금 쓴웃음을 지었다.

"물론 편리한 능력이지. 하지만 사이코메트리스트가 그렇게 편한 것만은 아니야. 아무래도 범죄 조사나 사체 탐색에 자주 활용되는 능력이다 보니까, 피비린내 풀풀 나는 사건과 관련이 깊거든."

"어……?"

"살해당한 피해자의 유품을 사이코메트라이즈해서 범인을 찾는 거지. 또는 행방불명된 사람의 물건을 통해 그 사람의 행방을 찾는 일도 많아. 그런데 보통 마지막 결론은……, 시체야."

"아아, 그렇구나."

"크로와제도 그렇고 풀코스도 그렇고, 행방불명된 사람들을 탐색하거나 범죄에 대한 조사를 하기 위해 경찰에 자주 협력을 하고 있어. '요크셔의 살인마'를 투사해 낸 로버트 클라크넬, '모우너 틴즐리 사건'을 해결한 에스텔 로버트도 마찬가지고. 그 외에도 유명한 사이코메트리스트가 많아. 영국의 수잔 팩필드, 올리버 데이비스, 남아프리카의 넬슨 파마 등. 다들 경찰과 협력하며 피비린내 나는 임무를 수행하고 있지."

"그렇구나. 외국 경찰은 어쩐지 한 발 앞서 있는 느낌이야."

"그렇지."

스님은 그렇게 말하더니 손뼉을 짝 쳤다.

"맞다. 존도 불렀으니 말야, 영매도 부르는 게 어떻겠어?"

영매라니……, 설마.

"마사코 말하는 거야?"

하라 마사코. 나와 동갑내기인 미인 영매사다. 지난번 구교사 사건 때도 함께 일을 했었지. 나르는 마사코의 능력을 인정하고 있다. 나르는 마사코가 유능하기 때문이라고 말하지만, 마사코의 아름다운 외모 때문이라는 소문도 있다.

"마사코라면 미니가 뭐 하는 놈인지 알 수 있지 않을까? 만일 필요하다면 미니를 공수할 수도 있을 거고."

아주 훌륭한 제안인 것 같기도 하고?

"됐거든요."

대놓고 불쾌한 표정을 지으며 아야코가 말했다.

"우리에게 필요한 건 우수한 영시 능력자야. 얼굴만 예쁘장한 계집애는 필요 없거든?"

"하지만 우수하잖아?"

스님은 나르를 힐끗 쳐다보며 말했다. 하지만 나르는 고개를 저었다.

"필요 없어."

나르는 이상하리만치 단호하게 말을 끊었다. 아야코는 쾌재를 불렀다.

"야, 그래도……."

스님이 반박하려던 그 찰나였다. 갑자기 쿵, 하고 무거운 것이 떨어지는 소리가 났다.

낮에 들었던 소리와 똑같은 소리였다. 이 층에서 쿵쿵하는 소리가 울려왔다. 건물이 거세게 흔들리고, 집안이 엄청난 소음으로 가득 찼다. 벽을 두들기는 소리, 뭔가 쓰러지는 소리, 사람들이 우당탕탕 복도를 달리는 듯한 소리가 여기저기서 들렸다.

우리는 반사적으로 노리코 씨 빙을 촬영하는 모니터를 바라보았다. 노리코 씨가 놀란 표정으로 몸을 일으키고 있었다. 아야미도 벌떡 일어나 노리코 씨를 꼭 붙들고 있다.

소리는 점점 격렬해졌다. 지난번과 달리 카메라는 멈추지 않았다. 모든 모니터가 암시 카메라가 비추는 영상을 내보내고 있었다. 소리는 이렇게 격렬한데, 화면에서는 어떠한 움직임도 느껴지지 않았다. 소름끼치는 괴리감이었다.

누군가 복도를 쿵쾅거리며 가로지른다. 근처의 물건과 벽을 사정없이 두들긴다. 무언가 떨어지거나 쓰러지는 소리도 나고 바닥이 쿵쿵 울리는 소리도 났다.

어딘가에서는 아이 목소리가 들렸다. 서브 스피커에서 흘러나오는 잡다한 소리들 사이에는, 아이 목소리가 섞여 있었다. 우리는 노리코 씨 방을 비추는 화면을 돌아보았다. 노리코 씨와 아야미는 서로를 꼭 껴안고 잔뜩 얼어붙은 표정으로 입을 앙다물고 있었다. 두 사람이 내는 목소리가 아니었다.

"어디지?"

나르가 자리에서 일어났다.

"스피커를 전환하겠습니다."

린 씨가 메인 스피커에서 나오는 소리를 차례차례로 전환했다. 그러자 갑자기, 아이 목소리가 들리기 시작했다. 아야미 방에서 나고 있었다. 하지만 아야미 방에는 아무도 없는데…….

소음과 뒤섞여서 정확하게 알아들을 수 없었지만 그것은 분명히 아이의 목소리였다. 화가 나서 울부짖는 목소리였다.

목소리는 한층 격렬해졌다. 동시에 아야미 방의 서랍장이 덜컹거리기 시작했다. 마치 누군가 잡아끄는 것처럼 서랍장이 앞으로 스윽 미끄러졌다. 다시 아이 목소리가 났고 그 순간 서랍장은 발을 구르듯 덜컹덜컹 흔들리다 쓰러졌다.

"일났네······."

스님이 중얼거리더니 베이스를 뛰쳐나갔다. 존이 그 뒤를 따랐다.

아야미 방에서는 이제 침대가 흔들리기 시작했다. 누군지 알 수 없는 비명소리가 크게 울렸다. 히스테릭한 목소리였다. 침대 한쪽 다리가 공중에 붕 떴다가, 쿵 하고 소리를 내며 떨어지고, 그와 동시에 아우성을 치며 엉엉 우는 소리가 났다.

아, 하고 나는 벌떡 일어섰다.

아이의 목소리가 겹치고 있다.

"한 명이······, 아니야!"

고래고래 고함치는 소리, 울부짖는 소리, 아우성치는 소리. 모두 아이들의 목소리다. 아이들의 감정이 격해질수록 침대는 더욱 거세게 흔들렸다. 침대뿐 아니다. 책상도 의자도 흔들리고 있다. 펄쩍펄쩍 뛰어다니다 쓰러진 의자는 누군가에게 걷어차인 것처럼 미끄러져 벽에 부딪힌다. 옆으로 쓰러진 의자 위로 쿠션이 휙휙 날아다녔다.

"아야미의······ 보이지 않는 친구라는 게······."

미니가 아니라, 그 날 성사에 있었던 친구. 아니, 친구들!

"이렇게 많았던 거야?"

아야코가 아연실색한 얼굴로 자리에 멈춰 섰다.

"그러니 제령을 해도 해도 떨어지질 않지. 아마 제령은 성공했었을 거야. 아야미한테서 떼어낸 건 확실해. 하지만 제령이 끝나자마자 바로 다른 놈이 달라붙었던 거야."

아아, 그렇구나.

아이들은 여전히 버럭버럭 소리를 지르고 있다. 심통을 부리며 울부짖고 있었다.

"도대체 몇 명이나 있는 거야!"

모니터 중 하나가 이 층 복도를 달려가는 스님과 존을 비췄다. 두 사람은 노리코 씨 방을 향해 달려갔다. 두 사람이 노리코 씨 방에 도착하기 전에 비명소리가 들렸다. 스피커에서 나는 것이 아니었다. 열려 있는 방문 너머에 현관 위쪽에서 누군가의 비명이 울려 퍼지고 있었다. 재빨리 노리코 씨 방을 비추는 모니터를 보자, 노리코 씨와 아야미가 서로 부둥켜안고 비명을 지르고 있었다. 두 사람이 몸을 움츠리고 있는 침대가 들썩거리고 있었다.

"린!" 나르가 린을 부르며 베이스를 나섰고, 린 씨가 그 뒤를 따랐다.

"마이 너는 여기서 대기해."

"알겠어!"

나는 대답하며 달려 나가는 두 사람의 뒷모습을 지켜보았다. 그런데 마치 이때만을 기다렸다는 듯, 모든 소리가 일제히 멎어 버렸다. 기묘할 정도로 조용해진 집안에 아야미의 가냘픈 울먹임만 울려 퍼졌다.

우리는 노리코 씨 방에 모였다. 들썩거리던 침대는 원래 있던 위치에서 완전히 밀려나 있었고, 가지런히 놓여 있던 소품들이 바닥에 아무렇게나 흩어져 있었다.

울음을 그치지 않는 아야미를 존이 안아주고 있었다. 노리코 씨는 바닥에 털썩 주저앉아 있었다. 스님과 나르가 그 곁에 무릎을 꿇고 앉았다.

"노리코 씨, 괜찮습니까?"

노리코 씨가 고개를 들었다. 얼굴 위로 방울진 눈물이 굴러 떨어졌다. 얼굴이 잔뜩 일그러져 있다. 공포 때문일까, 아니면.

"어디 다친 곳은……?"

말을 걸자 노리코 씨는 오른쪽 다리를 꾹 눌렀다.

"다리가……."

스님이 노리코 씨의 다리를 살짝 건드리자 노리코 씨가 작게 비명을 질렀다.

"발목이 탈구된 거 같은데."

노리코 씨의 오른쪽 다리가 왼쪽 다리보다 길었다. 오른쪽 발목 관절이 빠져버린 것이다.

"구급차 불러."

나르가 말하자마자 린 씨가 방을 나섰고, 린 씨의 뒤를 아야코가 쫓았다.

"여기 말고 다른 데는 다치지 않았습니까?"

나르가 묻자 노리코 씨가 고개를 저었다. 잘 모르겠다는 뜻인 것도 같았다.

"아야미는?"

아야미도 고개를 저었다. 나는 아야미에게 다가갔다. 존에게 매달려 울고 있는 아야미는 덜덜 떨고 있었지만 딱히 다친 곳은 없는 것 같았다.

"아야미, 어디 아픈 곳 없어?"

아야미가 고개를 저었다.

"괜찮은 거지? 다친 데 없는 거 맞지?"

"응."

다행이다, 하고 나는 아야미를 쓰다듬었다. 노리코 씨는 바닥에 웅크린 채로 말을 꺼냈다.

"누…… 누군가가, 아야미를 잡아당겼어요."

"누가 말입니까?"

"모습은 볼 수 없었어요, 하지만 분명히 누군가가 그랬어요. 아야미의 목덜미를 잡고 끌어당겼어요. 마치 나와 아야미를 떼어내려는 것처럼요."

노리코 씨는 이 부딪히는 소리가 들릴 정도로 격렬하게 떨고 있었다. 재빨리 돌아온 아야코가, 불룩한 수건을 노리코 씨의 발목에 가져다 댔다.

"곧 구급차가 올 거예요. 그때까지 찜질하고 있어요."

노리코 씨가 고개를 끄덕였다. 얼음을 수건으로 싼 것 같았다. 그 불룩한 수건을 발목에 댄 뒤, 다른 수건으로 감아서 다리에 고

정시켰다. 노리코 씨가 얼굴을 찌푸렸다.

"아야미를 빼앗길 것 같아서, 그래서 필사적으로 매달렸어요. 절대로 놓치면 안 될 것 같아서. 그랬더니 다리를……, 제 다리를 누군가가 붙들고……."

"알았습니다, 이제 그만……."

"절 움켜쥐더니 잡아당겼어요. 누군가가 말이에요."

노리코 씨는 나르의 팔에 매달리며 말을 반복했다.

"네에……."

"아야미가 끌려가지 않게 해주세요."

"물론이지요."

～ 7 ～

병원으로 향하는 노리코 씨를 아야고가 따라갔다. 존은 아야미를 안아서 내 방으로 옮겼다.

"마이, 노리코 고모는……."

"괜찮아. 병원에 갔으니까. 의사 선생님이 바로 고쳐줄 거야."

그렇게 말하며 아야미를 침대에 눕히려는데 나르가 나를 제지했다. 나르는 아야미를 침대에 앉게 한 뒤 그 앞에 무릎을 꿇어 눈높이를 맞췄다.

"아야미, 무슨 일이 일어난 건지 얘기해 보렴."

나르의 엄한 말투에 아야미가 어깨를 움츠렸다.

"미니가 이런 거야?"

아야미는 대답하지 않았다. 그러다 갑자기 깨달았다는 듯이 퍼뜩 고개를 들고 물었다.

"미니는 어디 있어?"

나르가 아야미의 어깨를 꼭 잡았다.

"미니는 이제 없어."

"돌려줘!"

"미니는 이제 돌아오지 않아. 그보다도 미니에 대해서 이야기를 듣고 싶다."

"미니 돌려줘! 아무도 만지면 안 돼!"

"아야미!"

나르가 엄한 목소리로 호통을 쳤다. 아야미는 다시 어깨를 움츠리고 겁먹은 표정을 지었다.

"노리코 씨가 다쳤어. 미니가 그런 거야. 맞지?"

아야미의 잔뜩 겁먹은 얼굴로 당장이라도 울음을 터뜨릴 것 같았다.

"카나 씨도 다쳤어. 그 전에는 시바타 씨도 다칠 뻔했고. 모두 미니가 한 짓이잖아. 아야미 너는 알고 있는 거지?"

아야미는 고개를 세차게 저었다. 어떻게 해야 할지 모르겠다고 온몸으로 외치고 있었다.

"아야미!"

나르의 질책에 아야미가 결국 울음을 터뜨렸다. 아야미는 침대에서 뛰어내려서 내게 달려왔다.

"마이!"

"괜찮아, 아야미. 미안해, 무서웠지?"

나르가 다시 엄한 목소리로 말을 이었다.

"아야미, 미니가……"

"그만 좀 해!" 나는 나르를 노려보았다. "넌 도대체가 배려심이라는 게 없니? 애가 이렇게 울고 있잖아! 그만 좀 괴롭히란 말이야!"

"마이, 그런 문제가 아니잖아!"

"그런 문제거든! 이 냉혈한!"

아야미가 엉엉거리며 뭐라고 말을 꺼냈다. 나는 아야미의 머리를 쓰다듬어 주었다.

"아야미, 울지마, 뚝. 괜찮아. 이런 나쁜 사람, 언니가 바로 쫓아내 줄 테니까."

"……해!"

"응? 아니야. 이런 놈 무시해 버려. 아야미가 잘못한 거 아니야."

"미안……해!"

아야미가 나를 붙든 손에 힘을 주었다.

"사과할 거 없어. 아야미는 잘못하지 않았……"

"나 알고 있었어!" 아야미가 고개를 들고 외쳤다. "미니가 모두에게 못된 짓 하는 거, 알고 있었어!"

"아야미……."

"다들 곤란해 하는 것도 알고 있었어. 하지만 미니가 말하면 안 된다고, 내가 알고 있는 걸 다른 사람한테 말하면 괴롭히겠다고 그랬어."

"미니가?"

아야미는 훌쩍거리며 고개를 끄덕였다.

"원래 아무하고도 얘기하면 안 돼. 미니 말고는 친하게 지내면 안 된댔어. 하지만 나, 사실은 노리코 고모랑, 마이랑 놀고 싶었어……."

미니가 아야미를 협박했던 것이다. 겁을 줘서 자기가 시키는 대로 행동하게 했던 거야.

한참을 울던 아야미가 겨우 긴장을 풀고 내 곁에 앉았다. 내 팔을 꼭 껴안고 있었다.

"미니랑 처음 만난 게 언제지?"

나르가 최선을 다해서 상냥하게 꾸며낸 목소리로 물었다.

"이 집에 오고 나서."

"여기서 만난 거야? 어떻게?"

아야미는 고개를 저었다. 어떻게 대답해야 할지 모르겠다는 듯.

"어디서부터 시작된 거지?"

"미니가 말을 했어."

"아야미에게 말을 걸었다고?"

아야미가 고개를 끄덕였다.

"미니랑 놀고 있었더니, 미니가 말을 걸었어. 놀자고."

"그래서?"

"미니랑 많이많이 놀았어, 근데 미니랑 놀았다는 거 아무한테도 얘기하면 안 된대. 얘기하면 더 이상 같이 못 논다고……."

"그래서 아무한테도 얘기하지 않은 거야?"

아야미는 고개를 끄덕였다.

아야미는 쓸쓸했던 거다. 이사를 오면서 원래 사귀던 친구들과는 멀어져 버렸지. 전학 온 학교에서도 친구를 사귈 수 없었고. 그래서 쓸쓸하게 인형놀이를 하고 있는 와중에 미니가 말을 걸었다. 처음에는 즐겁고 비밀스러운 친구 사이였을 것이다. 미니는 가끔 심술궂게 굴긴 하지만 쾌활하고, 수다스러운 아이였으니까. 아야미에게는 그 심술조차도 매력적으로 느껴졌던 것 같다.

"자주 장난을 쳐, 미니는. 이런저런 물건들을 숨겨 놓고는, 나한테는 비밀이라고 해. 나쁘다고 생각했지만, 모두가 곤란해 하는 게 조금, 아주 조금 재밌었어."

"다 그런 거지. 무슨 뜻인지 알아. 괜찮아."

내가 말하자 아야미가 약간 미소 지었다.

미니는 사람들이 곤란해 하는 모습을 보며 즐거워했다. 아야미는 그러한 비밀을 미니와 공유하는 것이 즐거웠다. 하지만 언제부턴가 집안 분위기가 이상해지기 시작했다. 아야미의 아버지인 히토시 씨가 출장을 간 이후부터였다. 그 이후로 카나 씨는 이상할 정도로 예민해졌다. 아야미는 미니가 치는 장난을 알고 있었기 때문에 카나 씨 앞에 서면 자연스레 긴장되었다. 장난이 들통나면 혼날 거라고 생각했기 때문이다. 그런데 미니가 계속해서 장난을 치고는, 카나 씨가 곤란해 하는 모습을 보고 즐거워했다.

"이제 그만하자고 그랬는데, 미니가 그래도 된다고……. 왜냐면 엄마는 나쁜 마녀니까……."

미니는 아야미에게 자신이 지어낸 이야기를 세뇌시켰다. 카나 씨는 나쁜 마녀로, 아버지를 속이고 재산을 독차지하기 위해 이 집에 숨어든 거라고 했다. 히토시 씨가 출장을 간 것도 카나 씨의 지시 때문이며, 카나 씨는 히토시 씨가 돌아올 때까지 노리코 씨와 아야미를 죽인 뒤 모든 것을 독차지하려는 속셈이라고 했다. 미니는 또 자신이 아야미를 지키고 있다고 주장했다. 나쁜 마녀를 물리치고, 마녀의 동료들을 괴롭히면서 말이다. 하지만 아야미가 자신의 말을 듣지 않으면 더 이상 지켜줄 수 없다고 했다.

"하지만 나 금방 까먹고, 미니 얘기하고 그러니까. 그러면 미니가 화를 내. 때리고, 꼬집어. 그래서……."

그래서 아야미는 열심히 미니의 말대로 행동하고 있었던 것이다.

"사실 이제 무서워. 미니한테서 도망치고 싶었어. 하지만 미니는 모르는 게 없고, 어디든 쫓아오고, 그리고 미니한테는 부하들도 많고……."

"부하?"

아야미가 고개를 끄덕였다.

"잔뜩 있어. 나만한 남자애들이랑 여자애들. 다들 미니의 부하야. 미니가 좋다고 하면 나랑 같이 놀아 주는데, 미니가 화를 내면 다들……."

아야미를 학대한 거다. 그게 무서워서 아야미는 아무 말도 할 수 없었고, 아무것도 할 수 없었다. 얼마나 힘들었을까? 미니, 이 비열한…….

"노리코 고모가 다쳤어. 존 오빠가 준 선물도 미니가 부숴 버렸어. 미니가 또 나 괴롭힐 거야."

"괜찮아. 미니는 이제 없어."

아야미가 눈을 동그랗게 뜨고는 깜빡였다.

"없어?"

"적어도 그 인형은 이제 없어. 두 번 다시 아야미 근처에 얼씬도 못 하게 먼 곳으로 보내 버렸거든."

"하지만……, 방금 있었어. 미니도 다른 친구들도."

"아니야."

나는 단호하게 말했다.

"아니야, 아야미. 아야미를 괴롭히는 건 친구가 아니야. 자기를 괴롭히는 애들을 친구라고 불러서는 안 돼."

아야미는 신기하다는 듯이 눈을 깜빡이더니, 이윽고 천천히 고개를 끄덕였다.

"이제 인형은 없으니까, 앞으로는 아야미에게 올 수 없을 거야. 그리고 존이랑 다른 사람들이 다 같이 아야미를 지킬 거니까."
"정말?"
"정말. 미니가 더 이상 아야미를 괴롭히지 못하게 우리 최선을 다할게. 그러니까 미니가 무언가 하려고 하면 바로 말해야 해. 꼭 도와줄 테니까. 알았지?"
아야미는 진지한 표정으로 천천히 고개를 끄덕였다. 그리고 내게 기대서 안도의 울음을 터뜨렸다.

1

 노리코 씨는 새벽이 다 되어서야 겨우 돌아왔다. 노리코 씨의 오른쪽 발목은 역시 탈구되어 있었고, 인대도 상해 있었다. 일단 테이프로 간단한 응급처치를 했다. 당분간은 움직이지 말고 가만히 있어야 할 것 같았다.
 노리코 씨가 다친 이유에 대해서는 아야코가 적당히 핑계를 댔다고 한다. 가구를 옮기다 그만 쓰러졌다는 뭐 그런 식으로. 이 와중에 핑계까지 꾸며내야 하다니 참.
 노리코 씨와 아야미는 오늘 내 방에서 자게 되었다. 방을 이중으로 봉한 뒤, 안에서 아야코가 불침번을 서기로 했다. 아야코 하나로 충분할지 걱정이 되기는 하지만 여자 두 명이 자는 방에 존이나 스님을 들여보내기도 좀 그렇고, 어쩔 수 없지. 이번에는 암시 카메라를 제대로 설치해서 하나부터 열까지 빠짐없이 관찰하기로 했다.
 아침이 되어 노리코 씨와 아야미가 일어나자 아야코가 베이스로 내려왔다. 선잠에서 깨어난 존과 교대한 후, 피곤한 얼굴로 베이스를 나서려던 아야코가 갑자기 깜짝 놀라며 걸음을 멈췄다.
 "저기……, 저거 뭐지?"
 응?
 "저거 말야. 대체 어느 틈에……?"
 아야코는 현관을 손으로 가리켰다.

나는 현관을 비추던 모니터를 확인했다. 보기에는 아무 이상이 없어 보였다. 하지만 아야코 뒤로 다가가서 그녀의 손끝이 가리키는 곳을 보고 그 자리에 주저앉고 말았다. '그것'은 현관을 찍고 있는 카메라의 사각지대에 있었다.

거실 벽면 위쪽에 글이 한가득 휘갈겨져 있었다.

'나쁜 아이에게는 벌을 주겠다.'

마치 이제 막 글을 배운 아이가 서투르게 쓴 듯한 거친 글씨체였다. 하지만 글씨가 적힌 벽면은 최소한 3미터는 되어 보였다.

"나쁜 아이라니, 아야미를 두고 말하는 걸까?"

내가 중얼거리자 나르가 고개를 끄덕였다.

"그렇겠지. 아야미는 해서는 안 되는 말을 하고 만 거야. 마이, 아야미 곁에서 절대로 떨어지지 마."

오후까지 나는 노리코 씨와 아야미와 함께 정원 테라스에서 여유롭게 시간을 보내고 있었다. 그 동안 현관에서는 나르와 사람들이 그 낙서를 지우고 있었다. 아야미가 보지 못하게 말이다.

"차 마셔, 마이."

아야미가 나에게 컵을 건넸다.

"고마워."

인사를 하자 아야미가 활짝 웃었다. 근심 걱정 없는 미소였다. 비밀을 털어놓으면서 부담을 떨쳐버렸는지 마음이 편해 보였다.

"고모도 마셔."

고마워, 라며 미소를 지으며 컵을 받아든 노리코 씨의 얼굴을 아야미가 들여다보았다.

"고모, 아직도 아파?"

"아냐, 이젠 괜찮아졌어."

노리코 씨는 테이핑을 한 다리를 가리키며 대답했다. 아프지 않을 리가 없을 텐데. 당분간 목발을 짚고 다녀야 할 것 같았다.

아야미는 고개를 끄덕이면서 나를 바라보았다.

"마이, 함께 꽃다발 만들까?"

"그래."

"아야미, 나도 같이……."

말을 꺼내는 노리코 씨를 아야미가 막아섰다.

"안 돼. 노리코 고모는 아프잖아. 그리고 고모에게 주려고 만드는 거란 말야."

"그냥 조금 다쳤을 뿐이야."

"아무튼 안 돼. 가자, 마이."

"어, 그, 그래……."

나는 아야미와 손을 잡고 꽃밭으로 향했다. 꽃밭에는 싱싱한 꽃이 한가득 피어 있었다.

"어떻게 하지? 너무 많아서 고민이네."

"음……, 라벤더 어때? 향기가 좋아."

아야미가 보라색 꽃을 두 갈래 꺾어 들었다.

"그 다음 저쪽의 하얀 샐비어."

"이거?"

나는 흰 꽃을 가리키며 물었다.

"아니, 그건 스타티세야……. 그럼 스타티세랑 매화오리나무."

내가 스타티세를 한 갈래 꺾어 들자, 아야미가 하얀 수상화가 피어 있는 곳으로 다가갔다.

"꽃다발 다 되어가니, 아야미?"

노리코 씨 목소리가 들렸다.

아야미가 고개를 끄덕이며, 수상화를 꺾기 위해 손을 뻗었다. 그런데 가지를 꺾는 순간 갑자기 아야미가 비명을 질렀다.

"아야미!"

아야미는 덤불에 손을 넣은 채 옴짝달싹 못했다. 덤불가지 사이에서 손을 빼내려고 안간힘을 썼지만, 꽃 사이로 들어간 손은 마치 누군가에게 붙잡힌 것처럼 움직이지 않았다.

나는 곧바로 아야미의 어깨를 잡고, 있는 힘을 다해 잡아당겼지만, 아야미의 손은 좀처럼 빠지지 않았다.

"아야미!"

노리코 씨가 한쪽 발을 절뚝거리며 달려왔다. 나는 덤불 주위 잔가지들을 손으로 마구 뜯어냈다. 무언가가 아야미의 손을 붙들고 있었다. 덤불 안에 바로 그놈이 있었던 것이다.

가지 한 움큼을 잡아 뽑은 순간, 아야미의 손이 겨우 빠져나왔다. 힘의 반동으로 튕겨져 나온 아야미는 엉엉 울면서 어딘가로 뛰어가 버렸다. 나는 덤불을 좌우로 헤집었지만 거기엔 아무것도 없었다. 심지어 누군가가 숨을만한 구멍조차 없었다.

"아야미, 기다려!"

노리코 씨의 비명소리가 들려 뒤돌아보니 아야미가 정자 반대편으로 뛰어가고 있었다.

"마이, 아야미를 잡아! 그쪽에는 연못이 있어!"

나는 있는 힘껏 달려 아야미를 쫓아갔다. 맞아, 집 뒤편에는 연못이 있었지……! 나는 정원수를 헤치고 달려 나갔다. 넓은 잔디밭의 비탈면이 짙은 색 수면을 향해 이어지고 있었다.

"미니! 미안해!"

아야미가 크게 소리를 지르며 무언가로부터 도망치듯 물가의 나무 주위를 빙빙 돌고 있었다. 호숫가에는 수면을 바라보듯 큰 백일홍 나무가 꽃을 피우고 있었다. 그 근처 잡초가 무성한 곳을 피하려다 그만 아야미는 발을 헛디뎌 미끄러지고 말았다.

"아야미!"

노리코 씨가 비명을 질렀다. 아야미는 무언가를 붙잡으려는 듯 팔을 뻗었지만 손끝에는 아무것도 닿지 않았다. 기우뚱하던 아야미의 몸은 물속 아래로 빠져들어갔다.

"아야미!"

내가 물가에 도착했을 때, 이미 아야미의 몸은 물보라를 일으키며 물속으로 가라앉고 있었다. 어둡고 새파란 수면에 새하얀 거품이 일었다. 나는 아야미를 쫓아 물속으로 뛰어들었다. 연못은 생각보다 깊었다. 물이 내 목 언저리까지 찰 정도였으니, 아야미에게는 더욱 더…….

"아야미! 어디야?"

소리 높여 아야미를 부르는 순간, 아야미의 몸이 바로 눈앞에 불쑥 떠올랐다. 아야미는 고통스럽게 수면으로 얼굴을 내밀어 무언가를 말하려고 하는데, 소리가 되어 나오지 않는 것 같았다.

나는 팔을 뻗어 아야미의 몸을 붙들었다. 있는 힘껏 수면 위로 끌어올리려고 했지만, 아야미의 몸은 사정없이 물속으로 빨려들어갔다. 아야미를 안은 채로 물 밑을 발로 차 올라오려 했지만, 마치 아야미의 몸을 누군가가 잡아당기고 있는 것처럼 좀처럼 떠오르지 않았다.

물속에는 푸른 안개가 끼어 있었다. 그 속으로 희미하게 아야미의 몸이 보였지만, 저항하기 위해 발버둥치고 있어서 물거품이 일어나 자세하게 보이지는 않았다. 하지만 계속 지켜 보니 아야미의 한쪽 발이 전혀 움직이지 않고 있다는 것을 알 수 있었다. 그뿐만이 아니라 아야미의 몸은 물속 더 깊은 곳으로 빨려들어가고 있었다.

나는 진흙 속으로 다리를 뻗어 아야미를 끌어당겨 봤지만 아무리 해도 끌어올릴 수가 없었다. 숨이 막히고 힘이 빠지려는 그때, 수면 위에서 누군가 내 팔을 거세게 끌어당겼다. 내 머리가 불쑥하고 수면 위로 올라왔다. 있는 힘을 다해 아야미를 끌어올리자 아야미의 몸도 수면으로 올라왔다. 수면 아래를 힘껏 발로 차 물가로 향했다. 그곳에서 노리코 씨가 당장이라도 호수에 들어올

기세로 소리치고 있었다.
"아야미잇!"
이제는 안심이다. 물속에서 아야미를 끌어당겼던 그것은 떨어져 나간 모양이었다. 아야미가 무사한지 확인한 뒤, 우리를 도와준 사람에게 시선을 옮겼다. 그 사람은 나와 아야미를 안아 들고 물가로 끌어올렸다.
"소네…… 씨."

～ 2 ～

물가로 올라온 소네 씨가 우리를 연못에서 끌어올려 주었다. 노리코 씨는 경련을 일으킬 듯 울고 있는 아야미를 꼭 끌어안았다. 나르와 사람들이 달려오는 모습을 보자마자, 나 역시 힘이 풀려 그 자리에 털썩 주저앉고 말았다.
흐느껴 우는 아야미와 노리코 씨를 집으로 데리고 간 뒤, 아야코와 존에게 뒷일을 맡겼다. 나는 물에 흠뻑 젖은 탓에 방으로 돌아와 옷을 갈아입어야 했다. 옷을 갈아입고 나자 몸의 떨림이 겨우 가라앉는 것 같았다.
이것이 '벌'이란 말인가? 미니가, 아야미에게 내리는 벌?
곰곰이 생각하며 베이스로 돌아가자 소네 씨가 소파에 앉아 수건으로 머리를 닦고 있었다. 소네 씨는 히토시 씨의 것으로 보이는 파자마로 갈아입고 있었다.

"아까는 감사했습니다."

나는 먼저 고개를 숙여 인사했다.

"별거 아냐."

소네 씨가 대답했다. 여전히 무뚝뚝한 모습이었지만, 진심으로 고마웠다.

"정원 관리 하러 오셨던 건가요?"

소네 씨가 고개를 끄덕였다.

"우연히 아가씨가 연못에 빠진 걸 봤을 뿐이야."

소네 씨가 그렇게 말하자, 나르가 싸늘한 목소리로 말했다.

"정말로 우연, 맞습니까?"

소네 씨가 의아한 얼굴로 나르를 쳐다보았다.

"당신은 아야미를 몰래 지켜봤던 적이 있죠. 이번에도 그랬던 거 아닌가요?"

"그게 무슨 소리야?"

"소네 씨가 아야미를 몰래 지켜보는 모습은 이미 여러번 목격되었습니다. 혹시 아야미를 감시하고 있었던 게 아닙니까?"

소네 씨는 화가 난 듯 나르를 매섭게 쏘아보았다.

"이 집에 도대체 뭐가 있는 겁니까?"

나르가 묻자, 소네 씨가 돌연 이상하다는 표정을 지었고, 스님도 의심스럽다는 듯이 얼굴을 찌푸렸다.

"당신은 계속 아야미를 주목하고 있었습니다. 소네 씨, 당신 말이 사실이라면, 모리시타 집안에 이변이 일어나고 있다는 것을 몰라야 합니다. 그런데 왜 아야미를 그렇게 지켜봐야만 했죠?"

소네 씨는 완고한 표정으로 입을 굳게 다물었다.

"뭔가 신경 쓰이는 게 있었던 거겠죠. 당신은 오래 전부터 이 집에 드나들었습니다. 이 집의 역사를 가장 잘 알고 있는 사람이죠. 그런 사람이, 이 집에서 문제가 생기기 전부터 아야미를 지켜보고 있었습니다. 그건 즉, 이 집에서 아야미와 같은 어린아이를 신경 써야만 하는 이유가 있다는 겁니다. 그 이유가 대체 뭐죠?"

소네 씨는 여전히 대답이 없었다.

"그렇다면 이것만이라도 대답해 주십시오. 아야미는 지금 위험에 빠져 있습니까?"

소네 씨가 곤란한 듯 시선을 피했다.

"소네 씨는 아야미가 이 집에서 나가야 한다고 생각하세요?"

소네 씨는 대답이 없었지만, 뭔가 혼란스러운 표정이다.

"그렇다면 오오누마 씨의 연락처만이라도 알려주십시오. 잘 모르신다면 짐작 가는 데만이라도 상관없습니다. 오오누마 씨의 연락처를 알고 있을 만한 사람은 없나요?"

"소용없어."

소네 씨가 겨우 입을 열었다.

"오오누마 씨 댁 사모님에게 물어봐도, 이상한 일이 있었다는 이야기는 절대로 하지 않을 테니 말이야."

"숨긴다……는 겁니까?"

그런 게 아니야, 하고 소네 씨는 고개를 흔들었다. 완고하던 분위기가 조금 부드러워진 것 같은 느낌이 들었다.

"오오누마 씨 댁 사모님도, 오오누마 씨도 이상한 생각 따위는 하고 있지 않았어. 오오누마 일가 중 누구도 이 집이 이상하다고 여긴 자는 없었지."

"하지만 소네 씨의 생각은 달랐던 거로군요?"

소네 씨는 깊게 한숨을 쉬었다.

"오오누마 일가 중 이 집을 문제 삼은 사람은 아무도 없어. 주변 이웃들도 마찬가지야. 하지만 일전에 한 아이가 연못에 빠져 죽은 적이 있지."

우리들은 할 말을 잃었다. 이 장소와 토지에는 이상이 없다는 게 우리의 대전제였는데, 그것이 깨져 버린 것이다.

"이 집에 자주 드나들던 꼬마가 있었어. 주변에 살던 꼬마였는데, 오오누마 씨 댁 도련님과 몹시 친했지. 나이 차이는 좀 났지만 말야. 마치 형제처럼 사이가 좋았어. 오오누마 씨 댁 아들은 중고등학교 시절 야구 선수로 활동을 했는데, 그 꼬마도 마침 야구를 하고 있었어. 그래서 그 아이를 꽤나 귀여워했었지. 정원에서 곧잘 캐치볼을 하곤 했었어."

"그런데 그 아이가……?"

소네 씨는 고개를 끄덕였다.

"그런데 그 아이가 연못 위에 떠 있는 시체로 발견됐지. 실제로 무슨 일이 일어났었는지는 알 수 없지만, 이 집에 놀러 와 오오누마 씨 댁 아들을 기다리던 중 실수로 연못에 빠졌을 거라고 이야기가 정리되더군. 그렇게 운동신경이 뛰어났던 아이가 어째서 물에 빠졌는지 다들 의아해 했지만, 아무도 그 사고를 오오누마 씨 집안과 연관 짓지는 않았어. 불행한 사고였지. 하지만 사고란 늘 일어날 수 있는 법이니 그 이상 다른 이유를 찾아야 할 필요는 없는 거 아니겠나."

"하지만 소네 씨는 연관 지으셨죠."

소네 씨는 고개를 떨구며 다시 한 번 크게 한숨을 쉬었다.

"사실은, 그 전에도 사람이 죽은 적이 있었지."

소네 씨의 말을 듣고 우리는 모두 아연실색했다.

"오오누마 씨 집은 오빠와 여동생 남매 집안이었는데, 사실 그 아래에 여동생이 하나 더 있었어. 여기에 이사 오고 나서 얼마 지나지 않아 병으로 죽었지. 감기가 심하게 걸렸었다고 들었고, 오오누마 씨도 그렇게 생각하고 있었던 것 같아."

"하지만 실제로는 그렇지 않았다는 거군요?"

"아마도. 태어나자마자 큰 병을 앓아서, 원래부터 병약한 아이였다고 하더군. 그 병을 앓은 것은 이곳으로 이사 오기 훨씬 전의 일이야. 원래부터 병약한 아이가 감기에 걸려 죽은 건 그다지 기묘한 사건 사고도 아니었고, 그랬기 때문에 오오누마 씨는 막내딸의 죽음과 이 집에 연관성이 있다고 생각하지 않았던 게다. 지금도 마찬가지일 거야. 그 뒤에도 사람이 죽었지만 말이지."

소네 씨는 그렇게 말하고는 머리를 흔들었다.

"그 뒤?"

"오오누마 씨는 30년 전 쯤 전에 이사를 왔고, 25년 정도를 이 집에서 살았어. 이사 온 뒤 곧 막내딸이 죽었지만 나머지 두 명은 훌륭하게 자라 여기에서 대학도 가고 결혼까지 했지. 아들은 도쿄에 취직한 뒤 그곳에서 살림을 차렸어. 오오누마 씨의 몸이 안 좋아지고 나서 간호를 하기 위해 며느리가 이곳으로 돌아 왔지만, 아들은 아이들을 데리고 주말에만 들러야 했지. 여기에서 도쿄까지 통근할 수는 없는 노릇이니 말이야. 더군다나 손녀도 학교에 다녀야만 했고. 그래서 아들과 손녀는 도쿄에 살면서 주말에만 돌아왔던 거야. 하지만 그 아이는 오오누마 씨 댁 사모님이 이 집을 팔아 버린 뒤 얼마 지나지 않아 죽었다고 하더군. 교통사고였다고 들었지."

나르는 눈썹을 찌푸리며 소네 씨를 막았다.

"잠깐만요. 그 아이는 여기서 살지 않았다면서요? 더욱이 오오누마 부인이 이곳의 집을 판 뒤, 여기가 아닌 다른 장소에서 교통사고로 죽었다는 겁니까? 그런데 그 죽음도 이 집과 관련이 있냐는 말씀이신가요?"

소네 씨가 고개를 끄덕였다.

"아마도. 당시 죽은 아이들이 모두 여덟 살이었으니까."

여덟 살? 갑자기 머리를 망치로 세게 얻어맞은 느낌이었다. 지금 아야미 역시……, 여덟 살이다.

소네 씨가 머리를 갸웃했다.

"아니, 오오누마 씨의 막내딸은 아홉 살이었을 거야. 하지만 어찌되었건 여덟 살 전후라는 거지. 물에 빠져 죽은 아이도 여덟 살, 오오누마 씨 손녀도 여덟 살. 나는 오오누마 씨의 아들에게 손녀는 여기 데려오지 않는 편이 좋지 않겠냐는 이야기를 넌지시 했지. 왜 그러냐고 물어보길래 있는 그대로 대답할 수도 없고 그래서……, 그냥 할아버지가 아픈 모습을 손녀가 보는 건 아이로서 힘들지 않겠냐는 이야기를 했지. 하지만 내 이야기는 통하지 않았고, 결국은 안 좋은 결말이 되고 말았어. 그렇다고 그 상황에서 그럴 줄 알았다고 말할 수도 없잖아?"

소네 씨는 그렇게 말하고는 말문을 닫았다. 우리들은 잠시 동안 아무 말도 할 수 없었다.

"이 집은, 여덟 살 전후의 아이에겐 위험해……."

내가 중얼거리자 소네 씨가 고개를 끄덕인다.

"이 집은 아이들을 잡아먹는 집이야. 그렇지만 어린아이라고 다 무슨 일이 나는 건 아냐. 여덟 살 전후의 아이들만. 그 연령대의 아이들이 이 집에 들어오면 무슨 사단이 난다고. 하지만 여덟 살 전후가 아닌 아이라면 무사하게 넘어갈 수 있어. 정말로 아무 일도 일어나지 않지."

소네 씨가 깊은 한숨을 쉬었다.

"오오누마 씨가 이곳으로 이사를 왔다는 소문을 들었을 때, 큰일이 났다는 생각이 들더군. 그 집 막내딸이 딱 그 정도 나이라는 이야기를 들었기 때문이야. 내가 이 집을 관리하고 있었다면 어떻게든 더 신경을 쓸 수 있었을지도 모르지만, 당시 난 이 집에서 일하고 있지 않았어. 내 예상대로 막내딸은 이사온 뒤 곧바로 죽고 말았어. 만일 이 집 아이들에게 비슷한 일이 계속해서 일어났다면, 적어도 터가 안 좋은 집이라는 소문 정도는 돌았겠지. 하지만 그 후에는 아무런 문제도 없었어. 나머지 두 사람은 위험한 단계를 이미 지나 있었으니까."

"하지만 실제로 세 명이잖아요? 그만큼의 사망자가 나왔는데, 주위에 소문이 나지는 않았습니까?"

나르가 물었다.

"소문이 날 이유가 뭐 있겠나? 이사 오자마자 갑자기 막내딸이 죽었지만 그 아이는 원체 병약해서 학교에도 다니지 않았었어. 그런 병약한 아이가 감기에 걸려서 죽은 게 소문이 날 만한 일인가? 근처에 살던 이웃집 꼬마가 죽은 건 그로부터 2년 정도 후의 일이었지. 연거푸 일어난 일도 아니고, 같은 가족이었던 것도 아니야. 더군다나 그 후에는 아무런 일도 일어나지 않았어. 아이들은 무사히 자라 성인이 되어 독립했지. 게다가 손녀딸은 이 집이 아닌 다른 곳에서 죽었다고."

소네 씨는 고개를 절레절레 흔들며 말을 이었다.

"옛날만 해도, 아이가 죽어나가는 집이라고 꽤 악명이 높았어. 하지만 시간이 지나면서 소문은 사라졌지. 노인들이 죽고, 누군가가 이사를 오고 이사를 가면서 말이야. 그래도 막내딸이 죽었을 때는 동네 노인들 사이에서 약간이나마 소문이 돌았어. 그때만 해도 옛날 일을 기억하고 있는 사람들이 꽤 있었고, 오오누마 씨가 이사 오기 바로 전에도 아이가 한 명 죽었으니까. 그 아이는 일곱 살이었던가? 오오누마 씨가 오기 전에 살던 집 아이였어. 이름이 아마 노기였을 거야."

"노기 씨는 아이가 죽고 난 뒤 이사를 갔습니까?"

"결과적으로는 그렇게 되었지. 그 애도 교통사고로 죽었다고 하더군. 아이의 죽음을 계기로 부부 사이가 나빠져서, 눈 깜짝 할 사이에 이혼하고 이사를 가버렸어. 노기 씨는 이 집을 샀던 게 아니라 임대하고 있었을 뿐이니까."

"그럼 당시 집 주인은?"

"주인까지는 몰라. 노기 씨가 이사 오기 전까지는 잠시 소문이 잦아들었었지. 노기 씨 전에 살던 사람한테도 아이가 몇 명 있었을 거야. 하지만 그 아이들은 모두 무사하게 성장해서 결혼하고 독립했어. 그도 그럴 것이, 그때 집 주인이 여덟 살 전후 아이가 있는 가족에게는 절대로 집을 팔지 않기로 정했기 때문이야. 정확한 건 모르지만, 그 무렵에 이사 왔던 집 아이들은 모두 여덟 살 이상이었을 거야. 그러니 아무 문제도 없었고, 주변 사람들도 모두 잊어버린 거지. 그러던 것이, 노기 씨의 아이가 죽고 나서 소문이 다시 돌기 시작했어. 노기 씨의 일도 있고 해서 오오누마 씨 댁이 이사 올 때 불안해했던 사람들도 있었지만, 그 댁 막내 아가씨가 죽고 나서는 정말로 아무런 일도 일어나지 않았어. 그러니 무사하게 잘 지내고 있는 사람들에게 괜히 나쁜 소문을 들려줄 필요는 없잖아? 유령이 나온다든가 하는 단순한 이야기라면 또 몰라, 이건 농담 반 진담 반으로 꺼낼만한 이야기가 아니지. 그래서 오오누마 씨는 여전히 아무것도 모르고 있는 거고."

사실은 희생자가 나왔는데도, 그걸 알아차리지 못했던 거구나. 오오누마 씨에게는 아홉 살 난 아이가 있었지만, 나쁜 소문을 전해 듣기도 전에 아이는 죽어버렸다. 연못에 빠졌다는 이웃집 소년은 오오누마 씨 가족이 아니다. 그러니 소문을 몰랐다면 이 집에 문제가 있을 거라는 생각은 할 수가 없었을 거야. 그 후 오오누마 씨 손녀가 죽었지만 여기가 아닌 멀리 떨어진 곳이었으니.

"잠깐, 그렇다면 이 집에 있든 없든 관계없이, 죽는다는……?"

나는 말도 안 되는 일이라고 생각했지만 소네 씨는 무겁게 고개를 끄덕였다.

"표적이 되면 어디에 있건 관계없어. 이 집을 떠나도 결과는 변하지 않지. 여덟 살 전후의 아이는 집에 발을 들여놓으면 안 돼."

"그럴 수가!"

"난 말이야, 아가씨, 혹시 내가 알고 있는 것보다 희생이 더 낳았던 것은 아닌가 생각하고 있어. 친척이든 지인이든 이 집에 드나는 여덟 살 전후의 아이가 있었을 테니까. 한 발자국이라도 발을 들이면 그걸로 끝나버리는 정도는 아니너라도, 여하튼 여기에 머물거나 자주 들러서는 안 되는 거야. 이 집은 바로 눈치를 채버린다고. 실제로, 언제쯤이었는지는 모르겠지만, 여름방학에 이 집에 놀러왔던 친척 아이가 자기 집으로 돌아간 뒤 죽었다는 이야기를 들은 적이 있어. 그런 일은 아마 다른 곳에서도 있었을 거야. 다만 내 귀까지 들어오지 않았을 뿐이고."

"하지만……, 그러면 아야미는……."

"그 아이도 이미 감시당하고 있어. 안 됐지만."

그럴 수가!

"아이를 잡아먹는 집. 내가 어릴 적에는 그렇게 불렀어. 주위에서도 유명했지. 끊임없이 사람이 죽어나갔으니까. 내가 처음 이 소문을 들은 건 타치바나 씨가 이 집에 살 때였지. 이 집에 나와 동급생이던 히로시라는 아이가 있었는데, 그 아이도 죽었어. 당시 나와 히로시는 일곱 살이었지. 히로시가 죽었을 때, 그 위의 형제도 비슷한 나이 때 죽었다는 이야기를 들었어. 위로 둘이 있었다지 아마. 둘 다 여덟 살 때 죽었다고 하더군."

"두 사람이 죽은 뒤에 태어난 것이 히로시였습니까?"

"맞아. 그래서 나는 히로시가 외동아들인 줄 알고 있었지. 히로시가 죽고 난 뒤에, 사실 히로시의 형도 비슷한 나이 때 죽었다는 이야기를 들었어. 하지만 그 당시에는 이 집이 이상하다는 소문은 돌지 않았지. 다만 타치바나 씨가 저주를 받았다는 소문을 들었던 기억이 나는군. 하지만 그 이후에도 사망자가 나왔지. 히로시가 죽은 이후로는 이 집에 갈 일이 없어서 자세한 이야기는 모르지만, 한두 사람이 아니었을 거야. 집에서 일하던 고용인의 아이까지 포함해서 몇 명이 죽어나가서, 아마도 그 무렵부터였을 게야. '여덟 살 전후의 아이가 이 집에 들어오면 안 된다.'는 소문이 난 게."

"그렇게 많이 죽었나요……?"

"정확한 숫자는 나도 몰라. 어쨌든 워낙에 유명했기 때문에 사람들이 애들을 이 집 근처에 얼씬도 못 하게 했지. 집 주인도 나름대로 신경을 썼어. 아이가 있는 가족에게는 집을 빌려 주지 않았고, 피해자는 점점 줄어들었어. 그러는 동안 과거를 기억하고 있는 주변 사람들은 죽고, 이웃들도 그 사실을 잊어버린 거겠지. 최근 몇십 년 동안 이 집이 이상하다는 이야기를 단 한 번도 들은 적이 없었어."

하지만 이 집에 깃든 '그것' 은 계속 살아 있었다. 약해지거나 잠드는 일 없이, 단지 기다리고 있었던 것이다. 여덟 살 전후의 아이가 오기만을.

나르가 입을 열었다.

"타치바나 씨 일가가 가장 처음 이 집에 살았던 가족인가요?"

소네 씨는 고개를 저었다.

"몰라. 혹시 그 전에 있었다고 해도 그때는 희생자가 없지 않았을까? 그때는 나도 아직 어렸고, 정확히 알고 있는 것도 아니니까 확실하게 대답 할 수는 없지만 말이야. 어쨌든 내가 아는 한은 타치바나 씨가 처음이야."

"혹시 그 밖에 더 해주실 말씀은 없습니까?"

소네 씨는 아무 말도 하지 않고 고개를 저었다.

"부탁이 있습니다."

나르가 말하자 소네 씨가 뭐지? 하고 대답했다. 무뚝뚝하지만 따뜻한 말투였다.

"지금까지 여기서 누가 살았는지를 역추적하고 싶습니다. 좀 더 자세한 상황이 필요합니다. 도와주십시오."

"저 아이를 구하기 위해선가?"

"물론, 그렇습니다."

소네 씨가 진지하게 고개를 끄덕였다.

∽ 3 ∽

나르와 소네 씨는 이야기를 마친 뒤 집을 나섰다. 아야코도 어느샌가 바깥으로 나가 버리고, 아야코와 교대하듯이 오노우에 씨가 왔다. 스님이 연회장에서 오노우에 씨와 노리코 씨를 상대했고, 그 옆의 거실에서는 아야미가 존과 함께 놀고 있었다.

스님은 두 사람에게 소네 씨의 이야기를 간추려서 전해 주었다. 이 집에 들어온 여덟 살 전후의 아이는 위험에 빠지며, 일단 집의 표적이 되어 버린 이상 집 밖으로 나가도 그 위협은 여전하다는 것을. 스님의 이야기를 듣던 노리코 씨와 오노우에 씨의 표정이 서서히 굳어져 갔다.

"어떻게 하면 좋을까요?"

말을 꺼낸 것은 노리코 씨였다.

"이 집을 떠나고 싶으시다면, 저희로서도 막을 도리는 없습니다. 다만 지금까지의 예로 미루어 보건대 도쿄로 도망가는 정도로는 이 위험에서 벗어날 수 없다고 생각합니다."

오노우에 씨는 여전히 반신반의하며, 차라리 아야미를 아빠인 히토시 씨에게 보내는 것은 어떻겠냐는 이야기를 꺼냈다. 외국까지는 쫓아오지 못할 지도 모르지만 그조차도 확실하지 않다. 어디까지가 위험하고, 어디부터가 안전한 지 아무도 모를 일이다.

"아야미를 가능한 먼 곳으로 보낸다면 안전성은 높아질지도 모릅니다. 실제로 해보지 않아서 단언할 수 없지만요."

그렇지요, 라며 오노우에 씨는 입을 다물었다.

그러자 노리코 씨가 말을 이었다.

"도망갈 수 없다면 다른 방법은 있을까요?"

"문제의 근원을 찾아내서 해소하는 것뿐이겠죠. 하지만 이 시점에서는 그 근원의 정체조차 확실치 않아요. 그걸 밝힐 수 있는 건지, 밝힐 수 있다면 그게 언제일지도 명확하게 약속드릴 수가 없어요."

"그럴 수가……."

"저희에게 맡겨 두시면 문제없다고, 립 서비스라도 하고 싶은 마음은 굴뚝 같지만 말입니다."

노리코 씨와 오노우에 씨는 입을 다물고 말았다.

"우리는 이 문제를 해결해 달라는 의뢰를 받았음에도 아무런 행동도 취할 수 없는 상태죠. 카나 씨가 말한 그대로입니다. 기묘한 사건이 일어나지 않도록 조치를 취하기 위해 왔는데, 오히려 사태는 더 악화되고 있어요. 해고 당한다 해도 변명의 여지가 없습니다. 차라리 우리 모두를 해고한 뒤 가능한 먼 곳으로 도망가는 것도 하나의 선택일 수 있습니다. 하지만 실례를 무릅쓰고 한 번만 부탁드리고 싶습니다. 저희에게 조금만 더 시간을 주셨으면 합니다. 최소한 나르가 돌아올 때까지는 말이죠."

노리코 씨는 고개를 끄덕였다. 좋든 싫든 그렇게밖에 할 수 없는 상황이었다. 만약의 사태를 대비해, 오늘 밤에 오노우에 씨는 이곳에서 묵게 되었다.

"괜찮으려나?"

그럼, 이라고 스님이 중얼거리며 주위를 둘러본다.

"그런데 우리의 실력파 무녀님은 어디로 사라진 거지?"

"몰라. 정신 차려 보니까 없더라고. 어젯밤도 불침번이라 잠도 자지 않았을 텐데."

"시내에 있는 호텔 같은 데로 자러 간 거 아냐?"

그럴지도. 그 녀석, 영능력자인 주제에 꽤나 겁쟁이니까.

문제의 실력파 무녀님은 해질 녘 집으로 돌아왔다. 상당히 피곤해 보이는 모습으로, 어디서 자고 온 것 같지는 않아 보였다.

"어디 갔다 왔어?"

"여기 근처."

"근처?"

"그냥 근처. 도움이 될 만한 것이 없을까 해서. 하지만 별 수확은 없었어. 근데 나르는?"

"아직 안 왔어."

"돌아올 때까지 좀 잘게. 나르가 돌아오면 깨워 줘."

뭐지?

뭐, 어쨌든 도망갈 만큼 무책임한 사람은 아니라는 거겠지. 아야코는 아야코 나름대로 최선을 다하고 있다는 건가?

밤 여덟 시가 지나서야 나르가 돌아왔다.

"타치바나 유키야."

나르는 집으로 돌아오자마자 말했다.

"그 아이가 최초의 희생자야?"

아야코의 물음에 나르가 고개를 끄덕였다.

"이 집은 1915년 경에 타치바나 가문이 세웠어. 당시에는 어린 딸이 한 명 있었어. 그게 바로 유키야. 유키는 여덟 살에 죽었는데 그 원인은 알 수 없었어. 사망 후 이 년 뒤, 즉 이사 온 그 다음 해에 태어난 장남도 여덟 살에 죽었어. 병 때문에 죽었다고 하지만 자세한 이유는 알 수 없었어. 그리고 장남이 죽은 해, 차남이 태어났어. 그 차남이 소네 씨의 동급생이었던 히로시야."

나르는 메모를 펼쳤다.

"히로시는 일곱 살 때 사망했고, 그 해 타치바나 일가는 이케다 일가에게 집을 넘겨 주었지. 이케다 일가가 이사 올 당시 그 집에는 모두 네 명의 아이들이 있었어. 장남이 열세 살, 차남이 여덟 살, 장녀와 삼남이 여섯 살이었지. 이케다 일가가 이 집으로 이사 온 이듬해 차남이 아홉 살을 눈앞에 두고 사망했어. 그 직후 장녀도 일곱 살에 죽었지. 그로부터 삼 년 뒤 이케다 일가는 이 집을 떠났어. 삼남이 곧 여덟 살이 될 예정이었기 때문이지. 그 집을 세 준 뒤 나고야로 이사를 갔지만, 삼남은 나고야에서 죽었대."

"나고야 정도의 거리로는 안 된다 이거군."

스님이 괴로운 표정으로 중얼거렸다.

"그렇겠지. 거리는 별 문제가 안 되는 것 같아. 아마 이케다 일가가 이사를 갈 때 삼남에게 붙어 간 거겠지. 이케다 일가가 집을 임대한 뒤 곧바로 니시스자키라는 젊은 부부가 이 집에 들어왔지만, 첫 아이가 태어나자마자 이사를 갔어. 소네 씨가 말했던 것처럼 아이가 생기면 이 집을 나가야 된다는 조건이 있었던 것 같아. 그 뒤 일 년 정도는 빈 집이었고, 그 다음에 타니구치 일가가 이 집에 세를 들었어. 당시 타니구치 일가에는 세 살 난 쌍둥이 자매와 두 살 먹은 장남이 있었지. 쌍둥이 자매가 여덟 살이 되기 전에 이사한다는 조건으로 이 집을 빌렸던 것 같지만, 먼 곳에서 이사 온 타니구치 일가는 이 집에 관련된 소문을 전혀 믿지 않았고, 조건을 무시한 채 계속 눌러 산 거야. 결국 아이 세 명은 연속해서 사망했어. 게다가 당시 이 집에서 일하던 고용인의 아이도 이미 두 명이나 죽은 상태였어."

"끔찍……해."

타니구치 일가는 진저리를 치며 이사를 갔고, 이후 이 집은 한동안 빈 집 상태였다고 한다.

"이 년 정도 후, 무라카미 일가가 이 집을 사 들였어. 무라카미 일가에는 다섯 명의 아이가 있었지만, 이사 올 당시 막내딸이 이미 열두, 세 살이었어. 입주해서 사는 고용인도 없었을 뿐더러, 아이들도 성인이 되자마자 집을 나가서 독립했기 때문에 이십 년 넘도록 아무런 문제도 발생하지 않았지. 집 밖에서 피해가 생겼는지 어쨌는지는 알 수 없지만."

그렇다. 무라카미 일가에게는 문제가 없었지만, 이 집에 놀러 왔던 친척이 있거나, 손주들이 놀러 왔었을 가능성을 배제할 수 없다. 어쩌면 여기가 아닌 다른 곳에서 피해를 입었을 수도 있다.

"마지막으로 이 집에는 무라카미 씨 부부 두 명만 남게 되었지. 마침내 무라카미 씨 본인이 죽고, 미망인이 된 부인이 병원에 입원한 뒤 이 집을 세 놓았지. 그때 이 집에 이사 온 것이 노기 일가. 노기 일가의 딸은 일곱 살 때 이곳에서 사망했지. 그 다음에 집을 사 들인 것이 오오누마 일가였어."

무라카미 일가가 오랫동안 무사했기 때문에 노기 일가가 들어올 시기에 이미 소문은 완전히 잊혀졌겠지. 적어도 노기 씨는 아무것도 모른 채로 이사 와서 아무것도 모른 채 나갔을 것이다. 그리고 역시 아무것도 모르는 오오누마 일가가 이사를 왔다. 이사 와서 바로 아홉 살의 딸이 죽었지만, 아무도 그 의미를 몰랐다.

"어쨌든, 오오누마 일가는 이 사실을 알지 못한 채 근 이십 년을 무사태평하게 이 집에서 보냈어. 이후 집은 토와다 부부에게 팔렸고, 삼 년 만에 모리시타 씨에게 양도되었지."

스님이 깊은 한숨을 쉬었다.

"여덟 살 전후 한정이라는 게 몹시 질 나쁘구만. 애가 없는 이상 아무 문제가 없으니까 소문이 정착되질 않았던 거야. 최소한 이상한 소리가 들린다던가 하는 문제라도 있었으면 이미 집이 헐리고도 남았을 텐데 말야."

그렇겠지.

"하지만 이런 식으로 역추적 해보니 사실이 더욱더 분명해졌군. 피해는 타치바나 일가부터 시작된 거야. 이 집이 세워진 후 가장 처음으로 죽은 게 타치바나 유키지? 걔가 미니인가?"

"그럴 가능성이 높겠지. 다만 오오누마 일가의 손녀에 대한 묘한 이야기를 들었어."

"묘한 이야기?"

"소네 씨가 기억하고 있는 대로야. 그 손녀는 할아버지의 병문안을 위해 아빠와 함께 주말마다 이 집을 방문하고 있었어. 하지만 가족들은 모두 할아버지의 간호로 바빴지. 그래서 혼자서 노는 일이 잦았던 것 같아. 특히 혼잣말을 자주 하고 있었다고 해."

"혼잣말이라……."

"마치 보이지 않는 누군가와 이야기하고 있는 것처럼, 아무것도 없는 허공을 향해 혼잣말을 하는 경우가 많았다고 하더군. 사정이 사정인지라, 아마도 쓸쓸해 하는구나라고 생각해 가여워했다는 이야기를 근처의 부인이 해주더군."

미니다!

과연, 하고 스님도 중얼거린다.

"쭉 같은 수법으로 일을 저질러왔다는 거군. 어쨌든, 그러면 타치바나 유키가 희생자를 필요로 하는 이유는 뭐지? 타치바나 유키가 왜 죽었는지는 모르는 건가?"

나르가 고개를 끄덕였다.

"정원에서 죽어 있는 것을 발견했다고 하지만 자세한 사정을 알고 있는 사람을 찾아내지 못했어."

"정원이라……. 뭔가 있었던 거로군. 미움과 괴로움을 남길 만한 무언가가."

"그럴지도 몰라. 집안 사정이 복잡한 것 같았으니까."

"복잡?"

"근처 절의 옛날 장부를 뒤졌어. 이 집에 왔을 때 유키는 두 살이었고, 그 이듬해 이복 남동생이 태어났어. 유키의 생모는 유키가 태어난 직후 바로 사망했더군. 타치바나 씨는 후처를 들여서 여기로 함께 이사 온 거야. 하지만 후처도 유키가 죽은 뒤 사망했어. 타치바나 씨는 그 후 세 번째 아내를 맞았는데, 그 사람이 바로 차남이었던 히로시의 생모야."

"그럼 실질적으로 아이 세 명에 어른 한 명이 죽은 거야?"

"그렇게 되지."

"으악……, 장난 아니잖아."

아야코도 고개를 갸우뚱했다.

"그럼 후처는 유키의 계모였다는 소리네? 그리고 배다른 동생이 태어났다라……. 후처의 입장에서 보면 유키는 필요 없는 아이겠지? 당시 시대상을 감안했을 때 집안을 잇는 것은 대체로 남자였지만, 그래도 위에 배다른 누나가 있다면 역시 방해가 되는 거 아닌가? 더구나 유키가 왜 죽었는지는 알 수가 없다니…….”

으엑, 하고 나는 소리를 질렀다.

“계모가 유키에게 무슨 짓을 했다……는 거야? 설마…….”

“뭐, 내가 오버하는 건지도 모르겠지만, 어쨌든 집을 노리고 있는 '나쁜 마녀' 일 수 있어.”

“아!”

“유키, 즉 미니는 자신의 경험을 아야미에게 그런 식으로 불어넣었던 걸지도 몰라. 어쨌든 결과적으로 후처와 후처의 아이는 죽었고, 이들은 유키에게 있어서 나쁜 마녀와 마녀의 아이였지. 이건 유키의 복수였던 걸지도 몰라.”

“하지만 만약 그렇다면 장남이 죽은 시점에서 유키의 복수는 끝났어야 하잖아.”

“그것으로 기분이 풀리지 않았겠지. 이승에 남아서 복수를 거듭하던 사이에, 자기가 뭐에 대한 복수를 하고 있는 것조차 모르게 되어버렸을 수도.”

“앞서 가지 마!”

딱 잘라 이야기하는 나르의 말에 아야코는 목을 움츠렸다.

“정확하지 않은 것을 상상해 봤자 소용이 없어.”

“하지만…….”

"우선 피해가 유키의 복수로 인한 것이라면 그 대상이 여덟 살 전후의 아이로 한정되어 있는 이유를 알 수가 없지."

"그건…… 그렇지만."

"굳이 어느 쪽이냐고 한다면, 흔한 이야기이긴 하지만 혹시 동료를 구하고 있는 거 아니야?"라고 말하며 스님은 고개를 갸우뚱했다. "바로 친구가 필요한 거겠지. 그것도 같은 나이의 친구가."

"동료를 구하는데 굳이 나이에 제한을 둘 필요가 있을까?"

내가 말하자, 스님이 대답했다.

"아무래도 친구는 나이대가 비슷해야 친해지기 쉽잖아."

과연 그런 문제일까?

"처음부터 목적은 꼬맹이였던 거야. 꼬마를 독차지해서 가족으로부터 고립시킨 뒤, 희생자로 만들어 동료로 삼을 생각이었던 거 아니겠어?"

에? 라고 아야코가 의아하다는 듯 목소리를 올렸다.

"그럼 처음부터 아야미를 죽이면 되는 거 아니야?"

"죽는다고 해서 반드시 동료가 될 거라고는 할 수 없잖아. 모든 죽은 자가 유령이 돼 이승에 남는 건 아니니까."

"그건 그렇지만."

"이승에 남을 만큼의 강한 사념이 필요하잖아. 정말로 두렵고, 정말로 괴로운……, 어떤 격한 감정 같은 것이."

"격한 감정이라……."

아야코는 여전히 미심쩍어 했고, 나 역시 마찬가지였다.

"뭔가, 이상해."

"뭐가?"

"만약에 아야미가 미니에게 쫓겨서, 그래서 괴로운 일을 당해서……, 그러니까 만약 죽었다고 한다면 말이야. 그렇다면 아야미는 미니를 미워하지 않을까? 그 미움이 남아 있다면 미니의 동료가 될 게 아니라, 오히려 적이 되어야 하는 거 아닌가?"

"아……, 얘기가 그렇게 되나?"

스님도 석연치 않은 듯 머리를 절레절레 흔들었다.

"하지만 그런 행동을 하는 사례는 여태 본 적이 없는 걸."

입을 다문 채 귀 기울이고 있던 존이 고개를 갸웃거렸다.

"친구가 된다……라는 것은, 동화된다는 거 아임니꺼?"

"동화?"

"네, 한 몸이 된다는 검니더. 자신과 같은 입장의 사람이나, 같은 생각을 하고 있는 사람을 원한다는 느낌이 듭니더. 예를 들면 자살한 영이 있다고 하면 자살을 생각하는 사람을 부른다거나……."

"아아, 외로워서 동료가 필요하니까 자기처럼 자살할 것 같은 사람을 부른다 이거지?"

"네, 좀 더 악랄하다면 자살을 하도록 몰고 갈 수도 있을 검니더."

으음. 알 것도 같고 모를 것도 같네.

도움을 청하며 나르를 보자, 나르는 한숨을 쉬었다.

"그렇게 간단하게 영을 이해할 수 있으면 이런 고생할 필요도 없지."

그야 그러시겠죠.

"하지만 영으로서 이승에 존재하기 위해서는 강한 사념이 필요해. 영이란 것 자체가 기본적으로 이승에 잔존하는 강한 의지, 즉 사념이라고 볼 수 있으니까. 이 집의 경우 그 사념이란, 동료가 필요하다는 미니의 욕구이겠지. 왜 같은 또래 아이들로 한정되어 있는지는 알 수 없지만, 어쨌든 그 사념은 동료가 갖고 싶다는 욕구만 남은 존재라고 봐야 할 거야."

나르는 그렇게 말하고 방구석에 깃든 어둠을 주시했다.

"그런 욕구를 가진 존재이기 때문에 동료를 구하는 거야. 동료가 늘어나고, 늘어난 동료는 곧 근본의 존재와 동화되는 거지. 적어도 이 집의 경우는 그래. 아이들은 집단으로 하나의 커다란 영을 형성하고 있어. 서로가 서로를 끌어당겨 에너지를 보충하는 관계인 거야. 그래서 개별적으로는 전혀 강한 존재가 아님에도, 재령하면 흩어지기만 하고 없어지지는 않고, 서로를 강하게 끌어당겨 원래의 일체화 상태로 돌아오는 거지."

"아아, 그렇구나."

"난, 동화하기 위해서는 그 대상이 균질해야 할 필요가 있어. 적어도 서로 비슷하기는 해야 한다는 거야. 예를 들면, 외로운 아이의 영이 동료를 필요로 하는 경우에는 마찬가지로 동료를 원하는 아이가 죽든지, 또는 외로움을 느끼는 아이가 죽어야 한다는 거야. 전자의 경우는 '동료가 필요하다' 는 욕구가 일치하고, 후자의 경우 '외롭다' 는 심리가 일치하지. 이런 식으로 최소한 한 가지의 조건이 일치해야 비로소 동화가 가능해 지는 거야."

"하지만 미니는 이미 많은 동료를 가지고 있지 않아? 이 정도면 이미 만족했어야 하잖아."

"과연 그럴까? 예를 들어 동료가 필요한 영이 같은 목적을 지닌 또 다른 영을 만나서 동화되었다고 생각해 봐. 동화해 버리면 이미 타인이 아니라 하나의 존재가 되지. 하지만 동료라는 건 연대할 수 있는 '타인' 을 두고 이르는 말이야. 동화해 버리면 이미 타인이 아니야."

"아, 그런가?"

"동료, 즉 그 새로운 영이 원하는 것은 동료야. 똑같은 욕망을 가지고 있는 동료. 양쪽의 사념이 동화해 버리면 욕망은 한층 강화될 뿐이야. 외로운 아이의 경우도 마찬가지야. 동화해 봤자 그 외로움이 더욱 쌓여만 갈 뿐, 채워지지는 않는 거지. 결국 같은 사념이 쌓일 뿐, 줄어들지는 않아. 그래서 끊임없이 새 동료를 찾게 되는 거야."

그렇구나. 원한다는 마음만 점점 더 강해지는구나.

"그래서 아야미를 고립시키려고 하는 거로군. 외롭다는 심리를 불러일으키고, 가능하다면 동료가 필요하다는 욕구 또한 일치시키기 위해……."

"그렇겠지. 일단 아야미의 경우 친화력이라는 부분에서 애초부터 그들의 심리와 닮은 구석이 있어. 이사를 온 뒤 친구들과 사이가 멀어지고, 여기서도 새로운 친구를 사귈 수 없어서 외로워했지. 어떤 의미에서는 이 친화력이 키포인트가 될 거야. 오오누마 씨의 손녀딸도 혼자 노는 일이 잦았다고 했었지. 어른들은 병든 오오누마 씨를 간호하느라 손녀딸을 충분히 돌봐주지 못했어. 오오누마 씨의 막내딸도 그랬지. 병약한 탓에 형제나 친구들과 항상 거리감을 느껴야 했지. 이 고립감을 계기로 희생자에게 달라붙는 거야."

끌어들인다는 거구나. 아이라면 누구나 문득 고립되었다는 느낌을 받을 때가 있다. 아무리 인간 관계가 원만하고 좋은 아이라도 말이다. 그걸 기회 삼아 그들은 목표물을 정하고, 일단 한 번 목표로 정한 이상 목적을 완수할 때까지 포기하지 않는 거야.

"그러면 앞으로 어떻게 하면 되는 거야?"

내 말이 그 말이야, 하며 스님과 아야코가 진절머리 난다는 표정으로 목소리를 높였다.

"여럿이 모여서 마치 하나의 영과 같이 존재하고 있다고 하더라도, 역시 핵이 되는 것이 있겠지. 아마 최초의 사망자로, 모든 문제의 발단이 된 타치바나 유키가 바로 그 핵이 아닐까? 즉 유키를 제령하는 수밖에 없다는 거지."

그렇겠지, 라고 나르가 중얼거렸다.

"이제는 스님이 나설 차례군."

"예이!"

나르는 스님에게 메모를 내밀었다.

"이름 아래가 생년월일과 사망일. 그 아래가 계명(불자에게 주어지는 이름, 법명-옮긴이 주)이야. 종파는 정토종."

"오케이."

～4～

스님은 아야미 방에서 제령 의식을 시작했다. 존과 아야코는 노리코 씨 방에서 아야미 곁을 지켰다. 나와 나르, 린 씨는 여느 때와 마찬가지로 베이스에서 대기하기로 했다. 우리는 메인 모니터와 스피커를 통해 스님이 제령하는 모습을 지켜보았다.

이번에야 말로 반발이 일어날지 몰라

"나우마쿠산만다, 보다난, 비슈다겐도, 도한바야소와카. 나우마쿠산만다, 보다난, 마카무다리야, 비소나캬테이소와카. 나우마쿠산만다, 보다난, 다루마타타바쿠, 카캬테이소와카."

스님의 기도는 분명 불교식일 텐데, 아야코나 존의 기도보다 훨씬 어렵고 무슨 소린지 도통 알아들을 수가 없다. 기묘한 기분이 들었다.

그런 생각을 하며 다른 모니터도 한 번 쓱 둘러보았다. 특히 노리코 씨의 방에 주목했다. 아야미는 침대에 누워 잠들어 있다. 노리코 씨는 그 곁에 앉아 골똘히 생각에 잠긴 것처럼 몸을 웅크리고 있었다. 그 옆에는 아야코가 앉아 있고, 머리맡을 존이 지켜 섰다. 오노우에 씨는 침대 옆으로 의자를 끌어당긴 뒤 지속적으로 주변을 둘러보았다. 가끔 존이나 아야코와 몇 마디 이야기를 주고받는 듯했다. 불안한 거겠지.

 시간이 얼마나 흘렀을까. 갑자기 린 씨가 목소리를 높였다.
 "온도가 내려가기 시작했습니다."
 나는 모니터 중 하나를 주시했다. 아야미가 있는 방의 서모그래피 영상이다. 딱히 큰 변화가 일어난 것 같진 않았다. 단지 화면의 가장자리에 표시된 수치가 조금씩 내려가고 있을 뿐이었다.
 "마이크는?"
 "타키가와 씨 목소리에 가려서 정확히 파악되지는 않습니다. 하지만 이상할 정도로 노이즈가 적군요."
 린 씨는 컴퓨터를 흘깃 바라본다.
 "현재로서는 대조해 볼 만한 소리가 없습니다. 하지만 실내 온도가 계속 떨어지고 있습니다. 1도, 아니 2도 정도 내려갔습니다. 특히 침대 주변이 그렇습니다. 여전히 노이즈는 없음."
 린 씨가 말을 마치자마자, 스피커 너머로 들려오는 스님의 진언에 '철썩' 하는 소리가 겹쳤다.
 "랩음이 포착되었습니다. '채찍' 소리입니다."
 컴퓨터 모니터에 빨간 대조 코드가 떴다. 뒤이어 계속적으로 나오는 코드들은…… '불명'.
 "반응하고 있군……."

나르는 가만히 모니터를 바라보았다. 서모그래피 영상이 변하기 시작했다. 알록달록한 얼룩무늬들이 꿈틀거리는 모습을 자세히 지켜보니 침대였다. 침대 주위가 검푸르게 물들기 시작했다.
"급격하게 내려가고 있습니다. 3도, 아니 4도 내려갑니다."
"소리는?"
"대부분 원인불명입니다. 다른 소리도 약간 섞여 있습니다만, 전형적인 랩음인 것 같습니다."
나르는 그렇군, 하고 중얼거리며 메인 모니터를 바라보았다. 나는 멍하니 그 모습을 지켜보다, 문득 선반 위의 모니터 중 이상한 영상이 있다는 것을 깨달았다.
"나르, 거실!"
나는 모니터를 가리켰다. 거실을 비추고 있는 영상이다. 거실 안에는 희뿌연 안개 같은 것이 흐르고 있었다. 나르가 몸을 벌떡 일으켰다.
"린, 거실의 기온은?"
린이 컴퓨터를 조작하다, 일순간 놀란 듯 눈을 크게 떴다.
"현재 섭씨 4도입니다."
"4도?"
나르가 놀란 목소리로 되물었다. 4도라면 한겨울 수준이다. 하지만 지금은 한여름······.
"온도가 더 떨어집니다. 2도, 1도. 0도입니다."
"왜 거실이지?"

"나도 몰라."

"저 연기 같은 건 뭐야?"

모니터로 지켜보는 동안에도 희뿌연 안개는 천천히 소용돌이를 치고 있었다. 그 빛깔이 점점 진하게 물들었다.

"아마 안개겠지. 급격히 기온이 내려갔으니……."

린 씨가 굳은 목소리로 보고를 이었다.

"영하 2도."

……말도 안 돼!

"린, 스피커."

린 씨가 거실과 이어진 스피커를 켰다. 거실에서는 아무런 소리도 나지 않았다. 완전한 무음이다. 묘하게 밋밋한 느낌이 드는 깜깜한 거실에, 희뿌연 안개가 희미하게 감돌고 있었다. 아무것도 없는 어둠 속 어디선가 안개가 스며 나오더니 천천히 방 안을 흘렀다. 허공에 머무르던 안개는 갑자기 투명한 덩어리가 되었고, 작은 원을 그리듯이 흔들거렸다. 그리고 덩어리가 다시 무너지고, 천천히 방안을 떠돌고, 다시 다른 곳에서 덩어리졌다. 여기저기에 생겨난 작은 안개덩어리는, 마치 아이들의 머리통이 무리지어 다니는 것처럼. 아니, 설마…….

"저거……, 애들 아니야?"

나는 조심스럽게 나르에게 물었다.

"그런 것 같다……. 많군, 열 명은 넘어 보이는데……."

"응……."

안개덩어리는 소용돌이치며 원을 그리고, 다시 사라지고를 몇 번씩 반복했다. 정확한 숫자를 파악할 수는 없었다. 다만 한 자리 숫자가 아니라는 것만은 알 수 있었다. 연기처럼 투명한 아이의 머리통이 어렴풋이 흔들렸다. 눈에 보이지 않는 아이들이 방 안을 가득 메우고 있는 것 같았다. 안개가 고이고, 투명한 윤곽을 따라 흐른다. 그 때문에 원래는 보일 리가 없는 모습을 보고 있다는 느낌이 들었다. 반투명한 아이들의 머리가 수도 없이 모여드는 광경은, 기분 나쁜 정도가 아니라 속이 메스꺼워질 정도였다.

그때였다. 갑자기 거실 문이 스르륵 열리더니, 문틈 사이로 작은 몸이 미끄러지듯 들어왔다.

"아야미……!"

난 자리를 박차고 일어났다. 아야미가 왜 여기에 있는 거지? 존이랑 아야코는?

반사적으로 노리코 씨 방에 연결된 모니터를 바라보았다. 아야미를 지키던 사람들이 잠든 것처럼 바닥에 축 늘어져 있었다.

아야미는 안개를 이리저리 둘러보며 방 한가운데로 걸어 나갔다. 잠든 상태에서 움직이는 건 아닌 듯했다. 아야미를 환영하듯, 안개의 움직임이 갑자기 활발해졌다. 그리고 거실 스피커에서 아야미의 목소리가 흘러나왔다.

"어떻게 된 거야?"

아야미는 안개에게 말을 걸었다.

"모두 왜 안자고 여기 있어? 이런 늦은 시간에 놀면 야단맞아."

아야미는 고개를 갸웃거리며 말을 이었다.

"이제……, 화 풀렸다고?"

난 몸을 휙 돌렸다.

"마이, 가지 마! 위험해!"

나는 나르의 말을 무시하고 뛰쳐나갔다. 등 뒤에서 나르가 무전기에 대고 고함을 지르는 소리가 들렸다.

"스님! 거실이야! 오면서 노리코 방에 있는 녀석들 상태도 좀 봐 줘!"

나는 거실문에 손을 뻗었다. 손끝이 문에 닿는 순간, 찌릿하며 정전기가 튀었다. 그때 내 등 뒤에서 긴 손이 뻗어 나왔다. 나르였다. 나르는 팔에 윗옷을 감고 문을 열었다.

"아야미!"

방 안은 안개로 가득 차 있었다. 체온을 빼앗기는 듯한 싸늘함은 곧 통증으로 바뀌었다. 온 몸이 얼어붙을 정도로 춥다. 그 추운 거실 안에 아야미가 홀로 서 있었다.

"마이?"

뒤를 돌아본 아야미의 주위에 안개 덩어리들이 모여 있었다. 내 바로 앞, 손을 뻗으면 바로 닿을 만한 곳에도 덩어리들이 떠다녔다. 그것들이 유유히 흔들거리며 나를 관찰하고 있는 것 같았다. 아야미와 우리 사이에 사람 그림자 같은 안개가 끼어 있었다. 안개는 마치 우리 쪽을 돌아보려고 천천히 자세를 바꾸고 있는 것 같았다. 순간 오싹해져서 도저히 방 안으로 발을 내딛을 수 없었다. 나는 큰 소리로 아야미를 불렀다.

"아야미, 고모가 있는 곳으로 돌아가자!"

"친구들이 놀자고 그러는데……."

"안 돼, 그 아이들하고는 놀면 안 돼!"

그래도, 하며 불안한 듯 말끝을 흐리는 아야미의 입에서 하얀 입김이 쏟아졌다. 그 입김이 안개가 되어 흐르고 소용돌이 치자, 방 안에서 흔들거리던 안개 덩어리들이 모습을 바꿨다.

"아야미!"

"하지만 아이들이 날 놓아주지 않아!"

아야미가 몸을 비틀었다. 재빨리 안으로 뛰어들려는 날 누군가 붙잡았다. 스님이었다. 스님은 날 뒤쪽으로 끌어내듯 보내고, 앞으로 나왔다.

스님은 손을 맞잡고 수인을 맺었다.

"꼬마 아가씨, 이쪽으로 와."

"갈 수 없어요! 마이, 나 무서워!"

"괜찮아. 침착하게 여기로 오면 돼."

뛰어들려는 나를 나르가 멈춰 세웠다. 붙잡지 마, 아야미가 위험하다구!

"못하겠어, 마이!"

스님이 수인을 맺은 손을 추켜올렸다.

"온, 키리키리, 바자라, 바지리, 호라, 만다만다, 운, 핫타."

그리고 다시 다른 수인을 맺었다.

"온, 사라사라, 바자라, 하라캬라, 운, 핫타."

아야미……!

"나우마크, 산만다, 바자라단, 칸!"

스님의 주문이 끝남과 동시에, 안개는 거센 바람에 베이듯 흩어져 버렸다. 그 틈을 타 아야미가 뛰쳐나와 나를 향해 달려왔다.

"마이!"

"아야미! 다행이야……."

나는 아야미를 꼭 끌어안았다. 작디 작은 몸이 얼음처럼 차갑다. 공포 때문인지 추위 때문인지, 온몸이 가늘게 떨리고 있었다.

"사라졌나?"

나르가 스님에게 물었다. 스님은 고개를 저었다.

"아니. 흩어졌을 뿐이다……."

5

"정신 나간 녀석! 이럴 거면 뭐 하러 꼬마 옆에 붙어 있었어?"

스님이 빽 소리를 질렀다. 존이 고개를 푹 숙였다.

"죄송함니더……, 면목 없심더."

스님이 노리코 씨 방에 가자 아야미를 지키고 있었던 사람들이 죽은 듯이 잠들어 있었던 것이다.

아야코가 입을 뾰족 내밀었다.

"글쎄, 갑자기 확 졸음이 몰려들더니 정신이 차려 보니까 누워 있었단 말야……. 그놈들 짓인 게 분명해. 게다가 예고도 없이 갑자기 이랬는걸. 우리도 어쩔 수 없잖아."

"그래, 누구를 탓하겠어. 그리고 저쪽은 우리가 상대하기엔 너무 많아."

내가 말하자 스님은 벌레라도 씹은 것처럼 얼굴을 찡그렸다. 아야코도 질세라 고개를 세차게 끄덕였다.

"그래. 결국 근원을 제령하려고 해도, 그 사이에 그 부하들이 자유롭게 돌아다니면 아무 의미가 없어. 수장과 그 부하를 한 번에 제령해야 해."

"그래, 말은 쉽다. 그렇게 간단하다면 고생할 일이 없지."

스님은 내뱉듯이 말하며 나르를 보았다.

"나르, 너는 다른 대책 생각해 놓은 거 있어?"

"우선 아야미를 이 집에서 내보내야 할 것 같군. 미니가 노리는 건 아야미야. 게다가 방금 봤듯이 손쉽게 아야미를 끌어낸 걸 보니, 아야미가 아직 미니의 영향권에서 벗어나지 못한 것 같다."

"거리는 결과에 영향을 미치지 않는다고 한 거 아니었나?"

"결과에 이르기까지 시간을 좀 더 벌 수 있다면 제령할 여지가 생기지. 그러니 사건의 진원지인 이 집에 있는 것보다는 낫지 않을까?"

그럴지도, 라고 스님은 못마땅하다는 듯 고개를 끄덕이더니 입을 굳게 다물었다. 나르가 이어서 말했다.

"부적이나 결계는 조금이나마 효과가 있는 것 같아. 여기서 더 멀어지면 더 큰 효과를 기대할 수 있을지도 모르지. 아야미를 호텔 같은 더 쉽게 보호할 수 있는 곳으로 데리고 가서 방을 봉인하는 거야. 아야미의 경호는 존에게 맡기도록 하지."

알겠심더, 하며 존은 순박하게 고개를 끄덕였다.

"마츠자키 씨도 존과 같이 가 주십시오. 마츠자키 씨의 실력을 본 적은 없습니다만, 퇴마법 정도는 할 수 있으시겠지요?"

뭐야 그 재수 없는 말투, 라는 듯 아야코가 눈꼬리를 세웠지만 바로 대답할 말이 없었는지, 마지못하다는 듯 수긍했다.

"모두 부적을 가지고 가십시오. 아까처럼 잠들어 버리면 곤란합니다."

스님은 주위를 둘러보았다.

"그렇다면, 진원지 제령은 내 몫이라는 건가?"

"적어도 방금 전의 제령은 미니와 그 동료들에게 영향을 미쳤다. 물론 그들 모두를 한 번에 제령하는 건 어렵겠지만, 어찌됐건 한 명이라도 줄일 필요가 있지. 그렇게 한 명씩 처리하면서 미니에게 더 가까이 다가갈 수 있을지 시도해 봐."

"만일 그렇게 해서 안 되면……?"

나르는 아무 말 없이 심각한 표정을 짓고 있었다.

다음 날 이른 아침, 노리코 씨와 오노우에 씨는 아야미를 집 밖으로 데리고 나왔다. 아야코가 부적을 만들어 모두에게 나눠 주었다. 종이 위에 붓으로 알 수 없는 한자를 쓴 부적이었다. 부적을 작게 접은 뒤, 손수건을 잘라 만든 주머니에 넣어서 각자의 목에 걸어 주었다. 그리고 모두에게 나눠 준 것과 같은 부적을 한 뭉텅이 챙겨들었다. 호텔을 봉인할 때 쓸 부적이었다.

집을 나서기 전, 존이 만일을 대비하는 차원에서 모두를 위해 기도 의식을 행했다. 호텔로 향하는 사람들을 배웅한 뒤, 남은 사람들은 제령 의식을 준비하기 위해 낑낑거리며 거실 가구들을 밖으로 옮겼다. 거실에 제단(스님의 말에 따르면 정확한 명칭은 수법단이라고 한다)을 설치하기 위해서였다.

텅 빈 거실을 청소한 뒤 물로 정화했다. 향을 바르며 네 개의 각목을 직사각형 모양으로 세워 나갔다. 그 안에 금색의 작은 그릇과 특이한 모양의 소도구들을 늘어놓는다. 곁에서 그 작업을 도와주며 유심히 살펴봤지만, 무언가가 사라지거나 움직이는 일은 없었다.

"미니가 지금 장난칠 마음이 없는 것 같아."
"아무리 그래도 법기에 함부로 손을 댈 순 없겠지."
"흐음, 그렇구나. 어쨌거나 짐이 정말 많다."
"이건 정식 수법단이 아니라 약식이야. 만약에 산에서 이렇게 했으면 선배 스님들한테 왕창 깨졌을 걸."

난 질렸다는 표정을 짓고 파계승을 바라보았다.
"약식으로도 괜찮은 거야?"

"형식이 결과를 만들어내는 건 아니니까. 그리고 나한테는 이 정도만 해도 꽤 엄청난 거라고. 개인을 제령하는 데 이렇게까지 공을 들인 건 오랜만이야."

아, 그러세요……?

"뭐 불 같은 것도 피우고 그러는 거야?"

이런 그림을 어딘가에서 본 것 같은데. 나는 그렇게 생각하며 거실 바닥을 내려다 보았다. 마루는 광택이 감도는 나무 타일로 덮여 있었다. 여러 색깔의 나무를 조합하여 아름답게 장식되어 있는 마루……. 그런데 여기서 불을 피워도 괜찮은걸까? 거실은 벽도 새하얗고, 만약 검댕이가 묻으면 눈에 많이 띌 것 같은데.

내 시선을 알아챘는지, 스님이 한숨을 내쉬며 반문했다.

"네가 보기엔 이게 불을 피우려고 만든 무대 설정인 것 같아?"

"아니."

"기본적으로 난 호마법 같은 건 안 해."

"정말 귀찮은 걸 싫어하는구나."

이런 아저씨한테 일을 맡겨도 괜찮을지 모르겠다.

"그런 뜻이 아니야. 이 집은 넓은데다가 천장도 높으니 하려면 못할 것도 없지. 하지만 일반 아파트에서는 너무 위험하다고."

그……도 그렇군.

"아파트에 화재경보기라도 달려 있어 봐라. 제령을 시작하기도 전에 스프링쿨러 터지지."

"아, 그렇구나."

경보기를 해제하면 되겠지만, 그럴 수 없는 경우도 있겠지. 피해자 집에 직접 가서 제령할 경우엔 불을 쓰기가 쉽지 않겠구나.

"그럼, 불을 쓰지 못할 경우에 대신 쓰는 제령 방법 같은 거 말야, 그런 건 수행하면서 배우는 거야?"

나는 소박한 질문을 던져 보았다. 스님이 어처구니가 없다는 듯이 되물었다

"배운다고?"

"그러니까……, 고야산에 있었다며? 거기서 배우는 거야? 배우거나 연습하거나 그러는 건가?"

생각해 보니 어떻게 하면 영능력자가 될 수 있는지 궁금해서, 지극히 초보적인 질문을 던져 보았다.

설마, 하고 스님이 어이없는 표정을 지었다.

"산은 퇴마사 양성소가 아니야."

"그럼 어떻게 익히지? 스승님 밑에 제자로 들어가는 거야?"

"그런 놈들도 있겠지만, 대체로 그냥 자기식으로 할 걸?"

"자기식으로?"

그렇게 대충 해도 되는 건가? 나도 모르게 미심쩍다는 표정을 지었는지, 스님이 기분 나쁘다는 듯 살짝 얼굴을 찡그렸다.

"뭐, 일단은 수법이란 걸 배우긴 해. 하지만 배운다고 다 할 수 있으면 진언승 전부 다 제령을 할 줄 안다는 소린데 그건 아냐. 종교의식으로서의 수법과 기도사의 제령 수법은 기본적으로 완전히 다른 거야. 배운다고 해서 아무나 할 수 있는 것도 아니고,

제령에서 나타나는 현상도 워낙 다양하니까 매뉴얼이나 공식 같은 게 통하지 않아. 처음엔 누군가에게 배웠다고 해도, 실전을 통해서 시행착오를 겪을 수밖에 없지. 그런 식으로 자신만의 효과적인 스타일을 만들어 가는 거야."

그렇게 말하며, 스님은 쓴웃음을 지었다.

"그러니 기도사란 것들이 수상쩍을 수밖에 없는 거지."

그도 그렇네.

"솔직히 말해 줘, 어떻게든 해결될 것 같아?"

"솔직히 말하자면, 해보지 않으면 모르겠는데."

"아야미는……, 괜찮겠지?"

스님은 순간 심각한 표정을 지었다.

"할 수 있는 데까지 해보겠어."

6

스님을 도운 다음에는 나루와 린 씨를 도울 차례였다. 아야미 방에 있던 기자재들을 가능한 많이 거실로 옮겼다.

기자재 준비를 마치고, 여느 때처럼 베이스에서 모니터를 지켜본다. 거실을 비추는 메인 모니터를 바라보았다. 가구를 다 꺼내 텅 빈 거실을, 여름날 오후 특유의 나른한 햇살이 비추고 있었다. 얼마를 기다린 뒤 약속된 시각이 되자, 스님이 수법단 앞에 섰다.

"온, 삿바타, 하나마다, 노캐인."
스님은 주문을 외운 뒤 합장을 하고 자리에 앉는다.
아야미를 구해 줘, 스님.

스님이 기도를 시작하자마자 곧, 그 목소리에 저항하기라도 하듯 방에서 작게 삐걱거리는 소리가 났다. 그와 동시에 기온이 떨어지기 시작했다. 무언가를 콩콩 두드리는 소리, 쫘당 하고 무언가가 떨어지는 소리가 났다. 그 소리에 쫓기듯 서모그래피의 영상이 바뀌기 시작했다. 특히 마루의 온도가 빠르게 떨어지고 있었다. 냉기가 밀려오고 있는 것일까, 따뜻한 주황색이 서서히 물들어가더니, 마침내 바닥 전체가 선명한 파란빛으로 바뀌어 버렸다. 추적 카메라가 이동해 거실 중앙에서 약간 창 쪽에 가까운 마루를 비추고 있었다. 스님이 수법단을 세운 바로 그 앞 말이다.
지금 저 부분의 온도가 가장 낮다는 건……
창문에 이슬이 맺혀 흐려지기 시작했다. 바닥 위에는 옅은 안개가 감돌기 시작했다. 방 안이 밝은 탓에 정확하게는 보이지 않는다. 그래도 거실에 안개가 끼고 있다는 것은 알 수 있었다. 그 안개들이 방구석 쪽에서 둥글게 소용돌이치고 있었다. 안개 덩어리들은 흐르고, 꿈틀거리고, 흔들거렸다. 그렇게 몇 번 반복하더니, 서서히 스님의 주위로 몰려오기 시작한다.
"괜찮을까?"
난 나르를 바라보았다. 나르는 아무 말 없이 계속 모니터의 영상을 응시하고 있다. 파박, 하고 무언가가 터져 나가는 듯한 소리가 들렸다. 공기가 흔들린다. 바람소리와는 많이 달랐다. 잡음도 아니었다. 굳이 설명하자면, 무수한 속삭임이 합창을 하는 것 같은 소리였다. 조용하지만 불길한 그 저음이 불온한 박자를 따라 높고 낮게 파도를 쳤다.

갑자기 모니터 안에서 스님이 크게 흔들렸다. 누군가가 스님의 어깨를 들이받은 것처럼 보였다. 그 순간 스님은 뒤를 돌아봤지만, 더 이상 움직이지 않고 의식을 계속했다. 의식을 진행하는 스님의 모습은 윤곽선만 겨우 보일만큼 흐릿했다. 그만큼 안개가 짙게 깔린 것이다. 둥근 안개 덩어리는 스님에게 몰려들고 있었다. 마치 아이들이 스님에게 달려들어 매달리는 것처럼 보였다.

안개가 더욱 짙어지면서 스님의 목소리도 서서히 낮아져 갔다. 스님이 몰입해서인지, 달려드는 아이들 때문인지 알 수 없었다.

"온, 사라바타타갸타, 한나, 만나나우, 캬로미."

입 안에서 웅얼거리는 듯한 주문이었다. 그때, 갑자기 안개의 움직임이 멈췄다. 마찬가지로 스님도 멈췄다. 어째서인지는 알 수 없지만 그 순간 스님의 모습이 사라져 버린 것 같았다. 새까만 그림자가 되어 한데 녹아버린 것처럼.

"캬타야, 한쟈라하다야, 소와카."

스님이 크게 외친 순간 안개가 순식간에 잘려나갔다. 스님을 덮어버리려는 듯 무리지어 모여 있던 덩어리들이 산산이 흩어지고, 동시에 수많은 비명소리가 한꺼번에 나는 것 같은 기괴한 소리가 났다. 땅이 울리는 듯한 소리가 짤막하게 들리자, 안개가 점점 옅어지기 시작했다.

"사라진 거야?"

"아마도."

나르는 그렇게 말하고 린 씨를 본다. 린 씨가 가볍게 고개를 끄덕였다.

"정체불명의 소리는 멈추었습니다. 하지만 실내 온도는 아직 그대로입니다." 린 씨는 약간 눈살을 찌푸리며 대답했다. "저주파가 감지되었습니다."

난 고개를 갸우뚱했다. 스피커에서는 아무런 소리도 들리지 않는다. 방금 전까지 들리던 웅성거리는 소리도, 두드리듯 계속해서 들려오던 소리도 멈췄다.

의식에 몰입했던 스님이 정신을 차린 듯 일어서려 했다. 그런데 그 순간, 다시 땅이 울리는 듯한 소리가 들렸다. 소리가 높아지고, 방이 거세게 흔들리기 시작했다. 거실과 이어진 카메라도 덜컹거리고 있었다.

"뭐, 뭐야?"

쿵 하고 뭔가 거세게 부딪히는 소리가 들렸다. 스님이 몸을 숙이며 재빨리 뒤로 물러섰다. 스님의 무릎이 닿아 있던 바닥이 쩍 하고 갈라져 있었다.

"뭐야?"

스님이 한 발 더 뒤로 물러났다. 쩍 하고 다시 소리가 나더니 방

바닥이 갈라졌다. 설상가상 무언가 떨어져 내리면서 팍팍 터지기 시작했다. 파편이 반짝이며 사방으로 흩어졌다. 스님이 몸을 일으켜 뒷머리를 툭툭 털어낸다. 유리였다. 샹들리에의 유리…….

기다렸다는 듯이 또 하나가 스님의 어깨 끝을 스치며 바닥으로 떨어졌다. 날카로운 소리를 내며 깨지더니 파편이 흩어진다. 샹들리에의 장식이다. 장식들이 차례로 후두둑 떨어지고 있었다.

"큰일이군……."

나르가 일어섰다. 나르의 시선은 여전히 모니터에 박혀 있다.

"무언가가……, 있어."

나는 다시 모니터를 바라보았다. 자세가 흐트러진 스님과 바닥에 흩어져 빛을 발하고 있는 유리 파편들. 분명 가지런히 진열해두었는데 어느새 위치가 바뀐 법기. 그리고 그 맞은편.

거실 창을 통해 희미하게 빛이 들어오고 있었다. 그리고 그 앞에…… 무언가가 있다. 옅은 먹물 빛의 그림자가 하늘하늘 흔들리고, 그림자 발치에서 다시 안개가 피어오르기 시작했다.

나르가 거실로 달려갔다. 나도 무의식적으로 그 뒤를 따랐다. 복도를 지나 거실로 향한다. 나르가 문을 열어젖히자 차가운 냉기가 흘러나왔다. 거실에는 옅은 안개가 깔려 있었다. 아무것도 없이 텅 빈 공간과 희뿌연 창문……, 창문 앞에는 아무것도 없다. 모니터에는 확실히 보였었는데.

"들어오지 마!"

스님이 고함쳤다. 스님 발치에서 격렬한 소리가 나며 바닥이 갈라지기 시작했다. 스님이 한 발 뒤로 물러났다. 땅이 천천히, 그러나 거세게 울리고 있었다. 나는 직감적으로 천장을 올려다보았다. 샹들리에가 위아래로 흔들리고 있었다.

"스님! 나와! 위에 뭐가 있어!"

내가 소리 지르자 스님이 반사적으로 고개를 돌렸다. 그때 샹들리에의 장식이 스님의 이마를 직격했고, 스님은 이마를 감싸다 발을 헛디뎠다. 그 순간 난 재빨리 방 안으로 뛰어들어갔다. 안 돼, 라는 나르의 목소리가 들렸지만 발이 멈추지 않았다.

"멍청아! 오지 마!"

바닥에 넘어져 있는 스님도 나를 말렸다.

거실로 뛰어들자 발밑이 격렬하게 흔들렸고, 나는 균형을 잃었다. 있는 힘껏 힘을 주어 버티려 했으나 발밑에서 끼익거리는 소리가 들렸다. 바닥이 비틀리고 있는 것이다.

빨리 스님을 여기서 끌어내야 해!

스님의 등에 손을 뻗었다. 손끝이 그 등에 닿으려던 순간, '무언가'가 나를 스쳐 지나갔다. 이게 뭐지? 이 축축하고, 차가운 덩어리 같은 것은?

순간 어떤 이미지가 뇌리를 스쳐 지나갔다. 분노와 증오. 방해받고 있다는 분노와, 자신을 방해하는 상대에 대한 강렬한 증오!

갑자기 몸이 얼어붙었다.

스님의 어깨까지 뻗은 손. 내 손이 더 이상 움직이지 않았다. 심장이 오그라드는 것 같았다. 축축하게 젖은 냉기가 내 심장을 움켜쥔 것 마냥. 심장이 얼어붙었은 것 같아.

숨, 숨을……, 쉴 수가 없어…….

한 손으로 이마를 감싼 스님이 나를 올려다보았다. 그리고 두 손가락을 쭉 펴고 외쳤다.

"나우마쿠산만다, 바사라단, 칸!"

순간 숨통이 확 트였다. 목에서 명치를 타고 싸늘한 통증이 흘렀지만, 몸은 자유로이 움직일 수 있게 되었다.

"괜찮나?"

스님의 목소리에 고개를 끄덕이고, 스님의 옷을 붙잡았다.

"스님, 빨리 나가자. 여기 위험해."

스님도 이번에는 몸을 일으킬 수 있었다. 우리는 문을 향해 달렸다. 다리가 꼬이고 바닥이 흔들려 당장이라도 넘어질 것 같다. 앞으로 푹 고꾸라지는 내 팔을 나르가 세게 붙잡아 그대로 방 밖으로 끌어냈다. 비틀거리며 복도로 나온 내 등을 스님이 세차게 들이받았고, 우리 둘은 사이좋게 넘어지며 복도에 나뒹굴었다.

그 순간, 방 안의 소리가 일제히 멈췄다. 문 너머로 거실 속 안개가 옅어져 가는 것이 보였다.

살았다…….

크게 심호흡을 했다. 그때 스님이 갑자기 몸을 일으켜 달리기 시작했다.

"스님?"

"아야코에게 전화해야 해. 놈들이 아야미가 있는 데로 갔다."

"아야미가 있는 곳……이라니?"

스님은 복도를 질주했다.

"거실을 나올 때 그놈들 속을 통과했는데, 뭔가 보였어."

아! 그 이미지가 설마…….

"아마도 그런 거겠지. 내게도 이미지가 전해져 왔어. 놈들은 아야미의 행방을 눈치 챈 것 같아."

현관에 있는 전화로 달려가 수화기를 집어들려고 하는 그때, 불길하게도 먼저 전화가 걸려왔다.

가슴이 철렁했다. 나쁜 예감이 든다.

스님이 약간 주저하다 수화기를 들었다.

그들이 아야미가 있는 곳에 나타났던 것이다.

그들은 아주 단순무식한 방법을 택했다. 돌풍처럼 나타나 아야미를 호텔 창문에서 밀어버리려 했다. 15층 창문에서 말이다. 그때 존이 재빨리 아야미를 감싸 안았고, 돌풍은 엄청난 기세로 두 사람을 창문으로 내던져 버렸다.

존과 아야미를 구한 것은 아야코가 아니었다. 노리코 씨나 오노우에 씨도 아니었다. 호텔 창문이었다. 호텔 창문이 강화유리로 되어 있어, 두 사람이 부딪힌 충격에도 용케 버텨낼 수 있었던 것이다.

1

우리는 거실에 모여 바닥을 바라보았다. 아름다운 목제 타일 바닥이 여기저기에 금이 쩍쩍 가 거북의 등처럼 갈라져 있다.

"모니터로 봤던 그림자, 이쪽에 있었던 것 같은데……."

나는 거실 창문 쪽의 바닥을 손으로 가리켰다. 가로 세로로 균열이 가 있는 바닥은 푹 파인 것처럼 뒤틀려 있었다.

"그림자? 무슨 그림자?"

아야코가 물었다. 일단 이상 현상이 멎었기 때문에, 존과 아야코는 호텔에서 일어났던 사태를 보고하기 위해 집에 돌아온 상태였다.

"옅은 그림자 같은 느낌이었어. 무엇의 그림자인지 정확히는 모르겠지만."

"그런데 실제 거실로 와 보니 그런 그림자는 없었다 이거지?"

"응. 하지만 내 몸을 뚫고 지나갔던 냉기 덩어리 같은 게 있었는데……. 아마 그게 내가 봤던 그림자가 아니었나 싶어."

"냉기 덩어리라……. 그 덩어리의 정체가 뭔데? 미니?"

모르겠어, 라고 대답하려던 찰나, 스님이 고개를 갸웃했다.

"내 생각에 그건 미니가 아닌 것 같아."

아야코가 되물었다.

"무슨 근거로 그렇게 말하는 거야?"

"미니일 리가 없어. 미니는 이 몸이 쫓아 보냈으니까 말이야."

스님의 자신만만한 대답에 아야코는 큰 한숨을 푹 내쉬었다.

"진짜야. 미니와 그 아이들은 내가 쫓아냈어. 사라진 걸 분명히 느꼈다고. 이 상처를 걸고 맹세하지."

스님은 반창고를 붙인 이마를 가리키며 말했다. 본인에게야 명예로운 부상이겠지만, 그런 식으로 말해봤자 신빙성만 떨어질 뿐이지. 아야코가 미심쩍은 얼굴로 스님에게 재차 물었다.

"그럼 너희들을 뚫고 지나갔다는 그 덩어리는 뭔데?"

"나도 정확히는 몰라. 하지만 그놈이 아마 두목이 아닐까 싶어. 미니 뒤에 또 다른 배후가 있는 게 아닐까?"

존이 고개를 갸웃했다.

"배후? 미니도 조종당하고 있다는 말입니꺼?"

"조종당하고 있는 건지 어쩐지는 몰라. 하지만 방금 미니와 아이들을 쫓아낼 때 느꼈어. 어중이떠중이 같은 놈들 사이에 좀 더 존재감 있는 무언가가 있었다고. 아마 그 놈이었을 거야."

"그게 배후라고? 그리고 이 창문 앞에 서 있었다 이거야?"

아야코는 그렇게 말하면서 날카로운 구두 굽으로 금이 간 마룻바닥을 쾅 걷어찼다. 바닥이 빠지직 소리를 내며 크게 패였다.

"어이쿠, 무녀님 발차기 한번 끝내주는구먼."

아야코는 스님의 머리를 가볍게 콩 때렸다.

"그런데 여기……, 바닥이 많이 무르네."

아야코가 다시 한 번 바닥을 걷어차자 균열이 마루를 따라 쭉 뻗어나갔다. 그리고 갈라진 틈 사이에서 냉기가 스멀스멀 올라오기 시작했다.

나르가 무릎을 꿇고 틈 안쪽을 자세히 들여다보았다.

"뭔가 있군……."

나르는 나를 돌아보며 '손전등!' 이라고 말했다. 나는 황급히 베이스로 돌아가 손전등을 찾았다. 손전등을 들고 거실로 돌아와 보니, 마룻바닥의 균열이 모인 자리에 작은 구멍이 나 있었다. 스님이 다시 한 번 마루를 걷어찼다. 바닥 장판이 부서져 나가자, 마루 밑으로 통하는 거대한 구멍이 생겨났다. 구멍 안이 캄캄해서 손전등을 비추었다. 마루 밑에 큰 공간이 있었다. 깊이는 일 미터 정도 되어 보였고, 바닥에 큰 석판이 깔려 있었다.

"이게 뭐지?"

나르가 말했다. 스님과 아야코가 서로 엎치락뒤치락 하며 안을 들여다보더니, 동시에 고개를 들며 말했다.

"설마……, 묘비?"

서……, 설마.

설마든 어쨌든 봐 버린 이상 이게 뭔지를 확인해야만 한다. 노리코 씨에게 전화를 걸어 허락을 받고, 도구를 챙겨 장판을 본격적으로 벗겨내기 시작했다. 이 집의 마루 밑 공간은 다른 집의 그것에 비해 좀 넓을 뿐, 지극히 평범한 마루 밑이었다. 콘크리트 칠도 거의 새 것이었다. 토와다 씨가 이 집을 수리할 때 이곳도 공사를 한 모양이었다. 하지만 일견 평범해 보이는 그 공간의 바닥에는 묘비용으로 잘라낸 듯한 석판 세 개가 떡하니 깔려 있었다. 딱 묘비 정도의 크기였지만, 묘비는 아니다. 두께는 15센티미터 정도 되려나.

"이게 도대체……, 뭘까?"

여기까지 온 이상 석판을 치워보는 수밖에 없다. 스님, 나르, 린 씨 그리고 존, 네 사람은 지렛대와 스패너를 들고 마루 밑으로 들어가 석판을 한 장씩 밀어냈다. 석판을 다 들어내자 깊은 구멍이 나타났다. 돌로 둘러싸인 둥근 구멍으로, 대충 봐도 깊이가 2미터는 될 것 같았다.

손전등으로 안을 비춰보며 존이 말했다.

"이거, 우물 아임니꺼?"

아야코가 고개를 끄덕였다.

"그런 것 같아. 그것도 엄청 오래된 우물."

우물 안에는 아무것도 없었다. 물론 물도 없었다. 다만 울퉁불퉁한 흙으로 메워져 있을 뿐이었다. 우물 안 한쪽 구석에 오래된 나무토막 같은 것이 보였다.

"우물을 메운 것 같은데."

라고 말하는 스님의 어깨를, 나는 가볍게 쿡쿡 찔렀다.

"저기, 혹시……, 이 안에……."

"엉? 우물 안에 시체라도 있냐……고?"

"응."

"글쎄, 그럴 지도 모르지."

아야코가 말한다.

"그럼 간단한데 말이야. 땅을 파서 뼈를 찾으면 되는 걸."

"그게 말이 쉽지. 우리가 여길 파내려가는 건 무리야. 업자를 불러야 해."

"저기, 파계승 씨! 저 안에 내려가 봐."

아야코가 말하자, 스님이 얼굴이 잔뜩 일그러졌다.

"으엑……, 싫어."

"넌 잘할 수 있을 거야. 그러니까 빨리."

"뭐가 나와도 제대로 나올 것 같잖아……. 싫거든."

"약한 척하지 말고 빨리. 우물 안에 있는 저 흙이 어떤 흙인지 알고 싶어. 내려가는 김에 저 구석의 나무토막도 뭔지 좀 봐봐."

아야코가 쪼아대자 스님이 마지못해 터벅터벅 우물을 내려갔다. 스님은 우물 가장자리에 손을 걸치고 주위의 돌무더기를 발판으로 삼았다. 절반 정도 우물을 내려간 뒤, 폴짝 뛰어내린 스님이 우물 안을 살펴보았다.

"흙은 어때?"

"흙보다도 모래라고 하는 게 맞겠는데. 오, 이거 보게. 구석에 있는 이 토막. 대나무 조각이야."

"역시 그렇구나."

아야코가 묘하게 만족스러운 듯이 고개를 끄덕였다.

"역시라니 그게 무슨 뜻이야?"

내가 아야코의 얼굴을 쳐다보자, 아야코가 대답해 주었다.

"대나무가 꽂혀 있다는 건, 우물에서 기를 빼낸 흔적이야."

"기를 빼다니?"

"원래 우물을 메울 때, 우물 안의 공기나 기가 빠져나갈 길을 만들려고 파이프를 묻지. 제대로 제사를 지내고, 지금까지 물을 길을 수 있도록 해준 우물에게 감사하면서 우물을 메웠어. 옛날에는 마디를 벗겨 낸 대나무를 파이프 대신 묻었어. 그렇게 해서 우물과 이어진 수맥을 더럽히지 않도록 깨끗한 자갈을 가장 아래에 놓고 그 위에 작은 자갈을 깔고, 그 위에 깨끗한 강모래를 붓고……. 점점 입자를 잘게 해 가면서 우물을 메워 나가는 거지."

"아, 그렇구나……."

"그런 것이었심꺼? 신기함니더."

나와 존은 동시에 감탄했다. 그때, 린 씨의 손을 잡고 스님이 우물에서 기어 올라왔다.

"시체라니, 말도 안 돼. 아무렇게나 메운 게 아니라, 제대로 된 절차를 거친 것 같아. 제사를 지내기 전에 분명 우물을 정화하는 의식이 있었을 거야. 안을 파내서 청소했을 거고, 시체가 있었다면 그 단계에서 발견했겠지."

존이 말을 꺼냈다.

"그러면 이 우물은 이상 현상과 관계가 없다는 검니꺼?"

"그럴 것 같온데? 보통 우물 위에다 뭘 짓는 경우는 드물긴 하지만 말야. 집 구조상 좋지 않다고들 하거든. 기를 빼고 우물을 메우면 별 문제 없을 거라고 생각했겠지. 좀 어정쩡한 높이까지 흙이 차 있는데, 시간이 흐르면서 흙이 밑바닥으로 많이 내려간 모양이야. 보통은 좀 더 위쪽까지 채우는 법인데."
 흐음, 하며 생각에 잠겼을 때, 나르가 중얼거렸다.
 "타치바나 일가가 아니야."
 "뭐?"
 모두가 나르를 돌아보았다.
 "이 우물이 만일 진원지라면, 타치바나 일가는 원인이 아니라 결과야."
 "뭐? 그게 무슨 소리야?"
 "건물 밑에 있는 거야. 즉, 건물의 문제가 아니라 토지의 문제야. 원인은 집이 세워져서 생긴 게 아니라, 애초에 집을 짓기 전부터 있었던 거야."
 우리는 서로의 얼굴을 쳐다보았다. 과연 그럴지도 몰라······.
 스님이 어이없다는 듯 말했다.
 "타치바나 일가가 살기 이전······, 이라면 그게 언제야?"
 "조사해 보기 전까지는 나도 몰라."
 "타치바나 일가 바로 전이라고 확신할 수 없잖아. 몇 대나 더 거슬러 올라갈 수도 있는 거 아냐? 만일 그렇다고 하면 조사하는 데도 한계가 있다고."
 나르는 아무 말이 없었다.
 "이거······, 마사코가 나설 차례가 아닐까?"
 짧은 침묵이 흘렀다. 아야코가 휙 돌아서며 말했다.
 "내가 불러 올게. 일이 이렇게까지 됐으니, 이 사건의 배후가 누군지 정체를 꼭 알아야겠어."

이번엔 나르도 불러올 필요 없다는 말은 하지 않았다.

"어쩔 수 없군."

2

마사코는 아야코의 전화를 받고, 만사를 제쳐놓은 듯 지체 없이 달려왔다.

해 질 녘 어스름이 내릴 무렵 현관 초인종이 울렸다. 나는 존과 함께 나가서 현관 문을 열었다. 그 순간, 밖에 서 있던 그림자가 나에게 달려들었다.

"마사코, 왜 그래?"

언제나 그렇듯 기모노 차림이다. 비칠 듯이 하늘하늘한 쪽빛 천 아래서 마사코의 어깨가 가늘게 떨렸다. 인형처럼 아름다운 얼굴이 새하얗게 질려 있었다.

"어찌 된 검니꺼? 괜찮으심꺼?"

존은 당황해서 마사코의 얼굴을 들여다보았다.

"뭐시요, 이곳은……?"

마사코는 내 팔에 몸을 기댄 채 힘겹게 고개를 들었다.

"이렇게 심한……, 이런 험한 유령의 집을 본 건 처음이에요."

"심하다고?"

고개를 끄덕이는 마사코를 존과 함께 부축해서 베이스로 데려 갔다. 그런데 마사코는 나르를 보자마자 후다닥 달려가 매달렸다.

야, 저기요, 거기 왜 매달려. 그건 좀 그렇지 않냐?

"하라 씨?"

나르는 무표정이다. 딱히 밀어내지도 않고, 그렇다고 안아줄 정도의 친절함도 없는 듯, 담담히 마사코를 내려다 본다.

"가슴이……, 가슴이 답답해요……. 너무 심해요, 이건……."

아야코가 성큼성큼 마사코에게 다가가더니 마사코를 나르에게서 뚝 떼어내 소파에 앉혔다.

"자, 어때? 뭔가 보여?"

"보인다기……."

마사코는 고개를 저었다. 몸 상태가 좋지 않은 것만은 분명해 보였다. 마사코는 숨을 깊게 들이쉬고 이야기를 꺼냈다.

"어린아이의 영을 느껴요. 지금 이곳에는 없지만, 집안 곳곳에 사념이 남아 있어요. 모두 너무나 괴로워하고, 외롭고 고통스러운 마음이 떠돌고 있어요. 그리고 적의, 라고 해야 하나……, 쌓이는 괴로움을 견디지 못하고 누군가를 매우 원망하고 있어요."

"어떤 아이인지 알겠어?"

마사코는 약간 고개를 갸우뚱하더니, 젖은 듯한 눈길로 허공을 바라보았다.

"아직 어려요. 하지만 아기는 아니에요. 아마, 초등학교 저학년 정도……? 그러네요. 신기하게도 다 그 정도 나이 또래예요."

나르가 마사코에게 물었다.

"그들을 불러낼 수 있겠습니까?"

"불러내려고 굳이 노력할 필요도 없을 정도예요. 무엇을 알고 싶으시죠?"

"아이들을 지배하고 있는 것이 누구인지를 알고 싶습니다."

마사코는 표정이 조금 심각해졌다. 그녀는 고개를 갸웃거리며 눈을 내리깔았다. 귀를 기울이듯, 의식을 집중하고 있었다.

"아이들 대부분은 누군가의 지배를 받고 있어요. 리더가 있군요. 아마 그들과 비슷한 연령대의 여자아이……. 그 소녀가 아이들을 통솔하고 있어요. 꽤 오래 된 영이로군요. 영이 된지 최소 20년은 넘어 보여요."

"그렇다면……."

나르가 말을 꺼내자 마사코가 살짝 손을 들어 제지했다.

"기다려 주세요. 아니, 그 뒤에 누군가 있어요. 누구인지……, 아주 어둡고, 어둡고 나쁜 것이에요. 새카만 구멍처럼 보여요."

마사코의 시선이 주위를 이리저리 방황했다.

"이것은……, 무엇일까요? 어두운 구멍이에요. 아주 깊고 어두운 구멍……, 그 밑에 무언가 있어요."

설마 그 우물?

"마사코, 잠깐 이리 와 봐."

아야코가 마사코의 손을 잡아 일으켜 거실 쪽으로 끌고 갔다.

"저거 아니야? 어때?"

아야코는 거실 마룻바닥에 나 있는 구멍을 가리켰다.

마사코는 조심조심 구멍 근처로 다가가 안을 들여다보았다. 그리곤 우두커니 서 있다가, 마루 밑의 우물로 시선을 옮겼다. 그건 마치 이 세상의 것이 아닌 무언가를 응시하는 듯한 눈빛이었다. 그러다 마사코는 새하얗게 질린 얼굴로 거실을 벗어났다.

"마사코, 왜 그래?"

아야코가 말을 걸었다.

"제가 보기에……, 이 우물이 대지의 밑바닥까지 이어져 있는 것 같아요."

뭐?

"저 밑에는 영이…… 아이들의 영이 머물고 있어요. 마치 무수한 시체를 쌓아 놓은 것처럼……."

으악……! 세상에…….

"우물 밖으로 나올 것 같지는 않심꺼?"

존이 묻자, 마사코는 가볍게 고개를 저었다.

"모르겠어요. 하지만 지금은 괜찮을 거예요."

마사코는 자신의 말을 긍정하려는 듯 고개를 끄덕였다.

"괜찮을 거예요. 제령 의식을 행하신 모양이군요. 그들이 상당히 약해진 것 같다는 느낌이 들어요. 지금은 움직일 수 없는 상태인 것 같지만 여유가 별로 없네요. 수도 많은데다, 원래 능력은 몹시 강한 것 같으니까요. 게다가 그들은 회복을 위해 서두르고 있어요. 무언가 목적이 있는지, 한시가 급한 것처럼……."

마사코는 그렇게 말하고는, 오한이 드는지 살짝 몸을 떨었다.

"같은 또래의 여자아이를 자기편으로 끌어들이고 싶어하네요. 그런데 방해를 받아서 매우 화가 나 있어요. 이 적의는 아마 여러분들을 향한 것이겠지요. 여러분을 증오하고 있어요……. 강한 살의가 느껴져요."

살의라니……. 으악!

"아이들 뒤에 진정한 배후가 있는 것 같아요. 그것은 그다지 초조해 하지 않고 있지만, 매우 화가 나 있습니다. 갖고 싶은 것을 손에 넣지 못했다는 사실에 격노하고 있어요."

"그게 누구인지 알 수 있겠습니까?"

나르가 묻자 마사코는 고개를 저었다.

"모습이 보이지 않아요. 아이들이 그를 뒤덮고 있어요. 아이들의 이미지 안에도 존재하지 않아요. 어쩌면 그들도 그것이 누구인지를 정확히 모르는 것이 아닐까요? 아이들의 리더는 아주 오래 된 여자아이의 영입니다. 유미? 유키? 아주 심술궂고 위압적이네요. 그리고 다른 아이들보다도 훨씬 더 외로움을 많이 타고, 훨씬 괴로워하는 것 같아요."

타치바나 유키…….

"매우 탐욕스러워요. 이승에서 얻을 수 없었던 것을, 수단 방법을 가리지 않고 손에 넣으려 하고 있어요……."

"왜 다른 아이들은 배후를 모르는 겁니꺼?"

존과 스님이 고개를 갸우뚱했다.

"리더는 미니잖아. 아마 타치바나 유키겠지. 하지만 유키의 뒤에 누군가가 있다고 하면 그 누군가는 다른 아이들과 어떤 관계에 있는 거지?"

"독점하고 있는 것이지요."

마사코는 단호하게 말했다.

"유키라는 그 아이는 배후에 있는 그것을 독점하고 싶은 거예요. 그래서 일부러 앞을 막아서서 접촉을 막고 있는 겁니다. 이들은 한편이고 같은 목적을 위해 모여 있지만, 조금 다른 구석이 있어요. 아이들도 유키도 동료를 찾아다닌다는 점에선 비슷하지만, 유키 같은 경우는 배후의 관심을 사고 싶어 해요."

"배후는?"

"배후에 있는 그것이 동료를 모으는 건 순전히 자신을 위해서예요. 유키가 자신의 수하를 모으고 있기 때문에 유키를 좋아하고 있지요. 하지만 유키만큼 아이들에게 집착하는 것 같진 않아요. 그저 더 많은 아이들을 불러 모으고 싶어할 뿐……. 유키처럼 데려온 아이들을 완전히 지배해야 성이 풀리는 것 같진 않아요."

스님은 머리를 긁적였다.

"대충 가닥은 잡은 거 같은데, 제일 중요한 배후가 누구인지 몰라서야 원……."

"활성화를 시킨다면 좀 더 잘 드러날지도 모르겠네요."

"가능하다면 위험해지기 전에 활성화를 시켜, 좀 더 정확히 파악하고 싶은데 말이지."

스님의 말에 마사코가 심각한 표정을 지었다. 그때, 현관 초인종이 울렸다.

~3~

현관 밖에 소네 씨가 서 있었다.
"소장님에게 전화를 받았거든."
소네 씨가 말했다. 나르가 앞으로 나와 소네 씨를 맞았다.
"기다리고 있었습니다. 어떻게 됐습니까?"
나르는 베이스 쪽으로 발걸음을 재촉했다.
"역시 너무 오래전 이야기라서 말이야. 이게 정확한지 어쩐지 미덥지는 않지만."
나르는 소네 씨에게 연락해 타치바나 일가 이전에 이곳에서 살았던 사람들에 대해 알아보고 있었던 거다.
"옛날 친구를 찾아가서, 혹시 기억나는 게 없냐고 물어봤지."
소네씨는 그렇게 말하며 베이스로 향했다.
"타치바나 일가가 이곳에 생기기 전에 죽었던 아이가 있는 것 같다. 아마 그건 틀림없을 거야."
우리는 숨을 삼켰다.
소네 씨는 접혀 있는 종이를 펼치며 말을 이었다.

"타치바나 일가가 이곳에 자리 잡기 이전에 말이지, 여긴 원래 오오지마 일가의 토지였어. 이 주변 일대 넓은 땅을 가지고 있던 유서 있는 집안이지. 당시 꽤 통 크게 장사를 했던 부자 상인이었던 것 같아. 그리고 여기에는 다이이치라는 가게가 있었다고 하는군. 나도 그 가게는 기억이 나. 술이나 된장, 간장이나 쌀과 콩 같은 것들을 취급하는 큰 가게였지. 다른 곳에 분점도 있었고, 여기에 있었던 건 그 다이이치 본점이었지. 본점이라기보다도 기본적으로는 업자들이 출입하는 도매상이었던 것 같다. 하지만 근처 사람들이 방문하면 소매로도 팔았었나 보더군. 그게 오오지마 일가였다."

그렇게 이야기하고 소네 씨는 손에 든 종이로 시선을 옮겼다.

"오오지마 일가가 그곳에 살았던 건 내가 태어나기도 전의 이야기야. 내 친구들이나 지인들의 부모님이나 나이 든 분들을 찾아다녀야 했지. 오오지마 일가의 딸 한 명이 죽은 적이 있다고 하더군. 그것 역시 상당히 기괴한 이야기였던 모양이야."

"기괴한…… 이야기?"

소네 씨는 고개를 끄덕였다.

"그러고 보니 나도 조부모에게 이 이야기를 들었던 적이 있는 것도 같군. 당시에는 꽤 유명한 이야기였던 모양이야."

소네 씨는 사람들에게 들었다는 이야기를 전해 주었다. 듣고 보니 그건 확실히 기괴한 이야기였다.

오오지마 일가의 딸 이름은 토미코였다고 한다. 여러 가지 소문들이 분분했지만 그 설이 가장 유력했다. 여덟 살 난 외동딸 토미코는 어느 날 갑자기 집 안에서 모습을 감췄다. 오오지마 일가의 집은 상당히 유서 깊고 큰 건물이었고, 더욱이 근처에 가게와 창고도 잔뜩 늘어서 있었다. 건물과 건물 사이에 있는 안뜰이나 골목 등지에서 목격된 것이 토미코의 마지막 모습이었고, 그녀는 돌연 모습을 감춘 것이다.

집 뒤쪽에는 연못이 있었다고 한다. 사람들은 가장 먼저 연못에 빠졌을 가능성을 생각했다. 가족은 물론 가게 사람들과 이웃 사람들까지 총동원해 연못을 파냈지만, 토미코의 모습은 찾을 수 없었다. 밖으로 나갔다가 길을 잃은 걸지도 모른다는 이야기가 나왔다. 하지만 집에서 밖으로 나가기 위해서는 가게를 지나가야만 했고, 누군가가 토미코가 나가는 모습을 봤어야 했다. 도매를 전문으로 하는 가게다 보니, 마을 소매점 만큼 사람의 출입이 잦지는 않았다. 그렇다 해도 가게에는 업자나 손님이 들락날락거렸다. 장사를 하고 있으니 당연한 일이다. 그런데도 아이의 모습을 목격한 사람이 아무도 없었던 것이다.

곧 토미코가 행방불명된 것 아니냐는 소문이 파다하게 퍼졌다. 하지만 사실, 오오지마 일가를 잘 알고 있거나 다이이치에 출입하는 업자와 근처 이웃들은 남몰래 다른 이야기를 하고 있었다.

오오지마 부부는 오랫동안 아이가 생기지 않아 힘들어 했었다. 토미코는 그 부부가 힘들게 얻은 외동딸이었다. 오오지마 가문은 큰 장사를 벌이는 대단한 부자로, 일가 친척 중 몇 명이 그 장사에 관련되어 있었다. 그리고 그 때문에 친척들 사이의 불화가 끊이질 날이 없었다. 자세한 이야기를 기억하는 사람은 없었지만, 실제로 장사를 전담하고 있는 형제나 가게에서 오래 일했던 종업원 주변에서 실권 분쟁이 끊이지 않았다고 한다. 양자나 배다른 형제가 뒤얽혀 있는 복잡한 가족 관계도 큰 문제였다. 만약 토미코가 없었다면 후계자 자리를 두고 분명히 옥신각신했을 거라고 한다. 뒤집어 말하면, 토미코가 사라지기를 원하는 사람이 있었을 수도 있는 거다. 따라서 누군가가 토미코에게 나쁜 짓을 한 게 아닐까, 라고 사람들은 이야기했다는 등 여러 억측이 나돌았다.

하지만 토미코가 행방불명된 지 반 년인가 일 년 정도 지났을 무렵, 토미코의 사체가 느닷없이 연못에 떠올랐다. 그런데 기괴한 것은 토미코의 사체는 마치 죽은 지 얼마 지나지 않은 것처럼 보였다는 것이다. 그리고 토미코는 가족들이 한 번도 본 적 없는 화려한 나들이옷을 입고 있었다.

"분명 누군가가 토미코를 데리고 가서 애지중지 키웠던 거라고들 하더군. 누가 무엇을 위해서 데리고 갔는지, 왜 연못에서 사체가 떠올랐는지에 대해서는 여러가지 억측이 나왔지만, 진실은 아무도 알 수 없었지. 워낙 기괴한 이야기다 보니 일종의 괴담처럼 사람들에게 구전이 된 것 같다. 나도 무서운 이야기라고 들은 기억이 있지."

"그렇네요. 이게 괴담이 아니면 도대체 뭐가 괴담이겠어요?"

스님은 기가 막힌다는 표정을 지으며 말했다.

"그 이후에 다이이치는 몰락의 길을 걸었지. 외동딸의 죽음을 한탄하며 모친이 마음의 병에 걸려 죽었고, 모친의 죽음을 기점으로 나머지 가족들도 픽픽 쓰러지기 시작했어. 느닷없이 사건 사고가 터지고 재산도 왔다갔다 하면서 장사도 잘 안 되고. 마지막엔 분가인지 어딘지가 사업을 이어 받았지만, 그즈음에 집에 번개가 떨어져 몽땅 타 버렸다는군."

세상에……

"어찌어찌 다시 장사는 시작했지만, 결국은 남에게 가게를 양도하고 오오지마 가문은 뿔뿔이 흩어졌다. 내가 알고 있는 다이이치는, 오오지마 일가가 손을 뗀 다음의 다이이치지. 본점도 여기가 아니라 마을 거리에 있었고. 여기가 불타고 난 뒤 본점을 거기로 옮긴 모양이야. 이 집은 불탄 채로 몇 년인가 방치되어 있었다가, 그 후에 이 자리에 집이 몇 채 들어섰어. 그중에 한 곳이 타치바나였지."

"가족이 죽고, 사업이 기울고."

아야코가 섬뜩하다는 듯이 고개를 끄덕였다.

"덤으로 집안이 완전 박살났네? 완전 제대로 저주받은 거 아냐?"

그 말대로다. 마치 죽은 토미코가 저주라도 내린 것 같아.

소네 씨는 고개를 끄덕였다.

"그런 소문도 있었던 것 같다. 부친은 사업 분쟁으로 칼에 찔렸다는 소문이 돌았고 모친은 딸을 잃고 그 슬픔에 자살했다는 얘기도 있더군. 오오지마 가문의 대는 배다른 동생인가가 이었는데, 집을 물려받고 얼마 지나지 않아 무너져 내리는 화물에 깔려 죽었다더군. 그렇게 누군가가 죽을 때마다 토미코가 자신을 죽인 자들에게 저주를 내리는 게 아니냐는 이야기가 파다하게 났지."

있을 법한 소문이지만, 이게 사실이라면 정말 너무 무서운 이야기다. 그런 재앙으로 사람을 심판하다니…….

나와 같은 생각을 하고 있었는지 스님이 얼굴을 잔뜩 찌푸렸다.

"죽는 것도 억울한데 죽었다는 이유로 범인 취급을 당하다니, 이거 원 마음 놓고 죽지도 못했겠네……. 그래서 결국 피해는 줄지 않고, 집은 집대로 풍비박산이 난 거구만."

"그렇지. 너무 처참해……."

"그렇게까지 사람들을 죽여야 할 만큼 원한이 깊었던 걸까?"

"그런 거 아닐까? 지금까지 얘기만 들어봐도 분명하잖아."

"그 오오지마 토미코라는 아이가 미니일 거야."

아야코는 동의를 구하 듯이 나르를 쳐다봤지만, 나르는 반응하지 않았다. 나르는 잠시 생각에 잠기는 듯하더니 소네 씨에게 물었다.

"오오지마 가문 이전의 일은 알 수 없는 겁니까?"

"그렇겠지. 오오지마 가문은 대대로 이 근처에 살았다고 하니 그 전이라면 상당히 오래 전 얘기가 될 거야. 물론 토미코가 죽기 전에도 다른 사건들이 일어났었는지도 모르지. 하지만 거기까지는 나도 알 수가 없어. 토미코 사건도 워낙 기괴한 이야기라서 다들 오래도록 기억하고 있었던 것뿐이야."

아야코는 이해할 수 없다는 듯이 입가를 일그러뜨렸다.

"소장님, 진짜 돌다리 너무 두들긴다. 천지개벽까지 거슬러 올라가지 않으면 직성이 안 풀리는 거야? 지금 알고 있는 것만으로도 상황 판단 충분히 되지 않아? 여덟 살 전후에 수상한 죽음을 맞이한 아이라구."

하지만, 하고 마사코가 중얼거렸다.

"확실히 오오지마 가문의 경우 토미코가 저주를 내렸다고 볼 수도 있을 것 같아요. 그렇다면 그 후에는 왜 여덟 살 전후의 아이들만 피해를 입은 걸까요?"

내가 그걸 어떻게 알아, 하고 아야코는 작게 내뱉었다.

더군다나 말임더, 하고 존이 말을 꺼냈다.

"왜 토미코가 유키를 조종하고 유키가 아이들을 모으는 복잡한 상황이 된 겁니꺼? 마츠자키 씨는 토미코가 미니라고 말씀하셨지만, 전 타치바나 유키가 미니일 거라고 생각합니더. 지금 문제는 미니를 조종하는 배후가 누군가 하는 것임더."

"그러니까 그게 토미코인 거 아냐? 달리 해당되는 사람이 없잖아? 적어도 모든 일의 시발점이 토미코인 것만은 확실해."

"그런 겁니꺼?"

존은 고개를 끄덕였지만 역시 석연치 않은 모습이었다.

나는 존의 생각을 이해할 수 있을 것 같았다. 여덟 살 전후의 아이들을 처음 모으기 시작한 게 누구이든, 미니와 토미코의 느낌은 전혀 달랐다. 미니는 아이들을 거짓말로 구슬려 협박하고 조종하지만, 토미코는 인정사정없이 한 가문을 박살내 버렸다. 그래, 이 둘에게는 동화할 수 있을 만큼의 동질성이 없는 것 같다……. 아니면, 오히려 동화할 수 없기 때문에 누군가가 배후에서 미니를 조종하는 구조가 된 걸지도 몰라.

나는 그런 이야기를 넌지시 꺼내 보았다. 하지만 다들 말없이 고개만 끄덕일 뿐이었다.

여기까지 이르러도 역시 이 사건의 배후가 누구인지, 그 정체를 알 수가 없다.

"아무리 생각해 봤자 어쩔 수 없잖아."

스님이 한숨을 내쉬며 말했다.

"관계자가 아직 살아 있는지도 모르고, 살아 있다고 해도 어디 있는지도 모르고, 어디 있는지 안다고 해도 조사하러 갈 수 있을 만한 상황도 아니야. 아무리 생각해 봤자 답이 나올 것 같지 않아. 그보다도 문제는 그놈들이야. 우리들도 문제가 한가득이지만, 그쪽도 그다지 여유가 있는 것 같진 않아. 그들은 가능한 빠르게 결말을 내리고 싶어하잖아."

"그렇겠지."

나르는 그렇게 말한 뒤 느닷없이 일어서서 상의를 걸쳤다. 그리고 소네 씨를 재촉했다.

"나르……, 지금 어디 가는 거야?"

"나갔다 오지. 언제 돌아올지는 모르겠어. 그때까지 아야미를 반드시 지켜 줘."

뭐? 하지만…….

"나르!"

미처 말릴 틈도 없이 나르는 소네 씨를 데리고 마치 바람과도 같이 베이스를 빠져나갔다.

우리는 그 뒷모습을 멍하니 지켜보았다.

∾ 4 ∾

"뭐, 뭐야, 저 자식은?"

타이밍 늦게 스님이 독설을 퍼부었다.

"반드시 지키라니, 말이 쉽지……."

"어떻게 해? 벌써 해가 지고 있어."

아야코가 책망하는 듯한 말투로 묻자 스님이 버럭 소리를 질렀다.

"나한테 묻지 마!"

아야코는 땅이 꺼져버릴 듯한 깊은 한숨을 쉬었다.

"뭐야 도대체, 어디 가는지도 말 안 하고 우리들만 남겨 놓고, 어쩌라는 거야."

"어라? 아야코 너, 나르가 없으면 불안하냐?"

히죽 웃는 스님을 아야코가 째려보았다.
"아니거든? 걔가 없다고 뭐가 불안해? 딱히 제령 능력이 있는 것도 아니고, 이래라저래라 잔소리밖에 안 하는 앤데."
"그건 그렇지."
"내 말은 이거야. 만약 자기 없을 때 우리들이 맘대로 뭔가 하면, 그걸 가지고 또 한소리 할 거라는 거지. 뭐 한 것도 없으면서, 나중에 무능하다느니, 이러쿵저러쿵 이야기 듣는 거 못 참아."
그야 그렇지…….
"언제 돌아올지 모르겠다니. 그건 오늘 밤은 못 올지도 모른다는 거잖아? 우리만 남겨 놓고 도대체 며칠을 버티라는 거야?"
"그것 봐, 역시 너 나르가 없으면 불안한 거잖아?"
"아니거든! 내가 왜!"
아야코, 너 지금 완전 정색하고 있잖아?
"그래, 그럴 리 없지. 열 살이나 어린 꼬만데 말야."
스님이 씨익 웃는다.
"열 살이나 차이 안 나거든?"
"어쨌든 마츠자키 씨가 훨씬 나이가 많으신 건 분명한 사실이죠."
마사코가 둘의 대화에 끼어들었다. 아야코가 마사코를 홱 돌아보았다.
"내 나이가 뭐가 어쩌고 어째?"
"묘령의 여성이 나이 차이도 상당히 나는 소년에게 매달리다니, 제법 꼴사나운 느낌이 드네요."

으엑……. 살벌하잖아.

"그게 대체 무슨 소린지 모르겠지만 꽤나 공격적인데? 마사코 너, 나르에게 관심 있니?"

"질 낮은 표현은 사양하겠어요. 그러는 마츠자키 씨야말로 나잇값도 못하고……."

"나야말로 농담은 사양하겠어."

아야코는 그렇게 말하고 심술궂은 미소를 지었다.

"알겠다. 모처럼 왔는데 나르가 널 두고 가 버려서 토라진 거구나?"

어이, 거기 당신들……. 적당히 좀 하시지. 지금 그런 이야기를 하고 있을 상황이야?

"어머, 뭣 하러 제가 토라지겠어요? 조사 때만 만날 수 있는 것도 아닌데요."

응?

아야코가 의심스럽다는 표정을 지으며 반문했다.

"마치 사적으로 만나고 있다는 듯한 말투네?"

"물론이에요."

마사코가 깔끔하게 대답했다.

"이미 밖에서 몇 번이나 만났답니다."

인형 같은 얼굴로 싱긋 웃어 보이는 마사코.

"거짓말쟁이."

아야코가 매섭게 쏘아보았다.

"무례하시군요. 못 믿으시겠다면 카즈야 씨에게 직접 물어보시지요?"

카즈야…… 씨?

카즈야 씨가 누구지? 나는 순간 깊은 생각에 빠졌다. 그리고 그것이 나르의 이름이라는 것을 알아차리자 현기증이 났다.

"어머머, 그으래? 잘됐네. 하지만 어차피 사무적인 만남이었을 텐데 뭐?"

그…… 그렇겠지.

"영화나 콘서트는 사무적인 만남과는 별로 관계가 없지요."

뭐? 영화에 콘서트? 영화는커녕 TV도 보지 않는 워커홀릭 나르가? 그럼, 이거 완전 데이트잖아!

마사코는 밉살스러울 정도로 요염한 미소를 지었다.

우리는 모두 놀란 나머지 잠시 아무 말도 없이 굳어 있었다.

가까스로 존이 입을 열었다.

"뭐, 뭐, 시부야 씨도 아직 젊고, 이런 일 저런 일도 있을 수 있고, 네, 뭐 그런 겁니더. 그보다도 도대체 카즈야, 아니 시부야 씨는 어디, 아니 언제쯤 돌아올 예정인 겁니꺼?"

존, 말투가 완전히 흔들리고 있다구.

"어쨌든."

스님은 이 분위기를 어떻게든 해보려는 듯 헛기침을 했다.

"그런 사소한 건 아무래도 좋아. 나르가 언제 돌아올 것인가,

그것도 사실은 지금 본질을 벗어나 있어." 스님은 모두를 죽 훑어보며 말을 이었다. "나르가 있건 없건 무슨 상관이야? 상황이 늘 똑같아. 우리에게는 두 가지 선택밖에 없다구. 놈을 제령할 것인지, 아니면 도망갈 것인지."

모두 입을 굳게 다물고 생각에 잠겼다.

"다시 한 번 도전해 보자구. 아야코랑 존, 이번에는 어느 쪽에 붙을 거야? 말해 두지만 거실 쪽이 훨씬 버거울 거야."

아야코는 힐끗 스님을 노려보았다.

"아니면, 도망갈래?"

"당신이 아야미 쪽에 붙어. 난 역부족이야……. 하지만 존은 아야미 곁에 있을 필요가 있다고 생각해."

"알았어."

～ 5 ～

스님과 존, 그리고 아야미를 만나 보고 싶다는 마사코가 나가고, 집에는 나와 아야코, 그리고 있는지 없는지도 모를 만큼 조용한 린 씨가 남았다.

아야코는 어느새 무녀복으로 갈아입은 뒤 옷매무새를 가다듬고 있었다.

"저기, 마이."

어……? 지금 설마 내 이름 부른 건가?

"내가 기도하는 거 거실에서 구경할래?"

아야코는 뒤돌아 선 채로 이야기했다.

"아, 아야코 지금 겁먹었구나? 영능력자면서, 후훗."

"겁먹은 거 아니거든!"

아야코는 발끈하며 휙 뒤돌아봤지만, 그 표정에서 왠지 모를 연약함이 느껴졌다.

"그런게 아니라……, 그냥……."

"아야코도 참 여리구나."

"그런 말은 실례야. 항상 이런 건 아니거든? 나한테도 이런저런 사정이 있다구. 게다가 여기는 조건이 좋지 않단 말이야."

조건이라…….

"어쨌든 지금은 상태가 안 좋은 거 맞으니까, 인정하긴 하겠지만……."

머뭇머뭇 이야기하는 아야코가 묘하게 귀여웠다.

"좋아, 내가 같이 갈게."

아야코의 얼굴에 화색이 돌더니, 그제서야 정면을 바라보았다.

"괜찮으면……, 너도 같이 가면 좋겠는데."

우리는 산더미처럼 쌓인 기계 쪽을 물끄러미 바라봤지만, 그곳에 앉아 있는 그분은 냉담하셨다.

"저는 여기서 데이터를 모아야 합니다."

아야코는 조금 분하다는 듯이 독설을 뱉었다.

"당신, 고용주랑 닮아서 그런지 성격 한번 좋네. 이중적이고."
"네?"
아야코의 뜬금없는 말에 린 씨가 두 눈을 동그랗게 떴다.
"아무것도 아니야. 당신 보스는 앞뒤가 다른 사람이라는 거지. 가자, 마이."
아야코는 거칠게 내 손을 잡아 끌어당기며 베이스를 나섰다.
저기, 아야코. 당신 설마, 나르한테 진심인 거…… 아니지?

해 질 녘 아야코는 기도를 시작했다. 피처럼 붉은 석양빛이 어두컴컴한 거실 중심에 모여들었다. 기도를 하고 있는데도 불길한 느낌은 쉬이 가시지 않았다.
아야코는 제단을 향해 절을 한 번 한 뒤, 손벽을 쳤다.
"감히 입에 담을 수 없는 귀한 이름, 위대한 이자나기노오오카미이시여, 치쿠시 너머 타치바나 오도의 아와지바라에서……."
아야코가 기도를 시작하자마자 거실 곳곳이 삐걱거리기 시작했다.
마룻바닥에서 냉기가 올라왔다. 거실 문 옆 마루 위에 앉아 있는 내 발밑에서 냉기가 흘러들어 손끝을 스치고, 마치 등줄기를 타고 올라오는 듯한 느낌이 들었다.
나는 재빨리 거실에 달린 카메라를 바라보았다. 추적 카메라는 거실 바닥에 뻥 뚫린 구멍 쪽을 향하고 있었다. 그 안 우물에서 냉기가 배어나오는 것 같았다.

거실이 요동치고 바닥이 삐걱거렸다. 아야코의 목소리가 중간중간 끊겼다.

"흐르는 물에 이 몸 씻어 부정을 혼에서…… 때에…… 되게 하소……."

거실이 너무 추웠다. 몸이 덜덜 떨리고 있었다. 이럴 줄 알고 블라우스를 세 장이나 껴입고 왔건만 소용이 없었다.

해가 지면서 거실이 점점 어두워지기 시작했다.

"아야코! 계속해!"

"나한테 이래라저래라 명령하지 마!"

다시 정신을 차리려는 듯 아야코는 자세를 바로 했다. 그 주위에서 똑, 하고 노크 소리 같은 것이 들렸다. 거실 온도는 더 내려가기 시작했고, 급기야 하얀 입김이 뿜어져 나왔다.

"흐르는 물에 몸을 정히 할 때가 되었습니다, 신들이시여. 온갖 재앙과 죄악과 부정을 떨치시고 정화하시고 굽어살피소서……."

아야코의 기도 너머로 마침내 해가 지고 말았다. 거실에는 어둠이 앉았다. 그 어둠 속에 아야코가 켜 놓은 촛불만이 불안하게 흔들리고 있었다.

거실 안에 안개 같은 것이 떠다니기 시작했다. 숨쉬기가 힘들어졌다.

"헉!"

아야코가 소리 없는 비명을 지르며 벌떡 일어섰다.

"아야코!"

"누군가 내 등을 쳤어!"

그런 사소한 걸로 동요하지 말란 말이야!

"정신 차려! 당신 무녀잖아!"

그렇게 말하는 내 어깨를 누군가가 잡아당겼다. 그 바람에 나 역시 깜짝 놀라서 비명을 질렀다. 정신 차리고 다시 주위를 둘러보자, 우리는 어느새 안개에 완전히 포위되어 있었다. 옅은 안개와 진한 안개가 뒤섞여 거실을 둥둥 떠다니고 있었다. 그뿐만이 아니었다. 인기척마저 느껴지고 있었다. 수많은 사람들에게 둘러싸여 있는데도 아무런 소리도 들리지 않는 것 같은, 섬뜩한 느낌이 들었다. 냉랭한 시선과 무언의 압력이 느껴졌다.

나와 아야코는 천천히 서로를 향해 다가갔다. 더 이상 기도고 뭐고 할 상황이 아니다.

"마이, 역시 무리야! 나가자!"

"으...... 응."

아야코가 먼저 거실 밖으로 달려 나갔다. 동시에 바닥이 심하게 흔들리기 시작했다. 나는 발을 헛디며 그만 무릎부터 넘어지고 말았다. 바닥이 뒤틀리고 있었다.

나는 아픈 무릎을 감싸안았다.

"마이! 어서!"

문 옆에서 아야코가 소리친다.

일어서려는 순간 또 한 번 거실이 요동을 쳤다. 일어설 수조차 없었다.

"마잇!"

다시 한 번 일어서려 무릎을 세우고 양손으로 바닥을 짚었다. 그때였다. 누군가가 내 발을 붙잡았다.

"꺄아아아악!"

나도 모르게 비명이 터져 나왔다. 발밑을 바라보자 무릎 아래에 안개가 뒤덮여 있었다.

필사적으로 다리를 흔들어 보았지만 안개는 좀처럼 떨어지지 않았다. 누군가가 내 다리를 잡아당기고 있었다. 식은땀에 흠뻑 젖은 것처럼 습기를 머금은 손이었다. 붙잡힌 발목을 통해 온 몸에 오한이 밀려들어왔다. 어느새 주위에는 안개로 된 벽이 생겨 있었다. 안개 덩어리는 내 머리 위를 둥실둥실 떠다니며 천천히 나를 덮어 내려가고 있었다.

"아야코, 도와줘!"

"마이잇!"

갑자기 내 몸이 주룩 뒤쪽으로 끌려 들어갔다. 나는 뒤를 돌아보았다. 내 등 뒤에 바로 그 구멍이 있다. 앞으로 기어가려는 내 다리를 누군가가 더욱 세게 붙잡고 힘껏 잡아당겼다.

"싫어!"

나는 비명을 지르며 바닥에 있는 아무거나 붙들고 늘어졌다. 하지만 그 강력한 힘은 내 손을 아무런 어려움 없이 떼어냈다. 내 주위에 무리 지은 진한 안개 덩어리가 서서히 구멍을 향해 흘러 들어간다. 안개의 흐름에 먹힌 내 몸도 질질 끌려가고 있었다.

아야코는 완전히 패닉 상태였다.

"타니야마 씨!"

그때 린 씨가 거실로 뛰어들었다.

"구해 줘!"

린 씨는 그 긴 팔을 나를 향해 뻗었지만, 닿지 않았다. 내 다리를 잡아당기는 차가운 손이 더 늘어난 것 같았다. 다리가 빠져 버릴 것 같은 힘으로 나를 잡아끌고 있었다. 쿵 하고 내 발끝이 구멍 속으로 빠졌다.

"린 씨! 떨어질 거 같아요!"

린 씨는 있는 힘껏 손을 뻗었다. 린 씨와 내 손끝이 닿을 듯 말 듯 하던 그 순간, 밑에 있는 그들이 나를 한층 강하게 잡아당겼다. 이제 허리까지 구멍 속으로 빨려 들어갔다. 린 씨의 긴 팔이 안개 너머 먼 곳에서 흐릿하게 보인다.

빨리 구해 줘! 떨어지겠어!

여기가 놈의 서식처이자 냉기의 중심이었다. 아이들의 영이 시체처럼 차곡차곡 포개어지고 있었다.

다시금 거실이 심하게 흔들리면서 린 씨와 아야코가 넘어졌고, 내 몸도 구멍을 향해 가라앉았다. 이젠 가슴까지 구멍 안으로 떨어져서, 가장자리 상판에 겨우 거우 매달려 있었다.

더 이상은 안 돼……. 떨어진다!

손톱조차 세울 수 없는 딱딱한 마룻바닥. 깔깔한 가장자리가 가슴팍을 긁고 지나갔다. 절망적인 감촉이 느껴졌다.

"마잇!"

그 순간 누가 나를 덜컥 잡아당겼고, 힘겹게 매달려 있던 상판에서 내 몸이 떨어져 나갔다.

소리를 지를 틈도 없다.

반사적으로 뻗은 손끝은 구멍의 가장자리를 허무하게 긁고, 나는 구멍 속으로 떨어지기 시작했다.

두 사람의 목소리가 어렴풋이 들렸지만, 무슨 말인지 알아들을 수 없었다.

1

깜깜했다.

여긴 노리코 씨 집이 아니다. 다다미가 깔린 넓은 방이다. 열려 있는 장지문 너머로 툇마루가 있고, 마루 밖에는 정원이 있다. 아담하게 잘 정리된 초목이 쭉 이어지고, 그 끝자락에는 넓은 물가가 있었다. 노리코 씨의 집 뒤에 있는 연못과 닮았어…….

널찍한 정원에 한 아이가 우두커니 서 있었다. 부옇게 흐려 잘 보이지 않지만, 아야미 또래의 여자아이인 것 같았다. 기모노를 입고 있다. 이건 어느 시대…….

우오오……!

집 어딘가에서 여자의 비통한 외침이 들렸다. 벽 너머로 들려오는 것인지 드문드문 끊기고 있었다. 하지만 오히려 그렇기 때문에, 허공을 뚫고 귓가에 전해지는 그 외침에는 그 여자의 심정이 고스란히 담겨 있었다. 가슴이 찢어질 것 같은 목소리였다. 울고 있지는 않지만 지금 당장에라도 울음을 터뜨릴 것 같은, 아슬아슬한 갈림길에서 무언가를 목 놓아 부르는 목소리다.

그 소리가 들리지 않는지, 소녀는 뒤도 한 번 돌아보지 않고 정원에서 공을 가지고 놀고 있었다. 무심할 정도로 담담해 보였다.

그때 정원에 검은 그림자가 스윽 스쳐갔다. 그림자는 서서히 남자의 그림자로 변했다. 그 남자가 소녀에게 다가간다. 소녀는 공을 치던 손을 멈추고 남자를 돌아보았다.

안 돼……!

어째서일까. 그 광경을 바라보고 있던 나는 고함을 지르고 싶었다. 안 돼, 그 사람은, 위험해.

남자는 소녀에게 뭐라고 말을 걸었다. 쭈그려 앉아 여자아이의 얼굴을 들여다보는 남자의 어깨. 남자는 여자아이를 구슬리는 것 같았다. 마침내 여자아이는 손을 내밀었고, 남자가 그 손을 잡는다. 주인을 잃은 공이 혼자 또르르 정원을 굴러다녔다.

여자의 애처로운 외침이 계속되고 있다.

가면 안 돼. 그 사람과 함께 가면 안 돼.

나는 외치고 싶었다. 하지만 목소리가 나오지 않았다.

새까만 남자가 여자아이의 손을 끌고 연못 쪽으로 향했다. 그리고 마침내 연못 위로……. 여자아이는 남자의 손에 이끌린 채 수면 위를 걸어가며 점점 멀어져 간다.

쿠오오오……!

비통한 목소리. 목이 찢어질 듯한 외침이 아주 멀리서 들려오고 있었다. 그 순간 나는 문득 알아차렸다. 그건 내 목소리였다. 내가 계속 소리치고 있었던 것이다.

꿈 속에서 나는 절규하고 있었다. 나는 소녀의 뒤를 쫓아 달렸다. 연못 위에는 깊은 안개가 자욱이 끼어 있어 아무것도 보이지 않았다. 나는 그 자리에 멈춰 설 수밖에 없었다.

가 버렸다…….

따라잡지 못했다. 붙잡지 못했다. 그렇게 사라져 버렸다.

가슴 통증을 견디지 못하고 나는 눈물을 떨구며 몸을 웅크렸다. 고개 숙인 내 시선 끝에 컴컴한 수면이 있었다. 어둡고 둥근, 작은 수면. 깊은 우물이다. 수면 위에 거울처럼 그림자가 비치고 있다. 머리를 묶어 올린 나이든 여자의 실루엣이다.

눈물이 흘러 넘쳐 수면 위로 떨어지자, 풍당하는 소리와 함께 수면에 파문이 일고, 내 모습도 일그러져 이윽고 형태를 알아볼 수 없게 되었다.

나는 빨려 들어갈 듯이 그 수면을 바라보았다. 그리고 어느 새 다시 객실로 돌아와 우물가에 쭈그려 앉은 여자를 바라보고 있었다. 우물가에 매달려 그 안을 들여다보고 있는 여자는 지금 당장에라도 쓰러져 버릴 것 같았다. 매달린 팔로 간신히 몸을 지탱하고 있다. 마치 우물 안에서 소녀를 찾으려는 듯한 그 모습이 너무나도 애처로워 나도 모르게 달려가고 싶었다. 몸을 일으키려던 순간, 뒤에서 뻗어온 손이 나를 붙잡았다.

뒤를 돌아보자, 나르가 그곳에 서 있었다. 나르의 눈빛은 너무나도 애처로웠다. 그 모습이 안타깝다는 듯이, 아무 말도 하지 않은 채 그저 고개를 젓고 있었다.

나는 고개를 돌려 다시 여자를 보았다. 여자는 우물가에 몸을 웅크린 채 오열하고 있었다. 여자는 울고, 또 울다가, 마침내 외마디 비명을 지르며 우물 안으로 몸을 던졌다.

깊고 공허한 물소리가 들렸다.

그리고 나는 눈을 떴다.

방금 그건 대체…… 뭐였지?

꿈……이겠지. 꿈이라는 것만은 너무나 잘 알고 있다. 하지만 대체 왜 이런 꿈을 꾼 걸까?

이상한 기분에 사로잡힌 채 부스스 몸을 일으키자마자 온몸이 쑤셔왔다. 주위를 둘러보니 흙과 돌멩이들이 가득했다. 나는 둥근 돌들로 쌓아올린 벽에 둘러싸여 있었다.

깜짝 놀라 자세히 살펴보았다. 여기는 그 우물 속이었던 것이다. 그때 머리 위쪽에서 목소리가 들려왔다.

"마이! 괜찮아?"

머리 위를 올려다보니, 우물 안을 들여다보고 있는 아야코의 얼굴이 보였다.

순간, 아야코의 모습이 꿈속의 그 여자와 겹쳐 보였다. 우물 안을 들여다보던 여자의 얼굴과……. 물론 내 기분 탓이다. 들여다보고 있는 사람은 틀림없는 아야코였지만, 꿈속에서 봤던 여자처럼 몹시 혼란스러운 표정을 짓고 있었다. 다행히도 그리 멀리 떨어져 있지 않다. 서로 손을 뻗으면 간신히 닿을락 말락할 정도의 거리였다.

"아야코!"

"괜찮아? 다친 곳은 없어?"

"응. 하지만 나 혼자선 도저히 못 올라가겠어."

"지금 린이 사다리가 될 만한 걸 찾으러 갔어. 괜찮아? 정말 아무렇지 않은 거지?"

아야코의 걱정스런 목소리가, 꿈속에서 들은 여자의 목소리를 떠올리게 했다.

"좀 아프긴 하지만 괜찮아. 크게 다친 곳은 없는 것 같아."

대답하는 동시에 누군가 달려오는 소리가 들렸다. 린 씨가 우물 속으로 고개를 내밀었다. 그는 우물가를 붙잡고 가볍게 아래로 뛰어내려왔다.

"다친 곳은 없습니까?"

"응. 없는 것 같아."

무표정으로 고개를 끄덕인 린 씨는 아야코를 올려다보았다.

"사다리를 내려 주십시오."

아야코가 사다리를 내려 보내자 키가 큰 린 씨가 가뿐히 받았다. 그 모습을 바라보면서 난 멍하게 주위를 둘러보았다.

우물, 메워진 우물.

나는 돌연 모든 것을 깨달았다.

이 우물은 그 여자가 몸을 던진 우물이다. 소녀는 사라져 버렸고, 그녀는 비통함을 이기지 못하고 이 우물에 몸을 던졌다.

린 씨가 사다리 위로 올라가 손을 뻗었다. 나는 린 씨의 손을 붙잡고 우물에서 빠져 나왔다.

"지금, 몇 시야?"

앞으로 조사할 때는 치마는 입지 말아야겠군. 나는 생뚱맞은 생각을 하며 아야코에게 물었다.

"열 시."

그렇다면 내가 이 안에 오랜 시간 있었던 게 아니었구나. 그것도 정말 한 순간의 꿈이었던 거야.

"유괴에에에에?"
아야코가 내 발에 난 상처에 약을 바르며 말했다. 나를 약간 바보 취급하는 듯한 말투였다.
"그럴 거라고 생각해. 그래서 말인데, 아마 그 소녀가 토미코였던 것 같아. 그 아이가 없어져서 엄마가 우물에 몸을 던진 거야. 제법 의미심장한 꿈이잖아?"
그러고 보니 토미코가 죽은 뒤 토미코의 모친도 죽었다는 이야기를 소네 씨가 했었지.
"글쎄, 좀 바보 같은 꿈 아니야?" 아야코가 비웃었다. "영능력자도 아닌 네가 꾼 꿈에 과연 의미가 있을까?"
이 녀석, 방금 전까지는 잔뜩 허둥대고 있던 주제에.
린 씨는 생각에 잠긴 듯한 모습이었다.
"진위 여부는 알 수 없겠습니다만, 의외로 정곡을 찌르는 꿈일지도 모르겠군요."
"아, 역시 그렇게 생각해?"
린 씨는 더욱 더 깊은 생각에 잠긴 듯했다. 아야코가 한숨을 쉬며 약한 소리를 했다.
"저기, 그럼 앞으로 어떻게 해야 된다고 생각해? 저 녀석을 퇴치하기엔 난 역부족이야."

"힘겨루기를 해야 한다면 이쪽에는 도저히 승산이 없겠지요."
린 씨는 드디어 입을 열었다.
"제 의견을 말씀드리겠습니다. 나르가 돌아올 때까지 더 이상 손을 대지 말아야 합니다. 기도는 힘으로 상대를 억누르는 기술이니, 반발 또한 클 수밖에 없습니다."
"그럼 달리 방법이 없잖아. 나르를 기다리는 것도 기다리는 거지만, 도대체 언제 돌아올 줄 알고?"
"나르도 이 상황을 심각하게 여기고 있으니, 쓸데없이 시간을 낭비할 리가 없습니다. 최대한 빨리 돌아오겠지요."
"자기 보스라고 너무 관대하게 대하는 거 아냐?"
린 씨의 싸늘한 시선이 아야코에게 향했다.
"나르가 주위의 기대를 저버린 적은 한 번도 없었으니까요."
무뚝뚝한 목소리로 말하며 린 씨는 나를 돌아보았다.
"여기서 조금 쉬는 편이 좋을 겁니다."
"응."
사실은 조금 전부터 이곳저곳이 쑤시며 아팠다. 몸이 삐걱삐걱 비명을 지르고 있었다. 난 얌전히 소파에 몸을 뉘였다.

2

어딘가 먼 곳으로 쑤욱 빨려 들어가는 듯한 느낌이 들었다.

나는 번쩍 눈을 떴다. 방은 어두컴컴했다. 제멋대로 돌아가고 있는 산더미 같은 기계들. 베이스의 낯익은 풍경이었다.

하지만 기자재 앞에는 린 씨가 아니라 나르가 앉아 있었다. 나르는 날 가만히 날 지켜보고 있다.

가만, 나르일 리가 없지. 아직 돌아오지 않았는걸. 자는 동안 나르가 돌아온 거라면, 린 씨나 아야코가 여기에 없을 리 없잖아. 나, 아직 잠이 덜 깼구나……

그렇게 생각했지만, 굳이 정신을 차리고 몸을 일으키고 싶지는 않았다. 나르와 눈이 마주쳤다. 나르의 얼굴 위에 부드러운 미소가 번졌다.

맞아. 난 저 미소가 좋아.

"나르?"

나는 누운 채로 나르에게 말을 걸었다.

나르가 고개를 기울였다. 왜 그래? 라고 묻고 있다.

"우리, 아야미, 구할 수 있어?"

이대로 우리들이 진다면 아야미는 우물 안으로 끌려가 버릴 것이다. 이 집에서 죽어간 수많은 아이들처럼.

"괜찮아."

나르가 미소를 지었다.

그런가. 괜찮은 건가. 그럼 걱정할 필요 없는 거구나.

"마사코랑 데이트 했지?"

아아, 난 또 무슨 말을 뱉어버린 거야? 이런 비상시에.

나르는 피식 웃었다.

"오해야."

따뜻한 미소다. 난 그 미소로 충분히 만족했다.

그래, 그럼 된 거야······.

그때 갑자기, 왁자지껄한 목소리와 함께 베이스 문이 쾅하고 열렸다.

그 소리에 정말로 잠에서 깨어나 허둥지둥 몸을 일으켰다.

문을 열고 들어온 것은 나르였다.

어라?

나르의 시선이 날 향했다.

"정신이 들었나?"

친절함이라고는 털끝 만큼도 찾아볼 수 없는 목소리. 듣고 있으면 마치 내가 걸리적거리는 짐짝이 된 것처럼 느껴지는 노골적인 목소리다.

아, 진짜 나르가 왔네.

"나르, 돌아온 거야?"

"그걸 일일이 확인을 해야 알 수 있나?"

불필요한 질문을 해서 아주 죄송하네요.

나르는 뒤를 돌아본다.

"린, 지금까지 녹화했던 부분을 재생시켜 줘."

예, 라고 대답하며 뒤따라 들어온 린 씨가 기계 앞에 앉았다.

린 씨의 뒤를 따라 스님 일행이 들어왔다. 존과 마사코도 있다.

어라, 아야미를 호텔에서 지켜 주는 거 아니었나?

"아야미는?"

내가 묻자, 스님은 어깨를 한 번 으쓱해 보였다.

"노리코 씨와 오노우에 씨에게 맡기고 왔어. 나르가 그렇게 하라고 했거든."

뭐?

"나르, 괜찮은 거야?"

"괜찮겠지."

나르는 아무렇지도 않게 간단히 대답했다.

"괜찮겠지……라니, 그런 무책임한……."

"오늘 밤 중으로 결판을 낼 거야."

나르가 까만 눈동자를 치켜 올렸다. 일말의 불안도 망설임도 없는 눈이다.

"할 수 있겠어?"

"그럼 내가 뭣 때문에 그렇게 정신없이 뛰어다녔다고 생각해?"

아야코가 노골적으로 수상쩍다는 듯 목소리를 높였다.

"승산이 있기는 한 거지? 넌 밖에 나가 있어서 모르겠지만, 그 녀석 정말 보통내기가 아니라구."

나르가 딱하다는 눈빛으로 아야코를 바라보았다.

"그놈이 엄청난 힘을 갖고 있다는 것 정도는 처음부터 알고 있었어. 폴터가이스트의 규모만 봐도 확실히 알 수 있지."

아야코는 말문이 막힌 표정이었다. 스님도 미심쩍다는 듯한 표정을 지으며 나르에게 물었다.

"그럼, 그 승산이라는 게 뭔지 들어나 볼까? 설마 배후가 누군지 알아낸 거야?"

"물론."

"진짜? 어떤 놈이야?"

나르는 모니터에서 시선을 떼고 팔짱을 꼈다.

"오오지마 히로."

"그게 누군데?"

"오오지마 토미코의 모친이다."

모두 멍하니 나르를 바라보았다. 모친이라니? 이 집에 돌아다니는 영은 어린아이 아니었어? 다른 사람들도 그렇게 생각했는지 모두 의아한 표정을 지었다.

"소네 씨도 이야기했었지. 토미코가 죽고 나서, 바로 그 모친도 사망했다고."

그 순간, 꿈속에서 들었던 비통한 목소리가 되살아났다. 가슴 아픈 외침. 그리고 그녀가 떨어졌을 때의 첨벙거리던 물소리가.

"그런데 말이지," 나르는 말을 꺼내려는 스님을 가로막고 이야기를 이어나갔다.

"표면상으로는 사체가 떠오른 직후에 병사한 것으로 되어 있다고 하는군. 어떻게 죽었는지 확실치 않지만 이 지역의 소문에 따르면 자살했다는 설이 유력해. 이 근방 절의 기록을 뒤져보았지. 그 기록에 따르면 히로와 토미코는 같은 날 사망했다고 되어 있어. 소문에 따르면 연못에 떠오른 사체가 토미코라고 확인되자마자 히로가 그 자리를 뛰쳐나갔고, 남편이 뒤따라가 보니 자살한 사체가 발견되었다고 하는군."

린 씨가 살짝 끼어들었다.

"우물에 몸을 던졌다……거나?"

나르는 의아하다는 듯이 린 씨를 한 번 바라보았다.

"거기까지는 모르겠지만, 그 오래된 우물이 텅 빈 구멍으로 되어 있는걸 보면 그럴 가능성도 높다."

그래서, 하며 스님이 수상하다는 듯한 목소리로 말했다.

"그 여자가 배후라고? 왜 히로가 아이들을 조종한다는 거야?"

"이유는 확실해. 히로가 아이들을 원하기 때문이지."

저기 말이야, 하며 아야코도 밉살스럽게 입가를 찡그렸다.

"동화하려면 심성이 일치해야 한다던 소리는 다 뭐야? 헛소리였어?"

그렇지. 영이 서로 동화하기 위해서는 그런 게 필요하다고 했었는데. 그때 마사코가 대화에 끼어들었다.

"아이를 원하는 엄마와 엄마를 원하는 아이의 바람이 서로 일치한 것 아닐까요?"

스님이 얼굴을 찡그렸다.

"그렇게 되면 이야기가 너무 간단해지는 거 아냐? 아이를 원하는 엄마가 아이를 데려가고, 엄마를 그리워하는 아이가 이를 따라 간다면 서로 만족해서 원만하게 성불할 것 같은데 말이지."

"하지만 히로가 데려간 아이들은 실제로는 토미코가 아닌 거예요. 히로도 유키 씨의 엄마가 아니고요. 그러니까 서로 채워줄 수 없는 것 아닌가요?"

"그렇다면 이 집에 살았던 엄마도 당연히 끌려가야 하는 것 아닌가? 엄마가 죽은 것은 유키의 엄마뿐이고, 그런데 이 엄마는 친엄마가 아니다."

아…… 그렇구나.

"얘기를 들어보니, 히로가 아이들을 찾는다는 건 이해가 가. 자기 딸을 찾고 싶은 거겠지. 그런데 죽은 딸을 되찾고 싶다는 히로와 동료를 원하는 아이들 사이에 무슨 관계가 있다는 거지? 배후가 오오지마 히로라는 건 일견 그럴싸하지만, 자세히 보면 앞뒤가 맞지 않아."

"아니. 앞뒤가 맞는다. 그걸로 됐어."

나르가 단언했다.

"됐다니, 뭐가?"

스님은 되묻자 나르는 고개를 끄덕이며 설명을 시작했다.

"오오지마 히로는 딸을 찾고 있어. 그래서 여덟 살 전후의 아이를 원하고 있지. 여덟 살 전후의 아이를 원하는 욕구는, 여덟 살 난 아이 입장에서 볼 때 같은 또래의 친구가 필요하다는, 즉 동료가 필요하다는 욕구로 대체될 수 있어."

"아아!"

여기저기에서 수긍하는 목소리가 들려왔다.

"여덟 살 전후의 아이가 필요하다는 욕구로 그들의 사념이 일치하고 있는 거다."

과연, 하며 스님이 중얼거렸다.

"그래서 여덟 살 전후의 아이만……."

"히로는 토미코를 찾고 있는 거야. 자기 딸을 되찾고 싶다고 생각하고 있어."

그때 아야코가 말을 꺼냈다.

"그래, 그건 이해가 갔어. 이제 문제는 히로의 집착을 해소할 방법을 찾는 거 아냐?"

"아이를 데려오면 돼."

뭐? 하며 아야코의 입이 쩍 벌어졌다.

"데려온다니, 무슨 수로? 토미코는 이미 한참 전에 죽었다구."

"나도 그 쯤은 알아."

나르는 노골적으로 불쾌한 표정을 지었다.

"물론 토미코 자신을 데려오는 건 불가능해."

"설마 그렇다면……?"

나르는 아야코의 질문에 답하지 않고 마사코에게 말했다.

"하라 씨, 집 안의 상황은 어떻습니까?"

마사코가 무언가를 귀담아 들으려는 듯 고개를 갸웃거렸다.

"거실에……. 아마 거실에 있을 거예요. 아직 호텔로는 가지 않았어요."

아야코가 두 사람의 대화에 끼어들었다.

"어쨌든 토미코를 데려올 방법이 없잖아? 그럼 어찌할 도리가 없는 거 아냐! 이렇게 된 이상 모두 자기 몸의 안위부터 챙겨야 하는 거 아니야?"

나르의 싸늘한 시선이 아야코를 향했다.

"도저히 프로가 하는 말이라고 생각할 수 없군."

"프로라도 능력의 한계라는 게 있어. 나 농담하는 거 아니야. 이 집은 정말 이상해. 나도 유령이 나오는 집을 제법 봐 왔지만 이런 엄청난 건 처음이라고."

그런……. 그럼 아야미는 어떻게 해? 이대로 모르는 체 하자는 거야?

난 고개를 돌려 스님을 보았다. 스님도 아무렇지 않게 고개를 끄덕였다.

"그렇긴 하군. 자칫하면 우리마저 지박령이 될 것 같은데!"

"아, 정말……."

스님에게 화를 내려던 나에게 아야코가 버럭 호통을 쳤다.

"모든 일에는 물러날 때라는 게 있는 거야!"

"이봐……!"

내가 화를 못 이기고 소리를 지르자, 나르가 조용히 말했다.

"돌아가고 싶은 사람은 지금 돌아가. 그 정도 영능력자가 있어 봤자 아무짝에도 쓸모가 없어. 오히려 방해만 될 뿐이다."

아야코의 말문이 막혔다. 잠시 적막이 흘렀다.

적막을 깨고, 스님이 나르의 얼굴을 빤히 바라보며 말했다.

"정말 승산이 있는 건가?"

"믿고 안 믿고는 그쪽 마음이야."

나르의 무뚝뚝한 대답에, 스님과 아야코는 얼굴을 마주보았다.

"음······."

스님이 머리를 긁적이며 일어났다.

"그럼 나르 군을 믿고 좀 더 이 몸을 혹사시켜 볼까?"

"흥, 어쩔 수 없지 뭐······."

아야코도 마지못해 일어섰다.

"가능한 한 버텨 보지. 혹시라도 내가 쓰러지면, 거기까지다."

"내가 뼈 정도는 추려 줄게."

아야코의 말에 스님이 농을 쳤다.

"내친 김에 아야미에게 내 사진 주는 거 잊지 마. 이 오빠가 몸을 내던져서 널 지켰으니 평생 나를 생각하면서 내 신부로······."

"그래, 얼른 잊고 새 인생을 만끽하라고 말해 둘게."

정말 말만 많은 녀석들. 그래도 잘됐다 잘됐어, 고마워······.

3

"그래서 어떻게 하면 되는데?"

스님의 질문에 나르가 지시를 내리기 시작했다.

"일단 부하가 너무 많아. 그것들을 모조리 퇴치하자면 끝이 없어. 핵심은 그 여자다. 히로를 끌어내지 않으면 대처할 도리가 없지."

"끌어낸다라……. 말은 쉬운데 대체 어떻게 끌어낼 건데?"

아야코가 의심스럽다는 투로 반문했다.

"전에 그 여자가 나온 건 아이들을 쫓아버렸을 때였어. 쫓아버린 아이들은 없어지거나 정화되지는 않지만 일단 멀리 튕겨나가게 되지. 이 무리의 핵심은 그 여자니까 여자 주변으로 다시 돌아오지만, 돌아올 때 시차가 약간 생기는 것 같았어. 결국 아이들이 모두 떨어져 나간 시점에 여자가 남게 된다고 보면 타당하겠지. 그렇다면 이번에도 마찬가지로 아이들을 다 흩어 놓으면 된다."

"그거 너무 비효율적인 거 아냐? 게다가 시차라고 해 봤자 아주 잠깐일 뿐이야."

알고 있어, 하며 나르가 고개를 끄덕였다.

"마츠자키 씨, 부적을 만들도록!"

"호텔에 붙인 거? 말해 두지만 크게 도움이 되진 않아."

"조금이라도 효과가 있으면 돼. 대량으로 만들어서 붙일 테니까 말이야."

아야코는 불만스럽다는 표정으로 머뭇거리며 말했다.

"이걸 고백하자니 정말 분해서 못 참겠지만……, 이 부적 가지곤 정말 오래 못 버틸 거야."

"괜찮아. 존도 도와주도록 해."

"알겠심더. 그런데……,"

나르는 말을 꺼내던 존을 제지했다.

"일단 집을 봉인해야겠어. 안쪽을 향해서."

"안쪽?"

되묻는 스님을 보며 나르는 고개를 끄덕였다.

"영이 아야미에게 접근하지 못하도록 하는 게 아니라, 이 집에서 빠져나가지 못하게 하는 거다."

"그게 가능할까?"

"효과는 크게 없어도 돼. 집 전체에 결계를 깔고 귀문만 개방한다."

"귀문이라니?"

내가 깜빡하고 목소리를 높이자 나르가 짜증난다는 듯 말했다.

"시끄러워, 마이."

네네, 죄송합니다요.

"악귀와 사령은 북동쪽으로 드나들지. 귀문을 제외한 나머지 출입구를 모두 부적으로 봉인한다면, 그놈들은 집을 나와 호텔로 향할 때 귀문을 사용하겠지. 출입을 한 곳으로 제한하는 거야. 거기서 마츠자키 씨와 스님이 대기한다."

"그때 나오는 영을 흩어버리겠다는 거야?"

"그래. 그리고 바로 집 전체를 봉인해 두면 집으로 다시 돌아오는 데도 시간이 걸릴 거야."

"그렇게 해서 가능한 한 시간을 번다 이거군."

나르는 고개를 끄덕였다.

"존은 거실로 와서 엄호를 부탁해."

"알겠심더."

나르가 자리에서 일어나려는데 스님이 막아섰다.

"잠깐 기다려 봐. 아이들을 쫓는 방법은 알았고, 여자를 끌어낼 수 있는 것도 알겠어. 근데 막상 여자를 끌어내면 누가 제령을 한다는 거지? 존 혼자선 버거울 걸?"

그건 그래.

"딱히 존을 과소평가 하려는 게 아니지만, 전에도 그랬……."

스님은 말을 하다 말고 잠시 놀란 듯 나르를 바라보았다.

"설마……, 너냐?"

나르는 대답하지 않았다. 하지만 묘하고도 대담한 미소를 보이며 가볍게 손뼉을 쳤다.

"시작하자."

오전 네 시. 집의 벽을 부적으로 도배하다시피 했다. 존은 놈들이 거실 밖으로 나오지 못하도록 벽에 성수로 십자를 그렸다. 언젠가 아야미의 이마에도 그렇게 십자를 그려준 적이 있었지.

얼마 후 놈들이 움직이기 시작했다. 그들은 아야미를 찾아 헤매며 집 안 구석구석을 헤집고 다녔다.

이 집에서 부적이 없는 곳은 단 한 곳, 귀문뿐이다. 귀문은 놈들을 위해 개방되어 있고, 스님과 아야코가 거기서 대기하고 있다. 존과 나르는 거실에서 대기하고, 린 씨는 기자재를 지켰다.

나와 마사코는 베이스에서 대기하라는 나르의 지시를 받았지만, 마사코는 같이 거실로 가겠다며 말을 듣지 않는다. 방해 된다고 나르가 말해도 완강하게 버티고 있다. 마사코답지 않은 일이었다. 결국 나르가 지고 말았다.

"마이, 좀 위험하겠지만 하라 씨 옆에 딱 붙어 있어. 만약 빙의라도 되면 귀찮아지니까."

노골적이고 매정한 말투로 툭 뱉어 놓는다. 이쯤 되면 마사코가 조금 불쌍할 지경이다.

어느 새 새벽이었다. 아직 하늘이 밝아올 것 같진 않았다.

나르는 어떻게 할 생각일까? 히로는 자기의 딸, 토미코를 찾고 있다. 토미코를 잃은 슬픔을 연결점 삼아 이 세계에 머물고 있다. 토미코만 찾을 수 있다면 여자는 기꺼이 이승을 떠나겠지. 하지만 어떻게 토미코를 불러올 수 있다는 거야? 토미코는 이미 어디에도 없는 걸.

"존!"

나르가 재촉하자 존이 고개를 끄덕였다. 이윽고 익숙한 순서로 조용히 기도를 시작했다. 그리고 얼마 안 있어 집울림이 일었다. 집이 통째로 몸서리를 치는 것 같았다.

시작됐어…….

나는 거실 이곳저곳을 스윽 둘러보았다.

가구를 다 들어내서 텅 비어버린 실내. 마루는 죄다 갈라져 있고, 벽과 천장 표면에도 자잘한 금이 가 있다. 아무런 그림자도 없다. 아무것도 보이지 않는다.

그때 삐걱거리며 바닥이 뒤틀리는 소리가 들렸다. 딱딱한 것이 바닥 위를 굴러가는 소리가 나며 바닥이 미세하게 떨렸다. 천장 어딘가에서 묵직한 것이 떨어지는 소리가 났다.

마사코의 얼굴은 새하얗게 질려 있었다. 마사코는 염주를 쥔 손을 또 다른 손으로 꼭 붙들고 있었다.

"마사코, 괜찮아? 베이스로 돌아가는 게 낫지 않겠어?"

내가 작은 소리로 말하자, 마사코는 단호하게 고개를 저었다.

"아뇨. 여기에 있겠어요."

이렇게나 긴장하고 있으면서……. 그렇게 나르 옆에 있고 싶은 걸까? 나는 내심 마사코가 못마땅해졌다. 하지만 그건 나 역시 지금 상황이 너무 두렵기 때문일 뿐이었다. 여기서 마사코만 좀 어른스럽게 물러나 주면 나도 안전한 베이스로 돌아갈 수 있는데……. 우물에 끌려 들어가는 그런 비참한 경험은 한 번이면 충분하다구! 지난번에야 운 좋게 크게 다치지 않고 넘어갔지만 이번에도 그럴 거라는 보장은 없다.

"영을 저승으로 보내는 법에는 두 가지가 있답니다."

느닷없이 마사코가 말했다. 마사코는 겁을 먹은 듯 시선을 여기저기로 돌리며 말을 이었다.

"정령과 제령이에요. 정령은 영의 이야기를 듣고 그 괴로움을 이해해 고통을 해결해 주지요. 저승으로 떠날 수 없는 원인을 제거해 주는 거랍니다. 그래서 정령을 할 수 있는 건 영매뿐이죠."

마사코는 괴로운 듯 한숨을 내쉬었다.

"영과 대화하는 능력이 필요하기 때문이에요. 하지만 시부야 씨에게는 그런 힘이 없어요. 그는 영매가 아니니까요. 그래서 제령을 할 생각인가 봐요."

"그럼 제령은 뭐야?"

"그건 힘으로 영을 눌러버리는 거예요. 범죄자가 있다고 해볼까요? 설득을 시켜 자수를 하게 하는 것이 정령이고, 이유를 불문하고 처형해 버리는 것이 제령이지요. 저는 제령하는 것을 원치 않아요. 최소한 제 눈앞에서는……."

"하지만……."

상대는 말이 통하지 않는 난폭한 자다. 지금까지도 수많은 아이들을 희생시킨데다가, 아야미까지 노리고 있고, 으음…….

마사코는 마치 내 생각을 읽기라도 한 듯 고개를 저었다.

"나르나 타키가와 씨 같은 분에게 있어서 영이라는 건 어디까지나 '남아 있는 사념'에 지나지 않겠지요. 여러분 중 많은 사람이 그런 식으로 생각하고 있어요. 하지만 저는 생각이 다릅니다. 이 여자도, 이 아이들도 이렇게나 생생한 사람의 감정을 남기고 있으니까요……."

생생한 사람의 감정……, 괴로움과 슬픔. 내 머릿속에서 토미코, 라고 소리치는 비명이 되살아났다. 그건 꿈이었지만, 그녀가 우물에 몸을 던진 순간에 전해져 온 가슴 찢어지는 슬픔과 괴로움은 여전히 내 속에 남아 있다. 그들은 수십 년을 그렇게 괴로워했다. 그리고 아마 지금도 괴로워하고 있을 것이다.

"감정이 모조리 소실된 채, 남아 있는 사념을 통해 기계처럼 움직이는 무생물 같은 영도 있습니다. 사람으로서의 인격도 남아 있지 않아서, 그렇게 되면 대화 자체가 불가능해져요. 하지만 그 여자와 아이들은 달라요."

그들은 아직 무생물과 같은 상태가 되지 않았다는 건가…….

"그러니, 제발 제령하지 않았으면 좋겠어요……."

나는 잘 이해할 수 없었다. 하지만 마사코는 더 넓은 것을 보고 있다는 생각이 들었다. 아마 마사코에게 있어서는 영도 인간과 다를 바 없는 존재인 거겠지. 그래서 아무리 위험한 영이라 하더라도, 비정하게 굴 수는 없는 걸 거야.

마사코가 이야기 하는 도중에도 거실에서 나는 소음은 점점 커져만 간다. 마루가 격렬하게 삐걱거린다. 그리고 수많은 아이들이 뛰어다니는 것 같은 발소리가 울렸다. 냉기가 바닥을 스멀스멀 기어 다니고, 흰 덩어리가 몽실몽실 떠오르기 시작했다.

희미하게 거실을 흘러 다니던 뿌연 안개가 여기저기서 덩어리지고, 마치 아이의 머리통과 같은 형상을 그리기 시작했다. 반투명한 그림자에는 이목구비도, 표정도 없었지만 우리들을 꿰뚫어 볼 것만 같은 어두운 시선을 느꼈다. 그리고 지금 무언가가 엄청난 것이 밀려올 것만 같은 압박감을 느낀다. 그건, 분노로 가득 찬 위압감과도 비슷했다. 존의 기도 앞에서 희뿌연 안개가 잠시 흔들렸다.

그때였다. 갑자기 누군가가 내 어깨를 찔렀다. 나는 깜짝 놀라 뒤돌아봤지만 아무도 없었다. 그러더니 누군가 머리카락을 잡아당겼다. 존도 무언가에 놀란 듯 몸을 움찔거렸다. 그때마다 성수병을 흔들어 성수를 뿌렸다. 자기에게 접근한 영들을 성수로 쫓고 있는 거겠지.

삐걱거리는 바닥은 여전히 조금씩 흔들리고 있었다. 그리 큰 흔들림은 아니었다. 지진이 나기 전의 예진 정도였지만, 그게 계속 이어지다 보니 기분이 나빠졌다. 몸의 중심이 흔들려 현기증이 난다. 멀미가 나서 그 자리에 서 있기가 힘들다.

방의 온도가 내려가는 것이 느껴졌다. 흔들거리는 안개가 점점 짙은 빛깔을 띠고 있었다. 안개 덩어리 하나가 근처로 흘러들어오자, 마치 누군가가 쿡 찌르는 듯한 감촉이 느껴졌다.

그들은 화가 나 있다. 우리가 마음에 들지 않는 것이다.

존이 몇 번이고 성수를 뿌렸지만, 안개는 흐릿하게 흩어질 뿐 사라지지 않는다. 흩어진 안개는 다른 곳에서 다시금 뒤엉켜서 작은 덩어리가 되었다.

"하라 씨, 지금 상태는 어떻습니까?"

거실 입구에 선 나르가 마사코에게 물었다.

"기도가 듣고 있는 것 같아요. 꽤 많은 수가 줄었습니다. 거실 밖으로 도망가고 있어요."

울부짖으면서요, 라는 마사코의 중얼거림은 너무 작아서, 나에게밖에 들리지 않았다. 방에서 꿈틀거리고 있는 아이들. 모두 이 집에 잡혀서 나갈 수 없는 아이들이다. 아무데도 갈 수 없다. 그리운 가족의 품에도 돌아갈 수 없다. 외로움과 슬픔을 메우기 위해 동료들을 찾아 헤매지만, 동료가 늘어나도 외로움은 더해지기만 한다. 그리고 이렇게 제령 의식 때문에 괴로워하고 있어.

만일 내가 그들 입장이라면 어땠을까? 이 아이들이 살아 있을 때처럼 사물을 느끼고, 생각할 수 있다면……. 자기들이 왜 이런 일을 당해야 하는지 절대 이해할 수 없을 것이다. 원하는 걸 가질 수 없다. 가지려 하면 누군가 방해하고 공격한다. 원하는 대로 아무것도 이루어지지 않아 괴로운데 아무도 도와주지 않는다.

나는 마사코의 기분을 조금 이해할 수 있을 것 같았다. 아이들에게 강한 연민을 느꼈다. 그들은 이대로 사라져야만 하는 걸까?

그 여자도 마찬가지다. 딸을 잃은 슬픔을 견디지 못해서 딸을 찾아 헤매고 또 찾아 헤매다, 여기 이렇게 슬픈 자들의 무리를 이루고 말았다.

하지만……, 그렇다고 해서 이대로 내버려 둘 수는 없다. 아야미는 살아 있다. 그들에게 절대로 건네줄 수 없어. 슬픈 자들의 동료가 되도록 내버려 둘 수는 없어.

거실에 가득 차 있던 안개가 조금씩 옅어지고 있었다. 아이들이 줄고 있다는 증거다.

"아이들을 정령할 수는 없어?"

내 말에 마사코는 고개를 저었다.

"안 돼요……, 그 여자가 있는 한. 아이들을 잡고 있는 여자를 먼저 정령하지 않고서는……."

갑자기 마사코는 말을 하다 말고, 헉 하고 숨을 삼켰다. 잔뜩 겁먹은 듯이 크게 눈을 치켜뜨고, 거실 바닥에 난 커다란 구멍을 바라보았다.

"나오고 있어요……!"

그와 동시에 모든 소리가 한 번에 멎었다. 거실을 메운 옅은 안개는 소리 없이 찰랑찰랑 흔들린다. 마사코와 나의 숨소리, 그 사이에 돌연 맑은 소리가 끼어들었다.

깊은 굴속으로 물방울이 떨어지는 소리다.

높고, 작고, 청아한 소리였다.

우물 안에서 검푸른 빛이 흘러나왔다. 짙은 안개로 덮인 구멍 속에서 천천히, 사람의 형태가 솟아올라왔다. 머리를 땋고, 기모노를 입고 있는 여자의 실루엣이었다. 여자의 옷매무새는 흐트러질 대로 흐트러져 있었다. 그 이상은 알 수 없었다. 한층 더 짙어진 안개 위로, 당장이라도 사라질 듯 희미하게 형체를 유지하고 있었다.

"토미코 씨는 여기에 없습니다!"

갑자기 마사코가 감정에 복받쳐 소리쳤다.

"당신이 아무리 찾아도 찾을 수 없다구요."

창백한 여자는 어깨를 움츠리고 고개를 푹 숙이고 있다.

"당신은……, 당신은 계속 토미코 씨를 찾고 있었던 거지요?

하지만 아무리 아이들을 모아도 토미코 씨를 만날 수 없었죠. 그래요. 그 아이들은 토미코 씨가 아닙니다. 당신이 이승에 머무르고 있는 이상, 아무리 토미코 씨를 찾아 헤매도 만날 수가 없습니다. 그동안 당신이 데리고 있던 아이들을 풀어 주세요. 모두 진짜 엄마가 있는 곳으로 돌아가고 싶어 합니다. 분명 토미코 씨도 그렇게 생각하고 있을 거예요."

여자는 이제 거의 허리까지 우물 위로 올라와 있었다. 그녀의 가장자리에 안개가 꿈틀거리고 있다. 벌레처럼 움직이는 흰 것, 희고, 작은, 아이의…… 손가락.

아이들의 손가락이 구멍의 가장자리에 걸린다. 손가락으로 바닥을 할퀴며 손을 위로 뻗쳤다.

마사코가 소리를 죽였다. 그들이 올라오려고 하고 있었다.

바닥에 손을 붙이려 발버둥치는 작은 손 옆에 새로운 아이의 손이 나타났다. 하나, 둘……. 마침내 수많은 손이 구멍 위로 올라오려고 꿈틀대기 시작했다. 바닥에 손톱을 세우고 밖으로 나오려 몸부림치고 있었다.

"오지 마!"

마사코의 목은 거의 다 쉬어버렸다. 나는 차마 한마디 말조차 하지 못하고 있었다. 존이 우리 앞을 막아섰다.

그때였다. 고개를 푹 숙이고 있던 여자가 슥 하고 시선을 들어 올렸다. 원한을 담은 눈빛이었다. 여자는, 마사코의 말 따위를 들을 생각이 없는 것이다. 토미코를 사랑하고 사랑해서, 곁에 다시 데려오고 싶다는 집착을 놓을 수가 없는 것이다.

여자는 도깨비불처럼 형형한 눈으로 거실 안을 천천히 둘러보았다. 누가 자신을 방해하는지 확인이라도 하려는 것 같았다.

그런데 갑자기, 그녀의 시선이 한곳에 멈췄다. 거실 한구석에, 검은 그림자가 있었다. 어둠에 녹아 들어갈 것 검은 그림자의 얼굴은 희미하게 빛나고 있었다.

여자의 눈이 그 그림자에 위에 머물렀다. 격렬한 감정이 솟구쳐 올랐는지, 여자의 가면 같았던 얼굴이 거세게 흔들리고 있었다. 그때 나르가 새하얀 오른손을 머리 위로 번쩍 치켜 올렸다.

"나르, 그만 두세요! 잠깐 기다려요!"

마사코가 비명 섞인 목소리로 말했다. 나르는 마사코 쪽에는 눈길도 주지 않았다. 다만 그 새하얀 손을 치켜 올린 채, 손안에 쥔 것을 여자를 향해 내밀 뿐이었다. 여자는 마치 오래 굶주린 사람이 먹을 것을 쳐다보듯 나르의 손을 바라보았다.

"네 아이는 여기에 있다."

나르가 조용히 읊조렸다. 나르가 들어 올린 것은 판자로 만든 사람의 형상에 부적을 붙인 것이었다.

"네가 불러 모은 아이들과 모두 함께……, 돌아가라!"

나르가 외치며 판자를 던졌다.

그러자 여자도 뭐라고 소리를 쳤다. 아니 소리치는 것처럼 보였다. 여자는 양팔을 높이 뻗었다. 어둠 속에서 어렴풋한 흰 궤적을 그리며, 빙글빙글 돌며 날아오는 판자를 향해. 어느새 판자의 윤곽은 사르르 녹아내리고, 반투명한 꽃잎이 피어오르듯 그 모습을 바꾸었다. 그리고 마침내 어린 소녀의 모습이 되어, 여자의 양팔 안으로 사뿐히 날아들었다.

나는 자연스럽게 알 수 있었다. 저 아이가 토미코다.

여자가 그 작은 아이를 끌어안은 순간, 여자의 형태가 흔들렸다. 하얗고 옅은 빛이 서서히 번져 나갔다. 눈이 부시지는 않지만, 여자의 모습이 마치 녹아 들어가는 것처럼 희미해졌다. 무언가를 품에 안은 듯한 실루엣을 겨우 파악할 수 있을 뿐이었다. 마침내 천천히 퍼지는 빛 속에서 그 실루엣조차 녹아내렸다. 불가사의할 정도로 고요하고 따스한 빛이 거실을 가득 메웠다. 안개처럼 뿌옇던 아이들도 한순간 어렴풋이 그 모습을 드러내더니, 바로 빛 속으로 녹아 들어가듯 희미해졌다. 사라지는 순간, 모두들 편안하게 미소를 짓는 것 같았다.

마침내 그 빛도 천천히 사라져가고, 거실에는 남색 어둠만이 깔려 있었다.

마사코가 몸을 일으켰다.

"없어졌어요······."

거실은 마치 아무 일도 없었다는 듯 고요해졌다. 조금 어수선하지만, 저녁 무렵의 어둑함이 깔려 있는 지극히 보통의, 일반적인 거실이다.

"정화되었어······."

4

여차여차하다보니 새벽이 왔고, 우리는 모두 거실에 모였다. 바닥에 뚫린 구멍을 둘러싸고 그 안을 들여다보았다.

"마사코, 어때?"

아야코의 물음에, 마사코가 미소를 지었다.

"이젠 아무도 없답니다. 이 집에 영은 없습니다."

그 대답에 한 명, 두 명씩 털썩 제자리에 주저앉았다. 잠시 동안 침묵이 흘렀다. 다들 너무 피곤해서인지 입을 열 생각조차 안 한다. 있는 힘껏 긴장하고 있었을 테니 어쩔 수 없는 노릇이지. 어깨와 등이 완전히 굳어버렸다. 자리에 앉아 있어도 긴장은 쉽사리 풀리지 않았다. 멍하게 앉아 몸이 절로 풀리기만을 기다리는 수밖에 없었다.

"하지만 어째서 정화된 거지?"

아야코가 혼잣말처럼 중얼거리자 나르가 대답했다.

"소원이 이루어졌으니까."

"소원?"

"그녀는 아이를 되찾았거든."

이게 무슨 소린지 모르겠다. 그리고 모를 때는 존에게 묻는 것이 상책이지. 나는 학습 효과를 따라 존의 옆구리를 쿡쿡 찔렀다.

"저기, 존, 아까 그 판자는 뭐야?"

하지만 철석같이 믿었던 존도 고개를 갸웃거렸다.

"글쎄요……, 저도 잘 모르겠심더."

으윽……. 그렇다면 본인에게 물어 볼 수밖에 없지. 어쩔 수 없이 나는 나르에게 머뭇거리며 판자에 대해 물어보았다.

"네가 본 그대로다. 나무 인형이지."

스님이 대화에 끼어들었다.

"뭐 인형, 나무 인형, 오동나무 인형……, 그런 거야."

아야코가 고개를 까딱거리며 설명했다.

"사람의 모양으로 잘라낸 오동나무를 진짜 그 사람 대신 사용하는 거야. 옛날에는 사람을 저주하는 데에 쓰였지. 영화에 자주 나오는 그, 짚으로 만든 저주 인형의 원형이 저거야."

나르는 피곤하다는 듯이 설명을 이어나갔다.

"주술에는 반드시 백과 흑이 있다. 백은 사람을 구하고, 흑은 사람을 해치지. 같은 술법이 백과 흑을 겸하는 경우도 많아."

그렇지, 하고 스님이 덧붙인다.

"밀교(불교의 일종-옮긴이 주)의 원적퇴산법도 양쪽의 의미로 사용하곤 해."

"하지만 그게 어떤 식으로 제령에 도움이 되는 거야?"

내가 물어보자 스님이 대신 대답했다.

"인형. 인형을 사람 대신 쓰는 거야. 사람을 대신하는 인형은 알고 있지?"

"조금."

"복제품이라고 해야 할까, 초자연적인 복제품. 어떤 인형을 마이라고 인식하면, 그게 마이를 대신하는 거지. 마이를 대신하는 인형에게 병이나 재앙을 불러들이고, 그 인형을 봉해 강에 흘려보냄으로서 부정을 씻는다. 그게 바로 강에 히나 인형을 흘려보내는 히나마츠리의 원형이지."

"흐음."

"그런 식으로 토미코의 인형을 만든 거야. 여자는 그것을 자신의 아이라고 생각했고, 염원을 이룬 뒤 정화된 거지."

"어? 그럼 그 토미코는 가짜잖아? 결국…… 속였다는 거야?"

"뭐, 그건 그런……가?"

스님이 얼버무리듯 웃으며 나르를 바라보자, 나르는 다시 지겨운 듯 한숨을 내쉬었다.

"가짜라는 표현은 옳지 않아. 분명 인형은 본인 그 자체는 아니야. 하지만 마이 너를 대신하는 인형에 못을 박으면 너는 죽지. 그러니 가짜보다는 대체물이라고 불러야 옳다."

"그래도 역시…… 뭔가 속인 것 같은 기분이 들어."

"그런 관점으로 이야기해 봤자 별 의미가 없어. 물론 토미코를 원하는 여자에게 토미코의 대체물을 준 거니까, 엄밀하게 따지자면 속인 것이 되겠지. 하지만 여자 쪽도 그걸로 만족했잖아? 애초부터 여자가 원했던 건 토미코 본인이 아냐. 만약 그랬다면 토미코 말고 다른 아이들을 끌어들일 필요가 없었지."

물론 그렇게 말하면, 할 말은 없지만…….

"전해지는 이야기에 따르면, 히로는 딸의 사체를 확인하자마자 자살했어. 보통 사체를 발견한 순간 절망에 빠져 스스로 목숨을 끊었다고 해석하겠지만, 바꾸어 말하자면 딸의 죽음을 확인하고 싶지 않았다는 뜻도 돼. 실종된 이후로 히로는 딸이 돌아오기만을 간절히 기다리고 있었어. 딸이 살아서 자기 품으로 돌아오기만을 바라고 있었겠지. 하지만 토미코는 결국 시체가 되어 돌아왔다. 히로는 딸의 시체를 두고 도망가 목숨을 끊었다. 목숨을 끊음으로서 딸의 죽음에서 도망친 거야."

"그럼, 토미코가 죽었다는 것을 이해하지 못했단 거야?"

아니야, 하고 나르가 말했다.

"이건 어차피 추측일 뿐이고, 추측에 얼마나 의미가 있을지는 잘 모르겠지만······, 히로는 딸이 죽은 것을 알고 있었다. 그리고 그 사실을 받아들이고 싶지 않았겠지. 하지만 동시에 토미코가 돌아올 수 없다는 걸 너무나도 잘 알고 있었던 거야. 그랬기 때문에 아이들을 모을 때 여덟 살이 아니어도, 여자아이가 아니어도 상관없었던 거지."

마사코가 중얼거리듯 말했다.

"거짓말이라도 좋으니, 자식이 돌아왔다는 그 느낌을 원했던 거예요······."

나르는 마사코를 돌아보며 고개를 끄덕였다.

"역시 살아 있었다는, 돌아왔다는 그 느낌을······."

"흐응."

그런가? 그럴지도 몰라.

하지만, 하고 스님이 말했다.

"인형을 용케도 만들었네. 그것 때문에 밖으로 나갔던 건가?"

"그래. 여자와 토미코에 대해서 알아보러 간 거야. 이곳이 오래된 동네라 수소문할 데가 있었으니 망정이지, 인구 유동성이 높은 도시 근처였다면 그대로 끝이었지."

우아……

모두가 이해했다는 듯, 혹은 허탈하다는 듯 침묵을 지켰다. 나르는 살짝 한숨을 쉬고 몸을 일으켰다. 입을 다문 채 거실을 빠져나가는 나르의 뒤를 린 씨가 아무 말 없이 따라갔다.

이로써 모든 사건의 결말이 난 것이다. 그렇다는 건, 이제 모든 걸 정리하기 위해 움직여야 한다는 뜻이지. 하지만 지금은 더 이상 움직이고 싶지 않다. 고집스럽게 자리에 퍼질러 앉아 있자, 스님은 아예 벌렁 누워 버렸다.

"으아, 나르가 음양사였다니……"

스님은 푹 한숨을 내쉬며 말했다.

"음양사라니?"

"음양도를 다루는 사람……이라고 말해도 모르겠지?"

"모릅니다요."

스님은 쓴웃음을 지으며 몸을 일으켰다.

"뭐라고 해야 하나. 뭐, 중국으로부터 온 주술이라고 하면 되겠지. 일본에서도 옛날부터 전해져 내려왔어. 헤이안 시대에는 음양도를 관장하던 관아까지 있었다고. 인형을 사용하는 주술은 원래 음양도에서 온 거야. 신도에서도 인형은 사용하지만, 인형을 죽은 자로 대체해 정령 의식에 사용하는 건 아주 고도의 술법이고, 음양사밖에 할 수 없지."

"우아아아아!"

"굉장하잖아!"

아야코가 중얼거린다. 나는 아야코를 바라보았다.

"굉장한 거야?"

"그래, 그 정도 음양사는 대단한 거야."

우아아.

"아, 완전 지쳤다."

스님이 툭 한마디를 내뱉더니 영차, 하고 몸을 일으켰다.

"난 이제 사양이야, 이렇게 힘든 사건은……."

"찬성."

아야코도 동의하고는 몸을 일으켰다. 존도 마사코도 한숨을 푹푹 쉬며 몸에 묻은 먼지를 툭툭 털었다. 그렇게, 겨우 긴장을 풀고 삼삼오오 모여 거실을 나섰다.

한숨 돌리고 난 뒤 철수 준비를 시작했다. 힘 쓰는 일에는 절대로 관여하지 않기로 합의라도 했는지……, 아야코와 마사코는 바지런히 수다를 떨고 있었다. 그 아름답던 저택은 완전히 엉망진창이 되어 버렸다. 보기에도 처참한 모습이다. 그래도 집 안의 창을 모조리 열고 환기를 시킨 뒤 거실을 간단하게 정리하자, 조금은 사람 사는 집 같은 냄새가 났다.

이런저런 정리를 하는 동안 연락을 받은 것인지, 노리코 씨와 아야미가 호텔에서 돌아왔다. 나르가 노리코 씨에게 자초지종을 설명했다.

"정말, 이제 괜찮은 건가요?"

노리코 씨는 불안한 듯했다.

"걱정 없을 겁니다. 신경이 쓰이신다면 이사를 하셔도 상관없습니다. 오히려 그편이 안심이 되실 지도 모르겠네요."

나르의 말에 노리코 씨가 안도한 듯 아야미를 끌어안는다.

아야미는 나와 눈이 마주치자 싱긋 하고 웃었다. 어린 아이 특유의 반짝거리는 미소였다. 그 미소를 마주한 순간, 정말 모든 게 끝났구나라는 생각이 들었다.

"잘됐다, 아야미."

무심결에 안도의 한마디가 튀어나왔다. 아야미의 작은 가슴속에 이 사건이 어떤 식으로 정리가 될지는 알 수 없지만…….

고개를 끄덕이며 아야미가 나에게 달려왔다. 그런데 아야미의 낯빛이 약간 어두워 보였다.

"아야미……, 무슨 일이야?"

아야미가 내 팔을 붙잡고 늘어졌다.

"마이, 가는 거야?"

"응, 정리 다 하면."

"더 자고 가면 좋을 텐데."

아야미의 볼멘 표정에 절로 미소가 흘러나왔다.

그래, 괜찮아. 이제 이렇게 밝아졌는 걸. 이런 일 따위는 금방 잊고 예전의 아야미로 돌아오겠지.

"언제 돌아가는 거야?"

그 질문에 나는 나르의 얼굴을 쳐다보았다.

"내일."

"내일이래."

"오늘 밤은 자고 가는 거야?"

"응."

"그럼 아야미 방에서 자게 해줄게, 마이. 그리고…… 마음에 들면 더 있어도 돼."

노리코 씨가 못 참겠다는 듯 쿡쿡 웃기 시작했다. 나도 견디다 못해 웃음이 터져 나왔다.

아야미는 사람들이 어째서 웃는지 이해할 수 없다는 듯, 뾰로통해 있었다.

그날은 하루종일 한가롭게 집 정리를 도왔고, 하룻밤 더 아야미를 지켜보기 위해 모리시타 저택에 머물렀다. 아야미의 부탁대로 아야미와 노리코 씨 방에서 잠들었다.

노크 소리도 소음도, 어떠한 소리도 들려오지 않는, 고요한 밤이었다.

epilogue

여기는 도쿄의 시부야 도겐자카.

나는 시부야 사이킥 리서치 사무실에서 비디오테이프를 정리하고 있다.

'The Case of Morishita' 즉, '모리시타 사건' 이라고 쓰인 라벨을 테이프에 붙이고, 린 씨가 써 준 메모를 다시 옮겨 적었다.

이건 뭘까. 'Corridor of Ground Floor'. 모르겠군. 이대로 옮겨 적자.

하여튼 이 사람들은 왜 이렇게 영어를 쓰고 싶어 안달이 난 걸까. 뭐든 영어를 쓰려고 하는 요즘 세태에는 화가 난다니깐. 영어를 쓰면 더 멋져 보일 거라고 착각이라도 하고 있는 건가.

불타는 정의감에 휩싸여 부지런히 비디오 정리를 하고 있던 중, 갑자기 문이 벌컥 열렸다. 헉, 손님이다. 서둘러 얼굴에 영업용 미소를 띠고 벌떡 일어났지만…… 헛수고였다.

"어이."

스님이 느긋한 얼굴로 손을 들어 인사했다.

모리시타 사건이 끝난지 2주일이 지났다. 그 이후로, 스님은 거의 풀방구리에 쥐 드나들 듯 이 사무실에 놀러 오고 있다.

"덥구만. 마이, 나 아이스커피 마시고 싶은데."

"손님도 아닌 사람한테 차는 안 내드립니다, 스님. 오늘은 의뢰라도 하러 온 거야?"

스님이 한심하다는 표정을 지었다.

"여기 사람들은 왜 다 이렇게 쌀쌀맞아?"

"영업 방침입니다요."

"뭐야 그게. 어이, 커피 좀 부탁해. 다음엔 영화라도 쏠 테니."

사양하옵지요, 하고 마음속으로 중얼대며 의자에서 일어났다.

"네, 네. 아이스커피요."

그때였다. 문이 열림과 동시에, "아, 나는 아이스티."

이런. 아야코잖아.

놀란 것은 나뿐만이 아니었다. 스님도 아야코도 마찬가지였다.

"뭐야 당신, 이런데서 게으름 피우고 있어도 되는 거야?"

"그 말 고스란히 그대로 돌려주지."

"난 잠깐 근처에 볼일이 있어서, 그 김에 인사라도 할까 해서."

그 볼일이라는 건 양손에 든 명품 쇼핑백과 관계가 깊겠지. 이봐요 당신들, 여기가 뭐 휴게손 줄 알아……?

"오랫만이네. 잘 지냈어?"

아야코는 어색한 표정으로 날 바라보았다.

"덕분에."

"나르는?"

아야코의 물음에, 난 정중하게 대답해 주었다.

"소장님이라면 소장실에서 명상 중이십니다."

"뭐야 그게."

"몰라. 본인이 그렇게 말했는걸. 뭔지 모르겠지만, 지도를 펼쳐 놓고 생각에 잠겨있어. 여행 계획을 짜고 있는 것도 같고."

"헤에……."

"저럴 때 방해하면 엄청 혼난단 말야. 그러니 나르는 내버려 두고 차나 마시고 가시죠?"

아야코는 입을 삐죽 내밀었다.

"안 그래도 차만 마시고 갈 거야. 난 얼 그레이로 줘."

"아, 예이."

아주 제멋대로인 손님이구만. 아니, 손님도 아니지.

부엌으로 들어가려던 참에, 다시 문이 열리는 소리가 들렸다.

이번에야말로 손님? 이게 어찌 된 일이지?

"아, 안녕하심꺼? 오랜만임더."

온화한 미소를 띠고 있는 예쁜 얼굴이 보였다.

"어머, 존 아니야? 또 만났네."

"어이, 신부님. 잘 있었나?"

왠지 모르게 대답은 예상했지만, 우선 물어보기로 했다.

"조사 끝난 후로 처음 보네. 어떻게 된 거야, 존?"

"근처에 온 김에 들려 봤심더."

역시. 뭐 상관없지. 존이니까 다 괜찮다.

"차 끓일 건데, 뭐가 좋아?"

"타이밍이 좋지 않을 때 온 것 같아 죄송합니다. 편하신 걸로 아무거나 주심 됨니더."

좋아좋아, 이런 겸손한 말투. 스님, 아야코, 본받으라구.

난 주전자를 불 위에 놓고 차를 끓일 준비를 했다. 그런데 티포트와 유리잔을 놓으며 왠지 모를 불길한 예감에 사로잡혔다.

스님이 오고, 아야코가 오고, 게다가 존이 왔다. 그럼 설마.
아니나 다를까 소장실 문이 열리더니 나르가 나왔다.
"마이, 차 좀……."
말을 건네다 사무실을 보더니 나르의 눈이 휘둥그레졌다.
"여기에 다들 무슨 일이신지?"
"아니……."
"저기……."
모두 변명거리를 찾아 머리를 굴리는 광경을 나르는 싸늘한 눈으로 쳐다보았다.
"마이, 뭐야. 이 소란은."
"저도 잘 모르겠습니다요. 소장님 팬클럽 아닐까요? 어쨌거나 차는 뭐로 하실래요?"
"아무거나." 라고 말하더니 모두를 돌아본다. "여긴 커피숍이 아닌데?"
"아이구, 이거이거."
스님이 상냥한 표정으로 손을 흔들었다.
"딱딱하게 굴지 말자고. 그나저나 여행 간다며?"
"누가?"
"지도를 보고 있었다며? 정말 명상이라도 했던 건 아니겠지?"
"그럴 생각이었는데, 이런 상태로는 불가능하군."
한숨 섞인 말투로 말하면서도 존 옆에 자리를 잡고 앉았다.
소장님 허락이 떨어졌다는 뜻이다.

그 뒤, 노리코 씨가 이사를 가기로 했다든지, 카나 씨가 다시 인사를 하러 와서 노리코 씨와 이야기를 나눈 뒤 화해를 한 것 같다든지, 시바타 씨는 결국 일을 그만두고 아이와 함께 살기로 했다든지. 각자가 사후 보고를 하는 것을 들으며 난 혼자 미소를 짓고 차를 끓였다.

뭐, 이걸로 됐어. 당분간은 별로 일이 없을 것 같으니까.

쟁반에 유리컵을 놓고 부엌을 나온 그때, 기다렸다는 듯이 다시(정확히는 네 번째로) 문이 열리는 소리가 들렸다.

설마······.

모두의 시선이 문을 향했다. 그리고 문 너머로 얇은 기모노 차림의 소녀가 모습을 드러냈다.

아아······, 역시. 오늘 무슨 날인가.

"뭐야, 마사코 아니야? 무슨 일이야?"

"어머, 그렇게 말하는 마츠자키 씨야말로 여긴 무슨 일로?"

"난 여기 근처에 온 김에."

"저도 그래요. 안녕하셨는지?"

마사코가 나르를 보며 미소 짓는다. 그 순간 나르가 허둥지둥 일어섰다.

"차는?"

나는 테이블에 막 놓으려던 나르 몫의 컵을 가리켰다.

"됐어, 난 잠깐 나갔다 올게."

뭐? 나간다니, 갑자기 어딜 간다는 거야?

마사코는 고개를 살짝 갸우뚱했다.

"어머, 외출하시는 건가요?"

"아아…… 잠깐 어디에 좀……."

나르는 마사코 쪽을 보지도 않고, 사무실을 뛰쳐나갈 기세였다.

"같이 갈게요."

"아닙니다. 천천히 계시다 가시죠."

나르, 설마…… 마사코를 피하는 거야? 그러고 보니 이번 사건 때도 아야코가 마사코를 부르자고 했을 때 반대했던 게…….

"어머나, 나갈 거면 나도 같이 갈게."

아야코가 비꼬는 말투로 끼어들었다.

"아니……."

나르는 마사코와 아야코를 번갈아 바라보았다. 마사코가 재빨리 나르의 팔을 붙잡았다.

"저도 함께 갈래요."

얘가 얘가……. 나르가 남의 말을 듣는 사람인 것 같아? 나르는 아니라고 말하면 아닌 사람이라구.

그런데, 세상에.

"……."

대답은 하지 않았지만 무언가 끙끙 앓는 듯한 소리를 내며 나르는 그대로 걸어 나갔다. 마사코의 팔을 뿌리치지 않은 채. 이럴 수가……. 마사코가 승리했다는 듯한 눈빛으로 우리를 돌아보았다.
"실례할게요."

잠시 모두 얼떨떨한 상태로 닫힌 문을 바라보았다.
"뭐야! 재수 없어!"
아야코의 고함이 누구에게 향한 것인지는 모르겠다.
스님이 몸을 돌려 나를 바라보았다.
"저기 말이야, 마이, 나르가 마사코한테 뭔가 약점이라도 잡힌 거야?"
"약점? 나르한테 그런 게 있기나 할 거라고 생각해?"
"약점 잡힌 게 없다면, 방금 그건 뭐야?"
나한테 물어봤자. 나도 몰라.
"확실히……." 존 마저 고개를 갸우뚱했다. "방금 전의 모습은 뭔가…… 이상합니더."
"마이, 항상 물어보고 싶었는데 말이지."
스님이 손짓하며 부르더니 목소리를 낮추고 말했다.
"나르 말인데, 정말 여기 소장이야?"
"이제 와서 무슨 소릴 하는 거야? 당연히 그렇지."
"실제 경영주가 따로 있는 건 아니고?"
"없어."
없는 걸로 알고 있다……. 아마도.

"그런데 왜 그런 걸 물어?"

내가 묻자, 스님은 어이없다는 듯이 반문했다.

"왜냐니 너……, 이 사무소의 집세가 얼마라고 생각해?"

아야코도 문득 깨달았다는 듯 말을 덧붙였다.

"듣고 보니 그렇네. 위치도 시부야인걸? 역에서도 가깝고, 건물도 신축이고, 사무실도 넓고……."

"그렇지? 게다가 그 기재들을 봐. 초고감도 카메라 한대 가격이 얼만 줄 알아?"

비싸다. 터무니없이 비싸다. 그건 전에 들어서 잘 알고 있다.

존이 슬쩍 말을 꺼냈다.

"기둥서방이라도 있는 거 아임니꺼?"

뭐? 이봐, 이봐!

존은 깜짝 놀란 우리를 보면서 눈을 동그랗게 뜨고 물었다.

"혹시 제가 이상한 말을 한 검니꺼?"

"기둥서방이라니……, 너……."

스님의 말을 되받아 존이 말했다.

"외국에서는 자주 있는 일임니더. 초심리학이라는 게 아직 비주류 학문이니까, 어느 연구소라도 보통 후원자가 있심더. 큰 재단이 후원하기도 하고, 박사나 교수직을 만드는 재단에도……."

"존, 저기 말이야……."

"예."

"일본어는 조심해서 써야 해. 일본에서 기둥서방이라고 하면 의미가 좀, 아니 많이 달라진다고."

"그, 그럼니꺼?"

아, 간 떨어지는 줄 알았네.

"하지만 나쁘지 않은 추리인데." 스님이 팔짱을 꼈다. "혹시 후원자가 있고, 그게 마사코의 아버지라면……."

"아, 그렇다면 하라 씨의 부탁을 거절할 수 없지 않겠심꺼?"

"그렇지?"

아야코도 끼어들었다.

"이런 가능성도 있지 않아? 사실은 나르가 완전 부잣집 도련님인 거야."

음…….

잠시 모두가 생각에 잠긴 뒤, 아야코가 갑자기 일어났다.

"생각해 봤자 소용없겠지. 마이, 선물이 있어. 파이 한 판."

우아, 한 판이라고?

"와아, 푸짐해!"

상자를 들여다보고 환성을 지른 나에게, 존도 웃으며 꾸러미를 건넸다.

"이거 고구마 양갱임다만……."

어머나! 동서양 음식이 골고루 모였네. 둘 다 디저트류이긴 하지만.

"쿠키 같은 걸로 가져왔으면 더 좋았을 것 같심더."

"아니야, 너무 기뻐."

"아, 나도 가져왔어. 샌드위치."

스님마저 유명한 가게의 돈가스 샌드위치를 꺼냈다.

뭐지? 이 다과회 분위기는.

뭐, 어쨌거나 상관없지.

"칼 있어? 자르는 거 도와줄게."

아야코가 일어났다. 즐겁게 차 준비를 하며 시끌벅적하던 중에, 린 씨가 자료실에서 나왔다. 린 씨는 왁자지껄한 우리를 보자마자 단호히 몸을 돌려 방으로 들어가 버렸다. 음, 신경 쓰이게 한 것 같다……. 하지만 혼나지 않았으니, 아마 괜찮다는 거겠지.

일단 멋대로 그렇게 생각하기로 했다. 먹을 것을 늘어 놓고 모두가 유리잔을 손에 들자, 어쩐지 건배라도 하지 않으면 안 될 듯한 분위기가 되어 버렸네.

우리는 서로 얼굴을 바라보았고, 누가 먼저랄 것도 없이 동시에 외쳤다.

"그럼……."

"대단히 수고하셨습니다!"

"수고하셨습니다!"

고스트 헌트 2 인형의 집

초판 1쇄 인쇄 2012년 3월 2일 | **초판 1쇄 발행** 2012년 3월 8일
지은이 오노 후유미 | **옮긴이** 박시현
펴낸곳 북스마니아 | **펴낸이** 임지호
주소 서울시 마포구 서교동 353-1 서교타워 1501호
팩스 02-6378-8700
출판등록 2009년 10월 23일 | **등록번호** 105-18-65598

ISBN 978-89-97329-02-1 04830
ISBN 978-89-97329-00-7 04830(세트)

※ 이 책은 저작권법에 따라 한국 내에서 보호받는 저작물이므로 무단 전재와 무단 복제를 금합니다.
이 책의 전부, 혹은 일부를 인용하려면 반드시 저작권자와 북스마니아의 서면 동의를 받아야 합니다.